아우와의
만　남

이　문　열
중단편전집
────── **5**

이 문 열
중단편전집
───── 5

아우와의 만남

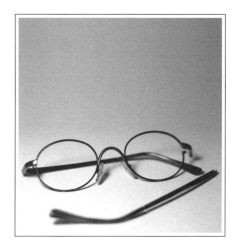

알에이치코리아

중단편전집을 내며

12년 만에 다시 중단편 전집을 낸다. 내가 직접 추고와 교정 교열에 참가하는 판본으로는 이게 마지막이 될 공산이 크다.

가만히 헤아려보면 1권부터 5권까지는 1979년부터 1993년까지 대략 3년 만에 한 권씩 발표한 셈이 되고, 마지막 6권은 2004년 초에 나왔으니 10년을 넘겨 겨우 단편집 한 권을 묶은 셈이 된다. 그리고 6권 출간으로부터 지금까지 10년은 단 한 편의 단편도 쓰지 않아, 그쪽으로 나는 이미 폐업한 걸로 봐야 되는 게 아닌지도 모르겠다.

요즘에도 조금은 그 자취가 남아 있는 듯하지만, 한때 우리 소설 문단은 등단뿐만 아니라 문학적 성장과 그 성취까지도 단편 소설 위주로 측정된 적이 있었다. 내가 등단한 70년대 말까지도 장편으로 등단하는 작가는 아주 드물었고, 어쩌다 문예지나 신문의 현상공모에서 장편으로 등단하게 되는 경우에도 되도록 빨리 단편으로 자신의 기량을 추인 받아야만 문인으로서의 정상적인 성장 과정에 접어들 수가 있었다. 동배의 작가로는 김성동이나 박영한 같은 경우가 좋은 예가 될 것이다. 대신 단편집(중편 포함)은 잘만 짜이면 그 자체로 엄청난 대중적 성공을 기대할 수 있는 문학 상품이 될 수 있었다. 『난쟁이가 쏘아올린 작은 공』이나 『장마』 같은 단편집이 1970년대 말의 예가 된다.

내 젊은 날의 뼈저린 인식 속에는 내게 단편을 잘 쓸 수 있는 재능이 없는 것 같다는 강한 추정이 있다. 습작 시절 체홉이나 모파상은 누구보다 자주 나를 절망하게 만들었고, 고골이나 토마스 만의 섬뜩한 혹은 중후한 단편들도 내 가망 없는 사숙(私淑)의 대상이 되었다. 그렇지, 카뮈나 카프카의 숨 막히는 명편들, 그리고 여기서 일일이 다 늘어놓을 수 없을 만큼 긴 명인과 거장들의 행렬이 있었다. 거기다가 등단에 가까워질수록 눈부셔 보이던 이청준 김승옥 황석영의 1970년대 명품들…… 그런 단편들이 주는 절망감에 가까운 압도와 외경이 69년에 구체적으로 소설 쓰기를 지망하고도 10년이나 되어서야 겨우 중앙문단에 처녀작을 내게 된 내 난산의 원인이 되었다.

나의 문단 이력에서 눈에 띄게 고르지 못한 단편 생산도 그와 같은 습작 시절의 고심이나 고련과 무관하지 않을 것이다. 재능이 모자라다 보니 죽어나는 게 시간이라 그만큼 긴 습작 기간에 재고도 늘어났다. 등단할 무렵에 들고 나온 재고 목록에서 나중에 활자화된 것만도 세 편의 중편과 아홉 편의 단편이 있다. 그 넉넉한 재고들이 나를 자주 문단의 다산왕(多産王)으로 만들었지만, 동시에 현저하게 균형이 맞지 않은 내 단편 창작 연보의 원인이 되기도 했다. 그리하여 오래 준비된 풍성함으로 독자의 저변 확대와 작가로서의 나를 문단에 각인시키는 작업을 어느 정도 마무리 짓자, 나는 곧 힘들기만 하고 생산성은 낮은 단편 창작을 경원하고 마침내는 기피하게까지 된 것은 아닌지.

나는 단편을 쓸 때 기본 구성은 물론 제목과 소재의 배분까지 치밀하게 계산된 설계도를 가지는데, 거기 따라 탈고한 원고지 매수는 80매 내외의 단편 기준으로 설계도의 그것과 200자 원고지로 3매 이상 차이가 나지 않는다. 그 이상 늘어나거나 줄어들면 무언가 쓸데없는 것을 집어넣어 늘렸거나 꼭 넣어야 할 것을 빠뜨린 것 같아 원고를 넘기기가 불안해진다. 나는 지금도 단편 창작이라고 하면 정교하게 제작되는 수제 공산품을 떠올리고 긴장부터 하게 된다.

이제 돌아오지 않는 강가에서의 한나절 분주히 혹은 쓸쓸하게 몰두했던 내 투망질은 끝나간다. 날이 저물면 집으로 돌아가야 할 아이가 기우는 햇살을 보고 그러할 것처럼 나도 어느새 낡고 헝클어진 그물을 거둘 때가 가까워진 느낌에 가슴이 서늘하다. 때로는 홀린 듯 더러는 신들린 듯, 함부로 내던진 내 언어의 그물은 어떤 시간들을 건져 올린 것인가. 여섯 권 50여 편 중단편이 펼쳐 보이는 다채로움과 풍성함이 주는 자족의 느낌에 못지않게 반복이나 변주를 통해 들키는 치부와도 같은 내 상처와 열등감을 추체험하는 민망함도 크다.

그러나 모두가 내 정신의 자식들이고, 더구나 다시는 이들을 없었던 것으로 돌릴 수도 없다. 내 투망에 걸려 세상 밖으로 내던져지는 순간부터 이들의 탯줄은 끊어지고 자궁으로 되돌아갈 길은 막혔다. 못마땅한 것은 빼고 선집(選集)의 형태로 펴내는 방도를 궁리해 보지 않은 것은 아니었으나, 길고 짧은 손가락을 모두 살려 손을 그리듯 모자란 것, 이지러짐과 설익음을 가리지 않고 내가 쓴 중단편을 모두 거두어 여섯 권의 전집으로 엮는다.

돌아보는 쓸쓸함으로 읽어봐 주는 것까지는 참을 수 있으나 물색없는 동정이나 연민은 사양하겠다. 이 자발없고 모진 시대와의 불화는 1992년 이래의 내 강고한 선택이었다.

2016년 3월 負岳 기슭에서

李文烈

초판 서문

중단편선집을 묶는 일은 최근 몇 년간 나의 은근한 골칫거리였다. 다 합쳐야 네댓 권 분량밖에 되지 않는 작품들이 이런저런 명목의 선집으로 일고여덟 종이나 나와 있는 까닭이다. 그렇게 되면 내용의 중복은 피할 길이 없다. 심한 경우 어떤 선집과 어떤 선집은 절반 가까운 작품이 중복된다. 그러나 제목과 표지를 달리하고 있는 까닭에 내 이름만 믿고 책을 산 독자들은 불만에 찬 항의를 해오기 일쑤이다.

이 자리를 빌려 밝히거니와 일이 그렇게 된 데는 나 자신보다는 우리 출판의 그릇된 관행 쪽에 책임이 있다. 웬만한 출판사면 중단편선집의 시리즈물을 갖고 있는데 묘하게도 그때에는 출판권이 무시된다. 다시 말해 중단편에 관한 한 아무리 서로 간 전재를 해도 따지지 않는데 그게 오늘날 같은 중복 출판의 원인이 되었다. 그러나 출판사 나름대로 계획을 해두고 허락을 간청해 오면 작가로서는 뻔히 중복이 될 줄 알면서도 거절하기가 어렵다. 최근에는 기를 쓰고 거절해 왔지만 그때에는 또 우리 특유의 인정(人情)주의에 큰 부담이 남는다. 출판사 '솔'과 '청아'의 기획에 동의해 주지

9

못한 게 아직도 마음에 걸린다.

그런저런 고심 끝에 기획된 것이 이 중단편전집이다. 이 중단편전집에는 이제까지 내가 쓴 모든 중단편이 한 편도 빠짐없이 다실려 있다. 다만 발표할 때는 중단편이었더라도 나중에 한 제목 아래 단행본으로 묶은 것은 차별을 두었다. 곧 『젊은 날의 초상』에 묶었더라도 「그해 겨울」처럼 독립성이 강한 것은 그대로 중단편 취급을 해서 이 전집에 싣기로 했다. 『그대 다시는 고향에 가지 못하리』에 실려 있는 단편 몇 편, 그리고 『우리가 행복해지기까지』에 실린 중편 「장군과 박사」도 그러하다. 하지만 나머지는 비록 중단편의 형태를 띠고 있고 또 그렇게 발표되었더라도 이 전집에서는 빼기로 했다. 중복이 주는 불리한 인상을 최대한 줄이기 위해서이다.

처음 기획할 때는 다소 망설였지만 이제 이렇게 다 모아 놓고 나니 흐뭇한 점도 있다. 무엇보다도 지난 17년에 걸친 중단편 작업을 한눈에 살펴볼 수 있게 되었다는 점과 이제부터라도 어지러운 중복의 폐해를 피할 수 있게 된 점이 그러하다. 앞으로 발표될 중단편전집은 언제나 신작(新作)으로만 채워지게 될 것이다. 독자들의 볼멘 항의 전화를 받지 않을 수 있게 된 것만도 얼마나 다행인가. 오래 게을리해 왔던 중단편 작업에 다시 주의를 기울이게 된것도 이 중단편전집 발간이 한 계기가 되어주었다. 머지않아 새로운 작품집으로 독자와 만나게 될 것 같은 예감이다.

언제나 깨어 있기를 빌어온 내 기도는 아직도 유효하다. 작가는 독자가 기르는 나무이다. 어떻게 자라고 무엇이 달리는지는 나무만의 일이 아니다. 좋은 독자가 없는 곳에 좋은 작가가 자랄 수는 없다. 변함없는 격려와 충고를 기대한다.

1994년 10월

李文烈

차례

구
로 _{九老}

아
리
랑

자꾸 공순이, 공순이, 캐 쌓지 말어예. 어디 뭐 대학생이 씨가 따로 있어예? 우리도 눈코 있고 귀 있고 입 있어예. 뭐시 굽었고 뭐시 바른동 분간할 줄 알고, 어디가 썩는지 어디가 뭉개지는지 냄새 맡고 소리 들어예. 그런데 있는 입 가지고 와 말 몬 하겠어예? 그런데 와 우리는 데모 몬 합니꺼? 데모는 뭐 대학생 전매 특허품입니꺼? 참말로 데모할 쪽은 우리라예. 대학생 가아들(그 아이들)이사 팔자 좋아 나라 생각하고 민족 앞세워 거창하게 나서지만, 답답할 거사 뭐 있겠어예? 다사(모두야) 안 글캤지만, 가아들이 뭐 먹는 거 입는 거 없어 하는 거는 아일 낍니더. 글치만 우리는 달라예. 바로 먹을 것, 입을 것, 살 집 가지고 이러는 깁니더. 맨날 테레비 보믄 선진국 선진국 하데예. 우리가 맨드는 냉장고, 자동차 모두 선진국 수준이라면서예? 그런데 와 우리 봉급은 그 사람들 반에 반에 반도 안 됩니꺼? 와 우리는 맨날 쌔 빠지게 일해도 겨우 입에 풀칠이나 하고 지내라 캅니꺼? 와 어떤 사람들 한 끼 값으로 우리는 한 달을 묵어야 되고 또 그 사람들 블라우스 하나 값으로 우리는 몇 년 입을 외출복을 사야 됩니꺼? 뭣 때문에 그 사람들 호텔 하루 방값으로 한 달 빌릴 수 있는 방도 우리는 두셋이서 같이 얻어 자취해야 됩니꺼? 우리가 해달라 칸 거 그리 큰 거 아이라예. 그런 우리 형편 쪼께만 낫게 해달라꼬 사정사정하다 안 되이 이러는 거라예. 그런데 와 우리는 데모하믄 안 됩니꺼? 우째서 데모는 대학생만 해야 된단 말입니꺼? 뭐, 지가 뭔 대학생이라꼬 — 예? 그카는 거 아닙니더. 공순이 씨가 따로 있는 게 아이라꼬예. 그라고…… 공순이, 공순이 캐 쌓지마는 우리가 뭐 공순이 되고 싶어 된 줄 압니꺼? 우리도 대학생 좋은 거 알아예. 우리도 똑똑하고 돈 많은 부모 만났으믄 공순이 하라 캐도 안 해예. 못 배우고 가난한 농사꾼을 부모로 만나 할 수 없이 공장으로 끌려 나온 거라예.

뭐라고예? 농촌도 살 만하다꼬예? 가만히 처박혀 있으믄 등 따습고 배부릴 낀데 백지로(백지에) 헛바람 나 도시로 나온 거라꼬예? 지발 그런 베락 맞을 소리 하지 마이소. 테레비에 전원일긴가 뭔가, 이리 싸바르고 저리 처덮어 낭창낭창한 얘기 한 주일에 한 번 나와 쌓고, 무슨 증산왕에 무슨 고소득 마을 나와 싸이 그게 바로 농촌 전분 줄 압니꺼? 언덕에서 풀피리나 불고 해 지는 들녘에 소 멕이는 아아들 딩구는 그런 달작지근한 데가 농촌인 줄 압니꺼? 과수원 전지나 슬슬 하다가 젖소 젖통이나 주무르믄 되는, 뭐 저 푸른 초원 위에 그림 같은 집만 모인 데가 농촌인 줄 압니꺼? 하기사 자가용 타고 스윽 지나가믄서 차창 밖으로 내다보믄 그래 비기도(보이기도) 하겠지예. 고속도로 타고 내리가다 보믄 비는 마을마다 참말로 그림 같잖습니꺼? 글치만 아이라예. 지 품 옇고(넣고) 갖은 머리 다 짜내 사시사철 헐떡거리도 품값은 내삘어 놓고 땅값 이자도 안 나오는 데가 농촌이라예. 말이사 천하지대본이라 캐 쌓지마는 그거 하다 어예 잘못돼도 산업재해 보상은커녕 의료보험도 안 되는 기 농사라예. 도회지는 구멍가게를 하믄서도 힘 안 들이고 시키는 고등학교, 거기서는 둘만 시켜도 집안 기둥뿌리가 휘청하는 기 농촌이라예. 사대육신 멀쩡하고 맘씨 고운 우리 오빠 서른이 돼도 장가 못 가는 데가 농촌이고, 여기서는 니야까 장사도 안 피우는 청자가 우리 아부지한테는 나들이 담배가 되는 데가 농촌이라예. 소 값 얘기는 하지 마입시더. 밭에서 얼어 빠지는 무우, 배추 얘기도 하지 말고, 일할 소는 자빠져 누웠는데 기름만 퍼마시고 댕기는 경운기, 트랙타 얘기도 하지 마입시더. 농협이 어쨌고 면 직원이 어쨌다는 얘기도 안 할께예. 계통 출하, 중간상, 뭐 그런 얘기도 빼입시더. 글치만 암만 싸바르고 처덮어도 인자는 농촌이 등 따숩고 배부른 데는 아이라예. 거 다 우리맨쿠로 지 땅은 손바닥만이도 안 되고 남의 땅 빌려 농사 지야 되믄 내 같은 둘째 딸, 셋째 딸은 집에 있으라 캐도 몬 있어예. 차돌 같은 막냉이

고등학교도 몬 가게 되는 거 보고 어예 엎드려 있겠어예? 이제 밥이사 굶는 사람 없다 카지마는 밥도 밥 나름 아이겠습니꺼? 내 말 몬 믿겠거든 지금이라도 펜대 놓고 한번 가보이소. 그런데 뭐 헛바람이 나서 왔다꼬예? 앵두나무 우물가도 옛날 얘깁니더. 말하기 쉽다고 아무거나 막 말하는 거 아이라예.

김현식이예? 예, 잘 압니더. 그런데 현식이 오빠는 와예? 엄마야, 그라믄 지금까지 조서 받은 게 공장에서 데모 주동한 거 때무이 아인가배예? 그 오빠는 와 찾아예. 그 오빠가 뭔 일 냈어예? 뭐 벌써부터 찾고 있던 사람이라꼬예? 이번 일하고는 아무 관계 없는 걸 안다 카이 다행이기는 합니더마는…….

그 오빠 우예 알게 됐나꼬 카는 거사 뭐 꼭 감출 것도 없지예. 작년이었임더. 구월인강 기계부 머스마들 중에 낯선 얼굴이 하나 눈에 띄데예. 사실 그 머스마들이사 하도 들락날락해 싸서 누가 가고 누가 새로 왔는지 잘 모르지마는 그 오빠는 대번 확 드러나데예. 암만 공돌이 차림을 해도 낯이 하얗고 어깨가 쫍질한 게 남다른 데가 있었어예. 아무래도 잉크 냄새가 나는 게 거 뭐시라, 위장 취업잔가 뭔가 하는 그 대학생들 같은 짐작이 갑디더. 그런데 내 친구 경숙이가 먼저 그 오빠하고 선이 닿았어예. 윤경숙이라꼬, 지금 아매 저쪽 유치장에 있을 끼라예. 가가 원래 쫌 겁이 없고 잘 나서서 그걸 우예 알았는지 그 오빠가 먼저 찾아왔던 갑대예. 그라고 가를 통해서 우리 구룹 모두 봤으믄 칸다 캐서 경숙이 자취방에 모예 현식이 오빠를 본 게 처음이었심더. 우리 구룹예?

뭐 별거는 아이고, 그저 고향이 비싯하고 형편이 비싯해 잘 모예 당기는 우리 대여섯을 그냥 불러보는 소리라예. 우리 말고도 그렇게 잘 모예 댕기는 아들은 대강 그래 부릅니더. 꼭 그런 거는 아이지만 뭔 일이 있으믄 잘 뭉치고, 직장을 옮길 때도 같이 몰려가는 수가 많아예.

그 얘기도 해야 됩니꺼? 조사를 해서 다 안다매예? 하기사 내가 안 해도 누가 해도 할 낀데 마 내가 하지예. 현식이 오빠 우리한테는 처음부터 참 잘해 줬어예. 생판 첨 보는 우리를 믿어주고 신분까지 밝히데예. 오빠가 다니던 대학이며 퇴학 맞은 이유에다 우리 회사를 맡아 위장 취업한 거며 자기는 여자부(部) 담당이라는 거까지 다 말입니더. 그리고 바로 우리를 동지라고 불러주데예. 물론 감격했지예. 생각해 보이소. 그 꼴같잖은 대학생들 말입니더. 가 아들 어데 저끼리 있으믄 우리를 사람택이나 여깁니꺼? 서로 잘 모를 때는 내낳고(그때까지 잘) 죽자 살자 따라댕기다가도 공순이라는 걸 알믄 천장만장 달라 빼는 게 가아들이라예. 우예다 노동운동이다 뭐다 캐 싸매 달라드는 아아들도 말하고 기분뿐입디더. 입으로사 한없이 겸손을 떨미 우리를 하늘같이 올라세워 쌓지마는, 뒤배(뒤집어) 들으믄 이 불쌍한 것들, 이 등신이들, 카는 거나 저 똑똑다 소리하고 크게 다를 거 없어예. 거다가 의식화다 뭐다 캐 싸미 사람 끌어모아 하품 나게 맹글거나 알아듣지도 못할 소리로 무식한 년 겁까지 주믄 아무리 우리를 위해 왔다 캐도 만정이 뚝 떨어져예.

그런데 현식이 오빠는 안 그랬어예. 자기 집도 엉간히 부잣갑습니더마는 공장 머스마들하고 똑같이 살았어예. 지 월급만 가지고 가아들 자는 곳에 자고 가아들 먹는 거 먹으미 함께 몰리 댕기는 거 보믄 참말로 영락없는 공돌이라예. 실제로 머스마들은 현식이 오빠가 떠나고 난 뒤에도 그 사람이 누군지 전혀 모르는갑데예. 저들하고 똑같은 처지로 밥벌이 하로 온 줄만 알고 있어예. 우리한테 하는 거도 그랬심더. 의식화다 학습이다 카는 요란스러운 소리 없이 깨치(깨우쳐) 주는데 그 흔한 꼬부랑 말 한마디 끼워 넣는 법 없었어예. 시간이나 장소도 따로 정하는 법 없고 그저 우리 자취방 빙빙 돌미 둘이믄 둘이고 서이믄 서인 대로 모아 우리가 뭘 뺏기고 뭘 뜯기는지, 우예믄 그걸 다부(도로) 찾고 이 잘못된 세상을 바로잡을 수 있을 낀지 얘기했어예. 그래다가 끼니 때 되믄 라면이든 된장국이든 주는 대로 얻어먹고, 밤 늦어 부뜰믄 방 한구석에 새우잠 자다 가기도 했어예. 그뿐이 아임더. 우리가 빌려다 놓은 만화 킥킥거리며 같이 보기도 하고 어떨 때는 우리 데불고 디스코텍에 가 한바탕 놀고 오기도 했어예. 거기다가 더 미더운 거는 지나개나(아무렇게나) 우리를 끌어낼라꼬 안 하는 거라예. 그 전에 온 몇은 딱 질색이 사람을 깝쳐 대는 거였어예. 쪼매는 (조그만) 일만 있어도 태업(怠業) 놔라, 농성해라, 사람이 솔버(스멀거려) 못 견디게 맹글었는데 현식이 오빠는 달랐심더. 우리가 참말로 성이 나 들고 일날 일이 있어도 그 오빠는 쪼매만 참아라, 때가 올 때까지 기다리라꼬 오히려 말렸어예. 일은 안 되고 너 목만 짤리는 거는 아무것도 아이따, 백지로 너들을 쑤석여 고생시킬라믄 내가 오지도 안 했다, 힘을 모다 났다 꼭 필요할 때 그때 한꺼번에 쓰자. ─ 그게 늘 그 오빠가 우리를 말리며 하는 소리랐어예. 우리하고 회사하고 싸움만 시키믄 되는 줄 알고 몰아대던 사람들하고는 유가 달랐단 말임더.

그래서 모도 그 오빠 밑에 몰렸어예. 그 오빠가 억지로 끌어 모은 게 아니라 우리가 몰리 간 거라 이 말입니더. 그라고 그 오빠는 뭐 조직인가 뭔가 하는 것도 안 했습니더. 무슨 거창한 감투 쓴 아아들도 없고, 의식화 교육이다 학습이다 카는 것도 자기 입으로 정해 놓고 한 거는 없어예. 그 일 가지고는 현식이 오빠 우찌해 볼 수 없을 낍니더. 우리 모도 그게 아이라꼬 증인 설 수도 있어예.

그건 관심 없다꼬예? 그 사람은 애초에 그만한 자격도 없는 사람이라꼬예? 그건 또 뭔 소립니꺼? 차차 알게 될 끼라이 더 궁금하네예. 그런데 뭐예? 그건 누가 캅디꺼? 그 가시나들 잘 알도 몬하고……. 하기사 그거는 사생활이니깐 죄 될 거야 없겠지예. 그저 부끄러버서……. 글치만 그기 글케도 중요하다믄 얘기 몬 할 것도 없심니더.

우리 사이가 연애 비싯하게 된 거는 ─ 이 얘기하믄 현식이 오빠 성 안 낼란가 몰라. 아저씨만 알고 남한테는 말하지 마이소. ─ 똑 부러지게 언제부턴동 말하기 어렵습니더. 우예믄 첫날 경숙이네 자취방에서부터 하마 좋았는지 몰라예. 글치만 그 오빠는 큰일을 하는 사람이고, 또 아는 거며 집안 형편도 우리 매이(같은 것)

하고는 달라 한동안은 감히 딴생각을 몬 했어예. 그저 먼빛으로 보기만 해도 좋고, 우예다 얼굴 맞대고 앉으믄 가슴이 쿵닥거려 누구 들을까 겁나도, 사적(私的)으로는 말 한마디 해본 거 없이 몇 달 지냈심더. 그래다가 하루는 퇴근길에 우연히 만나 둘이만 걷게 됐어예. 이런 얘기 저런 얘기 하며 걷다가 그 오빠가 난데없이 애인 있나꼬 묻십디더. 생전 안 하던 소리라 그 얘기 들으이 갑자기 얼굴이 화끈하데예. 글치만 그런 걸로 그 오빠한테 못된 가시나로 비기 싫어 사실대로 없다 캤심더.

참말이라예. 서울 올라와 이 공장 저 공장 옮겨 댕기는 새에 고만고만한 머스마들이사 많이 따라댕깁디더마는 하나도 그거다 싶은 기 없었어예. 가아들이 뭐 이다바거나 운전수나 같은 공장내기라고 그런 건 아입니더. 우예다 못 이기서 한번 만나 줬다 카믄 판판이 우새(웃음거리 됨)라예. 영화 구경 한 번 하고 팔 끼자 카는 머스마가 없나, 생맥주 한 조끼 같이 마셔 놓고 날 델꼬 잤다고 소문내고 댕기는 머스마가 없나……. 거다가 수작도 모두 싹수가 노랬어예. 내일이사 우예 대든동 받은 대로 번 대로 퍼질러 쓸 생각이나 하고, 아이믄 한탕 쳐 벼락부자 될 꿈이라예. 우짜다가 좀 철들었다 싶으믄 이거는 또 콜록거리는 어무이예 어린 동생들하고 줄줄이 사탕이라예. 그래서 아이고마, 나중에 때 되믄 중매 서 달라 캐 마춤한 사람한테 시집가지 뭐, 싶어 아예 머스마들 쪽은 돌아보지도 않았심더.

그런데 이상한 거는 현식이 오빠라예. 그냥 지내가미 농담으로 물어본 줄 알았는데 그기 아이라예. 몇 번인동 그걸 자꼬 되물어 쌓디마는 그라믄 어떤 사람하고 연애할라 카노 묻대예. 나이 차믄 중매결혼이나 할라 칸다 캐도 안 믿고 자꾸 꼬치꼬치 묻는 거라예. 그래 우예 불쑥 튀나온 말이, 몰라 오빠 같은 사람이믄, 카는 거였심더. 그칼 때는 우스개 삼아 한 긴데, 막상 그캐 놓고 나이 고마 얼굴이 화끈하고 가슴이 쿵닥거리기 시작하대예. 그래서 그다음에는 몇 마디 더 해보지도 몬하고 헤어졌어예.

우예 보믄 별거 아인 것도 같지마는 그기 무슨 계기가 된 거는 틀림없어예. 그 뒤로는 그 오빠도 내를 보는 눈이 다른 듯했고, 나도 그전하고 같지는 않데예. 공연히 얼굴 맞대기가 쑥스럽고 서먹해 나도 모르게 피하게 됩디더. 그래다가…… 우예……. 글치만 마, 이 얘기는 그만하입시더.

뭐라꼬예? 동거 생활이라꼬? 그기 무신 소립니꺼? 어느 가시나가 고따우 소릴 했어예? 가시나들, 입이 삼발 사발 째져 봐야 정신을 차리제……. 좋심더, 그라믄 마자 얘기하지예.

아매 지난 십이월 중순이었을 낍디더. 선적(船積) 물량이 딸려서 공장이 이교대 삼교대로 밤낮없이 돌아가고도 하루 대여섯 시간씩 잔업이 붙을 때였어예. 그날도 잔업을 네 시간이나 하고 몸이 오실오실해 자취방으로 갔지예. 같이 있는 윤자는 야근조라 집에 없고 방도 썽그럴 끼라 싶어 방문을 여이 껌껌한데 그 오빠가 와 있데예. 내가 놀라이 조용하라 카미 나를 가만히 끌어들인다 아입니꺼. 윤자가 나갈 때 열쇠를 받아 혼자 있었다는 기라예. 까닭을 물으이 수배를 받고 있어 집에 들어가지 몬하고 우리한테 왔다 캅디더. 국신전자가 며칠 시끄러운 뒤였는데 거기서 일하던 동지들이 부뜰래 오빠까지 쫓기게 됐다는 기라예. 아무도 없는 방에 그것도 밤 깊어 단둘이 있을 걸 생각하이 겁나기도 하지만 솔직히 말하믄 기분 나쁘지는 않았어예. 거다가 연탄불을 빼놔 방을 뜨끈뜨끈하게 해놓고 라면 삶을 물까지 얹어 놓은 게 여간 살갑게 느껴지는 기 아이라예. 글치만 잔업까지 모도 열두 시간을 넘게 일한 뒤라 라면 한 그릇 비우고 따끈한 방에 누우이 금방 잠이 옵디더. 전에도 두어 번 윤자하고 내하고 자는 방 한 모팅이에 그 오빠가 끼이 자고 간 적이 있어 쉽게 잠이 들 수 있었는지 모리지예. 그런데 자다 보이 몸이 답답한 기……. 그라고, 마 그래 됐습니더. 그 뒤로도 남 모르게 몇 번…….

글치만 그런 식으로 자꾸 더럽고 칙칙하게 만들지는 말아예. 나도 참말로 싫은 것은 못된 기집아아들이 이 머스마 저 머스마하고 아무 따나 붙어 자는 거라예. 택도 없이 몸 막 구불리는 아아들 상종도 안 한 게 납니더. 우에다 그 오빠하고 그리되기는 했지만 참말로 공돌이, 공순이 동거 생활 짝 나는 거는 내도 피하고 싶었심더.

예, 결혼 같은 거는 약속한 적이 없어예. 나도 그런 걸로 누구 짐이 되고 싶지 않았고, 현식이 오빠도 그런 말은 통 않았어예. 지금 같은 세상에 그 사람이 걸을 길 험하고 거칠 거는 뻔한 거 아입니꺼? 그런 사람이 우예 결혼 같은 그런 자질구레한 거 생각하고 댕기겠습니꺼? 물론 오빠가 내한테 그런 소리 한 거는 없지마는, 그라고 내가 감히 내놓고 말하지는 몬했지마는 우리는 그저 동지라예. 외롭고 쓸쓸한 동지끼리 만나 우짜다 보이 그런 일이 생겼을 뿐이라예. 하기사 지가 하믄 로맨스고 남이 하믄 스캔들이라 카기도 하고, 또 남한테 안 들키믄 로맨스고 들키믄 스캔들이라 카는 말도 있습디더마는 참말로 우리는 달라예. 그 일은 그저 이념의 동지 간에 있는 작은 로맨스일 뿐이란 말입니더.

그런 동지 많더라꼬예? 그거는 또 뭔 소리니꺼? 뭐라꼬예? 경숙이, 윤자, 희분이, 말자 가 아들 전부 그런 동지라꼬예? 이 공장에 오기 전에 딴 공장에서 맨든 동지까지 다 치믄 수도 없다꼬예? 이번에 우리 공장을 그만둔 것도 희분이가 알라를 배 결혼 안 해주믄 전부 다 얘기해 뿐다 카는 바람에 내뛴 거라꼬예? 보이소, 아저씨요. 현식이 오빠가 뭔 죄를 얼마나 지었는지 모르지만 빨리 잡아다가 벌주믄 그만이지, 와 그리 사람 더럽고 추접게 만듭니꺼? 개 눈에는 똥밖에 안 빈다 카디 아저씨들한테는 머스마, 가시나 모이기만 하믄 그 짓밖에 할 게 없는 걸로 생각되는 모양이지예. 경숙이, 윤자, 희분이 또 누구라 캤어예? 그래 말자까지……. 가 아(그아이)들이 바로 우리 구룹이라예. 그 오빠가 가장 힘들여 키우던 소조(小組)란 말입니더. 그래다 보이 밤낮으로 만날 일이 많았겠지예. 주인집 아주머니들 눈으로 보믄 공돌이, 공순이 모예 추저븐 짓이나 하는 줄 알 수도 있겠지예. 실은 그 오빠가 일부러 그렇게 보일라꼬 애도 썼심더. 그래야 딴 의심 안 받고 아저씨 같은 사람들 미행이나 감시도 따돌리지예. 그런데 그걸 그리 봤습니꺼? 하기사 희분이 그 가시나 눈치가 좀 다르기는 했어예. 우예튼지 그 오빠를 혼자만 차지할라꼬 벨벨 짓 다 하디, 안 되이 우리하고까지 삐쳐 혼자 댕겼어예. 그래다가 불쑥 공장을 나갔뿌디 아저씨들한테 그따우 소리로 일러바췄는갑네예. 보이소, 아저씨예. 사실은 아저씨가 이래 까놓는 게 오히려 그 오빠한테 죄 짓는 게 된다, 이거라예. 알겠심니꺼?

돈예? 점점 더 희한한 소리 다 듣겠네예? 거다가 뭐라꼬예? 자금 이라꼬예? 무슨 자금 말입니꺼? 엄마야, 인자 보이 벨소리 다 하네. 도대체 내 같은 공순이한테 무슨 돈이 있어 그런 자금까지 대겠어예? 내 봉급이 얼만지나 알아예? 본봉이라 캤자 간당 십삼만 원에 눈이 아리도록 잔업해 보태도 이십만 원 차기 숨 가빠예. 거기다 십만 원 띠서 고향에 보내고 나믄 내 살기도 바빠예. 방세 둘이서 분빠이 해도 하나이 앞에 이만 원, 연탄, 전기, 수도가 또 마찬가지로 한 만 원, 거기다가 쪼매는 적금 얼매 빼고 나믄 벌이 좋은 달도 삼사만 원으로 먹고 입고 잡비까지 써야 되예. 그런데 뭔 돈이 남아 줄 끼 있겠습니꺼?

지난 석 달 집에 돈 안 보낸 거예? 그거사 그동안 억지로 살다 보이 알게 모르게 쌓인 빚 갚았지예. 막냉이 졸업해 집안 살림도 쪼매 피였다 카고……. 뭐예? 적금 통장 우옛나꼬예? 엄마야, 그건 우예 알았습니꺼? 참말로 귀신이네. 좋아예, 다 말하지예. 글치만 자금 어쩌고 카지 마이소, 너무 어마어마시러버예. 그 돈 다 현식이 오빠 가주간 거 맞심더. 그 오빠 지난 석 달 내내 쫓기댕긴 거 아저씨네가 더 잘 알지예? 인제는 얼굴이 팔려 딴 공장에도 몬 가고, 집에는 형사들이 아침저녁 교대로 와서 기다리이 오빠가 어디 가겠습니꺼? 그래서 나중에 받기로 하고 쫌 돌려(빌려)줬심더. 적금도 해약해 가지고……. 그런데 뭐 그거 가지고 난리라도 꾸몄습니꺼? 우리끼리 돈 얼마 빌리주고 꾼 거 가주고 뭘 그래 꼬치꼬치 캐묻십니꺼? 더군다나 무신 자금이라니요.

안됐다구예? 딱하고 불쌍타구예? 아무것도 모르미 그 오빠 그래 마구다지로 욕하지 마이소. 사기꾼이라니예? 선구자나 혁명가로는 못 불러 줄망정 사기꾼이라니예? 그 오빠 대학생 아인 거 우리도 벌써 다 알아예. 데모하다 퇴학당했는데 우예 대학생이겠습니꺼? 대학생이믄 우예 맨날 공장에 나와 일할 수 있겠습니꺼? 그리고 우리는 그 오빠가 꼭 대학생이라꼬 그래 믿고 따른 거 아이라예. 하는 일이 옳고 하는 말이 바르이 그랬을 뿐이라예. 새삼시리 대학생이고 아이고가 무슨 상관 있겠어예?

또 뭔 소리 할라꼬예? 뭔 소리든동 해보이소. 뭐라예? 현식이 오빠가 대학 문전에도 몬 가본 사람이라꼬예? 재수, 삼수하다가 자꾸 미역국 먹어 싸이 집에 낯도 없고, 또 콧구멍만 한 구멍가게 해 여섯 식구가 겨우 먹고사는 집안 형편 더 외면할 수도 없어 공장에 나온 거라꼬예? 그런데 모양이 해말끔하고, 재수, 삼수도 공부라꼬 몸에 배인 틀이 있어 그 사람을 대학생 위장 취업한 거로 잘못 보고 자꾸 쑤석거려 싸이, 거기서 힌트를 얻어 그 길로 나서게 됐다꼬예? 그쪽 책 몇 권 수박 겉핥기로 훑고 그쪽 사람들 말 몇 마디 주워들어 참말로 위장 취업한 대학생 행세해 가미, 벌써 두 군데 공장 돌아 우리 같은 가시나들 여나믄은 회 처먹고 이쪽으로 온 거라꼬예? 노동운동이다 의식화다가 다 꼬임수라꼬예? 참말로 해도 너무합니더. 사람을 잡아도 정도껏 잡으이소. 교복 입고 대학 앞에서 찍은 사진도 여럿 봤심더. 대학생 친구들도 많이 봤구예. 사장인 아부지 비서라 카는 사람이 찾아와 가주고 돌아가자꼬 사정사정하는 것도 봤심더.

뭐예? 교복이사 사 입으믄 되고 사진도 아무 대학이나 가서 찍으믄 된다꼬예? 친구라 카는 대학생들 참말로 대학생 맞는지 안 맞는지 조사해 봤다꼬예? 아부지 비서라 카는 사람이 참말이라 카믄 우예 자식이 일곱 달이 넘도록 구멍가게 같은 중소기업 공장에 댕기는 걸 가마이 놔두었겠나꼬예? 마 좋은 대로 생각하이소. 그런 식으로 의심할라 카믄 세상에 성한 사람 얼마나 되겠어예?

웃지 마이소. 기분 나쁩니더. 사람 허패 뒤집는 기 뭐 취미라도 됩니꺼? 기술 좋더냐꼬예? 무슨 기술예? 내 참, 아저씨는 여동생도 없어예? 딸도 안 키아예? 우예 그런 소리를 다 입에 담으십니꺼? 하기사 뭐 그러이 부천(富川)서 그러매이 일이 다 터졌지예. 벌건 대낮에 인자 겨우 스물 난 가시나한테 이따우 수작하는 거 보이 권 양 우쨌다는 말도 참말로 헛소문 아인갑네예. 만판 그런 짓하고도 남겠네예.

와 때려예? 내가 뭐 그른 소리 했습니꺼? 그거 가주고 뺨 때리는 거 보이 참말로 죄 졌으믄 사람 안 패 죽이겠나? 박 머시긴가 하는 대학생도 그래 가주고 그리 때리 죽있십니꺼? 뭐예? 아직도 정신을 몬 채리이 답답해 글타꼬예? 정신을 몬 채리다이 내가 뭘 정신을 몬 채립니꺼? 내 아직 정신이 말뚱말뚱해예. 아저씨 하는 말 다 알아듣고 내 한 말도 뭐시든 다 기억해예. 혹시 정신이 우 째 된 거는 아저씨 아입니꺼? 아까부터 사람 불러 놓고 엉뚱한 소 리만 실실 해대는 게 내 보기에는 아저씨가 오히려 돌았거나 우째 된 거 같심더. 쓸데없는 소리 해 쌓지 말고 요점만 물어예. 현식이 오빠 얘기, 아무리 나쁘게 꾸며 대도 말짱 헛일이라예. 뭐라 캐도 아저씨 말은 안 믿어예.

그건 뭐시라예? 경찰 서류 내 같은 기 읽어 봐서 뭐 하겠어예? 고소장이라꼬예? 내 같은 어리하게 당한 가시나들이 낸 고소장 이니 꼭 한번 읽어 보라꼬예? 그걸 내가 와 읽습니꺼? 몸 뺏기고 돈 뺏기고 걷어채있다는 얘기겠지예? 그런 거라믄 내하고는 상관 없심더. 나는 아무것도 뺏긴 거 없어예. 자청해서 줬고 또 그마이 받았어예.

내 안 읽는다는데 화는 와 내예? 등신이 쇠고집이라꼬예? 마 등 신이라도 좋고 쇠고집이라도 좋심더. 글치만 거기는 안 넘어가예. 나도 다 들은 거 있어예. 그기 바로 반동(反動)들의 책략이라 카는 거 아입니꺼? 막바지가 되믄 반동들의 책략이 변화무쌍해진다꼬 오빠가 말한 적이 있었어예. 그래서 우리를 이간질시키고, 서로 몬 믿게, 서로 얕보고 비웃게 만든다미요? 까짓거 고소장 몇 장 맨들어 내는 거사 뭐 어렵겠어예? 종이하고 볼펜만 있으믄 이따우 엉터리 고소장이사 백 장도 안 맨들겠어예?

대질시켜준다 캐도 마찬가지라예. 여경(女警) 몇 명 옷 갈아 입해서 현식이 오빠한테 몸 바치고 사기당한 거맨치로 떠들어 쌓게 하믄 누가 알겠어예? 신원 조회, 학적부 아무리 내봐 봐도 소용없어예. 그거 다 마찬가지 아입니꺼? 나는 그 오빠 말 아이믄 안 믿어예. 아무리 몬 배운 공순이지만 그만 신의는 있어예.

그래도 뭘 자꾸 가주고 옵니꺼? 가장 최근에 들어온 고소장이라꼬예? 그 때문에 이번 수사가 시작된 거라꼬예? 그건 또 무슨 죄목입니꺼? 혼인 빙자 간음 및 사기와 폭행이라고예? 골고루 꺼다 붙여 놨네예. 그래도 반국가 음모나 간첩으로 안 모는 거는 다행입니더. 그쪽으로 몰아치믄 사람 잡기 훨씬 쉬울 낀대예.

아이고 깜짝이야, 괌은 왜 그래 질러 쌌습니꺼? 내 안 보겠다는데 아저씨가 그래 속 탈 끼 뭐 있어예? 그라믄 뭐, 좋아예, 그거 읽는 게 글케 소원이라믄 읽어 보지예. 이리 주이소, 함 보입시더.

이번에는 아이구, 우리 같은 공순이가 아이네예. 동방무역 총무과라 대학까지 나왔으니 급사는 아이겠고 여사무원인갑네예. 보자, 수배 중인 운동권 학생을 가장하여, 뭐 똑같은 소리 아입니꺼? 호기심과 동정심을 일으킨 뒤 접근, 이것도 뭐 비싯하고. 대학까지 나온 여자가 그것도 나이 스물일곱씩이나 되면서 그만 일에 호기심과 동정심을 일으켰다믄 그 여자도 어지간히 골 빈 여자지예. 결혼을 약속하고 농락한 뒤, 뭐 이게 참말이라 캐도 한쪽 말만 들고 알 수 있겠어예? 마음을 돌려 복교하겠다는 핑계로 세 차례에 걸쳐 백육십만 원을 뜯어가고, 엄마야, 대학 등록금이 이리 비쌉니꺼? 확실히 우리 같은 공순이 상대하고는 액수가 다르네예. 또 보입시더. 다시 방을 얻어 동거를 시작하여, 퇴직을 강요한 뒤, 퇴직금 삼백오십만 원 받아 오자 그걸 챙겨 자취를 감췄다. 참 거짓말 같은 일도 있네예. 현식이 오빠 몇 살인 줄 알기나 합니꺼? 인자 스물넷이라예. 그런데 스물일곱 — 아니, 여게 스물일곱으로 적혔으믄 집에 나이는 스물여덟이겠지예. — 이나 되는 여자가 그것도 직장 생활을 오 년씩이나 했다믄서, 현식이 오빠 같은 사람한테 넘어간단 말이라예? 아저씨 말대로라믄 대학 문전에 몬 가본 날건달한테 대학까지 나온 여자가 그렇코름 정신 못 채리고 당했단 말이라예? 마자 보입시더. 일주일 뒤에 다시 들어와 사업을 시작했다며 친정에 가서 오백만 원을 더 가져올 것을 요구, 이를 거절하자 주먹을 휘둘러⋯⋯. 참말로 현식이 오빠한테는 안 어울리네예. 나는 아직 어디서 그 오빠가 꽝 한번 크게 지르는 거 몬 봤는데⋯⋯. 그거는 글코, 자 그래서 우쨌단 말입니꺼? 내도 몬 본 지 한 달이나 되는 사람 내놓으란 말입니꺼? 아이믄 나도 몸 뺏기고 돈 뺏깃다고 고소장 하나 더 써 보태란 말입니꺼?

이캐도 알고 저캐도 압니더. 우리 그카지 말고 인자 솔직히 얘기하입시더. 애매한 현식이 오빠 이만틈 잡아 놨으면 됐심더. 인자 우리 공장 얘기나 하입시더. 저쪽에서 뭐라 캅니꺼? 쪼매도 양보 몬 하고 우리만 조져 달라꼬 약 쑵디꺼? 아이고, 또 꽝 지르네.

그건 우리끼리 알아 할 일이고 아저씨가 궁금한 거는 이 사기 사건뿐이라꼬예? 참 이상하네예. 현식이 오빠가 위장 취업한 거는 사실이지만 이번 일하고는 아무 상관없다는 거 아저씨도 잘 안다매예? 그런데 뭐 아저씨가 개인적으로 그 오빠하고 원수진 거라도 있어예? 왜 더럽고 추저븐 사기꾼 몬 맹글어 그렇코름 안달입니꺼?

혹 이걸로 노동운동하는 대학생들 몽조리 도맷금으로 우째 볼 생각이믄 그건 틀렸어예. 우리가 아무리 몬 배우고 덜 떨어졌다 캐도 그만 일로 흔들리지는 않아예. 논에는 피가 나기 마련이고, 나락 한 말이믄 쭉데기도 한 줌 섞이는 법이라예. 이 고소장 모두 참말이고 아저씨 말도 모두 사실이믄 뭐 어때예? 그래도 그 오빠는 우리한테 우리 권리하고 노동의 존엄을 깨치 준 사람이라예. 우리가 어떻게 억압받고 무엇을 착취당했는지를 알려준 사람이고, 무엇으로 우리 스스로를 회복시켜야 되는지를 가르쳐준 사람이라예. 그 사람의 동기야 우쨌건 인자 우리는 한 번 출발한 이 길을 갈 꺼라예. 흔들리지 않게, 흔들리지 않게, 흔들리지 않게……

— 글치만, 아이고, 참말로 그기 아이믄 우짜꼬? 내는 인자 우짜꼬?

(1987년)

시인의 아들

읊어지지도 씌어지지도 않은 시가 시일 수 있을까. 듣는 이도 읽는 이도 없는 시가 시일 수 있을까. 오직 자신만을 목적으로 의식 속에서만 눈부시게 피어올랐다가 스스로 완성됨을 흐뭇해하는 미소 속에 스러지고 마는 시, 그리하여 '짓는' 것이 아니라 '하거나' '사는' 시도 시일 수 있을까. 그런 시를 하고 그런 시를 사는 사람도 시인일 수 있을까.

아마도 있겠지만 — 그런 시도 시인도 만나기는 어려울 것이고, 어쩌다 만난다 해도 알아보기는 더욱 어려울 것이다. 그런데 우리 시인과 마침내 그가 이른 그런 시에는 한 사람 그 예외가 있다. 바로 시인의 둘째 아들 익균(翼均)이었다. 시인이 죽기 3년 전 익균은 남도(南道) 어디에서인가 아버지를 찾아 집으로 모시려 한 적이 있어, 세상에서 그가 시인인지를 알고 그를 본 마지막 사람이되었다. 그 익균에게서 끝내 아버지를 모셔가지 못한 연유를 들음으로써 우리의 시인과 그의 시가 마지막에 이른 곳을 어렴풋하게나마 가늠해 보자.

형 학균(學均)이 자식 없이 죽은 큰아버지 병하 앞으로 양자 가는 바람에 익균은 일찍부터 어머니 황 씨 밑에서 외아들로 자라 세상 사람들에게는 오직 그만이 시인의 아들로 알려졌다. 익균은 어른이 되어 어느 정도 살림살이가 자리 잡혀가자 아버지를 찾아 집을 나서기 시작했다. 외롭고 고단하게 떠도는 아버지를 모셔와 잘 봉양해야 한다는 유교적 효심에 내몰리기도 했겠지만, 그에 못지않게 일생을 과부나 다름없이 살아야 했던 어머니 황 씨를 위한 배려도 있었을 것이다.

통신도 잘 이어지지 않고 교통도 불편하기 짝이 없는 그 시대에 살아서 끊임없이 움직이는 사람을 찾는 일은 쉽지가 않았다. 풍문으로 아버지가 있다고 들은 곳을 어렵게 찾아가 보면 시인은 이미 그곳을 지나간 뒤이기 일쑤였다. 어떤 때는 풍문이 잘못된 것이라 천 리 길이 헛걸음이 되는 수도 있었고, 드물게는 전혀 엉뚱한 사람이 삿갓과 대지팡이만으로 시인 행세를 하다가 찾아온 익균을 보고 무안해하며 달아나기도 했다.

거기다가 무엇보다 익균을 어렵게 만드는 것은 아버지 자신이 돌아가기를 원하지 않는 일이었다. 그해 마지막으로 찾아 나서기 전에도 익균은 이미 두 번이나 어렵게 찾아낸 아버지를 집으로 모셔가는 도중에 잃어버린 적이 있었다. 한 번은 경상도 안동 땅에서였는데, 아버지는 익균에게 자신이 신고 갈 짚신을 구해 오게 해놓고 자취를 감추어버렸다. 그리고 또 한 번은 황해도 구월산 쪽에서였는데, 함께 집으로 돌아오다가 용변을 핑계 대고 숲 속으로 사라져버리고 말았다.

따라서 익균이 마지막으로 아버지를 남도 하동(河東) 땅에서 찾아냈을 때 결심은 아주 단단했다. 이번에는 결코 놓아드리지 않으리라, 잠시도 눈을 떼지 않고 한 발짝도 떨어지지 않으리라, 잠을 잘 때는 옷고름을 서로 매어 두고 아무리 고단해도 결코 깊이 잠들지는 않으리라. ― 그렇게 마음을 다지는 익균에게는 그사이 길러진 오기와 원한 같은 것도 얼마간은 섞여 있었다.

'당신이야 일평생 좋아서 떠도셨겠지만 나는 뭐고 어머니는 뭔가요. 당신은 당신의 한을 이기지 못해서라지만 그게 새로운 한을 기르고 있었다는 것은 모르셨겠지요. 당신은 아비 없는 후레자식 소리를 들으며 자라야 했던 내 한을 아시는지요. 그 가난과 외로움이 내 어린 넋을 할퀴어 남의 아비 된 지금에조차 아물지 못한 상처로 욱신거리고 있음을 짐작이나 하실는지요. 더 있습니다. 꽃 피는 봄 잎 지는 가을밤에 잠 못 들어 하며 밤새도록 한숨으로 뒤척이던 어머님의 한을 아실는지요. 미움도 원망도 세월과 더불어 사위어 이제는 임종이라도 곁에서 보고 싶다는 비원만으로 당신을 기다리는 어머니의 애달픈 삶을 한번 헤아려보신 적이나 있으신지요. 아니 됩니다. 부여잡는 제 손을 또다시 뿌리치셔서는 아니 됩니다. 이번에는 결코 놓아드리지 못합니다…….'

실제로도 익균은 자신의 결심에 충실하게 아버지를 감시했다. 잠잘 때는 아버지의 삿갓과 짚신을 감추고, 깨어서는 아버지로부터 한 자 넘게 떨어지는 법이 없었다. 세수조차도 나란히 개울가에 서서 아버지의 움직임을 살펴가며 하고, 심하게는 뒷간까지 아버지를 따라가 지키기도 했다.

이번에는 시인도 이상하리만치 그런 익균의 성화를 순순하게 받아주었다. 그렇게 여러 말은 않아도 이번에는 굳이 아들을 따돌릴 생각이 없음을 틈만 나면 은근히 내비쳤다. 시인의 나이도 어느덧 쉰넷, 과객으로는 너무 늙었고, 서른 해 가까운 떠돌이 삶의 조식(粗食)과 피로에도 어지간히 지친 듯했다. 거기다가 구경꾼까지 꾈 만큼 떠들썩하던 그 시도 그 무렵은 더 나오지 않는지, 그 전에 만났을 때처럼 아버지 주위에 이런저런 사람들이 몰려 있지 않던 것도 얼마간 익균의 마음을 놓게 했다.

그런데 아버지와 함께 집을 향해 떠난 지 이틀 만에 익균은 참으로 놀라운 일을 겪게 되었다. 험하다는 함안(咸安) 산청(山靑) 어떤 영마루를 넘을 때였다. 고갯길이라 숨이 차는지 노송 그늘에 앉아 쉬는 아버지를 두고 대여섯 발짝 떨어진 참나무 뒤에서 소피를 보고 나오니 아버지가 없었다. 아버지가 자신을 따돌리고 어디론가 사라진 줄 안 익균은 또 속았다는 느낌에 일순 피가 거꾸로 솟는 것 같았다. 이 어른이 끝까지…… 하며 가만히 이를 악물고 아버지가 몸을 숨겼음 직한 곳을 차례차례 눈길로 헤집듯 주변을 살펴보기 시작했다.

그때 더욱 알 수 없는 일이 벌어졌다.

"얘야, 뭐 하느냐? 뭘 잃어버렸느냐?"

그 같은 아버지의 목소리가 들려 퍼뜩 돌아보니 아버지가 원래 자리에 그대로 앉아 있는 게 아닌가.

"어딜…… 갔다 오셨습니까?"

워낙 땅에서 솟듯이 나타나 놀라기도 하고, 어쨌든 아버지를 잃은 것이 아니라 반갑기도 해서 익균이 더듬거리며 물었다. 그러자 아버지가 오히려 이상하다는 듯 되물었다.

"나는 한 발짝도 움직이지 않았다. 왜 무슨 일이 있었느냐?"

익균으로서는 까닭 없이 으스스하게 들리는 물음이었다. 조금 전 자신이 그렇게도 눈을 부릅뜨고 살폈지만 틀림없이 그 소나무 아래에는 아무도 없었다. 그런데 되묻고 있는 아버지는 또 아버지 대로 그새 거기서 손가락 하나 까닥한 것 같은 느낌을 주지 않았다. 실로 알 수 없는 일이었다.

그런 일은 그 뒤로도 더 있었다. 그날 그 고개를 다 넘은 뒤에 어떤 작은 계곡을 만났을 때였다.

"얘야, 저기서 발이나 좀 식히고 가자꾸나. 오늘 길은 이만하면 어지간하지 않느냐?"

아버지가 그러는 바람에 익균도 계곡 개울가로 가게 됐는데, 거기서 또 비슷한 일이 일어났다. 물가 바위에 걸터앉은 아버지가 버선을 벗고 물에 발을 담근 걸 보고서야 다소 마음이 놓여 한눈을 팔다가, 이상한 느낌에 퍼뜩 돌아보니 여남은 발짝 저쪽의 아버지가 안 보이지 않는가. 익균이 놀라 화닥닥 뛰어 일어났다. 그리고 근처에 있는 가장 큰 바위에 올라가 사방을 살피는데 아까의 그자리에서 아버지의 목소리가 들렸다.

"또 왜 그러느냐? 무슨 일이 있느냐?"

익균이 내려다보니 아버지는 두 손으로 물에 담긴 발을 주무르며 그를 쳐다보고 있었다. 원래 앉았던 자리 그대로였다.

익균이 어렴풋하게나마 그 이상한 현상의 원인을 짐작하게 된 것은 그런 일을 몇 번이나 더 겪은 뒤였다. 그다음 날 어떤 바위산 기슭을 지날 때 익균은 마음먹고 아버지에게서 멀어지면서 어떻게 아버지가 없어지는가를 살펴보았다. 그때 아버지는 바위산 기슭으로 비어져 나온 청석 끝에 앉아 쉬고 있었는데, 익균이 대여섯 발짝 떨어지면서부터 벌써 아버지의 형태는 희미해져 가기 시작했다.

익균은 놀라면서도 몇 발짝 더 떨어져 보았다. 아버지가 또 없어졌다 싶었으나 눈여겨보니 그것은 아니었다. 아버지는 틀림없이 그 자리에 그냥 앉아 있었다. 그러나 삿갓을 벗고 망연히 구름을 바라보고 있는 게 그대로 그만한 청석 덩이 같았다. 그것도 수천년 전부터 원래 그 자리에 있어 퍼렇게 이끼가 긴. 따라서 주위의 경물과 너무도 잘 조화를 이룬 까닭에 아버지가 거기 있다는 걸 자신이 얼른 알아보지 못한 듯했다.

하지만 아버지와 길을 함께하면서 익균이 겪어야 했던 놀랍고 이상한 경험은 더 있었다. 그것은 바로 아버지의 시였다. 아니, 소문으로만 요란하게 전해 들었던 그 시일지도 모르는 어떤 웅얼거림이었다.

겨우 콧등이나 울리고는 입안으로 어물어물 잦아들어 버리기는 하지만, 그전에도 이따금씩 아버지는 길을 가다 무어라 웅얼거린 적이 있었다. 그러나 익균은 짐짓 그 소리를 못 들은 체 해왔다. 그게 시란 짐작은 있어도 아버지가 누구보고 알아듣게 읊조리는 게 아닌 데다, 애써 알아듣는다 해도 학문을 제대로 익히지 않은 익균으로서는 뜻을 알 길이 없었다. 어쩌면 서른 해 전 아버지를 집에서 끌어내 일생을 과객질로 떠돌게 한 게 바로 그놈의 알지 못할 시였는지도 모른다는 생각에 오히려 은근한 반감만 일 뿐이었다.

그런데 그날 아버지가 무언가를 웅얼거릴 때는 달랐다. 이미 그 며칠 여러 가지로 놀라운 경험을 한 터라, 그 웅얼거림이 바로 시이며 거기에도 무언가 예사롭지 않은 뜻이 있을 것 같았다. 익균은 난생처음으로 아버지에게 시를 물었다.

"저기 저 꽃이 아름답다고 했다."

아버지가 애매한 표정으로 길가의 바위벽을 가리켰다. 아버지가 손가락질할 때는 틀림없이 벌건 바위벽이었는데 ― 익균이 바라보자 놀랍게도 그 바위벽을 쪼개고 한 줄기 눈부신 자색(紫色)의 천남성(天南星) 꽃이 피어오르는 게 아닌가. 마치 완강한 바위벽에 갇혀 있다가 아버지의 손가락에 끌려 나온 듯이, 또는 아버지의 말 한마디가 그 순간 바위 위에 빚어 놓은 것처럼.

처음 익균은 그 신비한 느낌이 무언가 헛것을 본 것이거나 눈길이 닿는 순간의 차이가 일으킨 미묘한 혼란 때문인 줄 알았다. 하지만 아니었다. 그 뒤 익균은 그 신비한 느낌이 무엇 때문인지를 알아보려는 마음으로 아버지의 웅얼거림을 들을 때마다 거기 대해 물어보았는데, 매번 앞서와 비슷한 경험을 해야 했다.

"저 구름이 참 유유하구나."

마지못해 하는 듯한 그런 풀이를 듣고 아버지의 손가락 끝을 올려다보면 그때껏 무덤덤하던 하늘 한곳에서 전에는 한 번도 본 적이 없는 잘생긴 구름이 불려 나와 유유하게 흘러갔고,

"저 잉어가 참 한가롭다 했다."

하는 소리를 듣고 언덕 아래 강물을 보면, 조금 전까지도 아무것도 안 보이던 물속에 마치 아버지의 웅얼거림에 이끌려온 듯 미끈한 잉어 몇 마리가 떼를 지어 한가롭게 노닐고 있었다. 아버지가 새를 읊으면 새 중에서도 가장 깃털 예쁘고 소리 고운 새가 어디선가 날아와 지저귀었고, 바람을 읊으면 바람 중에서도 가장 시원한 바람이 불어와 그들 부자의 땀을 씻어주었다.

오래잖아 익균은 그런 아버지의 시에 대해서도 나름대로 어렴풋한 짐작은 하게 되었다. 아버지는 기실 그 시로 원래 없는 걸 불러내거나 만드는 게 아니라, 거기 있었지만 자신은 볼 수 없었던 것들을 홀로 알아보았거나 찾아냈을 뿐이었다. 그러나 익균의 짐

작은 겨우 그뿐, 그게 왜 자신에게는 없는 걸 새로 빚어내거나 다른 곳에 있는 것을 그리로 불러오는 것처럼 느껴지는지는 끝내 알수가 없었다.

한번 아버지를 살피는 눈길이 되자 익균에게는 그 밖에도 또다른 알 수 없는 일들이 많이 생겨났다. 그것은 아버지가 사람들이 많이 모여 사는 곳, 특히 대처 저잣거리로 들어설 때 그랬다. 자연의 경물 사이를 지나올 때와는 달리, 아버지는 여러 사람 가운데만 끼어들면 금세 그들 중에 가장 초라하고 지쳐 빠진 늙은이로불거지는 것이었다. 마치 화려한 봄꽃 밭 가운데 꽂힌 삭정이처럼. 아버지의 말도 마찬가지였다. 시를 웅얼거릴 때의 그 신비한 힘은어디 갔는지 사람들은 거의 아버지가 하는 말을 알아듣지 못해자신의 통변(通辯)이 필요할 정도였다. 그런 아버지가 지금껏 굶어죽지 않고 과객 노릇을 해왔다는 게 영 믿을 수가 없었다.

그럭저럭 길 떠난 지 이레째 되는 날이었다. 어느새 경상도가끝나 부자는 죽령(竹嶺) 아랫마을에서 하룻밤을 묵게 되었다. 그때까지도 아버지를 집으로 데려가겠다는 생각만으로 가득 차 있던 익균에게 문득 한 물음이 일었다.

'결국 아버지는 무엇일까. 내 아버지만일 수도, 어머님의 지아비만일 수도 없이 일생을 떠돌며 살게 한 아버지의 다른 이름과쓰임은 무엇이었을까. 또 나는 지금 무엇을 하고 있는가. 이런 아버지를 이제 와서 굳이 집으로 모시고 돌아가는 게 옳은 일일까.'

그 며칠 경험한 일들이 익균의 머릿속에서 한 방향으로 천천히 종합되면서 생긴 물음이었다. 사람들은 아버지를 시인이라 했다. 시를 잘 짓는 사람. 그러나 어린 날의 익균에게 시란 저주나 재앙과 동의어였다. 더러는 아버지를 과객이라 했다. 머리와 몸이 너무도 지나치게 따로따로 노는 그 사람들. 몸은 유리걸식의 진창을 헤매면서도 머리는 글과 학문이 지어내는 꽃구름 위에 떠 있는 사람. 어렸을 적부터 몸에, 현실 쪽에 무게를 주고 살도록 스스로를 훈련시켜온 익균에게는 과객이란 그럴싸한 호칭 또한 거지의 다른 이름에 지나지 않았다.

아버지를 그 두 가지 불행한 운명에서 빼내 온다. ─ 그게 아버지를 향한 익균의 소박한 효심(孝心)이었다. 일생을 외롭게 지낸 홀어머니를 향한 절실한 효도와는 거리가 멀지만 진심의 일부임에는 틀림없었다. 그런데 며칠 사이에 갑자기 그 모든 자명했던 이치들이 의심스러워지고, 아버지를 모셔 간다는 결의마저 흔들어 놓았다.

하기야 아버지가 빠져 있는 것이 불행도 저주도 아닌지 모른다는 의심은 이미 첫 번째 만남에서 느껴진 바 있었다. 그때 아버지가 한사코 돌아가기를 마다하는 데는 어딘가 자신이 누리고 있는 것을 잃게 될까 봐 두려워하는 듯한 기색이 엿보였다. 그러나 익균은 그 누림을 어떤 적극적인 권리이기보다는 소극적인 회피나 면제로만 이해했다. 삼강(三綱)과 오상(五常)의 삼엄한 규정뿐만 아니라, 그 시대의 가장(家長)에게 요구되던 여러 책무들로부터 독서인(讀書人)의 사회적 기능에 이르기까지, 일찍이 아버지가 지기를 마다하고 떠나온 그 모든 성가시고 난감한 짐들. — 그리하여 아버지가 진정으로 두려워하는 일은, 살아가며 두고두고 그 불이행을 추궁당할 지난날의 책임과 구차하고 힘들어도 수행하지 않으면 안 될 앞날의 책임으로 다시 끌려 들어가게 되는 것이라고 보았다.

아버지가 두 번이나 거짓말에 속임수까지 써가며 일껏 먼 길을 찾아간 자신을 따돌린 뒤에도 익균의 생각은 크게 변하지 않았다. 아버지를 만나 본 뒤 기껏 변한 게 있다면, 그런 아버지의 의식을 이해하는 데 그 두려움 외에 홀림[魅惑]을 하나 덧보탠 정도일까. 모든 불행과 저주가 적건 크건 반드시 지니고 있기 마련인 그 알지 못할 불길한 힘, 어떤 뿌리치기 힘든 홀림도 아버지를 일생 길 위에서 헤매게 한 것들 중에 하나일지 모른다는 게 그때 새로 품게 된 익균의 짐작이었다.

그런데 그 닷새, 가까이에서 아버지를 보는 동안에 익균의 가슴을 점점 무겁게 짓눌러오는 것이 있었다. 아무래도 아버지는 무엇에 홀리거나 져야 할 짐이 두려워 길 위로 내몰리게 된 것이 아니라, 드물지만 드높고 값진 무언가를 누리기 위해 스스로 떠돌고 있는 것 같다는 의심이었다. 그런 의심을 이내 흔들림 없는 믿음으로 바꾸어 놓은 것이 아버지와 함께한 지난 며칠의 여러 놀랍고 신기한 경험들이었다. 그러자 다시 익균의 가슴을 무겁게 짓눌러오는 물음들이 있었다.

'이제 돌아가면 머물게 될 내 초라한 초가 사랑채에서도 아버지는 과연 푸른 하늘에 구름을 불러내고 벌건 바위벽에 꽃을 피울 수 있을까. 그 낮은 추녀 밑으로 울음소리 곱고 깃털 예쁜 새들을 불러들이고, 산가(山家) 좁은 뜰에서도 미끈한 잉어 떼와 노닐 수 있을까. 나와 아내와 어머니의 수고로움에 얹혀, 또는 그 보잘것없는 생산을 함께 거들면서, 늙은 소나무처럼 이끼 낀 바위처럼 멋스러울 수 있을까, 꿋꿋할 수 있을까. 또는 이제 죽음을 맞이하기 위해 돌아온 늙은 떠돌이를 보는 차가운 눈길 속에서, 혹은 당신이 젊어 한때 드날렸다는 그 허황된 이름을 좇아 부나비 떼처럼 몰려들지 모르는 어중이떠중이 문사(文士)들 속에서, 아버지는 변함없이 시인일 수 있을까. 하늘을 지붕 삼고 땅을 돗자리 삼아 매인 곳 없이 떠돌던 그 시인일 수 있을까……'

초저녁부터 코를 고는 아버지 곁에 누워 익균은 그 같은 상념에 밤늦도록 잠을 이루지 못했다. 어쩔 수 없는 피의 동질성이 그 자신의 배움이 줄 수 있는 것보다 훨씬 높은 수준의 이해를 끌어내 익균을 느닷없으면서도 마음 무거운 망설임에 몰아넣고 있었다.

그러는 동안에도 아버지는 줄곧 그침 없이 코를 골았다. 이윽고 밤이 깊어 얼마 전까지 들리던 아랫방 주막집 내외의 두런거림도 그치고 사방이 고요해졌다. 그 고요 속에서 자신의 상념을 좇던 익균도 아슴아슴 잠 속으로 빠져들었다.

그렇게 얼마나 시간이 흘렀을까. 깜박 잠이 들었던 익균은 야릇한 허전함에 눈을 떴다. 옆 자리는 비어 있고, 대신 윗목에서 무언가 사르락거리는 소리가 들렸다. 아버지구나. ─ 익균은 직감으로 그렇게 느꼈다. 그날 밤은 자신이 감추지 않은 삿갓과 두루마기를 챙기는 듯했다.

그러나 익균은 왠지 몸을 일으키고 싶지 않았다. 그보다는 기어이…… 하는 알 수 없는 체념이 먼저 일며 온몸에서 스르르 힘이 빠졌다. 이어 되살아난 간밤의 상념도 집을 나설 때의, 그리고 어렵게 아버지를 찾아낸 순간의 굳은 결심을 무력하게 만들었다.

그사이 아버지는 챙겨야 할 것들을 다 챙긴 듯 문께로 갔다. 이제는 일어나야 한다. — 익균은 그제야 슬며시 조바심이 일었으나 몸을 일으킬 수 없기는 마찬가지였다. 그때 갑자기 아버지의 동작이 멈춰졌다. 어둠 속이지만 익균은 한동안 얼굴에 따스한 햇살 같은 게 느껴졌다. 아버지가 날 굽어보고 계시는구나……. 익균은 그런 느낌에 보이지 않는 아버지의 눈길을 피하듯 가만히 눈을 감았다. 그런 그의 귀에 문득 담담한 아버지의 목소리가 들리는 것 같았다.

'아들아, 아무래도 나는 돌아갈 수가 없구나. 아비는 일찍이 신하 되기도 마다하고, 아비 되기도 마다하고, 어른 되기도 마다하고, 벗도 끊고, 지어미도 버리고, 너희 세상을 떠나 시인이 되었다. 마땅히 져야 할 그 모든 것을 털어버리고 삶을 흥거운 이승 나들이로 여겨 시로 떠돌며 이 한살이를 때우려 했다. 그런데 해 기울고 날 저물려는 이제 와서 다시 아비가 되라 하고 지아비로 돌아가라 하느냐. 받아들여지지 않는 신하로, 받들어주지 않는 어른으로, 미쁨 얻지 못한 벗으로 되돌아가자는 것이냐. 아니 되겠다.

그것들은 모두가 처음부터 이 아비에게는 맞지 않는 옷과 같은 것이었다. 더구나 아비에게는 그것들과 맞바꾸어 일생을 함께한 시가 있다. 나는 그 시로 내내 평온하고 넉넉하였다. 더군다나 — 이미 너무 멀리 와 다시 돌이킬 수 없는 그 시의 길은 또 어찌할 것이랴. 아들아, 나를 이만 놓아주려무나. 이대로 시인으로 살다 비갠 뒤의 노을처럼 스러지게 버려두려무나……'

익균이 다시 눈을 뜬 것은 방문 열리는 소리가 나서였다. 바깥의 어스름한 하현(下弦) 달빛 때문에 삿갓을 끼고 구부정히 방을 나가는 아버지의 모습이 보였다. 마당으로 내려서기 전에 힐끗 돌아보는 품이 아들이 깨어 있는 걸 알고 있는 것 같기도 했다.

알 수 없는 마비에 빠져 있던 익균이 비로소 있는 힘을 다해 몸을 일으킨 것은 마당으로 내려선 아버지의 발자국 소리가 멀어져가고 있을 무렵이었다. 그제야 다급해진 익균은 엉금엉금 기어가 문지방을 잡고 밖을 내다보며 소리쳤다.

'아버지……'

그러나 익균의 목소리는 그보다 앞서 눈에 들어온 아버지의 뒷모습에 막힌 듯 입 밖으로 새어 나오지 못했다. 어둠 속에서 희끗희끗 멀어져가는 아버지는 이미 자신의 아버지가 아니었다. 시인일 뿐이었다. 세상 아무것에도 얽매이지 않는 시인일 뿐이었다. 어느새 주막 사립문을 벗어난 아버지는 풀숲 길로 들어서는가 싶더니 이내 자취가 사라졌다. 나무가 되었거나 돌이 되었거나 꽃 하얀 찔레 넝쿨이 되었거나 혹은 짙어지기 시작하는 새벽안개가 되어……라는 생각이 들자 익균은 아직 못 뱉어낸 만류의 말을 얼른 축원(祝願)으로 바꾸며 깊숙이 머리를 숙였다.

'안녕히 가십시오, 아버님. 부디 당신의 시 속에서 내내 평온하고 넉넉하십시오……'

그는 시인의 아들이었다.

그 뒤 그들 부자는 살아서는 다시 만나지 못했고, 그래서 그 새벽 그들이 가슴으로 주고받은 말은 그대로 이 세상에서 나눈 마지막 별사(別辭)가 되었다.

(1990년)

시
인
과

도
둑

시인이 길을 간다. 사람의 자취 끊어진 그윽한 산길을 시인이 훠얼훨 간다. 바람이 불 때는 바람에 밀리듯이, 구름이 흐를 때는 구름 따라 흐르듯이. 들꽃을 만나면 들꽃 찾아 나선 듯이, 산새가 울면 산새에 불려온 듯이.

그는 긴 세월을 허비해 두 개의 상반된 세계와 인식을 거쳐왔다. 쓸쓸하고 슬퍼 오히려 아름답게 보이는 유년과 불같은 젊은 날의 태반을 바쳐 먼저 그가 건너야 했던 것은 긍정과 시인(是認)과 보수(保守)의 세계였고 그 인식이었다. 그 세계에서의 삶은 이겨 살아남고 이룩하고 누리는 것이 본모습으로 상정(想定)되어 있었으며, 인식의 주류는 '지금' 이루어지는 것이 모두 옳으며 '여기' 있는 것은 모두 존중되고 유지되어야 한다는 것이었다.

그러나 그의 일생을 인도한 일탈(逸脫)의 별은 그를 그 같은 세계와 인식 속에 안주할 수 있도록 놓아두지는 않았다. 그의 젊음도 스산하게 저물어갈 무렵 새로운 세계와 인식이 뒤틀린 운명에 피 흘리던 그의 영혼을 사로잡았다. 억눌리고 빼앗기고 괴로움 속에 던져진 시간을 때워야 하는 목숨들의 세계와 '지금' 이루어지고 있는 일은 모두가 틀렸으며 그리고 '여기' 있는 것은 모두가 부서져 거듭나야 한다는 인식이 바로 그것이었다.

그는 어두워 더 치열한 열정으로 그 새로운 세계와 인식에 자신을 내던졌다. 하지만 그 또한 그 안에서 늙어갈 만한 세계도 그 믿음 속에서 죽어갈 수 있는 인식도 아니었다. 그늘 없는 양지가 어디 있고 속없는 겉, 뒤 없는 앞이 어디 있는가. 세계도 인식도 겹이었고, 그 시비는 '지금'과 '여기'에서의 하염없는 노래에 지나지 않았다.

그 뒤 그는 한동안 적막 같은 양비(兩非)와 양시(兩是)의 세월을 보냈다. 때로는 우주와 인생을 다 이해한 것처럼 그 두 상반된 세계와 인식을 한꺼번에 꾸짖었고, 때로는 그 둘을 아울러 껴안고 아파하며 뒹굴었다. 하지만 그가 가진 것은 답이 아니었으므로 스스로도 막막했으며, 두 세계와 인식은 너무도 완강하게 등을 돌려 그는 외로웠다. 극단으로 대립되어 있는 두 세계와 인식 사이에서 중용이나 조화를 추구함은 시비의 끝이 아니라 시작이었다. 양비일 때는 어김없이 양쪽 모두가 적이 되면서도 양시일 때는 모두가 벗이 되어주지 않았다.

그러다가 그가 새로운 기대로 찾아 나선 것이 자연이었다. 그의 적막함은 결국 사람들의 시비에 끼어든 데서 비롯되었음을 깨닫고 사람들의 마을과 저잣거리를, 어느 쪽이든 편이 되지 않으면 허전하고 불안해 못 견뎌 하는 그들의 의식을 벗어났다. 그것은 또한 세상의 시비에 상처 입고 비틀거리는 그의 시를 위한 떠남이기도 했다.

오래된 지혜는 모든 앎, 모든 아름다움, 모든 참됨, 모든 거룩함의 원형으로 곧잘 자연을 암시해 왔다. 실은 그도 그러한 옛 지혜를 따라 앎을 길렀고 아름다움과 거룩함을 그렇지 못한 것들과 분별해 왔으며 시에서는 진작부터 그 흉내를 내기도 했다. 하지만 그때는 아직 자연에 이르는 오래된 길인 관조(觀照)라든가 자기 침잠(自己沈潛)에는 이르지 못하고 있었다.

그런데 이제는 아니었다. 반복 학습에 의해 강요된 전범(典範)으로서의 자연이 아니라 내면의 절실한 요구에 따른, 모든 가치의 이상태(理想態)로서의 자연 속을 그는 추구하며 헤매는 중이었다. 그와 그의 시가 아울러 이르려 했고 종당에는 아마도 이른 것으로 보이는 자연에의 귀일(歸一) 내지 합일과는 여전히 멀었지만, 공리적 효용에서 점차 떠나고 있다는 점에서는 이전의 경험과는 또 다른 세계와 인식으로 접어들고 있는 셈이었다.

계절은 이미 가을도 깊어 산기슭은 불타는 듯한 단풍으로 덮여 있었다. 만지면 묻어날 듯 파아란 하늘과 어우러진 눈부신 단풍을 바라보던 그는 그곳이 기억에 있는 곳임을 깨달았다. 아련한 유년의 어느 날에 지금은 둘 다 가고 없는 형과 아버지와 함께 넘은 적이 있는 구월산(九月山)의 한 자락이었다.

그 무엇에 이끌렸는지 그는 금강산 다음으로 자주 그 산을 찾았다. 길은 달라도 거의 해마다 지났는데 그해는 공교롭게도 유년의 기억이 묻어 있는 그 기슭을 지나게 된 듯했다.

산은 언제나 옛 그대로인데 자신은 어느새 여덟 살의 아이에서 귀밑머리 희끗한 중년으로 변한 게 새삼 비감(悲感)을 불러일으켰다. 그러나 뒷사람들이 가장 감탄하는 그의 특질 중에 하나가 자신의 비참과 고통을 일순에 빛나는 시정(詩情)으로 바꾸어 놓는 기지와 해학이었다. 그날도 그는 갑작스레 밀려든 비감을 이내 한 편의 희시(戲詩)로 지워버렸다.

지난해 구월에 구월산을 지나고[昨年九月過九月]

올 구월에 또 구월산을 지나네[今年九月過九月]

해마다 구월에 구월산을 지나지만[年年九月過九月]

구월산 풍광은 언제나 구월이라네[九月山光長九月]

그가 단풍 그늘에서 땀을 식히며 동음이의(同音異意)인 구월을 여덟 번이나 되풀이해 그런 칠언(七言) 한 구절을 읊고 있는데 으슥한 숲 속에서 누군가 거친 목소리로 외쳤다.

"이놈, 게 섰거라. 꼼짝하면 머리통을 뚫어 놓을 테다!"

퍼뜩 정신을 차린 그가 소리 나는 곳을 보니 화승총을 겨눈 장정을 중심으로 환도며 창을 꼬나쥔 화적패가 천천히 그에게로 다가들고 있었다. 그런 후미진 고갯길에서 흔히 만날 수 있는 도둑 떼로 특별히 놀랄 일은 아니었다.

그가 살던 시대에는 여러 이름의 도둑 떼가 깊은 골짝마다 득시글거렸다. 흔히 화적으로 뭉뚱그려 불리는 명화적(明火賊), 선화당(宣火黨), 녹림당(綠林黨)이 있었고, 좀 거창하게는 활빈당(活貧黨), 살주계(殺主契) 같은 옛 도당의 후인(後人)을 자처하는 무리도 있었다.

그들 대부분은 조선조 후기의 세도정치와 가뭄과 역병으로 대표되는 재해에 희생된 유맹(流氓)들이었다. 그러나 가만히 살펴보면 그들은 크게 두 부류로 나뉘었다. 하나는 그 노리는 바가 다만 재물이고, 주장하는 바도 기껏해야 스스로의 도둑 됨을 발명하는 것에 지나지 않는 작은 도둑이고, 다른 하나는 노리는 바와 주장하는 바가 그와 다른 큰 도둑이었다. 비록 흔하지는 않았지만 그 큰 도둑 중에는 세상을 노리고, 사민(四民)의 평등과 공영(共榮)을 외치는 무리도 있었다.

일생을 떠돌며 산 그에게는 그런 패거리들과의 만남이 그리 드문 일은 아니었다. 그리고 그 어느 부류이든 그들과의 만남을 두려워해야 할 까닭은 많지 않았다. 이름이 항간에 알려지기 시작한 뒤는 말할 것도 없거니와 별로 이름이 알려지지 않았던 시절에도 본질적으로는 그들과 크게 다를 바 없는 유맹인 그라 대개는 별일 없이 놓여날 수 있었다.

그런데 그날은 달랐다. 그를 덮친 패거리는 그가 삿갓과 대지팡이를 앞세우고 시인으로서의 이름을 대도 아는 체를 않았고, 실은 그들과 다를 바 없이 가난하고 힘없음을 밝혀도 그대로 놓아주지 않았다. 어르고 윽박질러 그를 기어이 산채로 끌고 갔다.

그가 말로만 듣던 큰 도둑을 만났음을 직감한 것은 오봉산(五鳳山) 쪽 후미진 계곡에 자리 잡은 산채로 끌려간 뒤였다. 지키기는 쉽고 치기는 어려운 계곡 막장 험한 곳에 제법 돌성까지 쌓아 만든 산채부터가 길 가는 나그네의 봇짐이나 터는 좀도둑 떼의 소굴과는 달랐다. 망 보기의 배치며 저희들끼리의 규율도 어지간한 관아보다 엄했다.

그러나 무엇보다도 심상찮은 느낌을 주는 것은 그들의 우두머리 되는 자였다. 희면서도 어딘가 음침한 얼굴의 그 중년 사내에게서는 흔히 그런 산채의 두령들에게서 보이는 허세나 거드름은 찾아볼 수 없었다. 짐승의 털가죽을 덮은 교의 따위도 없고, 호위하는 졸개도 없이 토막 안 거친 돗자리에 앉아 있다가 떠들썩한 보고를 듣고서야 가만히 뜰로 나왔는데 크지 않은 키에 근골도 힘을 쓸 수 있는 사람 같지는 않았다. 그런데도 놀라운 것은 졸개들이 보여주는 우러름의 자세였다. 그가 나서자 백 명이 넘는 범 같은 장정들이 일시에 굳은 듯 서서 공손히 두 손을 모았다.

그는 표정 없는 얼굴로 가만히 시인을 살폈다. 볼을 찔러오는 듯한 강렬한 눈빛이 까닭 모르게 시인을 압도해 왔다. 그러나 한

편으로는 그의 생김과 거동 어디에선가 짙게 배인 먹물기가 있어 시인을 다소간 안도하게 했다.

"나는 가진 것 없는 길손이오. 앗아가 봤자 두령께는 아무런 쓸모없는 목숨뿐이니 그냥 보내주시오."

비로소 섬뜩해진 시인이 그렇게 입을 떼자, 곁에 있던 졸개들이 험한 눈길로 주의를 주었다.

"두령이 아니라 제세 선생(齊世先生)이시다. 우리를 하찮은 화적패로 보고 선생님을 망령되이 부르면 용서치 않으리라!"

그러는 졸개들의 목소리가 꽤나 높았으나 제세 선생이라 불리는 그 두령의 귀에는 아무 소리도 들리지 않는 듯했다. 그대로 한동안을 그윽이 시인만을 바라보다가 가만히 고개를 저으며 말을 받았다.

"우리 젊은 동무들이 멀리까지 나가 길목을 지키는 것은 다만 재물을 바라서만은 아니다. 때로는 목숨을 거두기 위해서도 나간다."

나지막하면서도 뒷골에 찬바람이 이는 듯한 느낌을 주는 목소리였다.

"남의 목숨을 앗아 어디에 쓰려는 것이오?"

"쓰임이 있어서가 아니라 쓸데없으면서도 세상의 물자를 축내는 목숨을 줄이려 함이다."

"어떤 목숨이 그런 쓸데없는 목숨이오?"

"일하지 않고 먹는 자, 생산하지 않고 쓰는 자다. 그대에게 묻겠다. 그대는 들에 나가 일하는가? 스스로 먹을 것은 스스로 거두는가?"

그 같은 물음에 시인은 벌써 그 우두머리가 어떤 종류의 사람인지 알 듯했다. 산속 깊숙이 자리 잡고 있어도 장안 저잣거리에 선 것이나 다름없는 사람, 시인이 오래전에 지나온 시비의 한 극단에 자리 잡은 정신을 뜻 아니하게 만난 것이었다. 시인은 문득 치솟는 야릇한 호기심으로 그를 살펴보았다. 그 표정의 깊은 물속 같은 고요함이 오랜 세월에 걸쳐 닦아온 자신의 이념에 대한 확신을 싸늘하게 내비치고 있었다. 그게 까닭 모르게 오기를 건드려 시인을 정직하게 만들었다.

"아니오. 나는 오랫동안 일하거나 거두어본 적이 없소."

"그러면 그대는 베를 짜는가? 그 베로 남을 따뜻하게 해주고 밥을 빌어먹는가?"

"그렇지도 않소. 나뿐만 아니라 이 나라의 남자는 아무도 베를 짜지 않소."

"묻는 말에만 대답을 하라. 그러면 그대는 공장이[工匠]인가? 후생(厚生)에 이용되는 도구를 벼리거나 만들 줄 아는가?"

"그렇지도 않소. 나는 풀무 곁에 앉아본 적조차 없소."

"가진 봇짐으로 보아 재화를 고루고루 나누어주고 이문을 뜯어먹는 장사치도 아닌 듯하고 생김을 보니 백정도 아니겠다. 그렇다면 그대는 바로 선비겠구나."

"그렇지도 못하오. 벼슬을 해 그 녹으로 사는 대부(大夫)를 꿈꾼 적도 없고 학문으로 빌어먹는 사(士) 되기를 바라지도 않았으니 선비라고도 할 수 없을 게요."

시인의 대답이 거기에 이르자 갑자기 두령의 목소리가 차고 매서워졌다.

"어쨌든 너는 일하지 않으면서 먹고 생산하지 않으면서도 쓰는 자다. 우리가 목숨을 앗으려 하는 것은 바로 너 같은 도둑이다."

진작부터 예상해 온 진행이라 시인은 그대로 준엄한 선고가 될 수도 있는 그의 말에도 놀랍지가 않았다. 오히려 덜된 양반을 상대로 골계(滑稽)라도 던지는 심경이 되어 물었다.

"구차하게 목숨을 빌기 위해서가 아니라 궁금해서 묻는 것이니 대답해 주시오. 그럼 선생은 무얼 생산하시오? 무얼 생산하시기에 그렇듯 당당하게 먹고 입고 쓰실 수가 있소?"

"나는 민초들이 믿고 의지할 꿈을 생산했고, 참고 기다릴 앞날을 생산했다. 그리고 장차는 보다 나은 세상을 생산하려 한다."

"그렇다면 나도 생산하오. 나는 시(詩)를 생산했소."

"시를 생산했다고?"

"선생 같은 분에게 시 그 자체가 바로 생산이라고는 말하지 않겠소. 그러나 꿈도 생산이 되고 기대도 생산이 될 수 있다면 시도 생산이 될 수 있을 것이오. 시도 꿈과 기대를 생산할 수 있기 때문이오. 하지만 보다 나은 세상을 생산하기 위해서는 어쩌면 훨씬 더 많은 것이 필요할지 모르겠소. 꿈과 기대 외에 다른 감정들도. 그런데 그 같은 감정의 생산에는 시도 유용한 도구일 수가 있소."

시인의 짐작대로 그는 먹물 출신임에 틀림없었다. 선비로서 어느 정도의 성취를 이룬 뒤에 그 길로 접어들었는지는 알 길이 없었으나 적어도 시의 외면적인 효용은 알고 있었다. 다시 한동안 말 없이 시인을 살피다가 물었다.

"틀림없이 보다 나은 세상을 생산하는 데는 더 많은 것이 필요하다. 좋다. 그럼 그대는 시를 통하여 공포와 무력감을 생산할 수 있는가?"

"아마 있을 것이오."

"용기와 믿음도 생산할 수 있는가?"

"그것도 될 것이오."

"그렇다면 너도 생산하는 자다. 살아서 입고 먹고 쓸 수 있다. 그러나 여기에 남아 우리를 위해 생산해야 한다. 공포와 무력감은 우리의 적들을 위해 생산하고, 용기와 믿음은 이곳의 동무들과 산 아래의 우리 편을 위해 생산하도록 하라."

시인은 물론 그가 무엇을 원하는지 알아들었다. 어떤 이는 그걸 공리적 효용이라 말하지만 시인은 이미 세속적 효용으로 치부하여 내던진 시의 한 기능을, 그 큰 도둑은 지금 자신의 최종적인 생산을 돕는 데 쓰고자 하고 있었다.

그런데도 시인은 왠지 불현듯한 의욕을 느꼈다. 비록 한때 민중 시인으로 떠들썩하게 저잣거리를 휘젓고 다닌 적은 있지만 시의 그 같은 효용은 속속들이 시험해 보지 못한 까닭이었다. 그때의 시는 기껏해야 가진 자, 누리는 자를 빈정거리거나 비꼬고 웃음거리를 만들었을 뿐 두려워 떨게 하지는 못했고, 가난하고 약한 이들에게도 그저 동정과 연민을 보내었을 뿐 용기와 믿음으로 새 세상을 열려고 떨쳐 일어나게 하지는 못했다.

'어쩌면 나는 그때 그 세계와 인식의 껍데기만을 훑고 지나쳤는지 모른다. 나는 부정과 거부의 열정에는 충실했지만 그 세계와 인식의 핵심은 거기에 있는 것이 아니라 오히려 내가 소홀히 했던 파괴와 재창조의 의지에 있는지도 모른다. 낡고 부패한 세상을 무너뜨리고 살기 좋은 새 세상을 여는 것. ― 만약 나의 시가 그 일의 한 모퉁이라도 맡아낼 수 있다면 그것은 큰 쓰임이다. 그리고 그 같은 큰 쓰임은 내가 자연 속에서 찾고자 하는 몽롱한 그 무엇에 갈음될 수 있을지도 모른다…….'

시인은 그렇게 때늦은 기대까지도 품어보았다. 하지만 시인에게는 그 큰 도둑이 요구하는 생산을 약속하기 전에 먼저 풀어야 할 궁금증이 있었다.

"자발적인 회개를 생산해 보는 것은 어떻겠소? 위로부터 스스로 고쳐 나갈 의지는? 그것들을 생산하여 선생의 적들에게 나눠 준다면 힘들고 험한 싸움 없이도 나은 세상을 만들 수 있지 않겠소?"

시인이 조심스레 그렇게 묻자 제세 선생이 처음으로 안색을 바꾸었다.

"그런 것들을 생산해서는 안 된다. 그것들은 생산하기 힘들 뿐만 아니라 생산해 봤자 소용없다는 것은 수천 년의 세월을 통해 이미 증명된 바다. 언제 가진 것들, 힘 있는 자들이 스스로 회개하고 고쳐 나갔느냐? 세상이 열리고 수천수만 년, 조금씩이라도 고쳐지고 나아졌다면 세상이 어찌 이 모양이겠느냐? 그들은 다만 더 버틸 수 없을 때에야 비로소 고쳐 나가는 척할 뿐이다. 아침에 세 개 주고 저녁에 네 개 주던 도토리를 아침에 네 개 주고 저녁에 세 개 주는 걸로 바꾼다고 배고픈 원숭이들에게 무엇이 달라지겠느냐?"

"반드시 그렇지만은 않을 듯싶소. 예를 들면 공자나 맹자 같은 이의 생산은 틀림없이 세상의 실질도 고쳐 나갔소. 그들은 힘없고 가난한 이들에게 참고 고개 숙이기를 가르치기도 했지만 힘세고 가멸한 자들에게 스스로 돌아보고 고쳐 나가도록 권하기도 하지 않았소? 그리하여 그들의 생산이 존중받던 시절에는 세상도 분명히 그 전보다 나아지지 않았소?"

"그래서 나는 그들, 높은 갓 쓰고 긴 수염 기른 선비들을 미워한다. 그것들이 공맹(孔孟)을 치켜세우며 이천 년을 보냈지만 과연 세상이 얼마나 나아졌느냐? 공맹의 생산은 다만 그 개 같은 선비들이 힘 있는 자에게 빌붙는 길로 이용되었을 뿐이다. 그것들은 민초 사이에 있을 때는 제법 그럴듯한 말로 왕도(王道)를 논하고 다스리는 이의 인의(仁義)를 따지나 한번 조정에 들면 그 하는 짓은 오직 각기 그 주인을 위해 짖어 대는 것뿐이다."

제세 선생은 격한 어조로 그렇게 받더니 칼로 베듯 말을 받았다.

"우리는 이제 더 기다릴 수 없다. 힘센 자들과 가진 축이 스스로 뉘우치고 고쳐갈 수도 있다는 것, 그래서 세상은 혁명 없이도 나아질 수 있다는 주장이야말로 어쩌면 이 세상이 지금 이대로 충분히 훌륭하다고 믿는 것보다 우리에게 더 해로울 수도 있다. 얼마나 기다려온 우리냐? 그런데 아직도 그 가망 없는 주장에 홀려 더 참고 기다려야 한다는 것이냐?"

그때 시인이 아무런 저항 없이 그 산채에 남아 그 기이한 생산에 한동안을 바칠 수 있었던 까닭에 대해서는 여러 가지 설명이 있을 수가 있다. 아직은 함부로 던져 버리고 싶지 않은 목숨이 그 까닭이었을 수도 있고, 제세 선생의 논리가 한 신선한 충격이 되어 일으킨 산 아래 사람들의 세상에 대한 새로운 관심 탓이었을 수도 있다. 하지만 가장 중요한 것은 아마도 한 시인으로서의 호기심이었을 것이다.

기실 시인에게는 제세 선생이 신념으로 제시한 시의 자리와 쓰임이 그리 낯선 것도 새로운 것도 아니었다. 그러나 한 시론(詩論)을 구체적인 상황에 적용하고 관찰함으로써 그 진정성을 확인해 볼 기회를 갖는다는 것은 시인으로서는 쉽게 포기할 수 없는 매력일 수밖에 없었다. 어쨌든 시인은 그 산채에 남았고, 기꺼이 그의 시를 그들의 용도에 바쳤다.

곧 겨울이 오고 산채는 두터운 눈 속에 파묻혔다. 눈 때문에 크게 무리를 지어 산채를 내려가기도 나쁘고 길이 끊겨 길목을 지키는 일도 얻을 게 없어 정탐을 위해 은밀히 가까운 고을을 나다니는 발 빠른 장정 몇과 높고 사방이 트인 산채 뒤 봉우리에서 망을 보는 한둘을 빼고는 모든 식구가 산채에 웅크린 채 긴 겨울을 보내었다.

제세 선생이 생산하여 그들 모두에게 나누어준 꿈은 생각보다 훨씬 원대하면서도 세밀했다. 공화(共和), 대동(大同), 정전(井田), 균수(鈞輸) 따위 오래된 이상과 제도들로 정교하게 짜인 세상이 바로 그 꿈을 바탕해서 생산하려는 보다 나은 세상이었는데, 그대로 될 수만 있다면 더할 나위가 없을 듯싶었다. 게다가 얼른 보기에는 그 생산의 방식과 과정도 실제적이고 일관되게 구성되어 있었다. 먼저 물고기가 놀 물을 마련하고, 다음에 물고기를 길러 늘리며, 마지막으로 뭍에 올라가 썩은 세상을 쓸어버린다는 것으로, 이미 그들은 첫 번째 단계로 돌입해 있었다. 본거지는 그대로 구월산에 두되, 인근의 고을들을 들이쳐 나라의 다스림이 미치지 못하는 곳을 넓힘으로써 그들이 놀 물을 되도록 넓혀 둔다는 단계였다.

제세 선생이 맨 먼저 나라의 다스림이 미치지 못하는 구역을 삼으려고 노리고 있는 곳은 신천(信川)이었다. 그는 봄이 되는 대로 그곳 관아를 들이쳐 인뚱이[인뒤웅이: 印櫃]를 빼앗은 뒤 버틸 수 있을 때까지 버티면서 고을 전체를 위압해 뒷날에도 그들이 놀 수 있는 물을 만들어 두려 했다. 경사(京師)의 관군이 내려와 다시 고을을 내어주고 산채로 물러나더라도 그 고을의 인민들은 한 번 자기들을 다스린 적이 있는 세력을 쉽게 무시하지 못할 것이기 때문이다.

제세 선생과 그의 젊은 동무들이 이듬해 봄을 위해 스스로를 다그치고 단련하는 동안 시인은 그들에게 약속한 생산에 전념했다. 주제가 결정돼 있고 목적이 뚜렷한 그러한 종류의 생산은 어쩌면 그 이전에 경험한 어떠한 생산보다 쉬웠을 것이다. 그가 고심해야 되는 것은 어휘의 선택이나 운율의 조정 따위 기교의 문제로만 축소되기 때문이었다.

오래잖아 시인의 생산이 쏟아지기 시작하고 제세 선생은 그중에서 자신의 생산을 가장 효율적으로 도울 수 있는 것들만 골라 미리 정해 둔 대로 분배했다. 산채의 젊은 동무들은 동짓날로 접어들면서부터 새로운 노래들로 적개심을 높이고 용기와 믿음을 길러갔다. 그때 시인이 생산한 노래는 그 뒤 거의가 산일되었으나 더러는 아직도 전해지고 있다.

구월산에 눈 내린다
창칼을 들어라, 출전이다
원수의 칼날에 쓰러진 동무여,
그 원수는 내가 갚으리

높이 올려라, 의(義)의 깃발을
그 밑에서 싸우다 죽으리라
비겁한 자여, 갈 테면 가라

우리들은 이 깃발을 지킨다

원수와 싸우다가 목숨을 던진
우리의 죽음을 슬퍼 말아라
흘린 피 방울방울 꽃송이 되어
살기 좋은 세상으로 피어나리라

시인이 생산한 또 한 갈래의 노래는 몰래 산 아래 고을을 정탐 가는 젊은 동무들에 의해 그곳의 적들에게 전해졌다. 그러나 적들이 부르는 노래로서가 아니라 듣게 되는 노래로서였다.

정월에 접어들면서 신천 고을에는 전에 들어보지 못한 괴이한 노래들이 퍼졌다. 젊은 종놈은 쇠여물을 썰면서 웅얼거렸다.

저문 날 등불 걸고 여물을 썬다
나뭇짐 물지게에 무거운 팔다리로
싹둑싹둑 썬다, 여물을 썬다
부자 놈들 흰 손목을 작두로 썬다
탐관오리 굵은 목을 싹둑싹둑 썬다

백정은 버둥거리는 돼지에 올라타고 그 멱을 따며 신명 나게 불러젖혔다.

오늘은 너희를 위해 돼지를 잡는다만
너희 부른 배를 더 불리기 위해
주린 배를 움켜잡고 돼지 멱을 딴다만
언젠가는 이 칼로 너희 멱을 따리라
기름 껴 두터운 그 배때기를 도리리라

늙은 작인(作人)의 아낙도 밤새워 길쌈을 하다 말고 난데없는 김매기 타령을 한 가락 뽑아냈다.

어화, 동무들아 김매러 가세
가라지 도꼬마리 매자기 어수라지
밭곡식 아니어든 모두 뽑아 태우세
밭은 그렇다손 세상 김은 누가 매나
양반 나리 부자 나리 누가 모두 없애 주나
바이 걱정 마소. 구월산이 있지 않나
구월산 동무들이 세상 김을 매 준다네
양반 없고 부자 없는 좋은 세상 만든다네

제세 선생이 알아본 바로 시인의 생산은 매우 효과가 있었다. 새 세상을 만들 열정에 들뜬 산채의 젊은 동무들은 봄이 더디 오는 것을 한탄했고, 더러는 제세 선생을 찾아와 눈 속의 출진을 졸라 대기도 했다. 그들은 한결같이 원수를 향한 불타는 증오심과 목숨을 돌보지 않는 용기와 승리에 대한 확고한 믿음으로 충만해 있어 노래 속에서 죽이고 노래 속에서 죽고 노래 속에서 이기는 것만으로는 성에 차지 않아 했다.

산 아래 고을에서의 효과도 대단했다. 아무리 아랫것들 사이에서 은밀하게 불리는 노래라지만 윗사람들 중에도 귀 밝은 이는 있게 마련, 정월도 가기 전에 신천 고을의 양반과 부자들에게는 물론 관아에까지 그 노래는 흘러들어 갔다. 그 엄청나고 끔찍한 내용에 놀란 부사(府使)는 사람을 풀어 내막을 캐는 한편 엄하게 그 노래들을 금지시켰지만 소용없었다. 노래는 막을수록 훨씬 더 빨리 퍼져 나갔고 뒤따라 공포와 무력감이 무슨 모진 염병처럼 번졌다. 겁을 먹은 부자와 양반들 중 더러는 아예 짐을 싸 성벽이 높고 든든한 인근의 대처(大處)나 임금과 경군(京軍)이 있는 서울로 옮겨 앉기도 했다.

그 같은 생산의 효용 덕분에 시인은 산채에서 군사(軍師)나 막빈(幕賓)에 못지않게 귀한 대접을 받았다. 한동안은 차고 엄하기만 하던 제세 선생도 누그러져 마침내는 시인을 참된 동무로 받아들여주었다. 그러나 시인은 그 어느 것도 기쁘거나 즐겁지가 않았다. 자신없는 시권(試券)을 내고 과장(科場)을 나서는 선비의 그것과 흡사한 불안감과 초조함만이 그 겨울을 난 정서의 전부였다.

이윽고는 언제까지고 끝날 것 같지 않던 겨울도 가고 봄이 왔다. 앞뒷산에 첩첩이 쌓였던 눈이 녹으면서 산 아래로 길이 열리고 막혀 있던 먼 데 소문도 전해져 왔다. 이월 들면서부터 이따금씩 걸려드는 길손들에 따르면 삼남(三南)은 민란이 일어 시끄러웠고, 관북(關北)에는 괴질이 돌아 민심이 흉흉하다는 내용이었다.

겨우 산 아래로 내려갈 수 있을 만큼 길이 열리면서부터 시작된 젊은 동무들의 성화를 억지로 누르고 있던 제세 선생도 그 같은 소문들이 거듭 확인되자 출진을 결정했다. 춘궁기를 기다려 시끄러운 지방이 더 많아지면 움직이려 했으나 들리는 소문만으로도 이미 넉넉하다는 판단이 선 듯했다.

산채의 젊은 동무들이 고대하고 고대했던 출전의 날이 왔다. 겨울 동안 벼린 창칼과 쌓은 훈련, 그리고 시인이 생산해 준 용기와 믿음으로 단단히 무장한 이백 가까운 병력은 삼월 삼질을 날로 받아 진작부터 노려오던 신천으로 밀고 내려갔다. 전에도 여러 번 고을을 들이쳐 재미 본 적이 있을 뿐만 아니라 준비도 그 어느 때보다 세밀해 기세는 그지없이 드높았다.

"창칼을 들고 싸우지는 못하겠지만, 그대도 가야 한다. 가서 그대의 생산을 확인하고 뒷날의 보다 효율적인 생산을 준비하라."

제세 선생이 그같이 권해 와 시인도 그들 무리의 뒷줄에 섰다. 살육하고 파괴하는 그 자체는 시인의 몫이 아니었으나 그에게도 불안한 대로 자신의 생산을 확인하고 싶은 마음은 있었다. 어쩌면 자신을 몽롱한 자연으로부터 결별시켜 확실한 시비의 세계, 사람들의 거리와 마을로 되돌릴 계기가 될지도 모른다는 기대까지도 품었는지 모를 일이었다.

한낮에 산채를 떠난 그들은 다음 날 새벽녘에 신천 고을 뒷산에 이르러 거기서 하루 낮을 쉬었다. 밤새 걸은 피로를 씻은 다음 다시 어둡기를 기다려 불시에 관아를 들이칠 작정이었다.

그런데 거기서 벌써 차질이 났다. 그들은 전 같으면 숲 속에 죽은 듯 숨어 날이 저물기를 기다렸겠지만 그날은 그렇지 못했다. 제세 선생의 생산에다 시인의 생산이 더해져 그들이 당연히 유지했어야 할 조심성을 줄여버린 까닭이었다. 그리하여 그들의 실세와는 무관하게 관념적으로만 생산된 근거 없는 그 감정들로 그들이 숨어 있던 산골짜기는 공연히 웅성거렸고, 그 기척은 나무꾼과 이른 봄나물을 캐러 나온 아낙들에게 감지되어 그날이 저물기 전에 이미 관아에 알려지게 되고 말았다. 피로하더라도 그 새벽에 그대로 관아를 치는 것보다 훨씬 못하게 되어버린 셈이었다.

시인이 생산해 적들에게 내려 보낸 공포와 무력감도 반드시 제세 선생이 기대한 대로의 효과만 낸 것은 아니었다. 고을의 가진 자들과 벼슬아치며 아전바치들 중에는 그 겨우내 어디선가 흘러든 섬뜩한 노래들과 상민들 사이를 떠도는 심상찮은 분위기에 겁먹은 자들이 많이 있었다. 그리고 또한 틀림없이 그것은 구원을 바라기 어려운 썩은 중앙정부로 인해 무력감과 패배감으로 자라 가기도 했다. 도성이나 방어사가 있는 큰 성 안으로 옮겨 앉은 자들이 바로 그랬다.

그러나 지킬 게 너무 많아 아무래도 자신의 땅을 버리고 떠날 수 없는 자나 어떤 연유에서건 결국은 그 사회, 그 체제와 운명을 같이할 수밖에 없는 자들은 달랐다. 곧 방어 본능이 되살아난 그들은 이제는 감정으로서가 아니라 생존을 위한 처절한 결의로 그 예사 아닌 도둑 떼의 내습에 대비했다. 그들은 그동안 버려두었던 녹슨 무기들을 꺼내 손질하고 무너진 성벽을 수리했다. 불만에 찬 향무(鄕武)들을 다독거려 다시 자신들의 칼로 기능하게 해두었고, 철 이른 기민(饑民)까지 먹여 양민들의 흔들림도 어느 정도는 막아두었다. 거기다가 조심성 없는 행군 때문에 산에서 내려온 패거리의 동정까지 미리 전해지니 고을의 대비는 그야말로 철통같았다.

이경 무렵 해 산패들이 어둠을 헤치고 산을 내려가 보니 관아에는 횃불이 대낮같이 밝고 역졸 토졸에 적잖은 인근의 장정이 가세해 수백이 넘는 군사가 관아를 에워싼 채 진을 치고 있었다. 그 뜻밖의 사태에 제세 선생이 알 수 없다는 듯 물었다.

"저게 어찌 된 일인가?"

처음 알 수 없기는 시인도 마찬가지였다. 어떤 썩은 체제라도 어쩔 수 없이 지켜야만 하는 자들이 있다는 것, 그리고 그들에게는 공포가 오히려 절망적인 용기와 결의를 이끌어낼 수도 있다는 것. ─ 아무리 시인이라지만 어떻게 그런 미묘한 이치를 한순간에 알아낼 수 있겠는가. 하지만 그때까지도 제세 선생은 그 같은 사태를 자기편에 유리하게만 해석했다.

"저것들이 마지막 발악을 하고 있다. 허장성세에 속지 마라!"

제세 선생이 그렇게 영을 내리자 아직도 자기들의 노래에 취해 있던 젊은 동무들은 기세도 좋게 그 어림없는 공격에 들어갔다. 함성과 함께 화승총을 놓고 창칼을 휘두르며 밀고 들 때까지는 좋았으나 결과는 참담했다. 관아 담벽에 이르기도 전에 벌써 여남은 명의 동무들이 화살에 다치고 담벽에 이르러서는 다시 지키던 군졸들의 창칼에 앞선 대여섯이 짚단처럼 쓰러졌다.

거기다가 그들의 패배를 한층 결정적으로 만든 것은 그들 자신의 질적인 변화였다. 미래에 대한 전망도, 보다 나은 세상에 대한 환상도 없던 시절의 그들은 용감했다. 자포자기적인 흉폭성과 막연한 울분에 차 있던 무식한 산도둑 떼에 지나지 않던 그들은 그런 싸움에서 물불 가리지 않고 내달았으나 제세 선생의 이치와 시인의 감정으로 겨우내 세례받은 그때는 달랐다. 이치를 따지게 됨으로써 스스로의 목숨까지 따지게 되었고 시인의 생산으로 감정을 다스리는 동안 어느새 문약(文弱)이 스며든 탓인지도 모를 일이었다. 그 겨울 내내 말로 너무도 많은 부자와 탐관오리를 죽여와 그동안에 얻은 대리 만족도 전 같은 용감성을 이끌어내는 데는 틀림없이 방해가 되었다.

"젊은 동무들, 어찌 된 일인가? 지난날의 용기와 투지는 어디로 갔는가?"

한바탕 싸움에서 형편없이 져서 쫓겨 온 패거리를 보고 제세 선생이 불안을 감추지 못하며 물었다.

"적이 너무 강합니다. 산채로 돌아가 힘을 더 기른 뒤에 쳐야겠습니다."

젊은 동무들은 그렇게 이치로 대답했다. 이미 겁먹은 눈치가 완연했으나 한사코 그것만은 부인하려 들었다.

"모두 달려 나가 죽으라면 죽겠습니다. 하지만 그리되면 새 세상은 누가 엽니까? 도탄에 빠진 저 민초들은 누가 구합니까?"

그러는 사이 관아 근처에는 적잖은 백성들이 몰려나와 있었다. 제세 선생은 문득 그들에게로 기대를 옮겨 소리쳤다.

"여러분 무얼 하고 계시오? 우리를 도와 썩은 버슬아치들과 조정을 몰아내고 새 세상을 엽시다! 여러분이 주인 되는 나라를 만듭시다!"

하지만 백성들의 반응도 기대와는 전혀 달랐다. 전에는 드러내놓고 돕지는 못해도 은근히 편들어주던 그들이었다. 거기에 제세 선생과 시인의 생산이 더해졌으니 이제는 당연히 팔 걷어붙이고 나서야 하건만 그렇지가 못했다. 그들도 이미 감정과 이치로 배불러 있었다. 그 겨우내 노래 속에서 그 미운 양반 놈들과 버슬아치들을 수없이 멱을 따고 배를 가른 뒤라 실제로 칼을 들고 일어날 마음은 전보다 오히려 줄어 있었다. 대신 구경꾼 심리만 발달해 오히려 멀찍이서 눈만 멀뚱거리며 이제 또 어떤 재미난 일이 벌어지나를 기다리고 있을 뿐이었다.

제세 선생은 거기서 거의 젊은 동무들을 내몰듯 하여 한 번 더 관아로 돌진했지만 백성들의 가담이 없는 한 머릿수부터가 모자랐다. 다시 여남은 명을 잃고 그사이 자신을 되찾은 관군에게 오히려 쫓겨 십 리나 물러나서야 겨우 대오를 수습했다.

"이제는 하는 수가 없구나. 외딴 부잣집이나 털어 산채로 돌아 가자. 가서 더 힘을 기른 뒤에 뒷날을 도모하리라!"

제세 선생은 그렇게 방향을 바꾸었다. 하지만 그쪽도 뜻 같지 가 못했다. 겁을 먹고 대처로 나가버린 부자들의 집에는 쌀 한 가 마 비단 한 자투리 제대로 남아 있지 않았고 움직이기에 너무 몸 이 큰 부자들은 또 그들 나름대로 대비를 해놓고 있었다. 건장한 머슴들을 수십 명씩 배불리 먹여 파수 보게 하는 한편 인근의 소 작인들에게도 연통을 놓아 그들이 저택을 에워쌌을 때는 그 방비 가 관아에 못지않았다.

거기다가 잘 닫는 말을 여러 필 놓아 가까이 있는 다른 부자며 관아에 구원을 청하니 도무지 어찌해 볼 수가 없었다.

한 군데 부잣집에서 허탕을 치고 또 다른 외딴 부잣집을 찾아 나서면서 제세 선생이 탄식처럼 물었다.

"어째서 저것들까지 맞서 싸울 생각을 하게 됐을꼬……?"

"어차피 물러날 곳이 없는 까닭이 아닌지요. 우리의 노래가 그 걸 일깨워……."

시인이 쓸쓸한 목소리로 말끝을 흐렸다.

그들이 두 번째로 덮친 부잣집은 첫 번째 집보다 규모가 작고 지키는 사람의 머릿수도 적었다. 구원을 청하는 말이 빠져나간 것 은 마찬가지였지만 담 안에서 날아오는 화살의 수나 횃불의 밝기 로 보아 젊은 동무들이 조금만 더 거칠게 밀어붙였으면 관군이 오 기 전에 털어 갈 수도 있었다.

하지만 두 번이나 져서 쫓긴 뒤라서 그런지 산 동무들은 그 허술한 담조차 넘지 못했다. 함성만 요란하고 저희끼리의 목소리나 높을 뿐, 막상 돌진을 하다가도 화살 여남은 대만 날아오면 허둥지둥 물러나고 마는 것이었다.

그사이 기별이 닿았는지 멀리서 구원 오는 군사들의 횃불이 밤 하늘을 버얼겋게 비추며 다가오고 있었다.

"틀렸다. 물러나라!"

마침내 단념한 제세 선생이 괴로운 듯 소리쳤다.

그들이 모든 추적을 따돌리고 산채로 접어드는 산기슭에 이르렀을 때는 날이 훤히 밝아오고 있었다. 한군데 후미지고 바람 없는 산자락에 밤새껏 소득 없는 싸움에 다치고 지친 무리를 쉬게 한 제세 선생은 자신도 넓적한 바위 위에 자리 잡고 앉았다. 이어 두 눈을 질끈 감는 것이 무슨 깊은 생각에라도 잠겨 드는 모습이었다. 알지 못할 불안에 이끌린 듯 제세 선생 곁으로 간 시인은 망연히 그를 바라보며 서 있었다. 무거운 정적 속에 한 식경이나 지났을까. 이윽고 눈을 뜬 제세 선생이 문득 시인을 돌아보고 말했다.

"그대는 이제 떠나도 좋다. 애초에 그대가 약속한 생산은 반드시 지켜진 것은 아니었다. 그러나 적어도 목숨을 부지하고 떠날 수 있는 생산은 틀림없이 했다. 그게 무언지 아는가?"

"……"

"혁명을 꿈꾸는 자들에 대한 경고이다. 무릇 혁명하려는 자는 실질 없는 혁명의 노래가 거리에서 너무 크게 불려지는 걸 경계하여라. 온 숲이 다 일어나야 날이 새는 것이지, 일찍 깬 새 몇 마리가 지저귄다 해서 날이 새는 것은 아니다."

"……."

"오히려 일찍 깬 그들의 소란은 숲의 새벽잠을 더 길고 깊게 할 수도 있다. 선잠에서 깨났다가 다시 잠들게 되면 정작 날이 새도 깨나지 못하는 법."

그러면서 번질거리는 두 눈을 소매로 씻은 제세 선생이 차갑게 덧붙였다.

"어서 떠나가라. 이번 실패의 연유를 그대에게 전가할 유혹이 일기 전에."

시인이 다시 길을 간다. 사람의 자취 끊어진 그윽한 산길을 시인이 휘얼휠 간다. 세상 시비의 먼지 툭툭 털며, 구름처럼 바람처럼 들꽃처럼 산새처럼.

- 장편소설 『시인』의 연작단편(1)

(1992년)

미친 사랑의 노래

― 또래면서 꼭 한 세대쯤 늦게 산
어떤 치인痴人의 고백

명임(明妊).

이제 그대는 죽어 다시는 돌아 못 올 길을 갔다.

처음 그대의 위급을 알리는 전보가 날아들었을 때만 해도 나는 그것이 나를 그리워하는 그대의 부름인 줄만 여겼다. 스무엿새 달무리가 곱게 지던 그 밤 그대가 가쁜 숨을 모으고 있을 때도 나는 그게 나와 이 세상에 대한 마지막 작별의 준비인 줄은 몰랐었고, 새벽 으스름과 함께 실낱같이 이어지던 그대의 맥박이 멎고 잡은 손에서 따스함이 사라져갈 때조차도 나는 그것을 언제나 불면증으로 괴로워하던 그대가 길고 평안한 잠 속으로 빠져든 줄만 알았다. 향긋한 생솔 냄새가 채 가시지도 않은 관 곁에서 그대의 마지막 몸단장을 할 때에도 나는 그것이 곧 있을 우리들의 봄나들이를 위한 것으로만 생각했고, 그대의 상여와 함께 넘은 이름 모를 재[嶺] 위에서조차도 나는 눈이 시도록 맑고 푸른 하늘을 우리들의 나들이를 위해 다행한 일로 기뻐했다.

하지만 끝내 그대는 갔다. 빛과 생명으로부터, 일찍이 그대의 몸과 마음을 의지했던 세계와 사랑하고 사랑받았던 모든 사람들로부터 영원히. 아아, 망자(亡者)여 평안함에 쉬어지이다…….

그러나 — 그대는 갔지만 나에게서마저 떠난 것은 아니었다. 홀로 돌아와 누운 쓸쓸한 밤 긴 꿈속에, 먼지처럼 쌓여가는 회한과 그리움 속에 그대는 살아 있다. 어쩌다 편 책갈피 속 곱게 말린 네 잎 클로버 잎에서 그대의 잔잔한 숨소리가 들린다. 한집안에 살면서도 종종 건네주곤 하던 쪽지 속에서 가볍게 웃는 그대의 가지런한 치아. 늦어 돌아오는 골목길에서 나를 기다리다 숨는 그대의 펄럭이는 옷자락. 모퉁이를 돌아 먼저 집에 닿으려는 다급한 발자국 소리. 처녀 때처럼 수줍음에 차 문을 열자마자 총총히 돌아서는 뒷모습. 이따금 거리의 꽃가게에서 무심코 들여다보는 시클라멘 꽃잎 속에 떠오르는 그대의 얼굴이 있다. 들려오는 속삭임.

꽃은 순간순간 새롭게 피어나고 있답니다…….

그리하여 그것이야말로 지금 이 글을 쓰고 있는 나의 메울 길 없는 슬픔이다. 세상의 어떠한 불안도 다시는 사랑할 수 없게 될는지도 모른다는 불안만큼 두렵고 절실하지는 않으리라. 그런데 나는 바로 그 불안에 울고 있다. 세상에 사랑할 그 무엇이 있어 그대가 남긴 이 빈자리를 메울 것이며, 그 어떤 기쁨이 있어 이미 놓아버린 이 삶의 잔을 다시 움키게 할 수 있을 것이랴. 나는 지금 죽어 떠나간 그대를 위해서가 아니라 살아 불행한 나를 위하여 울고 있다…… 얼핏 보아 이기적인 눈물이지만 — 그러나 그대는 용서하리라. 내가 살아 불행해진 것은 다만 그대를 향해 꺼질 줄 모르고 타오르는 사랑 때문임에. 세월이 갈수록 날을 세우는 잔인한 회한 때문이며, 모질어지는 고문 같은 그리움 때문임에. 그리하여 이제는 아무도 들어줄 이 없는 넋두리 같은 내 어리석은 사랑 이야기도 그대는 용서하리, 용서하리.

모든 사랑 이야기는 언제나 만남으로부터 비롯되는 법이지만, 명임, 나는 우리들의 만남에 앞서 어린 날에 있었던 작은 사건을 하나 이야기하지 않을 수 없다. 우리들의 사랑을 오늘날의 운명으로 이끌어간 내 불행한 성격의 일단을 보여주는 사건 — 어쩌면 이토록 자세하게 듣는 것은 그대도 처음일는지 모르는 '포기'의 이야기다.

어렸을 적 한때 나는 거의 병적이리만치 개를 좋아한 때가 있었다. 우리 집에 새로운 개가 들어오면 적어도 이틀쯤은 학교를 빼먹었고 그 뒤 열흘은 학교에서 돌아와도 집 밖을 나가지 않았다. 그 개가 우리 집에 머무는 한 어떤 소꿉동무도, 어떤 놀이도 내 열정과 흥미를 끌 수 없었던 탓이었다.

그 바람에 언제나 내 옷 여기저기에는 개털이 묻어 있었고, 내 몸에서는 흔히 개 비린내라고 불리는 고약한 냄새가 풍겼다. 개벼룩 때문에 며칠에 한 번쯤은 DDT를 뒤집어써야 했으며, 어떤 때는 식구들에게까지 옮겨 그들의 구박으로 눈물을 질금거리게 될 때도 있었다. 뿐만 아니라 찬장에 있는 맛난 것은 모두 집어 내 개에게 주어버리는 짓 때문에 나중에 쥐나 도둑고양이가 물고 간 고기 토막까지 내가 뒤집어쓰게 되었고, 심할 때는 내 몫으로 달인 보약까지 몰래 남겨 억지로 개에게 먹이려다 어머님께 들켜 혼이 난 적도 있었다.

그러나 내가 기울인 그 열렬한 애정에도 불구하고 그 보답은 언제나 쓰라린 것이었다. 이런저런 이유로 하루 한 번은 개 때문에 어머님께 야단을 맞았는데 형들의 알밤이나 누이들의 놀림도 결코 그보다 참아 내기에 수월하지는 않았다. 개가 우리 집에 있는 동안은 담임선생에게도 결코 귀여움 받는 아이가 될 수 없었고, 친했던 동무들조차도 잃어버리기 일쑤였다. 거기다가 어린 나를 더욱 괴롭힌 것은 바로 그 개들 자신이었다. 그들이 내 애정에 제대로 보답하는 것은 처음 며칠과 맛나는 고기 토막을 던져 줄 때뿐이었다. 며칠이 지나지 않아 개들은 한결같이 내 눈에 띄지 않으려 애썼고, 그중에는 내가 다가가기만 하면 꼬리를 말고 달아나거나 기를 쓰고 짖어 댐으로써 노골적인 배신을 드러내는 개도 있었다. 뿐만 아니라, 또 하나 괴로운 것은 어린 강아지일 경우 뒤끝이 좋지 않은 점이었다. 하나같이 날이 갈수록 까칠해진 털로 비실거리다가 이름도 모를 병으로 죽거나 집을 나가 다시는 돌아오지 않았다. 어머님께서 들여오시던 개들은 대개 그 무렵에는 제법 귀한 품종들이어서 강아지로 들여오시는 경우가 많았음을 생각하면 그 때문에 내가 받게 될 수난이 어떠했으리라는 것은 누구든 쉽게 짐작할 수 있으리라.

그런데 그 예외 가운데 하나가 이제 말하려는 '포기'였다. '포기'는 그전에 우리 집에 있었던 개들과는 달리 그리 이름 있는 품종의 개는 아니었다. 내 나이 열 살인가 열하나일 때쯤 안암동 로터리 근처에 있던 우리 집으로 그 개가 처음 들어서는 걸 보고 마침 집 안에 있던 나는 솔직히 실망했었다. 당시 흔하던 전선줄(야전선) 장바구니에 담겨온 그 개는 황갈색 털의 재래종, 그것도 이제 겨우 젖을 뗐을까 말까 한 강아지였다. 시골 친척이 가져온 것으로 애완용이라기보다는 식구 많은 우리 집의 음식 찌꺼기를 처리해 준다는 실용적인 목적에서 받아들여진 것 같았다. '포기'란 서양식의 이름은 그 무렵 연극에 열중해 있던 큰누나의 서구 취향에서 나온 것으로 그 강아지가 암컷이란 데서 어떤 미국 연극(「섬머 타임」이던가.)의 여주인공 이름을 딴 것이라 들었다.

그러나 그 실망스러운 첫 대면에도 불구하고 포기는 곧 전과 다름없이 내 열렬한 애정의 대상이 되었다. 그 전에 있던 스피츠가 어느 날 집을 나간 뒤 영영 돌아오지 않아 나는 벌써 대여섯 달째 허전한 마음으로 지내오던 터였다. 거기다가 알맞게 살이 오른 몸집이며 부드러운 황갈색의 털은 그전에 내가 안았던 그 어떤 고급 개에 못지않은 애정을 불러일으키기에 충분했다.

별로 값나가지 않는 재래종 강아지라 그랬는지 식구들도 이번에는 내 앞뒤 없는 몰입에 크게 간섭하지 않았다. 내 무절제한 사랑이 일쑤 가학적인 성향으로 흘렀던 점을 생각하면 식구들의 그런 방임은 포기에게는 커다란 불행이었다. 포기는 괴로웠을 것이다. 나는 하루에도 몇 시간씩 숨이 막히도록 포기를 껴안고 돌아다녔으며, 개의 콧기름이 내 얼굴에 얼룩을 만들고 나중에는 내 머리칼에서까지 포기의 잔등에서 나는 것과 같은 냄새가 나도록 부벼 대는 했다. 부엌 바닥을 뒹굴던 재래종의 강아지에게는 매일 한 번씩은 목욕을 시킨답시고 물을 뒤집어씌우는 일이 괴로웠을 것이고, 식물성 먹이로도 제대로 채울 수 없었던 작은 위는 토할 때까지 먹여 대는 육류로 여간한 부담이 아니었을 것이다. 거기다가 또 잠자리에선, 말리는 식구들의 눈을 피해 껴안고 자다 내 몸에 깔린 포기의 깽깽거림과 할큄으로 어린 날의 곤한 잠에서 깨어난 적도 한두 번이 아니었다.

　그런데도 포기는 그 전의 개들과는 전혀 달랐다. 스스로에게는 고통일 뿐이지만 그래도 자신에게 보내는 내 진정한 사랑이라는 것을 잘 이해하고 있기라도 한 듯 다소곳이 그 모든 것을 참아냈으며, 어떤 때 내가 다른 일로 잠깐 자기를 잊고 있으면 스스로 찾아와 그 고통스러운 사랑을 구할 때마저 있었다. 사람의 손때 묻은, 이른바 그 혈통 있는 개들과는 달리 표현이 그리 신통치는 못했지만 포기가 누구보다 나를 좋아하는 것은 분명했다. 예를 들어 포기를 가운데 두고 여러 가족들이 일시에 부를 때면 포기는 어김없이 나에게로 왔다. 야단스레 꼬리를 치며 달려와 안기는 것이 아니라, 한참 동안을 어리둥절해 있다가 느릿느릿 마치 나머지 사람들에게는 미안하다는 듯 내게로 다가와선 손끝이나 슬쩍 핥고는 슬그머니 주저앉는 식이었다.

포기의 그러한 태도는 그때껏 다른 개들에게서 배신감만 맛봐 온 내게는 그대로 감격이었고, 나는 당연히 그 감격의 몇 배를 한층 뜨거운 애정으로 포기에게 되돌렸다. 결과적으로 포기에게는 한 재앙과도 같은 사랑이었다. 그 결과 포기는 다른 강아지들보다 빨리, 그리고 더 참담하게 시들어갔다. 한 달도 안 돼 곱고 윤기 나던 황갈색 털은 까칠해지기 시작하고, 두 달을 넘기면서부터는 드디어 군데군데 빠지기까지 했다. 자라기는커녕 오히려 줄어드는 듯한 몸피에 자주 눈곱이 꼈으며, 드러나게 움직이기를 꺼려 했다. 밥통에는 남은 먹이가 점점 쌓이고 — 나중에는 누구의 눈에도 금세 띌 만큼 쇠약해지고 말았다.

마침내 그런 포기의 상태는 가족들 모두에게 분노를 샀다. 그들은 그 모든 원인이 나의 무분별한 애정 탓임을 아무도 의심치 않았으며, 그리하여 어느 날 내게 떨어진 아버님의 호된 꾸지람과 함께 포기는 내게서 해방되었다. 포기의 잠자리는 그날로 내 방에서 부엌으로 옮겨졌고 나는 포기를 안거나 쓰다듬는 것은 물론 그 일 미터 이내로 다가가는 것조차 엄하게 금지되었다. 모든 것이 포기에 대한 사랑의 표현이었을 뿐인 내게는 부당하게만 느껴지던 어른들의 횡포였다.

포기도 가족들의 예상처럼 쉽게 회복되지는 않았다. 오히려 내게서 벗어나자마자 더욱 급속히 쇠약해 가서 나중에는 아예 음식마저 입에 대지 않는 날이 잦아졌다. 뿐만 아니라, 내가 가족들의 감시 때문에 멀찍이서 애정 어린 눈으로 건네 보며 그 이름을 부를 때면, 힘없이 늘어져 있던 몸을 애써 추슬러 꼬리를 흔들며 말가니 나를 올려다보는 눈길에는 어떤 희미한 열망 같은 것까지 서려 있었다. 결코 어린 내 나름의 억측이 아닌, 아픈 추억이었다.

그러다가…… 내게서 놓여난 지 채 보름도 안 돼 포기는 기어코 끔찍한 일을 저지르고 말았다. 바람이 몹시 차던 어느 겨울 새벽 벌겋게 단 연탄아궁이에 처박혀 숨을 거둔 일이었다. 코를 찌르는 듯한 누린내에 잠에서 깨어나신 어머님이 부엌으로 달려가셨을 때에는 포기가 형체를 알아볼 수 없을 만큼 처참하게 그을려버린 뒤였다.

원인은 아무도 몰랐다. 그 며칠 전까지만 해도 내 이불 속에서 자던 포기에게는 그 밤이 견디기 어려울 만큼 추웠을 것이라는 추측뿐, 나도 왜 포기가 그 불구덩이로 기어들었는지에 대해서는 아무것도 알 수가 없었다. 그러나 식구들은 모두 말 없는 비난의 눈길을 내게 모았다. 나도 까닭 모르게 참담한 기분이었다. 그러나 반쯤 타다 만 포기의 시체를 애기능 부근의 야산에 묻으면서도 그 개에 대한 내 애정까지 후회하지는 않았다.

포기의 끔찍한 최후 때문인지, 아니면 그 어떤 이유에서인지 우리 집은 그 뒤 다시는 개를 기르지 않았다. 아니 길렀는지 모르지만 적어도 내 기억에는 없다. 결국 포기는 내가 마지막으로 사랑한 개였고, 그 뒤 나는 두 번 다시 개를 안지 않았다. 이 과장의 혐의가 짙은 이야기를 명임, 그대는 이해할는지.

우리가 만난 것은 내가 스물셋 그리고 그대가 열아홉 나던 해의 여름이었다. 하지만 그 이야기를 꺼내기 전에 나는 다시 한번 내 어두운 열정의 편력을 이야기하지 않을 수 없다. 그것이 없이는 어떻게 생판 낯선 삶을 살아온 우리들이 그렇게 공교롭게 만날 수 있었던가를 설명할 수 없기 때문이다.

개에 대한 앞뒤 없는 몰입에서 벗어남과 함께 내 유년도 끝이 났다. 그러나 내가 잃은 것은 외곬로 치닫는 열정의 대상이었을 뿐 열정 그 자체는 아니었다. 오히려 그 어두운 열정은 자랄수록 치열해져 가 거의 내 소년기 전부를 치정이라고밖에 부를 수 없는 비뚤어진 몰입으로 얼룩지게 만들었다.

거의 자폐 증상(自閉症狀)에 가까운 정신 상태에서 내 소년기의 초입을 장식한 것은 책에의 몰입이었다. 동기는 정확히 알 수 없지만 나는 남들이 중학 시절이라고 말하는 기간의 태반을 당장 내게 필요하지도 않고 또 그 나이에 합당하지도 않은 책에 흘려보냈다. 그러다가 또 어떤 계기로 거기서 벗어나자 이번에는 곧바로 격렬한 행동 속에 뛰어들었다. 처음에는 축구나 럭비 같은 운동이었지만 나중에는 지금 우리에게 남겨진 운동 중에는 가장 본능적이고 정직한 단련 — 각종의 투기(鬪技)로 빠져들었고, 다시 거기서

싫증을 느끼자 똑바로 싸움 자체를 즐기게 되는 식이었다. 남들이 고등학교 시절이라고 부르는 시기의 여러 날들을 채우고 있는 그 수많은 싸움들. 어떤 날은 하루에 세 번이나 상대를 때려눕힌 적도 있다. 아무것도 요구함이 없는 그 싸움은 어쩌다 된통 걸려 넘치가 되도록 맞을 때조차 상쾌하였다. 그때 진실로 나는 무엇을 위해 싸웠던 것인지, 그 어떤 힘이 버스 칸에서 우연히 흘려들은 말 한마디를 쫓아 도시 반대편 끝에 사는 생면부지의 어깨와 주먹다짐을 벌이게 하였던지…….

그사이 소년 시절은 지나가 버리고 이젠 싸움에도 시들해져 버린 내가 다시 몰두한 것은 모든 종류의 도취였다. 술, 마리화나, 도박, 그리고 그대에게는 죄스럽지만 도취로서는 여자까지도 그때에 이미 경험했음을 고백하지 않을 수 없다. 나는 그 모든 것에 밤낮으로 취했다. 삼 주일을 내리 마신 술로 한 달이나 병원 신세를 진 적이 있고, 어른들의 진짜 도박판에 끼어들기 위해 어머님의 패물함을 훔쳐 나온 적도 있다. 스물한 살 때인가는 단골 창녀를 빼내 첩으로 삼으려는 어떤 늙은 호색가의 허리를 부러뜨려 놓은 적도 있다.

그 모든 무모한 일을 저지르고도 험한 꼴을 면할 수 있었던 데는 아버지의 재력과 인내를 다한 가족들의 보살핌이 있었다. 조그만 직물 공장으로 시작한 아버지는 당시 신흥 재벌의 대열에 끼어들려 발돋움하시는 중이었고, 사람까지 사서 나를 돌보게 하는 어머님 외에도 사법관을 남편으로 둔 큰누나와 그 자신 엘리트 관료로 착실한 길을 가고 있던 형님은 하나같이 시라소니 같은 이 막내를 파멸에서 구하기 위해 안간힘을 다하셨다. 덕분에 나는 그 같은 세월을 보내면서도 때가 되면 고등학생이 되었고, 다시 나이가 차면 대학생이 되어 있었다. 비록 고등학교는 네 번인가 다섯 번 만에 변두리의 어떤 신설 고등학교를 나왔고, 대학은 당시만 해도 돈만 싸들고 가면 되던 어떤 사립의 어정쩡한 과였지만 나를 위해서는 참으로 다행한 일이었다.

그런데 운명은 그때껏 나를 그 같은 어두운 열정으로 몰아갔던 때와 마찬가지로 특히 이렇다 할 계기도 없이 돌이킬 수 없는 곳에서 한발 앞서 나를 돌려세웠다. 이름뿐인 대학교 생활도 삼 년째 접어든 어느 날 이것저것 모두 시들해져서 아프리카 어디에나 있다는 용병(傭兵) 부대나 찾아갈까 하고 있던 나는 실로 우연한 기회에 내 전공에 흥미를 느끼게 되었다. 며칠 만에 등교했지만 전날 그렇고 그런 친구와 어울려 포커로 지새운 탓에 아무 강의실이나 뒷자리를 골라 꾸벅꾸벅 졸고 있는데 꿈결에서처럼 들려오는 얘기 소리가 있었다.

"북명(北冥)에 한 마리 고기가 있어 그 이름 곤(鯤)이라 한다. 곤의 크기는 몇 천 리인지 모른다. 변하여 새가 되는데 그 이름은 붕(鵬)이라 한다. 붕의 등 또한 몇 천 리인지 모른다. 성내어 날면 그 날개는 하늘에 드리운 구름 같다. 이 새는 바다가 움직이면 날아 장차 남명(南冥)에 도달하려 하는 바 남명은 곧 천지(天池)라……."

이상하게도 뚜렷이 들려오는 구절이었지만 나는 그대로 잠들어버렸다. 다시 깨어나니 교수는 아직도 그 구절에 붙들려 있었다.

"장자의 철학은 노자처럼 조화와 부드러움을 숭상하고 있으나 방법의 특질은 힘참에 있습니다. 그리고 그 힘은 성냄에, 즉 어떤 대립과 부정에서 얻고 있는 것 같습니다. 북명(北冥)을 어떤 불확정의 세계 혹은 초탈을 필요로 하는 세계로 본다면 남명(南冥)은 어떤 완성의, 또는 그 도달을 위한 지향의 세계로 볼 수 있을 것인데, 장자는 그 발전의 힘을 어떤 강한 부정의 논리에서 구하고 있는 것 같습니다. 그리하여 그 힘찬 비상의 기세를 다른 곳에서 보이는 풍부한 수식어에 의지하지 않고 '성내어 난다[怒而飛]'로만 서술한 것 같습니다. 이게 그 구절에 대한 충분한 설명이 되었는지 모르겠습니다만……."

아직 젊은 그 교수는 방금 누군가의 질문에 그렇게 성실하게 대답하고는 교재를 챙겨 강의실을 나갔다. 그제야 나는 그 시간 이전에도 이따금씩 들른 적이 있는 철학과의 어떤 시간인 것을 깨달았다.

그런데 정말로 이상한 것은 집에 돌아온 뒤였다. 까닭 없이 노이비(怒而飛)라는 구절이 나를 사로잡고 놓아주지 않는 것이었다.

나는 형들과 아버지의 오랜 서가를 뒤져 장자의 번역판을 펴보았다. 공교롭게도 맨 앞의 구절이었다. 왜 노하여 날아가는가, 무엇을 향하여 날아가는가, 어디서부터 날아가는가. — 이런저런 생각에 잠겨 읽어가는 사이에 나는 자신도 모르게 그리고 실로 오랜만에 깊이 그 책에 빠져들기 시작하였다.

그러나 그 뒤 한동안 내 내면에서 전개된 정신적인 추이를, 더러는 설명할 수도 있지만 대개는 스스로도 설명할 수 없는 그 심리적 변화를 장황하게 얘기하는 것은 피하련다. 지금 와서 그런 것은 중요하지도 않고, 또 이 이야기는 거기에 바쳐진 것도 아니다. 하지만 어쨌든 그로부터 얼마 지나지 않아, 나는 그때껏 나를 사로잡고 있던 어두운 열정에서 벗어나 비로소 학생다운 학생이 되어 있었음은 말해야겠다. 동양학부로 적을 옮기고 난데없이 노장(老莊)의 사상에 빠져들게 된 일인데 — 거기서 비로소 나는 당신을 향해 출발하게 되기 때문이다.

마치 지난날의 게을렀던 공부를 한꺼번에 벌충하려는 듯한 그 1년이 지난 뒤에 나는 문득 그런 그들의 가르침이 우리들의 전통적인 정신 속에 어떻게 수용되었는지 궁금하였다. 지금껏 내가 읽고 공부해 온 것이란, 기실 군자(君子)를 젠틀맨으로 상인(上人)을 슈퍼맨 따위로나 번역하고, 도(道)는 '웨이'로 번역하거나 아니면 '타오'라는 고유명사로 된 나름의 관념 덩어리로 만든 서양인 번역을 중역(重譯)한 것이거나, 일본인들의 아집(我執)에 찬 번역에 의지한 것에 불과함을 차츰 깨닫게 된 것이었다. 우리 전통적인 선비 계급에 의한 해석은 어떠한가? 오랜 기간 동안 한문화(漢文化)에 접맥되어 발전해 온 우리의 해석은 바다 건너 사람들과 어떤 차이를 가지는가? 그런 의문들에다 마침 졸업논문도 준비해야 하는 입장이어서 나는 이름은 없어도 옛 선비 출신으로 노장(老莊)에 정통한 사람을 찾게 되었다.

그런데 마침 그 무렵 가까이 지내게 된 급우 가운데는 경상도 지방에서 올라온 친구가 하나 있었다. 그 북부 어딘가의 산골 마을에 해체되다 남은 문중(門中)과 아직도 한학을 숭상하는 집안 어른 몇몇을 모시고 있는 뼈대 있는 가문의 후예로, 그는 나를 위해 자기의 고향을 소개해 주었다. 이제 짐작하겠지만 명임, 그는 바로 그대의 삼종 오빠였고, 내가 그 여름방학을 이용해 찾게 된 그의 고향은 바로 그대가 살고 있던 마을이었다.

안동에서도 동쪽으로 백 리나 더 들어간 태백산맥 골짜기에 자리 잡고 있던 그 동족 부락, 깎아지른 듯한 벼랑길에 숨을 헉헉거리는 버스 차창으로 내다보면 반듯한 바위마다 희고 검은 페인트로 간첩 자수 권고문과 반공 표어가 쓰여 있던 두 시간을 지나 한군데 산모퉁이를 돌자 옛이야기 속의 마을처럼 퇴락한 고가(古家)들이 옹기종기 모여 있던 그 마을, 그리고 이제는 그대로 하여 영원히 잊을 수 없게 된 그곳을 다시 생각하는 것은 언제나 가슴 서늘한 감동이다. 도회에서 나고 도회에서 자란 내게는 그만큼 그 마을이 새롭고 신기했던 까닭이다.

그 친구가 소개한 그 선비는 명색뿐이긴 해도 아직 그 마을에 남아 있는 서당의 훈장으로, 내게는 여러 가지로 만족한 노인이었다. 그를 만나고서야 나는 비로소 우리에게 알려진 선비의 모습이라는 것이 얼마나 조잡하게 분식되었으며, 왜곡(歪曲)과 비하(卑下)의 폐해를 입고 있는가를 알게 되었다. 거기다가 정말로 다행스러운 것은, 그분이 일견 고루한 유학자로 보이면서도 노장(老莊)에 깊은 이해를 가지고 있는 점이었다.

그러나 내가 그에게서 먼저 듣게 된 것은 엉뚱하게도 도덕경(道德經)이나 장자(莊子)가 아니라 논어(論語)였다.

"자네가 사서삼경(四書三經)을 읽고 왔으면 나는 동학(同學)의 예로 더불어 노장(老莊)을 담론할 수 있겠네. 그러나 그렇지 못하다면 그것부터 거쳐서 오게."

석 달 예정의 짧은 체류 기간이었고, 또 사서삼경이라면 불완전한 번역본으로나마 제법 정통해 있는 나였지만, 그가 그렇게 나오자 어쩔 수 없었다. 그에 대해 경의를 표하는 의미에서도 한 달쯤은 논어에 할애하지 않을 수가 없었다.

그 첫날이었다. 나는 이상하게 엄숙해져 그 노인이 거처하는 낡은 서당으로 찾아갔다. 학교가 파한 뒤에 찾아드는 몇몇 조무래기들이나 하루 일을 끝내고 저물어서야 찾아드는 청년 두엇이 학동의 전부여서 낮 시간은 온전히 나의 것인 줄 알고 아침상을 물리기 바쁘게 찾아간 나는 한 시간도 안 돼 옆방에 다른 사람이 들어서는 기척을 느꼈다.

"그럼 지금까지 풀이한 구절을 익히고 있게. 생각이 몸뚱이라면 문자는 의관일세. 그런데 자네는 성현의 알몸뚱이만 살펴보고 의관을 입히는 일은 소홀히 하고 있어."

음(音)은 알아도 훈(訓)은 제대로 새기지 못하고 뜻은 알아도 토(吐)는 전혀 모르는 나에게 읽은 구절을 외게 하고 나서는 것으로 보아 그도 그 기척을 들은 것 같았다.

이윽고 옆방에서도 맑고 조용한 목소리로 강(講)을 외는 소리
가 들려왔다. 여자의 목소리였는데, 아무리 귀를 기울여봐도 어디
서 나오는 글인지 알 수가 없었다. 그러나 나직나직한 풀이가 들
려오자 나는 비로소 그게 말로만 들은 여사서(女四書)의 일부일
거라는 추측을 했다.

"......부모님의 말씀을 심상하게 여기지 말며, 가르치고 깨우쳐
주심을 따라 크게 그르침이 없게 할 것이다. 만일 깨닫지 못함이
있거든 다시 물어도 안 될 것 없느니라. 부모가 드시면 아침저녁
으로 근심하며 염려하고, 신과 버선을 기우고 꿰매며 아래위 옷을
장만하여 계절이 바뀌고 철이 지남에 맞게 모실지니라. 부모가 병
환이 나시거든 몸이 침상 곁을 떠나지 말 것이며, 옷의 띠를 풀지
말며, 탕약을 스스로 맛보며, 하늘과 땅의 신령께 아무 탈 없이 보
우해 주심을 빌지니라......"

듣고 있다 보니 참으로 묘한 기분이었다. 이런 시대에 그 낡은
가르침을 되뇌는 사람이 있다니. ─ 그러다가 나는 문득 그게 누
구인가 궁금해졌다. 그 바람에 나는 돌아온 그 노인에게 은근히
방금 읽은 글이 무엇인가를 물어보았다. 대답하는 폼을 보아 그
걸 배우고 있는 사람이 누구인가를 물어볼 작정이었지만 틀린 일
이었다.

"송(宋) 약소(若昭)의 여논어(女論語)일세."

그런 대답이 얼마나 엄격하던지 다른 걸 더 물어볼 엄두가 나

지 않았던 것이다.

하지만 그 목소리의 주인과 상면할 기회는 뜻밖에도 오래잖아 찾아왔다. 내가 그 서당에 나가기 시작한 지 열흘쯤 된 어느 날이었다. 그날 낮에 출타할 일이 있어 저문 뒤에 찾아오라는 말을 듣고 밤에 서당을 찾은 나는 누군가 내가 쓰던 방에 미리 와 있는 듯한 기척을 느끼며 방문을 열었다. 바로 그대와의 첫 대면이었다.

그 밤을 생각하면, 아아, 지금도 세찬 충격 같은 감동이 인다. 그때 그대는 단정한 치마저고리 차림으로 늙은 스승과 마주 앉아 있었다. 그대의 길게 묶은 머리칼은 서안(書案)에 갈아 놓은 먹물보다 더 검게 빛나고 있었고, 방 안을 가득 채운 은은한 향기도 질 좋은 묵향(墨香) 때문이 아니라 그대의 그 삼단 같은 머리칼 내음 때문이었음에 틀림이 없다. 마주하고 있는 그대의 스승도 더는 그저 한문에 정통한 시골 늙은이는 아니었다. 낮의 출타에서 마신 술 탓인지 얼굴이 약간 불그스레하기는 해도 꼿꼿이 앉아 그대가 나직나직 읽어나가는 구절에 정신을 쏟고 있는 모습은 옛 사부(師父)의 모습이 어떤 것인가를 보여주는 듯했다.

나는 이상한 감동으로 멍청하게 문고리를 잡은 채 가만히 서 있었다. 맑은 등피가 씌워진 남폿불이 오히려 어울릴 만큼 고색창연한 그 분위기에 압도된 탓이었다. 연극의 한 무대로 착각하여 당신들 사제 간을 우스꽝스럽게 만들지 않은 것만도 이른바 아스팔트킨트인 나에게는 여간 대견한 일이 아닐 수 없었다.

그런 나를 먼저 발견한 것은 그대였다. 그러나 그대는 눈썹 하나 까닥 않고 읽던 것을 계속하였다. 원래도 좀 잔귀 먹은 데다 술기운마저 돌아 더욱 귀가 어두워진 채 눈까지 감고 있던 그대의 스승이 그런 내 존재를 알아차릴 때까지.

이윽고 나를 알아본 그대의 스승은 잠시 머뭇거렸다. 그대와 내가 낯선 타성(他姓) 남녀 간이라는 데 생각이 머문 탓이었으리라. 그러나 그는 이내 나를 불러들여 그대와는 좀 떨어진 구석에 자리 잡게 하였다. 자리를 가르기가 귀찮기보다는, 국민학교를 졸업한 뒤로는 줄곧 자기 집을 드나든 그대의 나이를 잊어버린 까닭이었으리라.

그러나 그대는 달랐다. 내가 이상하게 설레는 가슴으로 지정한 곳에 자리를 잡기 무섭게 그대는 조용히 읽고 있던 책을 덮고 몸을 일으켰다.

"내일 다시 오겠습니다."

의아롭게 그대를 바라보는 늙은 스승에게 나직나직하면서도 찬기운이 서린 어조로 하는 말이었다. 그대의 늙은 스승도 그제야 자신의 실수를 깨달은 듯했다. 황망히 고개를 끄덕이며 그대를 내보내는 폼이 남녀칠세부동석(男女七歲不同席)이란, 잠시 잊고 있었던 구절을 되뇌고 있는 듯했다.

바로 그때였다. 명임, 내 영혼이 헤어갈 길 없는 수렁과도 같은 사랑에 첫발이 빠진 것은. 내가 그 마을을 찾음으로써 풀려나오기 시작한 클로토(운명을 직조하는 여신(女神))의 실은 그 순간 나를 얽어 거의 저항할 수 없는 힘으로 그대에게 끌어가 얽기 시작했다.

여기서 잠시 이야기가 빗나가겠지만, 그 밤 뒤의 전개를 말하기 전에 나는 다시 그전에 있었던 내 어설픈 사랑 이야기를 해야겠다. 내 어두운 열정의 편력을 얘기하면서 나는 잠깐 도취로서의 여자에 대해 말한 적이 있다. 그러나 내 나이를 쉽게 짐작할 수 있듯이, 내가 아무리 어둡고 거친 열정의 세월을 보냈다 해도 사랑을 위한 시도가 전혀 없었다고는 말하기 어렵다. 오히려 원하였으나 얻을 수 없었기 때문에 부패한 성(性)에 먼저 탐닉하게 되었는지도 모를 일이었다. 왜냐하면 매음은 성(性)을 몇 푼의 돈으로 손쉽게 구입할 수 있으면서 또한 얻을 수 없는 사랑의 보상으로 여겨질 수 있는 최소한의 외형을 가지고 있으므로.

어쨌든 그전에 있었던 몇 가지 사랑의 시도가 실패한 전말을 돌이켜보는 것은 지금에조차도 약간은 쓸쓸하다.

"어머, 우리는 그저 친구가 아니었던가요?"

따라다니는 강아지에게 멸치를 뿌려 환심을 사듯 자신을 둘러싼 기사(騎士)들에게 값싼 친절을 뿌리던 숙녀, 그 얼간이 기사들 가운데 하나였던 내가 대수롭지 않은 친절에 감격하여 열렬히 사랑을 고백했을 때, 그녀는 그렇게 말하며 새침하게 돌아서 버렸다.

"명백한 타락과 범죄를 무슨 수행(修行)처럼 혼동하시는 분, 이제 더는 속지 않겠어요."

호기심으로 반짝이는 눈을 하고 왔다가 타산의 냉정한 눈빛으로 돌아간 숙녀, 어느 착실한 공학도(工學徒)로 애인을 바꾸었다.

"썩은 고기 토막을 두고 개하고 다투지는 않겠다구요? 야비해요. 제 친구들을 그렇게 험담하다니. 천한 복수예요."

사귀는 남자의 수가 곧 자신의 가치와 비례한다고 착각하고 있던 숙녀, 더블데이트를 분노하는 내게 절교를 선언하며 그렇게 비양거렸다.

"당신은 저를 숨 막혀 죽게 하시려는 거예요? 정말 못 견디겠어요. 좀 쉬게 해주세요."

참을성 없는 숙녀, 내가 무엇을 했기에. 두 달 동안에 겨우 육십 번 정도 만나고 백 번 정도 전화한 것밖에 없는데. ─ 이것이 바로 몇 번 시도했던 사랑의 전말이었다. 이른바 도회의 교양 있는 숙녀들이 안겨준 그 숱한 좌절감 때문에 내가 더욱 무분별한 행동에 빠져들었는지도 모를 일이었다.

그런데 그날 나는 그대에게서 무슨 예감처럼 그 모든 어리석은 실패들이 보상될 것 같은 어떤 가능성을 본 것 같다. 나의 사랑은 이 땅에는 존재하지 않는다는 지난날의 속단이 송두리째 사라지는 순간이었다.

하지만 그날 그렇게 돌아간 그대는 두 번 다시 내 앞에 나타나지 않았다. 나는 솔직한 말로 내 심정을 털어놓고 친구의 도움을 청했다. 삼종 누이라는 혈연을 이용해 그대와 다시 만날 길을 열어 달라는 내용이었다. 그러나 그 친구는 내가 몇 마디 꺼내기도 전에 단호히 거절했다. 그대는 그 친구의 일문 중에서도 가장 고풍에 엄격한 집의 딸이며, 그 자신 삼종 간이라고는 해도 그대와 별 내왕이 없다, 거기다가 그대의 아버지는 그 몇 해 전까지도 새 알 같은 상투를 달고 있던 완고 덩어리다. ― 친구는 그렇게 이유를 댔지만, 그러면서도 이따금씩 의심스러운 눈빛으로 나를 살피는 것으로 보아 또 다른 말 못 할 이유가 있는 듯했다.

그래도 단념하지 못한 나는 우연히 골목에서라도 만나기를 기대하며 시간이 나는 대로 일없이 마을을, 어쩌면 그대가 나올지도 모르는 해거름의 우물가를 돌아다녔다. 끝내 허사였다. 그대가 집 밖을 나오는 것은 하루에 한 번 글을 배우러 나올 때뿐이었는데 그나마도 그대 집에서 부리는 계집아이와 함께였다. 방은 달라도 한 지붕 아래 있는 셈이 되는 서당에서 호젓이 말 붙여볼 기회를 노려보아도 역시 마찬가지였다. 거기에는 또 이상한 위엄으로 나를 압도하던 그대의 늙은 스승이 완강히 가로막고 있었다.

기껏 진전이 있었다면 나중에 그대의 집 뜰 안이 내려다보이는 조그만 언덕을 찾아낸 일과 떠나올 무렵 그 친구에게 애원하다시피 하여 정식으로 그대의 집을 방문한 것 정도일까. 그때 그 언덕에서 내려다보면 말라버린 작은 연못가의 무성한 해당화 줄기가 보였는데, 어쩌다 그곳을 거니는 그대는 그대로 한 송이 청초한 해당화였다. 또 그 친구를 앞세우고 집 구경을 핑계로 찾아갔던 그대의 집에서는 깐깐한 그대 아버지의 질문에 진땀만 흘리다가 도망치듯 나온 것이 고작이었다.

그러다가 ― 마침내는 그곳을 떠나야 할 날이 왔다. 원래의 목적이었던 노장(老莊)은 뒷전에 두고 홀린 듯, 취한 듯 그 마을을 배회하는 사이에 기한한 석 달이 지나버린 까닭이었다. 만약 그때가 그보다 두세 해 전만이었더라도 틀림없이 나는 그곳에 눌러앉아 무언가 어리석은 짓을 저지르고 어쩔 수 없게 된 뒤에야 떠났으리라. 그러나 다행히도 그때는 이미 1년 이상 결이 삭은 뒤였고, 또 친구의 감시도 용의주도하여 나는 결국 맨 정신으로는 그대와 말 한마디 나눠보지 못하고 그 마을을 떠났다. 유일하게 지난날의 무분별한 행동에 짝할 만한 그곳에서 기억이라면, 떠나기 전날 하루 종일 술을 퍼마시며 마을을 어슬렁거리다가 끝내 그대 집 골목 부근에 곯아떨어져, 잠든 나를 밤이 이슥해진 뒤에야 찾아낸 그 친구가 자기 방에 데려가 뉜 것뿐이었다.

그렇지만 일단 도시로 돌아온 뒤에도 그대를 향한 내 열정은 식을 줄 몰랐다. 나는 그대의 삼종 오빠인 그 친구에게까지 숨겨가며 몇 번이나 편지를 냈고, 번번이 수취 거부의 노랑 딱지가 붙어오자 — 그대는 모르는 일이라지만 — 한 번은 다시 한 번 그대의 마을을 찾으러 정거장까지 나온 적도 있었다. 그제야 그 친구도 내 열정이 예사 아님을 알고 숨겨 놓았던 마지막 이유를 대며 나를 붙들었다.

"그 애에게서 무얼 보았는지는 모르지만 너는 중요한 것을 잊고 있어. 그 애는 그저 놀기보다 낫다는 기분으로 종숙부의 서당을 다니는 평범한 시골 처녀 아이야. 학교도 겨우 국민학교를 나왔을 뿐이고……. 생각해 봐. 도대체 어느 것 하나 네게 어울리는 것이 있어? 교육, 자란 환경, 지식 내용 — 거기다가 극과 극에 선 두 집

안. 족보도 제대로 따져볼 길이 없는 도회의 신흥 재벌과 오현(五賢) 자손이란 긍지만으로 버티고 있는 첩첩산중의 몰락한 양반 사이의 벽이란 것이 앞뒤 없는 격정만으로 해소될 것 같애? 그 모든 걸 불 보듯 훤히 알고 있는 내가 어떻게 가만히 있을 수 있나? 그렇다고 일시적인 연애라면 더욱 안 되는 일이야. 너야 그 일로 얼마간 상처를 입는다 쳐도 회복할 길이 있지만, 그 애는 그걸로 끝장이야. 그 애는 아무리 사소한 상처라도 치유할 능력이 전혀 없어.

그리고 — 이건 정말 못할 짓이지만, 이미 너는 내 친구이니까 말해 주지. 그 애는 건강에도 무언가 치명적인 결함이 있다는 소문이야. 듣기로는 1년의 절반을 누워서 지낸다는 말도 있어. 어쩌면 네가 본 아름다움 가운데는 환자 특유의 창백함이 끼어 있을지도 몰라……."

거기다가 뒤이은 졸업과 입대 같은 사건들도 내 무분별한 감정을 진정시키는 효과가 있었다. 그럭저럭 1년쯤 지났을 무렵에는 제법 그대를 잊고 근무에 충실한 신병(新兵)이 되어갔다.

그러나 명임, 나는 까마득히 모르고 있었고, 또 그 때문에 뒷날 그대의 잦은 원망을 들은 터이지만, 그때 이미 운명은 우리들을 한 사슬로 얽어 놓은 뒤였다. 그래 놓고도 감쪽같이 나를 속이고 있다가 어느 날 느닷없이 그 모습을 드러냈다.

후방이라고는 해도 고단하기는 마찬가지인 일등병 시절의 어느 토요일, 나는 뜻밖의 사람들로부터 면회를 요청받았다. 바로 그대와 그대의 남동생이었다. 하도 놀라운 일이어서 나는 처음 그대의 얼굴조차 알아보지 못할 지경이었다. 그리고 겨우 알아본 뒤에도, 나는 무슨 몽롱한 꿈속에라도 빠져 있는 듯한 느낌이었다.

꿈은 아니었다. 그대는 분명 처음부터 나를 목표로 하여 멀고 어려운 길을 찾아왔고, 두 살 아래인 그대의 동생, 누이와는 달리 도회에 나와 고등학교를 다니고 있던 뒷날의 내 처남도, 그런 누이를 위하여 학교조차 결석하고 따라나선 길이었다.

나를 대하자 곧 그대의 두 눈 가득 눈물이 괴었다. 당황 못지않게 까닭 모를 슬픔이 느껴지게 하는 눈물이었다. 이어 그대는 떨리는 목소리로 말했다.

"야속하신 분, 정말로 너무하셨어요."

나로서는 전혀 이유를 알 수 없고 그래서 뜻밖이라 멍하니 듣고만 있을 수밖에 없는 말이었다. 그런 내 태도를 시치미 떼는 걸로 안 그대의 눈에는 일순 슬픔 이상의 어떤 싸늘한 빛이 떠돌았다. 냉정해진 그대의 차근차근한 설명이 내게 끝 모를 기쁨을 일으킬 때까지는 섬뜩하게만 느껴지던 빛이었다.

그대가 그날 들려준 놀라운 내막은 이러했다. 내가 그냥 몹시 취해 골목에 쓰러져 잠들었다고만 기억하는 그대 마을에서의 마지막 밤, 나는 사실 그대를 만났었다. 그날 밤 그대는 초저녁부터 그대의 집 근처를 배회하는 나를 걱정스레 보고 있었다. 진작에도 그대 주위를 일없이 서성대는 내가 짜증스러우면서도 조금은 안쓰러워하던 그대였는 데다, 그날따라 취해 비틀거리는 폼이 무슨 일을 벌일 것 같았기 때문이었다. 그러다가 아무래도 말 많은 이웃과 완고한 아버지의 눈길을 두려워하던 그대는 안절부절하던 끝에 달래 본답시고 대문께로 나온 모양이었다. 그러나 그대가 채 몇 마디 건네기도 전에 난폭하게 그대를 끌어안은 나는 취한 사람답지 않게 날랜 동작으로 입술을 훔쳐버렸다고 한다.

"당신은 나를 불량배 취급을 하고 있지만 나는 진정이오. 기다려주시오. 반드시 정식으로 다시 찾겠소. 당당히 당신 아버지에게 구혼하겠소."

그게 비틀거리며 사라지는 내 말이었다고 그대는 일깨워주었다.

나는 전에 얼핏 그 비슷한 꿈을 꾼 것 같은 적은 있지만 한 번도 그게 실제 일어난 일이라고는 생각하지 않았다. 그래서 오히려 그대를 잊으려고 괴로운 노력을 계속하는 동안도, 그런 내 사정을 알 길 없는 그대는 원망스레 나를 기다렸던 것 같다. 반년이 넘도록 소식이 없자 끝내 부끄러움을 무릅쓰고 편지를 내기에 이르렀고, 그마저 회답이 없자 벼르고 벼른 끝에 나를 찾아온 길이었다.

오오, 그랬던가, 그대……. 나는 이미 오래전에 잃어버렸고, 마침내는 쓰라린 마음으로 찾기조차 단념해 버린 귀중한 물건을 되찾은 아이처럼 기쁨과 흥분으로 어쩔 줄 몰랐다.

"저는 이미 그때 정혼한 사람입니다."

얼핏 듣기에는 좀 엉뚱하고, 자칫 경우 없이 사람에게 부담을 주려는 것으로 해석될 수도 있는 그대의 그런 말도 내게는 한 감격이었다. 사랑은 사랑이고 결혼은 결혼이라는 편리한 주장 아래, 마음 내키는 대로 이놈 저놈에게 줄 것 안 줄 것 다 주고도, 정신적인 순결 어쩌고 하는 구실로 태연히 면사포를 쓰는 이 시대의 똑똑한 숙녀들만 보아온 내게, 술 취한 치한으로부터 어거지로 끌어 안겨 입술 한 번 스친 것을 순결이라도 잃은 것인 양 고민하는 그대가 어쩌한 감격이 아닐 수 있겠는가.

갑작스럽고 거의 폭발해 버릴 것 같은 격정에 들뜬 나는 그날로 함께 외출 나간 친구와 그대의 남동생을 증인으로 약혼을 했다. 부모님의 허락을 앞세워 그것만은 뒤로 미루자는 그대를 얼러대듯 달래어, 조촐한 선물을 마련하고 사진까지 찍은 약혼식이었다. 그대가 스물하나, 내가 스물넷 나던 해의 구월 어느 날이었다.

그 뒤 내가 제대를 할 때까지의 2년 남짓은 지금도 그대의 서랍 하나를 가득 채우고 있는 편지 외에는 별로 떠오르는 것이 없다. 어쩌면 나는 그대를 향한 사랑으로 위험한 삶의 고비 하나를 넘겼는지도 모를 일이었다. 군대 전체가 옛날 같지 않고 내가 있었던 부대는 후방의 특수부대여서 더욱 고생스럽지 않았다고는 해도, 내 나이 또한 더는 소년적인 치기에는 어울리지 않고 성격도 그 몇 년 결이 삭은 뒤라고는 해도, 아직은 무슨 휴화산(休火山)처럼 이따금 불과 연기를 뿜는 격렬한 희비(喜悲)가 살아 있던 때라, 행동 하나하나가 규율에 얽매여 있는 3년의 병영 생활에는 충분히 사고의 위험이 남아 있었기 때문이다.

그런데 정작 크나큰 어려움은 바로 그 제대 뒤에 있었다. 스물일곱이면 결혼을 할 수 있는 최소한의 나이는 되었다고 판단한 내가 우리들의 약혼을 한 기정사실로 밝히고 그대와의 결혼을 원했을 때 가족들이 한결같이 반대하고 나선 일이었다. 가족들 가운데 유일하게 나와 그대의 일을 알고 있는 바로 손위 누이의 반응을 너무 믿은 게 탈이었다. 원래가 다정다감하고 누구보다 나를 이해하려고 애쓰는 그녀가 기꺼이 그대를 받아들이는 것을 보고 아무런 준비나 사전 공작도 없이 나는 그대를 있는 그대로 가족들에게 내놓았다.

그중에서도 가장 맹렬한 반대를 표시하는 것은 어머니였다. (그대는 용서하기를. 그래도 어머니는 누구보다 나를 사랑하시는 분이며, 그대가 없는 지금에는 이 땅에서 나를 위해 기도해 줄 유일한 여인임에.) 원래 나는 제대와 함께 학교로 돌아가기로 되어 있었다. 형들의 성공에 비해서는 불만스럽지만, 그래도 늦게나마 정신을 차렸으니 대학원에나 보내 교수로 만들어보자는 어머니의 발상에 내가 순순히 따른 결과였다. 어머니는 그런 나를 위해 장래의 교수 부인에 합당한 몇몇 신붓감을 골라 놓고 내 제대만을 기다리고 있었다. 적어도 대학은 나와야 하며, 학문적인 소양도 어느 정도 갖추어 내조를 더할 수 있고, 집안도 내 전공 학맥(學脈)에 이어져 교수로서의 출세를 도울 만해야 한다는 게 어머니의 기준이었다.

그런 어머니의 기준으로 보면 그대가 아무런 쓸모없이 보이는 것은 차라리 당연했다. 사서삼경을 다 읽었건 사군자(四君子)를 잘 치건 그대의 학력은 여전히 국졸(國卒)이었고, 그대의 성품과 자질이 아무리 빼어나도 어머니에게는 그저 본 바 없고 미련한 시골 처녀로만 여겨졌으며, 오현(五賢)의 자손이건 옛날에는 삼정승 육판서를 했건 그대의 집안 역시도 내 교수로서의 출세에는 아무런 도움이 못 되는 산골 토반(土班)일 뿐이었다.

나는 그런 어머니를 설득하기 위해 할 수 있는 일은 다 했다. 애원도 하고 사정도 하고 심지어는 내 목숨을 가지고 위협도 해보았다. 그러나 신혼 때부터 남편과 함께 시장 밑바닥에서 출발하여 마침내는 재벌 소리를 들을 만큼 살림을 일으킨 여걸다운 고집에는 나의 그 어떤 노력도 소용이 없었다. 그리고 어머니를 설득하는 데 실패하자 나머지 가족들의 생각도 저절로 굳어져 나중에는 우리에게 호의적이던 바로 손위 누이마저 불안한 눈으로 우리를 보기 시작했다.

나는 마침내 지치고 말았다. 남은 것은 가족들과 그대, 둘 중에 하나를 버리는 길뿐이었다. 나는 결국 27년을 의지해 살아온 집과 가족을 버리는 쪽을 택했다. 어떤 시골 중학교에 자리를 얻어 가족들 누구에게도 말하지 않고 거기에 파묻혀버린 일이 그랬다.

두 달 뒤에는 그대도 왔다. 그리고 우리는 그 마을의 작은 교회에서도 드물게 쓸쓸한 결혼식을 올렸다. 내가 알리지 않은 탓도 있지만 부모님은 아무도 오지 않았고, 우리 다섯 남매 중에서도 온 것은 쓸데없이 눈물만 쏟고 간 막내 누나뿐이었다. 그대 쪽의 형편도 썩 좋은 것은 못 되었다. 나의 성실한 구혼과 재종질이 되는 친구의 간곡한 권유에 못마땅한 대로 그 혼인을 승낙했던 그대의 아버지는 끝내 결혼식장에 얼굴을 내밀지 않는 사돈들에 노해 식이 채 끝나기도 전에 돌아가 버렸고, 참석했던 몇몇 그대 집안사람들도 마침내는 해괴한 듯 혀를 차며 흩어졌다. 그리고 돌아보면 돌아볼수록 처량해지는 그 신혼여행…… . 아무도 한숨짓거나 울지 않은 것만도 다행이었다.

그다음, 명임, 우리들은 진정으로 행복했던 것일까. 이렇게 되어 버린 지금에 와서는 달리 생각할 수도 있지만, 그래도 나는 감히 말하련다. 우리는 틀림없이 행복했었다고. 내가 미처 용서를 구할 틈도 없이, 아니 용서를 구해야 마땅한 일을 했다고 깨달을 틈도 없이 그대는 가고 말았지만, 그대는 분명 모든 것을 용서하고 떠났으므로. 용서를 구해야 마땅한 일이란 것 또한 내 어두운 열정으로 가학적이 되기는 해도 내 사랑의 일부였으며 — 적어도 그때는 그대 역시 그 사랑을 기뻐하였으므로.

그때 내가 그대에게 부린 탐욕은 실로 끔찍한 데마저 있었다. 나는 그대의 검고 윤나는 머리칼부터 국민학교 아이들만큼이나 작고 흰 발끝까지 그대의 몸에 속한 것이면 아무리 사소한 것일지라도 온전히 나 혼자만의 소유 아래 두고자 했고, 과거로부터 미래에까지 그대의 기억과 생각이 머물 수 있는 정신세계 또한 그 구석구석까지 나만으로 채워지기를 갈망했었다. 그때껏 경험했던 그 어떤 무분별한 탐닉이나 몰입보다 더 극단한 탐닉과 몰입이었다.

이를테면 그대의 몸에 대한 내 탐닉은 병적인 것에 가까웠다. 내 몸이 그대와 함께 있는 한 나는 어떤 형태로든 끊임없이 그대를 느끼고 소유를 확인해야 했다. 일요일 같은 날 그대는 거의 밥 지을 틈도 없이 내 곁에 잡혀 있었다. 내가 잡고 있는 교편만 아니었더라도 그대는 훨씬 빨리 치정이라고밖에 말할 수 없는 그 탐닉에 질식해 버렸을 것이다.

그러나 그보다 훨씬 심한 것은 그대의 영혼을 향해서였다. 나는 아무리 내 핏줄이라도 나를 향한 그대의 사랑이 분산되는 것이 싫어 아이조차 가지지 못하게 했다. 학교에서 수업을 지도하다가도 문득 그대가 나 이외의 것을 생각하고 있을지도 모른다는 것을 떠올리면 일이 손에 잡히지 않았고, 같은 여자라도 그대가 호감을 보이면 견딜 수 없는 질투를 느낄 정도였다.

거기다가 어머니에 대한 복수심까지 겹쳐 시작된 것이 우리들의 '공부'였다. 나는 그 한 해 동안에 중고등학교 6년의 교과과정이 다 들어간 학습 계획표를 짜고 그것을 엄격하게 실시해 나갔다. 정말이지 우리들의 사랑과 앵글로·색슨족(族)의 언어가 무슨 상관이 있단 말인가? 나 자신조차 잊고 있었던 수학 공식은 무슨 상관이 있으며 세계사 연표(年表) 또한 무슨 상관이란 말인가?

그런데도 그대는 놀라운 진도를 보였다. 분명 과중하게 생각되는 과제를 내놓고 출근해도, 돌아오면 그대는 어김없이 그것들을 이행해 놓고 있었다. 그때마다 나는 어린애처럼 기뻐하면서도, 새롭고 과중한 교과 외의 부담을 그대의 지친 영혼 위에 얹어갔다. 동양적인 논리와 지식에만 익숙해 있는 그대에게 내가 읽기를 원한 불완전한 번역의 그리스 철학들은 무리였을 것이다. 그 나이 그 기간 동안에 익힌 영어로 맨스필드의 단편들을 번역시킨 것은. 그리고도 어쩌다 그대가 그 과제들을 다 이행하지 못하면 턱없이 실망한 표정을 짓거나 맹렬히 화를 내었다.

언젠가 한 번은 옆자리가 허전하여 자다가 깬 적이 있는데, 그때 그대는 방구석에 조그만 촛불을 켜 놓고 다음 날의 과제에 열중하고 있었다. 어머니가 심어준 한도 깊었을 것이고, 원래도 그대에게는 심한 불면증이 있었지만 — 나는 확신한다, 그대의 그 피투성이 노력은 무엇보다 먼저 나를 기쁘게 하기 위함이었음을. 하기야 그것이 그토록 젊은 나이에 그대를 시들게 한 원인 가운데 하나가 될 줄 알았더라면 나는 결코 기뻐할 수만은 없었으리라. 그러나 날이 갈수록 광기에 가깝게 나를 휘몰아가는 어두운 열정은 그대의 그 피투성이 노력을 다만 영롱한 사랑의 결정으로 단정 짓게 만들 뿐이었다. 나의 미친 사랑이 그대의 파리한 영혼을 무겁게 짓누르고 있는 것이 아니라, 우리들 두 개의 영혼이 이 모든 과정을 통해 완전한 융화를 이루어가고 있다고만 믿게끔 했던 것이다.

거기다가 더욱 가슴 저려오는 기억은 그런 내게 그대가 조그만 저항조차 보여준 적이 없다는 점이었다. 기껏 있다면 지나치게 과중해서 당연할 수밖에 없는 과제의 불이행을 그대 스스로 슬퍼하고 괴로워함으로써 나를 벌할 뿐이었다. 그대의 불행이 된 동시에 나의 불행이 된 그대의 눈먼 순종이었다.

"제가 천사가 아닌 것은 당신이 불평하지 않아도 제겐 충분히 슬픈 일이에요."

그래도 결국은 그대가 한 인간에 지나지 않는다는 당연한 사실을 어느 날 문득 깨달은 내가 언젠가 느닷없이 화를 내었을 때 그대는 쓸쓸한 얼굴로 그렇게 말했다. 그대가 맞대 놓고 내게 한 말 가운데 가장 항의에 가까운 말이었다. 그 밖에는 정히 견딜 수 없을 때면 슬픔 어린 눈으로 나를 멀거니 건네 보는 것이 고작이었는데, 합당하지 못한 비유가 될지는 몰라도, 그때 나는 그대의 그 눈길에서 내 가슴 깊은 곳에 남아 있는 포기의 눈길을 느끼곤 했다.

그러나 이 오늘을 예감케 하는 불길한 조짐은 그해가 다 가기도 전에 서서히 그 모습을 드러냈다. 그 첫 번째 변화는 그대가 눈에 띄게 게을러지고 멍청하게 앉아 있는 시간이 늘어나는 것이었다. 내 독려에도 불구하고 과제들이 이행되지 않는 날이 잦아졌고, 둘만의 긴요한 얘기를 하고 있는 도중에도 그대의 정신은 엉뚱한 곳에 쏠려 있는 듯 느껴지는 일이 흔히 있었다.

나는 그것들을 그대의 사랑이 식어가는 조짐으로 알고 불같이 화를 내거나 탄식 같은 한숨을 내뿜곤 했다. 사실 그대의 몸과 마음이 지쳐 있으리라는 것쯤은 나도 알고 있었다. 그러나 내 성화에 못 이겨 안간힘을 쓰는 그 순간순간이 바로 생명의 기름을 한 방울 한 방울 짜내 우리들 사랑의 제단 앞에 불태우고 있는 것이란 사실만은 거의 모르고 있었다.

그대가 유난히 식은땀을 자주 흘리는 것은 처녀 시절부터 보아 온 터라 나는 유의하지 않았다. 때때로 잠든 그대의 숨결에 가냘 픈 신음이 섞여 나와도 나는 역시 그것을 피로에서 온 것 이상으로는 염려하지 않았다. 더구나 결국 그대를 앗아간 병균의 대표적인 증상인 기침 같은 것은 그대에게서는 거의 찾아볼 수가 없었다. 그러나 내가 방심하고 있던 그동안도 그대의 몸은 몹쓸 균으로 속 깊이 침식당하고 있었던 것이다.

내가 비로소 그대의 상태가 심상치 않음을 느낀 것은 그해도 다 지나가는 동짓달 초순의 어느 날이었다. 그날 때 아닌 비바람에 함빡 젖어 돌아온 나는 옷을 갈아입고 이불을 펴자 왠지 낮부터 그대의 몸을 탐하고 싶어졌다. 번개를 유난히 두려워하는 그대도 오들오들 떨며 내 품에 안겨 있어 일은 더욱 자연스럽게 이루어졌다.

그런데 그날따라 그대의 신음 속에는 어딘가 애련하고 꺼져드는 듯한 그 무엇이 느껴지더니 이내 잠든 것처럼 조용해졌다. 문득 불길한 예감으로 몸을 일으킨 나는 비로소 우리를 향해 출발한 불행의 첫 신호를, 이 멀고 긴 이별을 예고하는 조짐을 발견했다. 그대는 혼절해 있었던 것이다. 성적(性的)인 환희의 절정에서 있다는 그런 종류의 혼절이 아닌 것은, 놀라 젖힌 이불 밑에 드러난 그대의 처참하게 야윈 나신(裸身)만으로도 이내 알아볼 수 있었다. 나의 미친 사랑은 끝내 그대의 생명까지 파먹어 들어간 것임에 분명했다.

다행히도 그대의 의식은 곧 회복되었다. 그러나 왕진 온 시골 공의(公醫)는 무엇 때문인지 노골적으로 내게 화를 냈다. 그 지경이 되도록 그대를 방치한 데 대한 비난의 뜻이었으리라. 그대의 야윈 몸에서 죽기 얼마 전의 마르고 비틀어진 포기의 몸이 연상되자 까닭 모를 두려움에 빠진 나도 그길로 그대를 가까운 도시의 종합병원으로 옮겼다. 진단 결과는 처녀 때 앓은 결핵이 근치되지 않고 있다가 임파선과 장기(臟器)에까지 침입했다는 내용이었다. 진작 데려왔으면 생명에는 크게 지장이 없었을 것을 너무 손을 늦춰 당분간은 입원시키고 경과를 봐야 되겠다는 게 병원 측의 얘기였다.

그런데 괴로운 것은 시골 사립 중학교 교사의 박봉으로 살아가느라고 우리에게 비축이 거의 없었다는 점이었다. 새삼 버리고 떠나온 가족들에게 손을 내밀 수도 없고, 그렇다고 그대의 집에 의지할 처지도 못 되는 나는, 가불을 하고 빚을 내어 간신히 입원을 시켰지만 뒤가 참으로 난감하였다.

어머니가 나타난 것은 그 무렵이었다. 속은 썩여 와도 사랑하던 막내라 언제나 연락만은 닿게 해두고 있었던지 오자마자 그대를 좋은 병실로 옮긴 그녀는 이어 경제적인 지원을 아끼지 않았다. 그러다가 그대의 병세가 호전되어 요양 치료가 가능할 만큼 되었을 때 나에게 간곡히 권했다.

"저 애의 병, 특히 임파 결핵에는 부부 생활이 매우 해롭다는구나. 아무래도 당분간은 별거를 하는 게 좋겠다는 게 의사 선생님의 말씀이었어. 어떠냐? 저 애는 요양하러 보내고 너는 하던 공부나 마치지 않겠니? 언제까지나 중학교 선생 노릇이나 하고 있을 작정이 아니라면 한 살이라도 덜 먹었을 때 석사 학원가 뭔가라도 받아 놓는 게 좋을 게야. 또 그게 저 애를 빨리 낫게 하는 길도 되고……."

만약 그 길에 그대를 위한다는 뜻이 없었다면 나는 결코 그대와 헤어지는 쪽을 택하지는 않았을 것이다. 그러다가 어떻게 들었는지 그대도 눈물까지 보여가며 그 길을 권했다. 그대 자신은 특별한 요양지보다 친정집에 돌아가 치료하겠다는 말과 함께였다. 대학에 다니던 처남도 그대와 뜻을 같이했고, 또 어머니는 어머니대로 그대를 위해 최선을 다할 것을 거듭 다짐했다. 그렇게 되자 내 미친 사랑도 더 이상은 자기주장만을 되풀이할 수는 없었다. 결국 퇴원한 그대는 처남과 함께 친정집으로 떠나가고, 며칠 후 교원 생활을 정리한 나는 새 학기의 등록을 준비하기 위해 서울로 돌아갔다.

그런데…… 그대가 처남에게 부축되어 차에 오른 지 두 달이 채 못 돼 그대가 위급하다는 전보가 날아들었다. 그 무렵 나는 진학 준비도 밀쳐 둔 채 그대가 없는 날들의 쓸쓸함과, 나를 한번 사로잡은 뒤 곧 놓아주지 않는 까닭 모를 불안을 연일 폭주로 달래고 있었다. 어쩔 수 없이 승낙은 했지만, 어머니와 의사와 처남이 공모하여 나로부터 그대를 빼앗 간 것 같은 의심마저 키워가면서. 그런 나였기에 처음 그 전보를 받았을 때 나는 그것이 나를 그리워하는 그대의 부름만으로 알았다. 그때까지만 해도 오늘과도 같은 이 괴롭고 긴 이별은 내 상상에조차 없었다.

나는 어떤 불안보다는 그리움이 가득한 마음으로, 가능한 빠른 교통수단만을 골라 그대에게로 달려갔다. 그러나 그대는 이미 마지막 숨을 모으고 있었다. 어머니가 차로 보낸 서울의 이름 있는 의사까지도 고개를 기웃거릴 만큼 돌연하고 급작스러운 악화였다. 거기다가 거의 의식이 없는 중에도 간간 나를 알아보고 짓는 미소로 그대의 위급은 더욱 내게 실감이 안 났다.

그런 그대에게서 비로소 내가 어떤 위기를 느낀 것은 새벽 으스름이 가까웠을 무렵이었다. 그대의 숨결이 갑자기 느려지는 대신 정신은 새롭게 맑아진 듯 내게 앙상한 손을 내밀었다. 촛불이 꺼지기 전에 한 번 빛나듯, 다해 가는 그대의 생명이 그 마지막 불꽃을 내게 비춘 것이리라.

"저, 그 개 말이에요. 언젠가 당신이 얘기하신 그 강아지, 포기라던가……. 그 강아지가 어떻게 죽었는지 아세요?"

그대는 느닷없이 포기의 얘기를 꺼냈다. 이미 그런 그대의 목소리에는 어딘가 이 세상의 것이 아닌 여운이 서려 있었다. 나는 선고를 기다리는 죄인처럼 그대의 다음 말을 기다렸다.

"당신을 그리면서 죽어갔어요. 당신의…… 따뜻한 품을 그리다가……. 연탄 화덕이라 하셨던가요? 아마 포기는 거기서 당신의 품을 찾으려 했던 걸 거예요……. 아니, 분명 찾았을 거예요. 그리고…… 그 환희 속에 살가죽이 타는 것도 모르고 죽어갔겠죠. 당신 잘못은 아니에요. 당신…… 잘못은……."

그대는 두 번이나 끝말을 반복했다. 그대가 이 세상에서 내게
베푼 마지막 사랑이었다. 그러나 거기서 잠시 감았다가 뜬 그대의
눈길에는 이미 최후를 절감한 자의 광기가 어려 있었다. 약해진
목소리도 흐느낌처럼, 절규처럼 들렸다.

"가까이 와서…… 절 안아주세요. 힘껏, 힘껏 말예요……. 포기
처럼…… 쓸쓸히 죽어가게…… 버려두지 마세요……."

그런 그대의 말은 그 어떤 극렬한 고통의 호소보다 더 아프게
내 가슴을 후벼왔다. 나는 힘주어 그대를 껴안았다. 마치 떠나려
는 그대의 영혼을 그렇게 함으로써 움켜잡아 두려는 듯이. 그러나
미처 새벽 으스름이 사라지기도 전에 그대의 숨은 멎고 끝내 이
땅에는 살아 불행한 나만 남았다.

아아, 망자여 평안함에 쉬어지이다…….

(1994년)

*미발표 전작을 『아우와의 만남 ― 이문열 중단편전집 5』에 수록.

아우와의 만남

아우가 오지 않은 것은 갑작스러운 사정의 변경이 있어서라기보다는 약속 자체가 그리 정확하지 않았던 탓인 듯했다. 김한조 씨는 일이 거듭 어그러지는 것을 변명하면서 자신이 그런 일을 처음 하기 때문임을 유달리 힘주어 말했다. 검고 깡마른 얼굴에 이따금씩 알아보게 붉은 기운이 번지고 중요한 대목에서는 무언가를 잘못한 아이가 그러듯 몸까지 비꼬는 폼이 정말 그런 일에 처음 손대는 사람처럼 보이기도 했다.

　"돈도 되고 일도 별로 어려울 것 같지 않아 남 따라 시작해 본건데 영 쉽지 않구먼요. 인차(금세) 될 것 같던 일이 터지고, 이 사람 저 사람 사이를 왔다 갔다 하다 꿩 궈 먹은 소식이 되고…… 허궁에도 딸라 참 많이 뿌렸디요. 그러다 보니 춘부장님 계신 곳을 알아낸 게 하마 장례 끝난 지 보름 뒤라……. 하지만 이번 일은 걱정하지 마시라요. 하루 이틀 늦기는 해도 오기는 꼭 올 거야요."

나는 이미 알릴 일은 다 알리고도 금방 일어나지 않는 그가 조금씩 지루해졌다. 김한조 씨도 그런 내 기분을 알아차렸는지 이번에는 북한 얘기를 꺼냈다. 이런저런 경로를 통해 내가 이미 익히 알고 있거나 그 자신이 전에 얘기한 적이 있는 북한의 비참한 실상이었다. 악화된 식량 사정을 중심으로 조금씩 과장된 것인데 그도 대부분의 그곳 사람들처럼 남한 사람들에 대한 호의의 표시나 고급한 아첨 삼아 정색을 하고 그 실례를 늘어놓았다. 그러나 북한에 자주 드나드는 것은 그가 아니라 그의 아내이기 때문인지 정작 내가 알고 싶은 부분에 이르면 그도 나와 마찬가지로 남에게서 들은 것이거나 추측뿐이었다.

잔금을 원하는가 — 나중 그나마 할 말이 없어져 서로 얼굴만 쳐다보게 되어서야, 나는 속으로 그런 짐작을 해보았다. 사람을 못 믿는 것 같아 야박해 보일지 모르지만 이 마당에 잔금까지 치르고 싶지는 않았다. 연변 사람들도 요즈음은 약아 믿지 못하게 되었다는 말을 여러 번 듣기도 했지만 그보다는 이제껏 그가 해온 일이 그리 미덥지가 못해서였다.

하지만 잔금 부분은 지레짐작이었다. 내가 차마 이제 그만 가보시란 말까지는 못 해 피로한 표정으로 지루함을 감추며 말없이 앉아 있자 뭔가를 망설이던 그가 불쑥 말했다.

"이번이 처음은 아니라는 거 알긴 하지만 연길 구경은 다 했습네까? 뭣하면 제가 안내나 좀 해 디릴까 해서……."

비로소 나는 그의 까닭 모를 뭉그적거림이 일을 제대로 하지 못한 미안함 때문이란 걸 알아차렸다. 그러나 호의는 고마워도 그리 반가운 제안은 못 되었다. 80년대 후반 첫 여행 때 이미 해란강도 돌아보고 용정 우물가도 찾고 하는 식으로 하루 꼬박 연길을 돌아본 적이 있는 데다 이제는 관광에도 전 같은 흥미가 없었다. 첫날이나 겨우 희미한 이국정취를 느낄까, 다음 날부터는 이미 국내에 있을 때나 마찬가지로 모든 일에 심드렁해지는 게 요즘의 해외 나들이였다.

그의 호의가 무색하지 않도록 이리저리 말을 둘러가며 김한조 씨를 객실에서 내보내고 시계를 보니 벌써 열한 시가 넘어 있었다. 몇 마디로 끝날 통보에 김한조 씨는 두 시간 가까이를 쓴 셈이었다. 무슨 국영 기업체의 대외 합작부에서 일한다고 들었는데 주초의 오전을 그렇게 어정거릴 수 있는 것으로 보아 근무가 아주 헐거운 듯했다.

김한조 씨를 내게 소개한 것은 연길 대학의 류(柳) 교수였다. 나는 그를 백두산 관광을 위해 어거지로 얽은 거나 다름없는 지난번 세미나에서 만났다. 거기서 그는 동북사(東北史), 특히 발해사(渤海史)에 대한 연구를 발표했는데 나는 그 학문적인 조예보다 소박하고 겸손한 인품에 호감이 가서 개별적인 친분을 맺게 되었다.

귀국을 위해 옌타이[煙臺]로 떠나기 이틀 전 내가 두만강 구경을 하고 싶다고 하자 류 교수가 선뜻 안내를 맡아주어 함께 혜산으로 갔을 때였다. 두만강 가에 이르러 북한 땅을 건너보니 절로 술 생각이 났고, 술에 취하니 나도 모르게 감정이 과장돼 나중에는 강변에서 북한 쪽을 향해 절을 하며 눈물을 떨구는 추태를 보이고 말았다. 그때는 아직 아버지가 살아 계실 때인 만큼 예(禮)에도 없는 망제(望祭)를 지낸 꼴인데 말없이 그런 나를 보고 있던 그가 내 감정이 가라앉기를 기다려 말했다.

"이 박사님도 그러시지 말고 사람을 넣어보시지요. 아버님을 이리로 초청하게 하고 그때 박사님이 한 번 더 오시면 부자간에 만날 길이 영 없는 것도 아닐 겝니다."

물론 나도 그런 수가 있다는 것은 들어 알고 있었다. 아니, 실은 그 뻔한 세미나에 없는 시간을 내 참석하기로 한 것 자체가 마음속으로는 은근히 그런 수를 노리고 있어서였다는 편이 옳았다. 그러나 내 소심함에 비해 안기부의 경고는 너무도 삼엄했다. 함부로 그런 일을 벌이기에는 국립대학 교수라는 내 신분이 아무래도 부담이 돼 떠나기 전 나는 연줄을 따라 그쪽 요원 한 사람을 만났는데, 그는 내 말을 몇 마디 듣기도 전에 강한 어조로 잘라 말했다.

"한중(韓中) 수교가 정식으로 조인되지 않은 지금 상황에서 연길은 준(準)북한 영토라 할 수 있습니다. 설령 저희 요원들이 따라간다 해도 그런 비밀스러운 접촉이 있을 때는 박사님의 안전을 보장할 길이 없으니까요. 막말로 그때 저쪽 특무(特務) 몇이 아버님을 따라와서 이 박사님을 북한으로 끌고 가버리면 그게 바로 의거(義擧) 입북이지요. 그때 가서 납치당했다고 끝까지 주장할 수 있

126

을 것 같습니까? 또 그리 주장해 본들 무슨 소용이 있겠습니까? 단념하십시오. 아직은 이릅니다. 박사님이 별 이름 없는 보통 사람이어도 우리가 나서서 이렇게 말리지는 않을 겁니다. 만약 일이 잘 못되면 박사님과 가족분들만 불행해지는 게 아니라 남한 사회까지도 심각한 영향을 받기 때문에 신중해 달라고 부탁드리는 겁니다. 물론 아버님 되시는 분의 연령이 팔순에 가까운 만큼 다급하신 심경은 저희들도 이해하겠습니다. 살아생전에 한 번이라도 아버님을 뵙고 싶은 게 자식 된 분의 당연한 심경이겠지요. 그러나 무리한다고 될 일이 아닙니다. 저희들이 특별히 염두에 두고 작업을 해볼 테니 이번에는 그냥 세미나만 참석하고 돌아오십시오.”

그 바람에 결국 내 은밀한 시도는 손대보기도 전에 포기되고, 이미 이런저런 사진으로 눈에 익어 새삼 감동스러울 것도 없는 백두산 관광과 마음에도 없는 세미나로 연길에서의 닷새가 헛되이 가버리자, 그날 내 감정이 더욱 그렇게 과장되었는지도 모를 일이었다.

내가 끔찍한 범죄라도 결행하는 기분으로 그의 제안을 받아들이자 류 교수는 다음 날로 김한조 씨를 내가 묵고 있는 호텔로 보내왔다. 처가가 북한에 있고 그의 아내도 그와 결혼할 때까지는 조교(朝僑, 연길에 있는 북한 국적의 교포)였다는 사람이었다. 처가는 청진이지만 처삼촌이 셋이나 되어 평양과 의주, 회령에 흩어져 산다는데 특히 내가 김한조 씨에게 일을 맡길 생각을 한 것은 청진과 평양에 아울러 연고가 있다는 점이었다. 80년대 중반에 받은 아버지의 편지는 주소가 평양으로 되어 있었는데 근년에 나를 찾아온 재일 교포 친척은 청진에서 아버지를 만나 보았다고 주장하고 있기 때문이었다.

나는 내가 알고 있는 아버지의 인적 사항을 모조리 적어 주고 동료들의 여윳돈을 거두어 삼천 달러를 채워 주며 김한조 씨에게 일의 착수를 부탁했다. 실제로 든 경비 외에 최소한 이만 원(元)의 수고료를 보장하고 아버지의 신분이 특수해 초청에 특별한 경비가 나도 이의 없이 부담한다는 다짐에다 류 교수가 개인적인 보증을 서주어 이루어진 묘한 계약이었다.

그쪽 수준으로는 큰 벌이여서인지 내가 연길을 떠나던 날 아침 마지막으로 부인과 함께 찾아온 김한조 씨는 아주 신이 나서 낙관적인 전망을 다짐처럼 늘어놓았다. 빠르면 두어 달 뒤인 그해 겨울방학에 맞추어 아버지를 만나게 될 것이고 늦어도 지난봄까지는 만나게 해줄 수 있으리라는 얘기였다. 북한에도 중간 간부층은 적당히 썩어 있어 달러로 안 되는 일이 별로 없다는 게 그러한 낙관의 근거였다.

김한조 씨의 장담에도 불구하고 일은 예상 밖으로 진전이 더뎠다. 애초에 크게 기대하지는 않았지만 그해 겨울방학은 아무런 소식조차 없이 지나가고 다시 여름방학이 와도 이렇다 할 진전의 소식은 들려오지 않았다.

하지만 어쨌거나 아직은 실정법에 걸리는 일을 꾸민 터라 나도 드러내 놓고 편지를 내거나 인편을 이용할 수 없어 막연히 답답해

하며 1년을 넘겼다. 그러다가 그 뒤 한중 수교가 이루어지면서 내 답답함은 한결 더해졌다. 이제는 전에 안기부 요원이 우려했던 바와 같은 부담이 없어진 까닭이었다.

그런데 올해 정월 친척의 초청으로 서울에 온 류 교수가 뜻밖의 소식을 전했다.

"안됐습니다. 아버님께서 작년 여름에 이미 세상을 떠나셨다는군요. 김한조 그 주변머리 없는 사람이 벌써 그걸 알아 놓고도 우물쭈물하다가 이제야 제게 알려주지 뭡니까? 그의 안해(아내)가 몇 달 앓아눕는 바람에 일이 늦어졌던 모양인데 어쨌거나 자기편에서 능장을 부리다가 일을 그르쳤다는 생각에 낯이 없었던가 봅니다. 게다가 이 박사님한테 받은 돈은 그 뒤 두어 차례 북조선 왔다 가면서 흐지부지 날아가 버렸고……."

그러고는 자신의 생각인지 김한조 씨의 부탁이 있어선지 넌지시 새로운 제안을 했다.

"지금 김한조 그 사람은 이 선생님에게서 받은 돈을 물어줘야 한다고 걱정이 태산입니다만 그게 어디 쉽겠습니까? 그래서 제가 생각해 본 건데…… 아버님은 이미 그렇게 되셨고, 대신 동생분을 한번 만나 보는 게 어떻겠습니까? 저쪽에 여럿 되는 모양이던데요."

솔직히 그때만 해도 나는 그런 류 교수의 새로운 제안이 전혀 귀에 들어오지 않았다. 거의 반세기에 걸친 애증과 은원이 느닷없이 스러져버리는 순간의 어떤 허망감이었으리라. 젊은 날처럼 격렬하지는 않았지만 아직도 수시로 모습을 바꾸어 나타나는 그리움과 원망의 대상이 그렇게 느닷없이 이 세상을 떠나버릴 수 있다니…….

실은 내가 그 무렵 들어 아버지와의 만남을 부쩍 서둘게 된 것도 여든에 가까운 그 고령 때문이었다. 하지만 그때의 내게는 아버지의 죽음이 턱없이 갑작스럽고 어이없기만 했다. 나에게 남은 마지막 기억이 30대 중반의 젊은 아버지라 더욱 그랬을 것이다.

이렇다 할 언질 없이 류 교수와 헤어져 집으로 돌아온 뒤에도 나는 한동안 아버지의 죽음만을 생각했다. 우선 어머니에게 그 일을 알려야 할 것인가, 말 것인가부터 그럴 때 내가 마땅히 치러야 할 의례에 이르기까지 시급하게 결정해야 할 일들이 너무도 많았다.

어머니는 북쪽에 내 아래로 다섯 남매가 더 있다는 소식을 알게 된 80년대 중반 이후 한 번도 아버지를 입에 담지 않았다. 서른셋에 홀로 되어 어린 삼 남매를 키우면서 행실 면에서는 한 번도 남의 입 끝에 오르내린 적이 없는 당신에게는 아버지의 중혼과 그 같은 다산(多産)이 배신처럼 느껴지신 듯했다. 그런 어머니에게 이제 아버지의 부음은 어떤 의미를 가질까.

맏이인 내가 치러야 할 의례도 그랬다. 늦었지만 빈소라도 차리고 상복을 입어야 하나, 탈상은 어떻게 하며 기제사는 여기서 내가 지내도 되나, 절이나 교회를 통한 천도(薦度) 의식은 필요하지 않을까, 아직도 생존한 것으로 되어 있는 남한의 호적은 어떻게 되나, 이제는 사망신고를 하면 받아주려나. 파보(派譜)를 다시 꾸미고 있는 문중에는 알려야 하나, 북의 다섯 남매를 족보에 얹을 수 있을 때까지 기다려야 하나.

그렇지만 막상 어떤 결정을 내리려고 보니 묘하게도 내가 할 수 있는 일은 별로 없었다. 풍문에 흡사한 죽음의 소식뿐 구체적인 그 정황도 심지어는 정확한 기일(忌日)조차 모르면서 누구에게 알리고 무슨 의식을 치른단 말인가. 어머니에게는 알려도 되지 않을까 싶었으나 그것마저도 마땅치 않았다. 겨울 들면서 드러나게 노인성 치매 증상을 보이고 있는 어머니에게 그 말을 했다가 어떤 돌발 행동으로 사람을 난처하게 만들지 알 수가 없었다.

모든 것은 정확한 정황을 확인한 뒤에. — 이윽고 그렇게 생각이 정리되자 비로소 나는 남의 일처럼 흘려들은 아우를 만나야 할 필요를 느꼈다. 그 전까지만 해도 통일이 되면 언젠가는 만나게 될 막연한 존재였던 아우가 그때서야 겨우 내 삶과 구체적인 관련을 맺는 존재로 전환된 셈이었다.

나는 귀국하는 류 교수에게 아우와 만나겠다는 뜻을 전했고 일은 빠르게 진척되어 이번에는 두 달도 안 돼 김한조 씨에게서 그 날짜가 왔다. 물론 일반의 봉함 편지에 한글로 쓰여 있기는 했지만, 우리끼리 약속한 암호와도 같은 표현 뒤에 숨어 있는 날짜는 바로 오늘이었다.

나는 학기 중임에도 불구하고 연길행을 서둘렀다. 그러나 중국과의 수교는 이뤄져도 그런 목적의 여행을 위한 개인 비자를 얻기가 쉽잖은 데다 혹시라도 험한 세상이 되면 잠입과 접선의 혐의를 받게 될지도 모르는 혼자만의 여행은 여전히 부담이 아닐 수 없었다. 궁리 끝에 흔히 연길을 중간 기지로 삼는 7박 8일의 백두산 관광코스를 이용하기로 하고 마침 내게 맞는 일정표를 가진 여행사의 관광단에 묻어 서울을 떠났다.

김한조 씨의 등을 떠밀듯 내보낼 때만 해도 내가 벗어나고 싶어했던 것은 그의 어눌함, 특히 뜻 없는 말의 되풀이가 주는 지루함인 줄만 알았다. 그러나 정작 혼자 있게 되자 내게 오히려 절실한 것은 우선 쉬고 싶다는 생각이었다. 며칠 마음에도 없는 관광에 지친 탓도 있지만 아우와의 만남을 앞두고 쌓여온 마음속의 피로가 더 큰 원인인 듯했다.

얼굴도 모르는, 난생처음 만나는 아우, 그것도 배다른 아우, 40년 가까이나 생판 다른 문화, 다른 환경에서 교육받고 자란 성년의 아우, 하지만 처음 연길행을 결심할 때만 해도 내 머릿속에는 꽤나 상세하고 감동적인 만남의 시나리오가 있었다.

그런데 어찌 된 셈인지 시간이 가고 만남이 가까워질수록 그 첫 순간의 어색함과 서먹함이 과장되게 느껴져 와 머릿속의 시나리오를 점점 더 자신 없게 만들었다. 특히 간밤에는 그렇게 자신 없어진 시나리오를 새로 꾸미느라 늦게까지 잠을 설치기도 했다. 그러다가 그 아침에는 또 모든 게 온전히 백지가 되었는데 그동안에도 마음속으로는 꽤나 피로했던 듯했다. 아우가 아직 도착하지 않았다는 말을 듣자 묘한 안도감과 함께 앞뒤 없이 홀로 쉬고 싶다는 생각만 들었다.

나는 우선 잠이나 한숨 푹 자 둘 요량으로 커튼을 둘러치고 누웠다. 류 교수가 찾아오기로 된 오후 세 시까지는 시간이 넉넉했다. 그는 아침 일찍 내게 전화를 걸어 며칠 전 한국에서 온 무슨 단체를 위해 '조직'할 일이 있다면서 금세 달려오지 못하는 것을 무척 미안해했다.

그러나 잠자는 일은 끝내 뜻대로 되지 않았다. 처음 침대에 누웠을 때 잠깐 깜박했을 뿐 무언가 대수롭지 않은 소음에 깨어난 뒤로는 애를 써도 잠들 수가 없었다. 거기다가 그래도 많은 돈 들여 떠나온 여행길인데, 싶자 대낮부터 호텔 방에서 잠이나 자기에는 아무래도 좀이 쑤셨다.

이윽고 배길 수 없게 된 나는 아래층 커피숍으로 내려가 커피나 한잔 하려고 방을 나왔다. 그 뒤에는 연길 거리나 돌아보며 그동안에 달라진 모습이나 살피다가 한국 식당에서 점심이나 때울 생각이었다.

호텔 커피숍은 지금까지 지나온 도시들에서와는 달리 제법 붐볐는데 남한 여행객들이 주로 투숙하는 곳이라 그런지 대개는 남한에서 온 사람들과 현지 동포들 간의 만남으로 보였다. 나는 빈자리를 찾아 앉은 뒤 커피 한 잔을 시켰다. 그런데 미처 커피가 오기도 전에 방금 누군가와 얘기를 끝내고 일어나던 사내가 알은체를 하며 내 쪽으로 다가왔다.

"아이구, 선생님도 남으셨군요. 전에 천지(天池)를 보신 모양이지요? 하기야 요즘 세상에 아직 백두산 천지 구경도 못 했으면 그것도 촌놈이지."

그러면서 양해도 구하지 않고 맞은편 자리에 앉는 걸 보니 함께 거기까지 온 관광단 중의 하나였다. 비교적 수다스러워 여럿 가운데서도 눈에 띄던 사람이었는데 내게는 그가 남은 것이 좀 뜻밖이었다.

"네에. 지난봄에 와서 한번 둘러본 적이 있습니다."

"그럼 사업차 오신 모양이네. 요즘은 상용(商用)으로 하면 개인 비자도 잘 나온다던데, 왜 관광단에 끼셨습니까?"

내가 밝히지 않은 탓에 그는 내 직업을 저 나름으로 추측해 그렇게 물어왔다. 나는 차라리 잘됐다 싶어 되는대로 받았다.

"사업이란 게 그리 대단할 게 없어서. 겸사겸사 관광도 좀 하고 하다가 여기서 하루 이틀 볼일이나 보려고……. 사장님은 어떻게?"

내가 대답 대신 오히려 되물은 것은 정말로 그가 왜 남았는지 궁금해서가 아니라 내 여행 목적을 밝히고 싶지 않아서였다. 하지만 사내도 선뜻 자신이 일행에서 떨어져 남게 된 이유를 밝히고 싶지 않은 눈치였다.

"나도 비슷합니다. 사업이란 게 좀 있기는 하지만 드러내 놓고 말할 것도 못 되고……. 또 연길로 바로 오는 비행기도 없고 해서. 마침 코스에 들어 있는 계림(桂林)과 서안(西安)도 못 본 곳이고……."

사내가 그렇게 대강 얼버무렸다. 수다스러움에 비해서는 조심성이 있는 편이었다. 그게 슬며시 내 호기심을 일으켰다. 이 사내는 또 무슨 일로 일행에서 처졌을까. 그러나 사내는 갑자기 화제를 바꾸어 이어질지 모르는 내 질문을 피해 버렸다.

"그러고 보니 남은 게 세 사람이네. 나는 통일꾼과 나 둘뿐인 줄 알았더니."

통일꾼이 남은 것은 나도 알고 있었다. 스스로 내세워 통일꾼이란 별명을 얻은 그 통일 운동가는 이 정체 모를 사내와는 다른 의미의 수다로 일행에게 진작부터 알려져 있었다. 주로 국수주의적인 상고사(上古史) 지식을 바탕으로 한 비분강개를 통해서였다. 관광 중에 잠시라도 일행의 귀를 끌 수 있는 기회만 있으면 그는 무언가 비분강개로 사람들에게 감동이나 교훈을 주지 못해 애를 썼다.

"여기는 옛날 백제 땅이오. 백제가 요서(遼西), 진평(晉平) 두 군(郡)을 다스릴 때 이 북경은 진평군에 속해 있었지. 아니, 원래는 이 중원 전체가 한족들이 밀려들기 전까지는 우리 땅이었단 말이오."

북경 공항에 내리자 첫마디가 그랬고, 자금성에서도 비슷했다.

"그때 이성계가 그대로 밀고 나가 이 자금성을 우리가 차지했어야 하는 건데. 청나라는 뭐 별건 줄 아슈? 청 태조 누르하치가 겨우 팔기병(八旗兵) 삼만을 보내 중원을 삼킨 거란 말요. 그런데도 이성계는 그보다 이백 년 전에 오만을 가지고도 벌벌 떨다 돌아왔으니."

모르기는 하지만 그는 아마도 환단고기(桓檀古記)며 비류백제설(沸流百濟說), 임나대마도설(任那對馬島說) 같은 것에도 정통할 것임에 틀림없었다. 그리고 그 모든 고대사의 영광을 일깨운 뒤에는 공식처럼 그 회복을 위한 통일의 중요성을 강조하는 것으로 끝을 맺어 통일꾼이란 별명을 얻었는데, 연길에 내린 뒤로는 그 비분강개의 강도가 더해졌다.

"이 산천을 보시오. 바로 우리 산천 아닙니까? 우리 동포가 많이 살아서가 아니라 산과 물이 생긴 모양이 하마 중국과는 무관하다니까. 이게 경상도나 충청도 어디라고 해서 이상할 게 뭐 있겠소?"

"왜놈들이 몹쓸 짓을 너무 많이 했어. 반도 삼킨 것도 모자라 간도협약(間島協約)이니 뭐니 남의 경계까지 줄여 놓았으니……. 슬금슬금 옮겨 살며 기득권이 생길 때를 기다렸으면 영락없이 우리 땅이 되는 건데."

공항에서 연길 시내로 들어가는 버스 안에서부터 그렇게 떠들던 그는 어제 저녁 식탁에서 갑자기 무슨 심각한 망명객처럼 선언했다.

"나는 팔자 좋게 천지 유람이나 다닐 생각 없소. 천지 유람은 통일된 뒤에 흥겹게 해도 늦지 않으니까. 그 이틀 북한 실정에 밝은 여기 동포들과 함께 지내면서 통일을 위해 내가 할 수 있는 게 무엇인지를 알아보겠소."

무심히 보면 치기가 도를 넘은 아마추어 국학자의 황당한 결정 같지만 내가 관찰한 바로는 꼭 그렇지도 않았다. 치기라는 게 묘해서 어떤 때는 어리석음, 덜떨어짐 같은 말과 동의어로 우스꽝스럽지만 어떤 때는 순수, 열정과 혼동되어 상당한 감동을 자아내기도 한다. 내가 나가는 대학에는 이따금씩 그 방면으로 이름깨나 얻은 통일꾼들이 이런저런 행사의 연사로 초청되어 오는데 그 치기만만함에서는 대학 하급생이 대부분인 그 청중이나 별반 차이 없는 경우가 많았다.

우리 통일꾼의 말도 닳고 닳은 40대가 대부분인 관광단을 상대로 해서 그렇지 대학 축제 때 국수적인 동아리가 주최한 강연회에서 떠들었다면 적잖은 감동을 줄 수 있는 내용들이었다. 따라서 내 추측은 그가 그 방면의 상당한 전문가로서 오히려 처음부터 연길에서 나름의 어떤 활동을 목적하고 있었을 거라는 쪽으로 기울었다.

내가 군이 일행에서 떨어져 있는 동안의 객실료를 따로 물기로 한 것도 실은 그 통일꾼 때문이었다. 그렇지 않으면 여행사 측은 경비를 절감하기 위해 그 통일꾼과 나에게 한방을 쓰도록 했을 것인데 나는 그게 싫었다. 내 잔류 목적이 그에게 노출되는 것도 반갑지 않거니와 그가 저지를지 모르는 어설픈 실정법 위반의 증인이 되는 것도 피하고 싶었다. 게다가 자칫하면 둘의 실정법 위반이 고약하게 얽혀 서로에게 큰 피해를 입힐 수도 있었다. 그런데 알고 보니 이 사업가가 그 통일꾼과 한방을 쓰게 된 것 같았다.

"선생님도 남으신 줄 알았으면 선생님과 한방을 쓰게 해달라는 건데……. 당최 그눔의 통일 사업이 얼마나 요란한지."

사업가가 낯을 찌푸리며 그렇게 말했다. 한발 떨어져서 부담 없이 듣게 되니 문득 그 통일 사업도 궁금해졌다. 내게는 그저 막막하기만 한 통일이란 말이 그토록 구체적이고도 급박한 사람들, 통일을 위해 당장 해야 할 일의 순서며 방법까지 훤히 꿰고 있는 그런 운동가들은 국내에 있을 때도 적잖이 궁금한 사람들이었다.

"도대체 그 통일 사업의 내용이 뭡디까?"

"어디서나 말이지요 뭐, 말. 오늘 아침에도 두 패가 다녀갔는데 이건 뭐 금세 혈서라도 쓸 것 같은 정치 집회 같더라니까요. 뭐라더라, 같은 핏줄기의 따사로움을 가슴에 새기고 소중한 민족의 동질성을 보듬어 이념의 장벽을 뛰어넘자, 라고 하던가."

"온 사람들은 어떤 사람들인데요?"

"교수니 작가니 하는 게 여기 연길에서는 말깨나 하는 사람들 같습디다만, 우리 통일꾼하고는 첨 만나도 그 사람이 관계하는 무슨 단체 사람들하고는 전에 만난 적이 있고……. 그런데 우스운 것은 우리 통일꾼이 그들을 무슨 재외(在外) 민족 대표라도 만난 양 열을 올리는 거예요. 신식민주의를 까부시어 자주성을 쟁취하자느니, 민족 반역 세력을 쓸어 없애 통일의 날을 앞당기자느니, 하는 이북 방송 비슷한 말도 하고, 자칫하다간 며칠 한방 쓴 죄로 귀국 후에 안기부에 불려 가 시달릴까 걱정이라니까요."

무얼 하는지 모르지만 그 사업가는 꽤나 입담이 좋은 사람이었다. 나는 되도록 티를 내지 않으려고 애쓰면서도 그의 얘기를 계속해 끌어내려고 한마디 거들어주었다.

"통일을 위해서는 그런 일도 필요하겠지요. 소련 망하고 나서 미국 하는 짓이 워낙 돼먹지 않으니."

"에이, 틀렸더라구요. 사람들이 벌써 아니던데. 그 사람들 통일 때문에 온 것 같지 않더라구요. 어떻게든 남한 단체나 개인과 친분을 맺어 여기서 합작을 하거나 남한으로 초청받을 길이 없나 하는 게 관심사인 듯하던데 우리 통일꾼이 눈치 없이 떠드니 마지못해 맞장구를 쳐주는 거지. 그러나저러나 그 사람 어쩔려구 그리 헤픈지 몰라."

"뭐가요?"

"오늘 아침에 벌써 두 사람에게 초청을 약속하고 무슨 단체에는 적잖은 책을 기부하겠다더군요. 어디 학교엔가는 도서관 건립도 돌아가 성사시키겠다 장담했고…… 내 보기에는 그만한 힘 있는 사람 같아 보이지 않던데, 공연히 순진한 여기 사람들 실망시키는 거 아닌지 몰라."

사내가 통일꾼 험구를 시작한 게 자신의 여행 목적을 추궁 받지 않기 위해서라면 그리 신통한 방책은 못 되었다. 시작은 남의 얘기로 통일을 꺼냈지만 얘기가 진행되다 보니 다시 자신도 거기 얽혀 들고 만 까닭이었다.

"사람들 참 이상하지. 어째서 통일, 하면 민족이니 이념이니 하는 것밖에 생각나지 않을까. 선생님도 그러세요?"

조심하느라 했지만 그래도 내게서 먹물 냄새 같은 걸 감지한 탓인지 장사꾼이라 밝혀도 굳이 선생님이라 부르며 그가 그렇게 물어온 게 시작이었다.

"그럼 사장님은 통일, 하면 뭐가 생각나십니까?"

"평양 시민 뺀 저 이천만 난민을 어찌 먹여 살리나, 무슨 돈으로 저 북한 땅 껍데기라도 남한 비슷하게 싸 바르나……."

"그거야 뭐 대기업들이 어찌 휘어 내겠죠. 값싼 노동력 많이 늘어나고 멀리서 지하자원 안 들여와도 되고 하니……."

"모르는 소리 마십쇼. 내 단골 중에 제법 크게 사업하는 분이 있는데 북한 노동자 정말 걱정 많이 하더라구요. 방글라데시나 파키스탄, 필리핀 노동자라면 값싸게 부리는 재미라도 있겠지만 명색이 한민족인데 그럴 수 있겠냐는 얘깁니다. 그랬다가 새로 생길 지역감정 문제는 어쩌구요? 전에 말썽 많던 영호남 문제는 저리 가라가 될 거라는 겁니다. 거기다가 노동의 질도 문제라고 했습니다. 사회주의국가 일반의 비능률에다 '우리 식으로' 어쩌고, 하는 구식의 노동 개념이라 현대화된 우리 노동자와는 많이 다른 모양입니다. 그 노동의 질을 우리 사회에 맞게 재교육하는 데는 몇 년이 걸릴지 모른다더군요. 지금으로는 필리핀 수준도 기대하기 어려운데 임금은 우리 노동자와 같이 쳐주어야 한다면 쓸 수 있는 곳은 몇 군데 안 된다는 거예요. 막노동이나 일차산업 현장밖에 없을 거라던가. 결국 그 노동력은 우리 산업에 부담으로 작용할 가능성이 더 많은 노동력에 지나지 않는다는 거죠. 지하자원 문제도 그리 좋을 게 없는 모양이던데요. 그저 남한보다 풍부하다는 거지 그쪽 지하자원, 국제적으로 비교 우위가 있는 품목은 손꼽을 정도라는 겁니다. 잘못하면 우리 땅에서 나는 것이기 때문에 비싸고 질 낮더라도 사 써야 하는 꼴이 나기 십상이라는 거지요. 한마디로 기업들에게는 역시 부담으로 작용할 위험성이 더 많은 게 북한 지하자원이라는 겁니다."

"그것도 넓은 의미로는 통일 비용에 들겠지요. 통일 비용을 산출하고 거기에 대비하는 작업도 시작되고 있으니까 무슨 수가 나지 않겠습니까? 경제적 측면의 통일 준비 말입니다. 하지만 우리 통일꾼과 같은 정치적 측면의 준비도 마찬가지로 필요할 것 같은데요. 사상적, 정치적으로 제대로 정리되지 않은 채 마구잡이 통일을 했다가는 통일 뒤에 피나는 내전을 치르게 될지도 모르니까요."

"친구 중에 이런 계산 하는 사람도 있습디다. 우리가 적화될 수 있는 가장 위태로운 시기는 통일 후 3년째 되는 해라나요. 통일 비용으로 남한의 살이가 전반적으로 악화되어 극빈층이 늘어난 데다 상대적 빈곤감에 시달리는 북한 주민이 합쳐지면 불만층이 체제 유지를 원하는 계층보다 훨씬 많아 사회주의에 가장 취약한 형태의 인구 구성비를 이루게 된다는 겁니다. 어쨌든 내가 장사꾼이라 그런지 내게는 훨씬 급한 게 경제적인 준비 같아 보입디다. 소련 동구 무너지는 것 보셨겠지만 사상은 경제를 따라가게 되어 있는 거 아닙니까? 하부구조가 상부구조를 결정한다는 그 사람들

주장도 그렇고."

거기서 그가 다시 스스로를 장사꾼이라고 하자 그게 억눌러온 내 궁금함을 일깨웠다. 얘기를 계속할수록 그가 장사꾼이라도 예사 장사꾼은 아닐 것이라는 추측이 강하게 인 까닭이었다.

"그런데 아까 기업가가 단골이라 말하셨고…… 말씀도 들어보니 우리 같은 사람들에겐 새로운 게 많은데…… 무슨 사업을 하십니까?"

나는 그가 애써 피하려 하고 있는 걸 알면서도 다시 한번 그렇게 물어보았다. 일순 망설임의 표정이 그의 얼굴을 스쳤으나 그는 끝내 시원스레 밝혀주지 않았다.

"별거 아닙니다. 이것저것 돈 되는 것은 좀……."

그러더니 방금 무언가 큼직한 비닐 백을 들고 커피숍으로 들어오는 사람을 보자 구원이라도 요청하는 사람처럼 자리에서 일어나 손을 흔들었다.

서울에서 올림픽이 있던 해 처음 왔을 때만 해도 연길은 사회주의국가의 도시들에 공통된 인상이 짙었다. 곧 하드웨어는 그럴듯한데 소프트웨어가 시원찮은 구식 전자 기기를 보는 듯한 느낌이 그것이었다. 그런데 재작년 4년 만에 다시 왔을 때는 많이 달라져 있었다. 도시의 외형은 얼른 보아 크게 변하지 않은 듯했지만 내용은 이게 그때의 연길인가 싶을 정도로 딴판이었다. 긍정적이든 부정적이든 주로 자본주의 시장경제를 지향한 변화였다.

그때로부터 다시 1년 반, 나는 무슨 심각한 점검이라도 하듯 그 동안의 변화를 보기 위해 우의로(友宜路) 쪽으로 갔다. 듣기로 그곳은 연길 시내에서도 가장 변화가 심한 곳일 뿐만 아니라 한국 식당들이 많이 몰려 있다기에 한 바퀴 돌아보고 적당한 곳에서 점심이나 때울 생각이었다.

　하지만 도시의 변화란 게 보겠다고 해서 쉽게 드러나는 것도 아니거니와 쉰을 넘겨 무디어진 호기심을 오래 사로잡을 만한 것도 아니었다. 재작년에도 그랬던 것 같기도 하고 그새 변한 것 같기도 한 거리를, 그저 왔으니까 한번 봐 둔다는 기분으로 걷다 보니 얼마 가지도 않아 피로부터 먼저 왔다.

　그래서 두어 블록 걷다가 들어가게 된 곳이 카페 '한강'이었다. 한국인 관광객을 위한 것인 듯 한글로 크게 쓴 상호(商號) 위에 '카페 겸 식당'이란 영어 표기가 반원형으로 쓰어 있는 그 집 간판이 왠지 눈에 익은 느낌을 주었다. 아마도 서울 거리에서 자주 보던 형식이라 그랬을 터였다.

　안으로 들어서니 장식도 서울의 싸구려 카페를 그대로 떼다 옮긴 듯했는데 손님은 하나도 없었다. 열두 시가 채 안 되기는 해도 그 시각에 그렇게 한산한 걸로 보아 식당보다는 카페를 위주로 하는 집인 것 같았다. 실은 나도 거기서 밥을 먹을 생각은 없었다.

　"어서 오세요."

　어둑한 계산대 쪽에서 젊은 여자의 목소리가 나를 맞았다. 짧은 한마디라 정확히 알아들을 수는 없었지만 연길에서 흔히 듣는

억양은 아니었다. 이어 빈자리를 찾아 앉는 내 앞에 나타난 것은
서른 이쪽저쪽의 안주인이었다.

"뭘 드시겠습니까?"

다시 내게 메뉴판을 내밀며 묻는 소리가 거의 서울 말씨에 가
까워 여자를 살펴보니 차림도 서울에 있는 카페의 마담들과 비슷
했다. 서울서 왔나, 싶었으나 그럴 것 같지는 않았다. 남쪽 사람들
이 연길 쪽에 여러 가지 사업을 벌이고 있다는 말은 있었지만 그
런 허름한 카페까지 열었다는 소리는 듣지 못했다. 그렇다고 서울
여자가 연길까지 얼굴마담으로 왔을 것 같지도 않았다.

"주스나 한 잔 주시오. 마담도 생각 있으면 한 잔하시고."

나는 그런 안주인에게 실없는 호기심이 일어 시골 다방에서나
쓰는 수법을 슬쩍 써보았다. 그런데 안주인은 그런 일에 익숙한 사
람처럼 주스 두 잔을 받아가지고 돌아와 청하지도 않았는데 앞자
리에 앉았다. 손님도 없고 하니 심심해서 그랬을 수도 있지만, 왠
지 내게는 그녀가 그곳 사람이 아닐 거라는 짐작이 갔다.

"이곳 분이 아니신 듯한데 어디서 오셨어요?"

그녀가 친절을 과장한 목소리와 표정으로 먼저 물어왔다. 나는
잠시 호기심을 눌러 두고 그녀의 물음에 답했다.

"서울서 왔습니다."

"혼자 오셨어요?"

"일행이 있긴 한데 볼일이 있어 혼자 떨어져 나왔죠."

"사업하시는 분이세요?"

"사업이랄 것까지는 없고 좀 만나야 할 사람이 있어서."

"일행은요?"

"그저 관광단입니다. 지금 천지에 가 있습니다."

"언제 돌아오죠?"

"내일 저녁은 호텔에서 같이 묵게 되어 있습니다."

나는 그녀에게까지 숨길 까닭이 없어 대개는 사실대로 대답해 주었다. 그러자 그녀는 이제 알 것 다 알았다는 표정으로 말했다.

"그럼 내일 저녁 일행분들 데리고 이리루 놀러 오세요. 내 잘해 드릴게요. 이래봬도 여기 가라오케까지 있다구요. 예쁜 아가씨들도 많고. 남조선 말로 끝내드리죠."

"일행에게 물어보지요. 그런데 마담은 여기 사람이오?"

그제야 틈을 얻은 내가 그렇게 지나가는 말투로 물어보았다. 그녀는 별로 경계하는 빛 없이 대답해 주었다.

"네. 바로 연길은 아니지만 부근에서 자랐어요. 왜, 여기 사람 같잖아요?"

"말투가 아니라서……. 그럼 서울에 가신 적 있소?"

"아, 말. 네, 서울에 한 2년 가 있었죠. 거기서 여기 말을 하니 모두들 이상하게 봐서. 또 여러 가지로 불리한 점도 많고……. 그래서 힘들여 서울말을 배웠는데, 비슷하게 들리는 모양이네."

"불리하다니, 뭐가?"

"연길서 온 걸 알면 속여 먹으려 들거나 공연히 깔보는 것 같아서. 취직해 있으면 턱없이 지분거리는 것들도 많고."

아마 돈벌이를 갔던 모양이었다. 2년이나 어떻게 머물 수 있었는지, 그리고 그동안을 어떻게 보냈는지가 다시 슬몃 궁금해 왔으나 그들의 신산스러운 생활은 달리도 들은 게 많아 묻기를 그만두었다. 그렇게 되니 잠시 대화가 끊어졌다.

"그래, 장사는 잘되시오?"

한참 후에 내가 그렇게 묻자 주스를 홀짝거리던 여자가 깊은 한숨과 함께 대답했다.

"서울서는 여기에 이런 가게 하나만 열면 떼돈을 벌 거라 생각했는데 어려워요. 여기 사람들에게는 아직 무리고, 관광객만 기다려야 하는 판이니 이런 어중간한 규모로 잘되겠어요? 이러다간 저이하고 나하고 2년 동안 할 짓 못할 짓 다해 가며 뼈 빠지게 모은 돈 다 날리게 생겼어요."

여자는 그러면서 주방 쪽을 힐끗 바라보았다. 때마침 주방의 쪽문으로 겉늙어 보이는 사내의 얼굴 하나가 우리 쪽을 불만스럽게 내다보고 있었다. 그녀의 남편임에 틀림없었다. 그의 찌들고 지쳐 뵈는 얼굴을 대하자 나는 어렵지 않게 그들 부부의 서울 생활을 짐작할 수 있었다. 남자는 막노동판에서 일요일도 쉬지 않을 정도의 악착을 떨었을 것이고 여자는 월급 많은 재미로 험한 허드렛일로만 떠돌았을 것이다.

나는 문득 아까 호텔 커피숍에서 만났던 사업가가 말한 통일 후의 북한 노동자를 떠올렸다. 꼭 들어맞을지는 몰라도 그들 부부가 앞질러 한 체험은 통일 뒤의 북한 노동자에게 어느 정도 적용

될 수 있을 것도 같았다.

"그래 돈은 제대로 줍디까?"

내가 그렇게 앞뒤 없이 불쑥 묻자 잠시 눈을 깜박거리던 여자가 이내 알아듣고 입을 비쭉했다.

"제대로 주긴요. 우리가 연길에서 왔다는 것만 알면 무조건 싸게 부려먹을 궁리라니까요. 제대로 주는 곳은 남조선 사람들이 아무도 안 하려는 더럽고 험한 일뿐이구요. 저이는 막노동판에서도 제대로 못 받았지, 아마. 뭔가 명목을 붙여서 얼마씩은 떼더라는 거예요."

"그래도 비슷하지는 않았습니까? 필리핀이나 방글라데시에서 온 사람들은 남한 노동자 절반도 못 받는다던데요."

그러자 여자의 두 눈에서 새파란 불길 같은 게 언뜻 비쳤다가 사라졌다.

"그것들하고 우리하고 어떻게 대요? 그래도 명색이 한 핏줄 한 겨렐인데, 아무리 오래 떨어져 살았다지만……."

여자는 그렇게 목소리를 높여 놓고, 힐끗 주방 쪽을 보더니 낮고 빠른 목소리로 보탰다.

"서울서 오셨으니 다 들으셨겠지만 제가 어떻게 이만 돈이라도 모아온 지 아세요? 이거 다 술집 아가씨들 피빨래 해주고 짓궂은 손님들에게 손목 잡혀가며 술상 날라 번 돈이에요. 남편 있는 여자가 다른 마뜩한 일 두고 왜 그랬겠어요? 바로 그 때문이라구요. 여기서는 그래도 교육받은 축인데 마뜩하고 돈 되는 일은 아예 차례가 없고 공장에 가서 일하려니, 세상에, 필리핀 애들하고 같이 주겠다고 하지 않겠어요? 우리가 왜 그런 대접을 받아야 해요? 말을 못 알아듣나, 개들같이 게으름을 피우나, 세상에, 같은 동포끼리……."

그러면서 입술을 잘끈 깨무는 여자의 표정에는 새삼 분하다는 기색이 떠올랐다. 우연히도 나는 그 사업가가 호텔 커피숍에서 잡담처럼 제기한 문제의 실례를 한 시간도 안 돼 그 카페에서 보게 된 셈이었다. 나는 쓸데없이 그녀의 상처를 건든 게 미안해 얼른 두루뭉술한 위로로 화제를 바꾸었다.

"고생 많이 하셨군요. 그래서들 안 되는데……."

"서울, 거기 몇 해 돈 벌어 오는 곳으로는 어떨지 모르지만 천금을 준다 해도 살 곳은 아니에요."

여자는 거기까지 말해 놓고서야 조금 진정이 되는지 인사치레처럼 덧붙였다.

"뭐, 그렇다고 남조선 사람들이 다 나쁘다는 얘기는 아니에요. 고마운 분들도 계시고 친절하게 대해 준 이도 많았죠."

얘기가 그렇게 마무리될 무렵 해서 나는 갑자기 주스 한 잔으로 너무 오래 앉아 있었다는 생각이 들었다. 하지만 그냥 일어나기는 더욱 난감했다.

"여기도 식당인데 이거 미안해서 어쩌나. 실은 며칠 제대로 된 한식을 먹어보지 못해서……. 점심을 먹긴 먹어야겠는데."

내가 솔직히 그렇게 속을 털어놓자 여자도 그 일로 부담을 주지는 않았다.

"괜찮아요. 저희도 간판만 걸어 놨지 식사 준비는 변변치 못해요. 게다가 경양식 중심이고. 그런데 어떤 걸 잡숫고 싶으세요?"

"육개장이나 해장국 같은 얼큰한 것하고 김치만 좀 있으면 되는데……."

"그럼 좋은 식당 하나 소개해 드릴게요. 이 아래로 조금 내려가시면 서울식당이라고 있는데 그리로 가보세요. 이름뿐만 아니라 음식도 서울서 오신 분들 구미에 맞을 거예요. 주방장을 서울서 데려왔다나요."

덕분에 나는 더 미안해하지 않고 그곳을 나와 며칠 그리워했던 한식으로 점심을 먹을 수 있었다. 서울식당의 육개장과 김치는 남한에서 온 관광객의 구미에 맞춘다는 게 기껏 요리에 미원과 설탕을 퍼부은 것으로 표현되고 있었을 뿐이었지만 북경을 떠난 뒤로는 줄곧 느끼한 중국 음식만 먹어온 뒤라 그런대로 먹을 만했다.

그런데 우리 사업가가 알았으면 득의해 할 만한 일은 그날 한 번 더 있었다. 오후 세 시쯤 해서 약속대로 호텔 방을 찾아온 류 교수가 정말 알 수 없다는 얼굴로 말했다.

"이 박사, 나는 남조선이란 사회 아무래도 이해가 안 돼요. 사람도 어지간히 만나 봤고 서울까지 가 봤는데 영……."

"왜 무슨 일이 있습니까?"

"오늘뿐만 아니라 벌써 몇 번쩬데, 남조선 사람들 도무지 속을 알 수가 없어요. 남북 문화 교류 도와달라구 해서 일껏 조직해 놓으면 다 될 무렵 해서 엉뚱한 주문으로 사람 난처하게 만드는 거우다. 이번에도 남쪽의 조통(朝統)문학회란 곳에서 북한 문인들과 교류하고 싶다기에 그 방면으로 발이 넓은 우리 대학의 장 교수가 힘을 다해 북쪽에 다리를 놓고 나도 곁다리로 도와 일을 거지 반 성사시켰지요. 특히 북쪽에서 올 사람들 고르는 데는 머리깨나 썼습니다. 이쪽이 뭐라 할까, 약간 혁신적인 데가 있는 것 같아 저쪽에는 좀 개방적이고 덜 정치화된 사람들을 붙여주려 했더니 이제 와서 뭐라는지 아십니까? 공훈 작가급은 못 되더라도 일급 작가 몇쯤은 낀 저쪽의 핵심적인 문인이어야 한다는 것입니다. 그래서 그 사람들은 이미 문인이라기보다는 정치에 편입된 사람들이고 만나 봤자 주체사상 선전밖에 들을 게 없다고 했더니 놀랍게도 이쪽에서 만나고 싶은 건 바로 그런 사람들이란 겁니다. 이왕 만날 바에야 북을 대표하는 문인들을 만나고 싶어 하는 그 욕심은 이해해요. 그런데 얘기를 듣다 보니 꼭 그런 욕심만은 아니라는 데 문제가 있었습니다. 오히려 조통문학회 쪽에서 강조하는 것은 그런 사람들이 와야 이야기가 잘 통할 거라는 겁니다. 그리고 은근히 자기들의 사상성을 과시하는데 정말 기가 막히더라구요. 이미 여기서도 한물간 김일성 신화나 60년대 초에 잠깐 반짝했던 북쪽의 우위를 나타내는 수치 따위를 어디서 주워 모았는지 시시콜콜히도 주워 모아 어정쩡한 북한 지식인 빰치게 열을 올려 댑디다. 모르기는 하지만 북쪽의 공훈 작가나 일급 작가와 어울려도 그런 쪽으로는 조금도 지지 않을 사람들 같았습니다. 하지만 그렇게 된다면 그게 무슨 문화 교류입니까? 그런 사람들이 만나는 게 어떻게 남북 문학자 교류 대회가 됩니까? 기껏해야 접선이나 내통이고, 주체문학자 단합대회지. 남쪽의 보수파 문인들도 비슷해요. 그들이야말로 북쪽의 공훈 작가나 일급 작가를 만나야 할 사람들인데 원하는 것은 요새 개방 바람에 간들거리는 햇내기 작가나 연애소설로 인기 있다는 아무개예요. 또 다른 접선과 내통, 또 다른 단합대회나 주문하는 거지요. 도대체 문화 교류의 목적이 뭡니까? 이질화된 남북의 문화를 동질화시켜 다가오는 통일에 대비하자는 거 아닙니까? 그런데 기껏 추진되는 교류라는 게 그 모양이니……. 흡수당하거나 흡수하겠다는 식이니……. 그게 자유민주주의 사회의 사고라는 겁니까? 장 교수가 시달리는 거 보고 앉았다가 분통이 터져 그만 일어나버렸습니다."

말하자면 정치화된 문화 교류의 한 폐해를 든 셈인데, 논의를 넓히면 통일을 정치적으로만 접근할 때의 경고로도 기능할 수 있을 듯했다.

"첫술에 배부르겠습니까? 우선 그렇게 시작하는 거지요, 뭐. 처음부터 극단하게 이질적인 문화를 붙여 놓으면 충돌밖에 더 일어나겠습니까?"

그 자리에서는 그런 반론으로 류 교수를 달랬지만 그때부터 내 마음은 무거워지기 시작했다. 머지않아 만나게 될 아우가 어쩌면 바로 그런 이질의 문화일지도 모른다는 우려가 내 가슴을 짓눌러 온 까닭이었다.

거기다가 그런 내 마음을 더욱 무겁게 한 것은 그날 밤에 온 김한조 씨의 전화였다.

"왔시요, 동생 되는 분. 저물녘에 도착한 모양인데 오늘 밤은 외삼촌 집에서 묵고 내일 아침 호텔로 가겠답니다."

외삼촌이 초청한 형식이 되어 있기는 했지만 내게로 먼저 오지 않고 그리로 가버린 게 왠지 아우의 내키지 않아 하는 마음을 드러내고 있는 듯 느껴졌다.

이튿날 아우는 생각보다 일찍 왔다. 무슨 언질이 있었던 것은 아니지만 나는 아우가 아침 열 시는 넘어서야 나를 찾아올 것이란 예상을 했었다. 그래서 여덟 시에 일어나고도 늦장을 부리다가 아홉 시쯤 겨우 세수나 마치고 식당으로 내려가려는데 김한조 씨를 앞세운 아우가 바로 내 방문을 두드렸다.

이미 말한 대로 나는 아우와의 첫 대면의 순간에 대해 여러 가지로 고심했다. 마흔이 다 되도록 보지 못한 아우, 그것도 묘한 생래(生來)의 적의가 끼어 있는 이복 아우와 마땅한 대사는커녕 말을 바로 낮출 수 있을까조차가 쉽게 가늠되지 않았다.

그런데 김한조 씨를 따라 쭈볏거리며 들어서는 아우를 바라보는 순간 내가 그동안 아무 쓸모없는 고심을 해왔음을 깨달을 수 있었다. 아주 낯익은 얼굴이 — 기억에서는 거의 지워져가지만 몇 장 남은 옛 사진의 도움으로 그 윤곽과 음영은 아직 내 머릿속에 뚜렷이 남아 있는 아버지와, 유복자 격으로 태어났으나 가엾게도 마흔을 못 채우고 죽은 아우를 연상시키는 얼굴이 군에 가 있는 큰아이의 좀 휜 듯한 등과 흔히 '잔나비 허리'라 불리는 우리 문중의 특징적인 체형에 실려 있었기 때문이었다. 낯선 것은 다만 우리 70년대 풍으로 잔뜩 멋 부린 것 같은 아우의 신사복 차림뿐이었다.

무언가 굳어 있는 듯한 얼굴로 들어서던 아우도 나와 눈길이 마주친 순간 흠칫하는 듯했다. 그러나 이어 눈에 띄게 표정이 풀리는 것으로 보아 마음속으로는 나와 비슷한 경험을 하고 있음에 틀림없었다.

"형님이라도 십 년 이상 손위니까 절하고 보도록 하기요."

김한조 씨가 아직 자리를 못 잡고 있는 아우에게 그렇게 시켰다. 그것도 내가 아우에게 하는 첫마디가 수월해지는 데 적잖게 도움이 되었다. 나도 반절로 받기는 했으나 절을 받고 나니 이미 말을 놓을까 말까는 망설일 필요조차 없는 결정이 되고 말았다.

"듣기는 했다만 이름을 어떻게 쓰지?"

내가 물은 것은 이름의 한자였다. 나는 처음 아우의 이름을 들었을 때부터 항렬에 따른 것 같다는 짐작이 들었다. 하지만 아버지가 봉건제의 잔재라 할 수 있는 대가족 제도의 항렬을 그대로 따랐을 것 같지 않아 아우를 만나면 물어보리라 마음먹은 적이 있는데 그게 나도 모르게 첫마디가 되어 나왔다. 그런데 아우는 내가 이름을 묻고 있는 줄로 잘못 안 것 같았다.

"혁입니다. 리혁이라 합니다."

"이름이 아니라 이름의 한자를 물었다. 또 형한테 이름을 대는데 성을 쓰는 법이 아니고. 혁이라면 붉을 혁(爀) 자 아니냐? 불 화(火) 변에 붉을 적 자 둘 있는 거."

"맞아요."

"동생들도 다 한 글자로 된 이름⋯⋯."

"아니야요. 누님과 막내는 두 글자 이름입니다."

"그렇다면 희 자나 섭 자가 들어 있겠구나."

"그렇습니다. 문희와 무섭이라고 합니다."

거기서 희미한 전율 같은 감동이 내 가슴속을 쓸고 지나갔다. 불구덩이 속에 어린 삼 남매와 젊은 아내를 팽개치고 갈 수 있었던 이념가도 가문과 항렬만은 용케 잊지 못했구나⋯⋯.

"북쪽에서도 모두 항렬을 쓰니?"

물음이 되풀이되자 웬 이름 타령인가 하는 기색을 내비치며 짧게짧게 대답하던 아우가 문득 나를 뻔히 쳐다보았다. 그 까닭을 몰라 나도 멀거니 아우를 바라보고만 있는데 김한조 씨가 알아차리고 끼어들었다.

"거 왜 돌림자 말이야. 보니까 예전에는 북에서 더러 쓰는 것 같더니 요즘은 안 쓰는 모양이두만."

"돌림자 이젠 아무도 안 쓰는데요. 우리도 돌림자는 쓰지 않았구요."

그제야 아우가 알아듣고 그렇게 말했다. 나는 가슴속에서 점점 더해 오는 감동을 억누르며 길게 우리 항렬을 설명했다.

"항렬이란 게 꼭 돌림자로만 쓰이지는 않는다. 대개는 오행(五行)을 따라 정하는데 순서도 성씨마다 조금씩 다른 것으로 안다. 우리는 토(土), 금(金), 수(水), 목(木), 화(火) 순서로 돌아가고 돌림자는 거기 맞춰 규(圭), 현(鉉), 호(浩), 병(秉), 섭(燮) 또는 희(熙)를 쓰지. 하지만 그 돌림자들을 쓰지 않을 수도 있다. 예를 들어 우리 대의 돌림자는 섭이나 희지만 만약 외자를 쓰게 되면 불 화 변이나 아래에 점 넷만 있으면 된다. 따라서 너희 다섯 남매는 철저하게 항렬을 따른 이름이야. 모르긴 하지만 네 아이들도 아버님께서 이름을 지으셨다면 양토 규(圭) 자를 돌림자로 쓰거나 흙 토(土)자가 들어간 외자일 거다."

그러다가 어딘가 어이없어하는 듯한 김한조 씨의 표정을 보고서야 얼른 화제를 바꾸었다.

"참 내가 묻는 순서를 바꾸었구나. 그래, 아버님은 무슨 병환으로 돌아가셨느냐?"

"대장암입니다. 김책시 인민병원에서 돌아가셨습니다."

그러는 아우의 눈이 갑자기 충혈되며 물기가 돌았다. 나도 아버지의 부음을 들은 뒤 처음으로 콧마루가 시큰해 왔다.

"선종(善終), 음…… 편안히 눈감으셨니?"

"병원에 친척이 한 분 의사로 있어…… 경호 아재라고, 같이 남에서 들어온 일가 아저씬데, 잘 돌봐주셨습니다. 한 이틀 혼수상태로 계시기는 했지만 딴 이들보다는 덜 괴로우셨을 겁니다……."

코맹맹이 소리로 대답하는 아우의 어조에는 조금씩 울먹임이

섞여 들었다. 그러나 시큰한 콧머리에 이어 눈앞에 흐릿해 오기는
해도 내게는 전혀 실감 나는 슬픔이 아니었다. 돌아가신 지 일 년
가까이나 되는 아버지를 추억하는 몇 마디에 울먹일 수 있는 아우
가 경이로우면서도 한편으로는 다 같은 자식인데 그럴 수가 없는
자신이 쓸쓸할 뿐이었다. 그것도 마음 한구석으로는 아버지의 죽
음과 별 상관없는 의문까지 챙기면서. 경호 아재라면 일제 때 상
고를 나와 은행에 나가다가 월북한 문중 조항(祖行) 같은데 어떻
게 의사가 되었나…….

"그건 다행이로구나. 그런데 기일은 정확히 언제냐? 맏이로서
뭘 어찌해 보려 해도 기일을 알아야지."

"자네 아버님 제삿날 말이야."

김한조 씨가 다시 충실한 통역처럼 그렇게 끼어들어서야 겨우
알아들은 아우가 대답했다.

"8월 21일과 3월 18일입니다."

기일이 둘인 게 이상했으나 이번에는 내가 짐작으로 알아들었
다. 아버지의 생일이 3월 18일이니 북에서는 생일에도 제사를 드
리는 듯했다. 이어 제례에 들어가면서 한동안 그 비슷한 혼선이
일었다. 빈소, 위패, 탈상 같은 게 그랬는데 아우가 역시 못 알아
듣는 걸로 보아 그곳의 제사는 우리 전통의 의식보다는 기독교식
의 추모제 비슷하게 되어 있는 듯했다. 그런데 그 제사 얘기 끝에
처음으로 아우에게서 강렬한 저항 내지 거부의 감정을 느낄 일
이 있었다.

"어차피 너희들에게는 빈소도 없고 위패도 없으니 혼백은 내가 모셔도 되겠구나. 기제사와 설 보름 차사는 내가 받들기로 해야겠다."

내가 결론처럼 그렇게 말하자 아우의 눈빛이 번쩍했다. 뭔가 예사롭지 않은 감정을 드러내는 눈빛이었다.

"그럼 제사를 뺏아간다는 거외까?"

그런 목소리도 다분히 항의조였다.

"제사를 뺏어가겠다는 게 아니다. 어차피 너희 제사는 사진 걸어 두고 생일날까지 상을 차리는 추모회 같은 거니 예법에 맞는 제사는 내가 따로이 받들겠다는 거다. 너 우리 집안을 가볍게 보지 마라. 이래봬도 영남에서는 알아주는 집안이고 나는 또 12대 봉사를 하는 주손(胄孫)이다. 밑천 짧은 집안 같으면 종손 행세를 하고도 남을. 그런데 위로 11대를 모시면서 아버님 제사만 빼란 말이냐? 그건 내가 그리하고 싶어도 문중에서 가만히 있지 않을 게다."

나는 그래 놓고 비록 증직(贈職)이지만 이조판서 좌승지 호조참판의 직함을 가진 조상들과 실직(實職)으로 영해 부사며 의령 현감을 사신 조상들을 들먹인 뒤 김한조 씨를 돌아보았다. 그러나 지금까지는 어지간히 중개역을 해낸 그도 이번에는 좀 어려워했다. 그저 양반집 가문에서는 제사를 중히 여긴다는 것과 제사는 반드시 맏이가 모시는 법이라는 걸 그 좋은 말재주로 이해시키려 애쓸 뿐이었다. 그러나 아우의 눈길에는 여전히 강한 거부의 빛이 엿보였다. 나는 약간 어이없으면서도 한편으로는 그 까닭이 궁금했다.

"듣기로 너희들은 귀신이니, 영혼이니 하는 걸 믿지 않는다던데."

"형님은 그걸 믿으십니까? 제가 듣기로는 남조선도 양코배기 예수꾼 다 돼 그런 거 믿지 않는다던데요."

아우가 처음으로 형님이란 말을 썼으나 나는 거기 감격할 여유가 없었다.

뜻밖으로 완강한 아우의 반발을 어떻게든 가라앉히는 게 급해서였다.

"사람따라 다르지만 나는 믿는다. 미신적으로가 아니라 과학적으로. 그쪽에서도 그렇게 부르는지 모르지만 질량 불변의 법칙과 운동 불변의 법칙, 에네르기 불변의 법칙쯤은 너도 알고 있겠지. 영혼은 육신이 살아 있을 때는 정신이고, 정신 활동은 운동이며 에너지라고 본다. 그런데 우리 몸을 구성하고 있던 물질은 형태만 바뀌고 사라지지 않는데 정신은 어째서 죽음으로 사라져버리겠느냐. 다만 기억과 동일성을 유지하느냐 않느냐가 문제인데 나는 그건 어느 편이라도 상관없다고 본다. 종교에서 믿는 것처럼 영혼이 생전의 정신과 동일성을 유지하며 존재한다면 우리 조상의 영혼보다 우리를 더 따뜻이 보살필 신이 어디 있겠느냐? 그렇지 않고 정신도 육체처럼 해체와 재결합 과정을 거치는 것이라도 우리 몸을 있게 한 조상의 영혼을 존중해 나쁠 것은 없다. 따라서 나는 단순한 추모가 아니라 숭배의 의식으로 제사를 모신다."

나는 우리 논의의 엉뚱스러움을 거의 의식하지 못하고 조상신 숭배에 대한 평소의 내 견해를 그렇게 거칠게 요약했다. 내 말을 어느 정도는 알아들었는지 아우의 표정이 조금 풀리긴 해도 아직 수긍의 기색은 아니었다. 까닭 없이 몰리는 기분이 된 내가 이번에는 직접적으로 물어보았다.

"그런데 뭐가 못마땅하냐? 너는 내가 제사를 받들겠다는 게 아주 불만스러운 모양인데."

그제야 아우도 말을 돌리지 않고 대답했다.

"형님이 갑자기 나타나서 진짜 자식은 마치 형님 혼자라는 듯 우기시는 것 같아……."

내가 아우를 받아들이는 데도 꽤나 거부의 감정을 자아냈던, 적서(嫡庶)의 구별에 바탕한 이복(異腹)의 적의였다. 그러나 아우의 솔직함이 다소간 위로가 되어 그리 마음 상하지는 않았다. 오히려 적서로든 장유(長幼)로든 우월할 수밖에 없는 내 친족법적 위치는 그런 것에 지나치게 예민해져 있는 아우를 느긋이 내려 볼 수 있게 해주었다.

내가 다시 화제를 바꾸어 새로 꾸미는 우리 파보(派譜) 얘기를 꺼내고 거기에 얹겠다며 그들 오 남매뿐만 아니라 그들의 어머니까지 이름과 생년월일을 적게 한 것도 어쩌면 그런 느긋함에서 나온 일종의 선심이었을 것이다. 아우는 그런 일을 생소해하면서도 반발은 보이지 않았다. '새삼……' 하는 냉소의 기미는 있었으나 내가 내놓은 수첩에 차례로 적어가기 시작했다.

그런데 이번에는 무심코 아우가 적는 걸 따라 읽던 내 쪽에서 감정의 동요가 일기 시작했다. 강명순(康明順) 본관 진주 1931년 6월 2일, 문희(文姬) 여(女) 1955년 8월 17일……. 그렇게 따라 읽다 보니 절로 아버지의 재혼 과정이며 아우의 어머니 강명순의 신분이 어렴풋하게나마 잡혀온 까닭이었다.

첫아이 문희가 55년에 났다면 아버지의 재혼은 54년쯤에 있었고 강명순은 우리 나이로 스물넷, 과부거나 이혼녀이기보다는 처녀였을 가능성이 훨씬 큰 나이였다. 서른여섯의 한창 나이로 월북한 아버지는 4년이나 홀아비로 지내다가 마흔에야 결혼했으니 남쪽에 두고 온 아내에 대한 최소한의 예의는 다한 셈이 된다. 매음은 금지되고 연애도 자유롭지 않았을 그때의 상황에서 처녀로 시집왔다면 학벌이나 신분은 다소 낮더라도 강명순 또한 정처(正妻)로서 아무런 결격사유가 없었다. 거기다가 아버지가 돌아가실 때까지 그들이 산 세월은 거의 40년, 남쪽에서 어머니와 아버지가 함께한 세월의 세 배가 넘었다.

그런 아버지의 재혼과 다산에 대해 배신이나 부도덕의 혐의를 걸 수 있을 것인가. 그런 새어머니에 대해, 그리고 그녀에게서 난 다섯 남매에 대해 누가 서얼(庶孼)의 불결함이나 비천함을 덮씌울 수 있는가. 어쩌면 남쪽에서의 결혼 생활 12년이야말로 아버지에게는 괴롭기는 하나 한때의 덧없는 추억이었고, 어머니와 우리 삼남매 또한 북쪽의 새 가족들에게는 다만 아버지의 지워지지 않는

160

흉터 같은 것이었을 뿐이었는지도 모른다······.

"너 혹시 가족사진 가진 거 없니? 궁금하구나. 너희 남매와 어머니 모두."

아우가 내미는 수첩을 받아 챙기면서 나는 자신도 모르게 물었다. 아우가 잠시 머뭇거리다가 지갑을 꺼내 거기 끼여 있던 사진 한 장을 빼냈다. 아우가 찍어서인지 아우만 빠진 그들 여섯 가족이 바닷가 모래사장을 배경으로 활짝 웃고 있었다. 아버지 만년의 단란한 한때였던 것 같았으나 어딘가 누님의 처녀 적을 연상시키는 스물네댓 살가량의 여자애를 빼고는 아이들이 어렸다.

느닷없이 삯바느질로 어렵게 살아가던 홀어머니와 그 고단했던 우리 삼 남매를 떠올린 나는 시기 비슷한 걸 느끼며 그 사진을 찬찬히 들여다보았다. 아버지는 물론 아이들은 모두 낯익은 느낌을 주는 얼굴이었으나 북쪽의 새어머니 강명순은 아무래도 낯설었다. 드러나게 검붉은 얼굴에 크고 건장한 체격, 억세 보이는 콧날. ― 내가 간직하고 있는 아버지의 지적인 풍모와는 너무도 어울리지 않는 여자였다. 그 어울리지 않음이 내게서 전혀 예정에 없던 물음을 끌어냈다.

"너희 어머니와 아버지가 결혼하게 된 얘기 들은 거 있니?"

아우가 무엇 때문인지 한동안 나를 멀뚱히 바라보다가 감정 없는 목소리로 대답했다.

"아버님이 원산농대에서 가르치실 때 어머니가 학생으로 배우신 적이 있답디다. 인민군 녀전사(女戰士)로 낙동강까지 내려갔다가 돌아오신 뒤라지요, 아마. 그리고 문덕 열두삼천리벌에서 다시 만나서 결혼하셨다고 합니다."

"문덕 열두삼천리벌? 아버님은 거길 왜 가셨는데?"

"54년에 당의 명령으로 열두삼천리벌 관개 사업 현장에서 일하게 되셨다는군요. 저도 문덕에서 난걸요."

"대학교수를 공사판에다? 그것도 농(農)경제학을 전공한 사람을 관개 사업 현장에? 무슨 까닭인지는 듣지 못했니?"

그러다가 속으로 나는 아, 하는 기분으로 아버지가 월북한 뒤의 경력 중에 석연찮게 얽혀 있던 한 매듭을 풀어낸 기분이 들었다. 54년은 남로당 계열이 숙청된 해였다. 아버지는 그때 원산농대 교수에서 의주의 관개 사업 현장으로 밀려났음에 틀림없었다. 그게 휴전 직후 간첩으로 남파되었다가 체포된 친척의 전언과 60년대에 남파되었다가 전향한 친척의 전언이 연결 안 된 원인이었구나. 한 사람은 원산농대 교수라고 했는데 한 사람은 무슨 현장 기사로 이름조차 귀에 선 곳에 있다고 우겼구나. 그러나 아우는 거기에 대해 별로 아는 것이 없어 보였다.

"당의 명령인데 리유가 어딨겠습니까?"

"80년에 받은 편지로는 농업성 과학원인가, 어디에 계신다고 들었는데 그건 어찌 된 거냐?"

"돌아가실 때까지 거기 소속이셨습네다."

"그런데 살기는 왜 청진이냐?"

"청진은 고등중학교 다닐 때부터 지금까지 우리가 주욱 살고 있는 곳이야요. 아버님이 문덕 관개 사업소의 기사장으로 계시다가 송도정치경제대학을 거치실 때 평양에서 삼 년인가 살고 그 뒤에 청진으로 이사왔디요."

차례로 캐묻다 보면 북으로 간 뒤 아버지가 겪어야 했던 삶의 유전(流轉)이 윤곽을 드러내겠지만 나는 그쯤에서 질문의 내용을 바꾸었다. 쓸데없이 아우의 경계심을 건드릴까 걱정이 되어서였다. 그런데 그게 오히려 그런대로 풀려가던 대화를 꼬이게 만든 꼴이 되고 말았다.

"그래, 애들은 모두 살 만하냐?"

내 딴에는 혈연의 정을 나타낸다고 그렇게 물은 것이나 아우의 눈길이 드러나게 실쭉해졌다. 표정도 미리부터 각오하고 있던 험한 일을 이제 당하게 되었구나, 하는 데가 있었다.

"뭘 말입네까? 우리가 강냉이죽도 변변히 못 먹고 고생하는 얘기 듣고 싶네까?"

"그럴 리야 있겠니? 어차피 통일 되면 서로 의지하고 살아야 할 형제라서 궁금해 그런다. 어떻게들 지내니?"

"누님은 외교관에게 시집가서 외국 나가 계시고, 녀동생은 지난해 경공업위원회 지도원과 결혼했습네다. 동생은 교원이고 또 하나 막동이는 금년에 평양외국어대학에 들어갔고……. 또 저는 지금 김책연합기업소 당위원회 조직부에 나가구요. 형님 보시기는 어떨지 모르지만 다들 끌끌합네다."

"아버님께서 편지에서 쓰신 대로 바친 것보다 받은 것이 많은 집 같구나. 반갑다. 떠도는 말을 다 믿은 건 아니지만 그래도 걱정했는데."

아우가 워낙 걸고 들어오는 바람에 나도 조금은 뒤틀린 기분이 되어 그렇게 말했다. 아우가 그런 내 속을 한 번 더 긁었다.

"우리는 형님이 남조선에서 고생이 많을 줄 알았는데 국가보위부에서 처음 형님 소식을 가지고 왔을 때 실은 많이 놀랐습네다. 아버지는 모두들 학살당했을 거라고 하신 적도 있으니까요. 미국 놈 앞잡이들이 어째서 그렇게 형님에게 선심을 쓰게 됐는지는 모르겠습니다만."

내용은 그랬는데 들리기로는 무슨 짓을 해서 미국 놈 앞잡이들과 붙어먹게 되었습니까, 라고 묻는 것 같았다. 솔직히 말하면 나는 한 번도 내가 사는 체제를 적극적으로 옹호할 필요를 느껴본 적이 없었다. 그런데 아우의 그 같은 물음을 받고 나자 갑자기 내가 무슨 남북회담의 대표라도 된 듯 까닭 모를 호승심이 일었다.

"실제로 학살당할 뻔도 했다. 고생도 많이 했지. 스무 살이 될 때까지 굶기도 많이 하고 괄시도 많이 받았다. 지금도 내게는 탐식의 악습이 남아 있는데 아마도 그때 고생하면서 생긴 것일 게다. 다음에 언제 먹게 될지 모르니까 있을 때 많이 먹어 두자는 생각 말이다. 감시도 많이 당했다. 대학교 때부터는 내 담당 형사가 있어 한 달에 한 번씩 동태 조사를 하는 바람에 가정교사 노릇도 하기 어려웠다. 그뒤로도 한 20년은 더 시달렸지. 대학에서 전임강사 노릇을 할 때까지도. 그러다가 82년에야 겨우, 그것도 군사정권의 특전으로 끝나더구나. 지금 내가 사는 것도 그리 시원찮다. 집은 닭장 신세나 면한 서른여덟 평짜리 아파트고 자동차도 작년 정교수가 되면서야 국산 중형차로 바꿨다. 이번에 이렇게 한 열흘 다녀가는 데도 이래저래 월급의 절반 가까이 날아간다. 부자들은 대궐 같은 집에서 떵떵거리고 살며 큼직한 외제 자동차 굴리고 다니는데 말이야. 그것들 중에는 골프 치러 하와이나 호주까지 다니는 것들도 있지. 그런데 이나마 살기 위해서도 조심 많고 때로는 비굴하기까지 한 세월을 보내야 했다. 대학생 때는 그 흔한 데모에 한번 끼어들지 못하고, 눈코 제대로 붙은 지식인이면 모두 민족주의, 진보 외쳐 대던 그 80년대도 나는 보수 반동의 딱지를 명예처럼 달고 살았다.”

애기를 시작할 때의 내 정직은 다분히 악의에 찬 정직이었다. 마치 우리 집은 가난합니다. 가정부도 가난하고 정원사도 가난하고 자가용 운전수도 가난하고……. 해서 오히려 부유함을 과시하는 이중적 의미가 있었다. 그러나 아버지가 떠난 뒤의 비참과 굴욕을 요약하다 보니 나도 몰래 격앙이 되어 말을 맺을 때는 목소리가 심하게 떨렸다. 그 바람에 내 악의는 의도한 대로의 효과를 거두기는커녕 엉뚱하게 아우의 감동만 사고 말았다.

“역시 고생하셨군요. 어렸을 적 아버님이 홀로 눈물지으시는 것을 몇 번 우연히 본 적이 있는데 이제 그 리유를 알 만합네다.”

아우가 그렇게 말하는 소리를 듣고야 펄쩍 놀란 나는 잠시 낭패한 심경이었다. 그러나 이왕 내친김이라 그대로 밀고 나가 보았다.

"근래 여유가 생겨 위토(位土) 겸 고향에 땅도 좀 샀다만 어디 옛날 우리 땅에야 비교되겠느냐. 동해안에도 한 삼백 평 마련해 별장이라고 지었다만 차라리 오두막이라는 편이 옳다."

"남조선 매판 재벌가들은 땅을 수천만 평방메타씩 가지고 있다면서요. 산 좋고 물 좋은 데는 그것들이 젊은 계집 끼고 노라리치는 별장이 들어차고."

그렇게 되면 두 손 드는 수밖에 없었다. 그 순진한 아이를 상대로 내가 고른 작전이 도대체가 너무 고급했던 것 같았다. 그때 김한조 씨가 뭔가 좀 이상하게 돌아가는 걸 느꼈는지 나를 도와 한마디 거들었다.

"그래도 류 교수님 얘기 들으니 선생님 재산도 여기서 보면 대단하던데요. 미화로 치면 백만 딸라는 훨씬 넘을 거라지, 왜. 거기다가 박사니 교수니 이름은 같아도 대우는 남북이 썩 다른 모양이고."

미화 백만 달러라는 말이 아우에게는 충격이 된 것 같았다. 조금 전의 다분히 동정적이었던 표정 대신에 감출 수 없는 혼란이 아우의 얼굴을 스쳐갔다. 그러나 일순이었다. 갑자기 모욕이라도 당한 사람처럼 얼굴이 벌게진 아우가 거친 숨소리와 함께 따지듯 물었다.

"그럼, 입때 말한 거 다 가진 거 많은 자랑한 거야요?"

"그럴 리가 있니? 남쪽에서의 살이 얘기하다 보니 나온 얘기다. 또 저기 김 선생님 말씀대로라 해도 남쪽에서는 어디다 재산이라고 내세울 만한 재산은 못 되고."

나는 황급히 부인했으나 웬지 저질한 수를 쓰다 들켰을 때처럼 낯이 화끈해졌다. 내가 서둘러 술과 과일을 꺼낸 것도 그래서 생긴 어색한 분위기를 다독이기 위함이었다. 나는 서울을 떠나기 전에 일부러 고향을 들러 안동소주 한 병과 고향 뒷산에서 딴 밤, 대추에 역시 고향에서 깎아 말린 곶감을 갖추었다. 아우를 시켜 아버지의 영전에 바치기 위함이었으나 한편으로는 그것들이 우리가 형제 됨을 한층 더 정감 있게 느끼게 해주리라는 기대도 품고 있었다. 그래서 우리의 대화가 겉돌거나 무엇이 잘 풀리지 않을 때 부적처럼 쓰기로 작정하고 있었는데 이제 서둘러 내놓게 된 것이었다. 나는 자연스러우려고 애쓰며 여행 가방을 풀어 먼저 반 되들이 도자기에 든 안동소주를 꺼냈다.

"이거 안동소주다. 네가 대신 아버님 영전에 따라 드려라."

나는 안동이라는 말에 힘을 주며 술을 내밀었으나 이미 심사가 틀어진 아우는 내 섬세한 기대를 채워주지 못했다. 마지못해 받으면서도 퉁명스럽기 짝이 없이 말했다.

"술은 우리 북조선에도 좋은 거 많수다. 고생스리 먼 길에……."

그러다가 이어 내가 꺼내는 과일들을 보고는 아예 핀잔 투가 되었다.

"밤 대추 몇 푼 한다고 그런 걸 다 들고 오셨습네까? 북조선에는 제상 차릴 밤 대추도 없다고 들었습네까?"

그런 아우의 반응이 내게는 오히려 호기가 되었다. 나는 별로 떠벌린다는 기분 없이 아우에게 타이르듯 말했다.

"이 술은 아버님이 나서 자라신 곳의 물로 빚었다. 원래는 고향 술도가의 막걸리를 가져오고 싶었으나 변할 것 같아 소주로 했다. 북쪽의 술이 아무리 좋다 한들 아버님께는 이보다 더 단 술이 있겠느냐? 이 밤과 대추도 그렇다. 밤은 뒷골에서 딴 것이고 대추는 옛 장터 큰 산소 둔들빼기(둔덕바지)에서 땄다. 곶감은 재 너머 솔실[松谷]에서 말린 것이고, 모두 아버님이 어렸을 적 뛰놀던 땅에서 난 것들이다. 젊어서도 가끔씩 돌아보셨으나 한 번 북으로 가신 뒤에는 다시 보실 수 없었던 땅, 40년 넘게 그리워하시다가 끝내 다시 밟아보지 못하고 눈감으시게 된 그 땅……."

거기까지 말하고 나니 나도 몰래 목이 메어 이을 수가 없었다. 그때는 아우도 숙연해져 듣고 있었다.

"빈소가 없다니 산소에라도 차려 올려 다오. 세상에 이상한 불효도 있지……."

"알겠습니다. 형님."

어느새 작은 적의의 그늘도 느껴지지 않는 목소리로 그렇게 대답하는 아우는 다시 어김없는 내 핏줄로 돌아와 있었다.

그날 아우는 원래 달리 해야 할 일이 있다며 내가 가져간 안동 소주와 과일 꾸러미를 넘겨받은 뒤 얼마 안 돼 일어나려 했다. 내가 다음 날 열한 시 비행기로 연길을 떠나게 되어 있음을 알면서도 다시 오겠다는 말조차 없었다.

그렇게 되면 결국 언제 다시 만나게 될지 모르는 작별이 되는 셈이라 나는 아무래도 그냥 헤어지기가 아쉬웠다. 내가 그렇게 보아선지 아우 또한 작별을 서두르면서도 무언가 미진해하는 데가 있는 듯했다. 그래서 점심이라도 한 끼 같이하고 헤어지자고 제안하게 되었는데 다행히도 아우가 받아주어 우리는 가까운 식당으로 자리를 옮겼다. 혹시라도 아우의 심기를 건들까 봐 이번에는 선택을 김한조 씨에게 맡겨 그리 호화롭지 않은 한국 식당으로 갔다.

그런데 점심에 곁들인 술이 뜻밖의 효과를 내어 난생처음 만나서인지 어딘가 겉도는 느낌이 있던 우리 형제의 우의를 새롭게 되살려주었다. 맥주지만 내가 따라주는 대로 넙죽넙죽 받아 마시는 아우를 보고 핏줄이 어디 가나, 라는 생각을 하고 있는데 아우가 약간 상기된 얼굴로 말했다.

"형님, 술 드시는 게 어째 꼭 아버님하고 닮았구만요. 얼굴 한 번 찡그리는 법 없이 찬물 마시듯 조용히 마시는 모양하며 술 드시면 유난히 높아지시는 웃음소리까지. 어려서 헤어져 제대로 보신 적도 없을 텐데……."

"사랑에서 허허거리시던 웃음소리는 조금 기억할 것도 같다만……. 그렇게 닮았니?"

아버지는 내가 여덟 살 때 떠나셨지만 그 웃음소리는 그 한두 해 전의 것일 가능성이 높았다. 전쟁 전 한 해는 지하에 잠복해 계셔 그렇게 웃을 수가 없었을 것이고 전쟁 뒤에는 늘 분주하셔서 좌정하고 허허거리며 마실 틈이 없었던 것으로 알고 있다. 따라서 그 무렵의 것이라면 커다란 웃음소리로서보다는 그저, 아버지가 사랑에서 친구분들과 술을 마시는구나, 하는 분위기의 기억이 고작이었다.

하지만 어쨌든 그 추억은 다시 한번 우리를 형제로 묶어 아직도 남은 나의 멈칫거림을 훨씬 덜어주었다. 나는 곧 조금 전 호텔 방에서 내가 품었던 그 턱없는 악의를 변명하지 않고서는 아우를 보낼 수 없다는 기분이 들어 새삼 그 얘기를 꺼냈다.

"아까 말이다. 너 기분 상했다면 풀어라. 이제 살 만하다는 얘기는 하고 싶었지만 결코 잘산다는 자랑을 하려 했던 것은 아니다. 고생은 해도 이제는 이만하니 너희들은 걱정 마라는 뜻으로 들어둬라. 남한이라고 모두 돈, 돈 하며 사는 것은 아니다."

그렇게 말해 놓고 나니 전혀 거짓도 아니었다. 아우를 만나기 전 나는 언뜻 그들의 살이를 걱정한 적이 있고, 그들도 내 살이를 걱정할지 모른다는 생각도 해보았다.

하지만 끝에 덧붙인 말 때문에 마음속으로는 또 다른 부끄러움이 일었다. 나 자신은 뒷짐 지고 못 이긴 체하며 아내에게 끌려가는 시늉은 해도 작년 이른바 '개혁'이 시작되면서 뒤늦게 매스컴에서 요란스레 지탄받게 된 일들 가운데 내가 무죄한 것은 사실 별로 없었다. 지금 살고 있는 아파트는 아내가 홀로 사는 처형의 이름을 빌려 싸게 분양받은 것이고, 동해안 별장이라는 것도 이제는 제법 값나가는 물건이 되었지만 10년 전 아내가 헐값으로 사들일 때는 외진 포구 끄트머리에 있던 농가에 지나지 않았다. 고향에 있는 삼천 평의 논은 남의 이름을 빌려서 산 것일 뿐만 아니라 구입 대금조차 불법 대출에 의한 것이었다. 그 밖에도 창구에 앉은 옛 친구의 배임(背任)에 가까운 사정(私情)으로 순서에도 없고 요건도 맞지 않은 은행 대출이 몇 번이었던가. 그게 대학교수 봉급만으로 는 어림도 없는 내 '백만 딸라'의 진상이었다. 그런데도 아우는 내 변명을 진심으로 선선히 받아들여 주었다.

"일없시요. 내 속이 좁아 그런 거니 형님이나 마음에 담아 두 지 마시라요."

그러고는 뭣 때문인지 잠시 망설이는 기색이다가 진작부터 들 고 있던 작은 손가방에서 손바닥만 한 비단 갑 하나를 꺼냈다. 그 런 아우의 표정은 이제 제가 진심을 보일 차례입니다, 하는 것처 럼 진지한 데가 있었다. 김한조 씨가 그 갑 안에 든 것을 짐작하고 가볍게 긴장하며 물었다.

"그걸 왜 가져왔나?"

"아버님께서 돌아가시기 전에 이걸 형님에게 전해 주라고 하 셔서요."

아우가 그러면서 비단 갑을 열었다. 안에서는 잘 닦은 훈장 하 나가 나왔다. 아우가 다루는 태도로 미루어 매우 소중한 것인 듯 했으나 솔직히 내 눈에는 간수가 잘돼 좀 반짝거린다는 것뿐 그 리 대단해 보이지는 않았다. 89년 베를린 장벽이 무너질 때 마침 그곳을 찾아볼 기회가 있었던 나는 장벽 근처에서 동독 훈장 하 나를 20마르크에 산 적이 있는데, 아우가 내민 것도 어딘가 그것과 비슷한 인상을 주었다.

"국기훈장 1급입니다. 일생을 공화국을 위해 노력하시다 받은 아버님의 훈장들 중에서 가장 높은 것이오. 60년대 농촌 테제 실현을 위한 투쟁이 한창일 때 열두삼천리벌 수리화(水利化)에 앞장서신 10년의 공훈을 인정하시어 수령님께서 직접 달아주셨다고 합니다."

아우가 이번에는 나를 똑바로 쳐다보며 그렇게 말했다. 그 전 같으면 아마도 나는 대학교수와 수리 기사의 높낮이를 가늠하고 마흔이 넘어 전공을 바꾸는 어려움에서 아버지의 신산스러운 살아남기를 먼저 헤아려보았을 것이다. 그러나 그때는 달랐다. 아마도 아우가 바란 이상의 크기로 세찬 감동이 나를 사로잡았다. 아버지는 일생에 얻은 것 중에 가장 값진 것을 내게, 남쪽의 우리 모두에게 전하라고 했다. ― 나는 그 뜻을 대강 짐작할 것 같았다. 내가 얻은 것 중에 가장 귀한 것을 너희에게 보낸다. 나로 인해 받았던 너희 고통에 작은 위자(慰藉)가 되기를……. 그러나 그 못지않게 나를 감동시킨 것은 아우의 다음 말이었다.

"내가 이걸 들고 나오려니 집에서는 말들 많았시요. 이게 어떤 거라고 남조선 괴뢰 도당과 붙어먹은 형님에게 보내느냐는 겁니다. 그러나 결국은 내가 이겼시요. 무엇보다 아버님 말씀이 그러셨고 ― 또 형님도 어떤 사람인지 만나 보기 전에는 알 수 없지 않느냐고 우겼더니 모두 물러납디다."

"그래, 만나 보니 어떠냐?"

나는 다시 자신도 모르게 떨리는 목소리로 물었다.

"우리 형님 같습니다. 아니, 아버님의 말이 같습니다. 양코배기나 남조선 괴뢰 도당과 붙어먹었는지 어쨌는지 모르지만 적어도이 훈장을 가져가 욕보일 아들 같지는 않아서……."

아우는 그렇게 대답하고 엄숙한 훈장 수여자처럼 두 손으로 그비단 갑을 내밀었다. 내가 혜산을 떠올린 것은 바로 그때였다. 이미 식사가 끝나 있을 때라 어쩌면 아우는 그걸로 우리 만남의 의식을 마감하려 한 것인지도 몰랐다. 그런데도 나는 아우의 의중을 알아보지도 않고 김한조 씨에게 불쑥 물었다.

"작년에 류 교수님과 갔던 두만강 가 그게 어디지요?"

"혜산 가지 않았습네까?"

"거기까지 가는 데 시간이 얼마나 걸렸더라?"

"왕복에 한 시간이면 거진 될 거외다."

그제야 나는 아우를 돌아보았다.

"얘, 너 오후에 무슨 일이 있다고 했지? 꼭 가야 될 일이냐?"

"네?"

"우리 이렇게 헤어지면 언제 다시 만날지 모른다. 이 형을 위해서 두 시간만 더 내줄 수 없겠니?"

그제야 말뜻을 짐작한 아우가 힐끗 시계를 보았다. 표정을 보니 시간 여유에서도 마음 내킴에서도 결정이 아주 애매한 상태인 듯했다. 잠깐 이맛살을 찌푸리며 생각에 잠겼던 아우가 나를 보며 차분하게 물었다.

"두 시간을 어디 쓰시려구요?"

"나와 혜산을 다녀올 수 없겠니? 두만강 가엘."

"거긴 무엇하시려구요?"

"우리 예법에도 망제(望祭)라는 게 있다. 전쟁이라든가 천재지변으로 부득이하게 산소를 찾을 수 없을 때 될 수 있는 한 산소 가까이 가서 그 방향으로 제례를 올리는 법이다. 나도 어차피 산소를 찾아가 아버님을 뵈어야 하는 거라면 차라리 형제가 두만강 가에서 나란히 망제를 드리는 게 어떻겠니? 멀리서나마 나도 아버님 영전에 술 한 잔 따르고 절이라도 한 번 올리고 싶구나."

내가 얘기를 끝낼 때쯤은 이미 아우의 얼굴이 결심으로 굳어 있었다.

"좋습네다. 시간을 내디요."

그렇게 우리의 혜산행은 결정되었다. 김한조 씨도 그만한 눈치는 있어 우리 형제의 망제에까지 동행하려 들지는 않았다. 근처 시장에서 어과(魚果)로 지낼 망제에 빠진 장보기를 도와준 뒤 조선인 운전수가 모는 택시를 잡아주고는 제 갈 길을 갔다. 나와의 정산(精算)은 밤에 호텔에서 만나 할 작정인 듯했다.

연길 거리와는 달리 혜산의 두만강 가는 그새 변한 게 전혀 눈에 띄지 않았다. 황사 현상 때문인지 이상하게 희뿌연 하늘 아래 달라진 게 없는 북한의 산들이 강 건너 음울하게 엎드려 있고 그 한 중턱에 걸어 둔 '천리마'와 '속도전'이란 입간판도 그대로였다. 실망스러울 만큼 대단찮은 수량(水量)에다 이미 공해 찌들어가는 기미를 보이는 두만강도 1년 전과 마찬가지였다.

돗자리를 마련하지 못한 우리는 강변 잔디가 잘 자란 곳을 골라 신문지 위에 젯상을 차렸다. 그 아이에게는 이제 더는 필요 없는 것이 될 줄 알면서도 나는 홍동백서(紅東白西)니 동두서미(東頭西尾)니 하는 제례의 상식과 더불어 우리 문중 특유의 조율시이(棗栗枾梨)의 과일 진설법을 일러주었다.

"오늘은 내가 헌관(獻官)이다. 마음 같아서는 메(제밥)를 뜨고 삼헌(三獻)을 올린들 넘칠까마는 시절이 이렇고 제관도 없으니 어과에 단헌(單獻)밖에 안 되겠구나. 술은 네가 쳐라."

비록 남의 나라에서 드리는 망제라도 격식은 고향의 부조위(不桃位: 불천위) 산소를 모실 때처럼이나 경건하게 치렀다. 우리를 태워 간 운전수가 흥미로운 듯 강둑에서 구경하고 섰고 이따금 지나가는 사람이 기이한 듯 힐끗거려도 어색한 느낌이 조금도 없던 것으로 보아 나는 그때 단순한 추모의 정을 넘어 어떤 맹목의 종교적 열정 같은 것에 내몰리고 있었던 것이 아니었는지 모르겠다. 아우도 그런 내 열정에 휘말린 듯 생소할 것임에 틀림없는 제례 용어 한번 물어보는 법 없이 집사와 제관의 역을 잘 해냈다.

진정한 추모의 정은 잔을 지운 뒤 남쪽을 향해 읍(揖)을 하고 있을 때에야 먼저 걷잡을 수 없는 눈물의 형태로 흘러나왔다. 마지막으로 고개를 수그리기 전에 얼핏 눈에 들어온 북의 산하가, 희뿌연 황사를 안개처럼 둘러쓰고 삭막하면서도 음울하게 웅크리고 있는 아버지의 공화국 산하가 갑자기 당신의 일생을 요약한 인상처럼 내 가슴을 쑤셔온 게 그 발단이었다.

욕심 많은 홀어미의 외아들로 태어나 태반은 조작되었을 신화와 전설 속에 지나간 유년, 동경 유학생으로 상징되는 야심에 찬 청년기, 그리고 젊은 이념가. ― 비록 군데군데 파란을 겪기는 했으나 남쪽에서의 서른여섯 해는 아직 실패의 예감이 별로 없는 세월이었다.

그런데 임종의 순간에 돌아본 북쪽에서의 40여 년은 어떠했을까. 물론 아버지는 찬연한 이념의 광휘로 스스로를 훈도(燻陶)했고, 실제로 어머니께 말한 적도 있다고 한다. 마음속의 공화국이 오면 그때 나는 소학교 소사(掃使)라도 좋고, 이름 없는 노동자로 살아도 괜찮소……. 하지만 과연 그러했을까. 아물지 않는 상처처럼 긴 세월 당신을 물어뜯었을 남쪽의 처자. 마흔이 다 돼 바꾼 전공과 힘겨운 살아남기로밖에는 해석되지 않는 10년의 각고. 경제학 교수에서 노무자나 다름없는 현장 기사, 기사장, 그리고 엉뚱한 관개(灌漑) 전문가. 설령 당신께서는 만족하며 눈감으셨다 하더라도 내게는 당신의 삶을 실패로 규정하고 슬퍼할 권리가 있다 ―. 나는 갑작스럽게 쏟아지는 눈물을 주체하지 못해 허둥대면서도 속으로 그렇게 중얼거렸다. 어렸을 적 휴전선의 긴장이 과장된 소문으로 떠돌 때마다 나는 백마에 높이 오른 장군으로 남하하는 인민군을 선두에서 지휘하고 있는 아버지를 상상했다. 제법 북한의 내부 소식이 일반에도 공개되기 시작해 북한의 권력 서열이 매스컴에 오르내리게 되었을 때 나는 서열 일백 위 안에 아버지의 이름이 없는 것을 보고 문제없이 그것이 부정확한 정보원(源) 탓이라고 단정했으며, 조교 시절 남한 공산주의 운동사에 관한 문건을 어렵게 손에 넣었을 때도 남로당은 물론 그 흔한 외곽 단체의 간부 명단에서조차 아버지의 이름이 없는 것은 거물들이 흔히 그러했듯 아버지가 가명을 쓴 까닭이라고 의심 없이 믿었다. 그 믿음의 근거는 오직 하나, 그렇지 않고서는 어머니와 우리 삼 남매가 겪어야 했던 비참과 고통을 보상받을 수 없다는 것이었다. 그리고 이제 그 믿음의 근거는 내가 아버지의 실패를 슬퍼할 수 있는 권리의 근거가 되었다……

나는 그렇게 아버지의 실패를 슬퍼하며 울고 있다고 생각했으나 차츰 시간이 지나면서 스스로를 위해 울고 있음을 알게 되었다. 이제는 정말로 보상의 기약조차 없어진 내 지난 비참과 고통을 슬퍼하며 나는 울었고 언젠가 올 '그날'을 위한 살아남기를 핑계로 방치된 내 정신의 굴절을 슬퍼하며 울었다. 감정이 점점 과장되면서 80년대에는 정작 당당하게 뻗대었던 민중·민족 사학 쪽의 표독스러운 비난까지 어찌도 그리 뼈저리게 닿아오던지. 제국주의 군대와 해방군을 혼동하고, 신식민주의를 혈맹 우방으로 착각하며 기껏해야 마름[舍音]의 풍요에 불과한 개발독재의 과일을 달디달게 핥고 있는 반동 사학(反動史學)……

그 바람에 읍이 턱없이 길어졌으나 아우는 겨우겨우 감정을 수습한 내가 읍을 끝내자는 헛기침 소리를 낼 때까지 기척 없이 내 곁을 지켰다. 눈물을 닦고 제상을 거두며 보니 아우의 볼에도 눈물 자국이 번질거렸다. 이번에는 내 두서없는 슬픔에 압도된 듯했다. 나는 그런 아우에게 더욱 진한 혈육의 정을 느끼며 거두려던 신문지 곁에 앉았다. 그리고 아직 지우지 않은 잔을 들며 말했다.

"제삿술 마시는 걸 음복(飮福)이라 하는데 아는지 모르겠구나. 자, 우리 형제 이제 음복이나 한잔씩 하자."

그런데 술잔을 받던 아우가 뜻밖의 말을 했다.

"이거 전에는 제비원 소주(안동소주의 옛날 상표)라고 하지 않았시요?"

"네가 그걸 어떻게 아니?"

"아버님 생전에 들은 것 같아요."

그러고는 안주 삼아 밤을 집으면서 희미한 웃음과 함께 물었다.

"뒷골에는 아직도 밤나무가 많네까?"

"60년대에 개량종으로 바뀌긴 했다만 아직도 밤나무 언덕이지. 그런데 뒷골은 또 어떻게 알지?"

"솔실[松谷]도 알아요. 돌내[石川]도 적병산(赤屛山)도 관어대(觀魚臺)도."

아우는 그 밖에도 고향 여기저기를 가본 적이 있는 사람처럼 댔다. 그런 아우에게서 아버지의 끈끈한 향수를 읽고 다시 가슴이 찌르르했다. 하지만 그때까지도 내게는 계산하는 버릇이 남아 있었다. 감동을 주고받는 데도 밑져서는 안 된다는 듯이나 엉뚱한 순발력으로 내가 받았다.

"청진은 아직도 그렇게 춥고 바람이 세냐? 모래바람이라던가.

뼛골을 쑤시게 한다는 그 찬바람. 그리고 십리자갈벌은 그대로 있니? 김책제철소의 연기와 먼지도 여전하고?"

"형님이 그걸 어드렇게 아십네까?"

"아버님과 너희들이 사는 곳인데 어찌 무심할 수 있겠느냐? 쌍연산(雙燕山), 낙타산(駱駝山)도 알고 수성천(輪城川)도 안다."

그 같은 나의 대답에 순진한 아우는 자신의 감동을 숨김없이 얼굴에 드러냈다. 반드시 어떤 악의가 있었던 계산은 아니었지만 나는 그런 아우를 보며 묘한 자책 같은 걸 느꼈다. 그때부터 내가 조금씩 말수를 잃어간 것은 아마도 그 자책 때문이었을 것이다.

거기다가 멀리서나마 아버님 영전에 나란히 엎드려 눈물을 흘렸다는 점도 그동안의 내 조급을 많이 덜어주었다. 그때까지 나는 무슨 강박관념처럼 아우와의 친화를 서둘러 왔다. 배다른 아우와의 첫 만남이란 점이 부담이 되어 나를 급하게 몰아낸 탓인데, 어떻게 보면 내가 계산적이 되고 평소보다 수다스러워진 것도 그 탓이라 할 수 있었다. 그런데 이제는 충분하다는 느낌이었다. 그러자 이번에는 아우가 나서서 얘기를 이끌었다. 아우도 원래는 그리 수다한 편이 아니었던 듯했으나 새로 들어간 술기운에다 형제의 정을 믿게 된 까닭인지 그동안 억눌러 왔음에 틀림없는 궁금함들을 하나씩 드러내 보였다.

"남조선 그곳은 정말로 어때요?"

"궂은일도 많고 더러는 흉한 꼴도 보지만 그래도 사람 사는 곳이다."

"살기는 어떻습네까? 통 섞갈려서요. '남조선 실상' 자료를 보면 아주 비참하던데, 외국물 먹고 잘난 척하는 것들 저희끼리 수군거리는 거 보면 그것도 아닌 것 같아서…… 어제저녁 여기 와서 들은 것도 그렇고."

"당장으로 보면 북쪽보다 좀 흥청거리는 것은 사실인 것 같다. 그러나 그리 미더운 건 못 된다. 어떤 사람들은 남쪽의 그 같은 흥청거림을 마름 살림에 비유하기도 한다. 작인과 지주 사이에 있는 마름 말이다. 아주 심하게는 첩살림에 비유하기도 하고. 빚을 지든 엎어지든 당장 잘 먹고 잘 쓰는……"

내가 더는 마음속에 접어 둔 것 없이 그렇게 대답해 주자 아우가 답례라도 하는 양 기대 밖으로 트인 소리를 했다.

"저도 그런 말을 들은 것 같습네다만, 가끔씩은 이런 생각을 해 봅네다. 어차피 다시 개인 재산을 인정하고 시장경제 아래서 살아야 하는 세상이 된다면 결국 소작인보다는 지주가 되는 쪽이 낫지 않겠습네까? 그리고 지주가 되는 일이라면 소작인보다는 마름 쪽이 쉽지 않겠어요? 첩살림이라면 그건 좀 곤란하지만, 마름 살림이라면 자본주의 세계로 보아서는 어느 정도 성공했다고 볼 수도 있을 듯합네다. 국제적 착취 구조 속에서의 우월한 지위를 차지하기 위해서는 말입네다."

"좀 뜻밖이구나. 네가 그런 말을 하다니. 그쪽에도 너 같은 소리를 하는 사람이 많니?"

나는 아우의 논조가 이상해 그렇게 물어보지 않을 수가 없었다. 그제야 아우가 무언가 당황해하는 표정으로 털어놓았다.

"실은 대외 경제위원회에 있는 친구에게서 들은 말입네다. 무역 이등 서기관으로 해외 나들이를 좀 한 친군데, 처음 그 말을 들을 때는 참 반동적인 발언이드먼요. 그런데 형님과 얘기하다 보니 문득 그 말이 떠올라……. 하지만 형님을 떠보거나 뭐 딴 뜻이 있어 한 말은 아닙네다."

"그 사람은 남쪽을 좋게만 본 것 같구나. 실은 남한 경제가 희망하는 바도 바로 그런 쪽이겠지. 선진국 진입이니, 세계화니, 기술 입국이니 하는 구호는 바로 그런 국제적 착취 구조 속의 지주 자리에 끼어들기 위한 안간힘이 아니겠느냐? 그렇지만 곧 쉽지는 않은 모양이드라."

"그래도 지금까지는 잘해 오지 않았습네까? 경제만을 뚝 떼어서 본다면 특히나……."

"그럭저럭 견뎌온 셈이지만 이제는 나날이 주름이 늘어나고 있다. 선진국들의 견제도 만만찮고 경제 발전과 더불어 종속의 경향이 심화되는 것도 문제고."

"미국한테 말입네까? 듣기는 했지만 미국 놈 종살이가 그렇게 어렵습네까?"

거기서 반짝 본능적인 경계심이 일었으나 이미 그것을 유지할 기분은 아니었다. 그보다는 오히려 그 분야에 관해 들은 풍월을 기초로 내가 이따금씩 우려한 것들을 좀 과장스럽게 표현했다.

"정치적 자주성의 문제도 있지만 정말로 심각한 것은 경제적

종속이다. 이제 우리에게 더 무서운 것은 미국의 정치적인 제재가 아니라 거대한 미국 시장을 배경으로 하는 경제적 위협이다."

"까짓 미국 놈들하고 손 끊고 우리 식으로 하면 안 됩네까?"

"말하자면, 비탈밭 몇 뙈기 가진 자작농으로 오두막이든 잡곡밥이든 만족하며 살자는 거냐? 지금은 좀 달라진 것도 같지만 북쪽에서 근래까지 해온 게 그건 줄 아는데 어떻더냐? 살 만하더냐?"

"안 될 거도 없디요. 주체성을 가디고 로력하면……."

그러나 아우의 말투는 북한 방송에서 들을 때처럼 힘차지는 못했다.

"모르겠다. 어쨌든 우리보다 어떤 면에서든 열 배는 힘이 있는 일본도 그렇게는 자신이 없는 모양이더라. 얼마 전에 미국에게 한번 대들었다가 몹시 혼이 나고 싹싹 비는 꼴이 되는 걸 보면."

그때 멀찍이서 둑 위를 왔다 갔다 하며 얘기가 끝나기를 기다리던 택시 운전수가 우리를 깨우치듯 크게 기침 소리를 냈다. 마침 술도 다 되고 얘기도 점점 까다로운 국면으로 접어드는 느낌이 있어 내가 먼저 자리를 털고 일어났다.

"시간 괜찮겠니?"

내가 그렇게 묻자 아우도 문득 급해진 얼굴로 시계를 보았다.

"가 봐야겠습네다. 웬 시간이 이리 빨리 가는지."

그러고는 주섬주섬 남은 제수들을 싸 들었다. 톺은(제례에 쓰려고 아래위를 잘라낸) 과일 몇 개에 음복 안주 하다 남은 밤 대추 몇 줌과 생선포 정도였지만 싸 들고 보니 어찌 된 셈인지 올 때보다 보따리가 커 보였다. 그걸 든 아우의 왼쪽 어깨가 유난히 처진 것 같아 내가 손을 내밀었다.

"무거워 뵈는구나. 이리 다오. 내가 들고 가마."

"일없시요. 제가 들고 가지요, 형님."

아우가 그러면서 보따리를 오른손으로 옮겨 쥐었다. 술기운 탓인지 순간적으로 고향에서 시사(時祀)를 드리고 산소를 내려오는 듯한 착각이 일었다.

"산소에서 쓴 물건은 음복이라 하여 제궁지기나 인근 문중에 골고루 나누어주고 집으로 가져가는 법이 아니다. 어디 음복 보낼 만한 데가 있니? 보낼 데가 마땅치 않으면 운전수에게나 주어라."

연길로 돌아가는 차 안에서도 얘기는 더 있었다. 하지만 술기운이 제법 걸음걸이에까지 비치던 아우였는데도 운전수를 의식해서인지 말투는 둘이 있을 때와 많이 달랐다.

"형님, 남쪽에서는 왜 그런답니까? 핵 문제 말입니다. 우리가 핵무기 개발해 두면 어디 갑니까? 언젠가 통일은 될 게고, 그리되면 남쪽은 가만히 앉아서도 핵 보유국이 되는 셈인데 왜 미국 놈들하고 장단이 맞아 안달이랍니까? 설마하니 우리가 남쪽에다 그걸 쏠까 봐서요?"

그렇게 현안 문제를 두고 자신이 속해 있는 체제를 옹호하기도 했고, 그 체제를 향한 흔들림 없는 믿음에 내가 미심쩍어하는 반응을 보였을 때는 묘한 근거를 대기도 했다.

"우리 북반부 사람들은 땅과 사람이 일체가 되어 있시요. 청진으로 보면 수성천 강둑과 낙타산 방공호는 고등중학교 때 로력 동원으로 내 땀이 배인 곳이고 라남(羅南) 들도 모내기 지원으로 발안 빠져 본 곳이 없을 지경이야요. 아니, 시가지, 항구, 철도 어디 하나 내 손이 안 간 데가 없다는 게 옳지요. 다른 곳 사람들도 마찬가지야요. 자신이 사는 땅은 풀 한 포기 나무 한 그루에 모두 그들의 손길이 미쳐 있다고 봐야 합네다."

하지만 기특하게도 '위대한 수령님'이나 '친애하는 지도자 동지'를 들먹여 사람을 답답하게 만들지는 않았다. 나도 그때는 이미 그 같은 믿음이나 애착을 굳이 무시하여 아우를 자극하고 싶은 마음이 털끝만큼도 없었다. 그게 진정한 것이든 반복 학습에 따른 조건반사이든 아우가 자신이 살고 있는 체제에 믿음과 애착을 유지할 수 있게 된 걸 오히려 다행으로 여기며 말을 받고 물음에 답했다.

그러다가 차가 연길 시가로 접어들 무렵에야 나는 다시 잠시 잊고 있었던 조급에 빠져들었다. 그 만남이 처음이자 마지막이 될지 모른다는 생각과 함께 무언가 우리가 꼭 치러야 할 의식을 빠뜨리고 있다는 느낌 때문이었다.

"나는 내일 아침에 떠난다. 다시 만날 수 있겠니?"

이야기가 뭣 때문인가 잠깐 끊어진 틈을 타서 내가 아우에게 그렇게 물은 것은 어느새 차가 저만치 호텔이 보이는 거리로 접어든 뒤였다. 얘기에 취해 있던 아우가 퍼뜩 정신이 든 사람처럼 나를 처다보다가 자신 없이 말했다.

"글쎄요. 오늘 밤이나 내일 새벽에 짬을 내어 한 번 더 들르도록 할게요."

"안 되면 이게 마지막이 되는구나. 이제 헤어지면 언제 다시 만나게 될지."

그래 놓고 나니 새삼 우리가 공연히 쓸데없는 얘기로만 시간을 허비한 것 같아 후회스러워졌다. 아우도 나와 비슷한 기분인 듯했다.

"곧 다시 만나게 되지 않겠습네까? 머지않아 통일의 날이 오갔디요."

대답은 그래도 자신의 말을 별로 믿는 눈치는 아니었다. 그때 다시 아우를 만난 때부터 줄곧 내 마음속을 오락가락했으나 망제 뒤의 굴곡 심한 정서에 한동안 밀려났던 망설임이 되살아났다.

서울을 떠날 때 나는 아우를 위해 따로 여분의 달러를 조금 마련했다. 북한이 어렵다고는 해도 여러 가지 정황으로 미루어 아우에게 그 돈이 절실하게 필요할 것 같지는 않았지만 혹시라도 나를 만난 비용으로 아우가 어떤 부담을 지게 될지도 모른다는 배려에서였다. 그런데 아우를 만나고 보니 그 돈을 내밀어야 할지 말아야 할지가 얼른 판단이 서지 않았다. 살이나 물질적 여유 같은 말만 나오면 유난히 민감해지는 아우의 반응 때문에 미루다가 깜박했는데 그때야 다시 어떤 다급함 같은 감정과 함께 떠올랐다.

내가 망설이는 사이에도 거침없이 달린 차는 그새 호텔로 들어서고 있었다. 나는 아우의 표정에서 어떤 단서를 찾기 위해 가만히 그 얼굴을 훔쳐보았다. 아우는 그런 나를 아랑곳 않고 시계를 보더니 급하게 차에서 내렸다. 그런 아우의 얼굴 어디에도 내게서 어떤 물질적인 도움을 요청하는 표정은 엿보이지 않았다. 말로 한번 넌지시 떠보기라도 할까 싶었으나 이제는 그럴 틈도 없었다.

뒤따라 차에서 내린 나는 드디어 아우에게 달러를 쥐어 주는 일을 단념하고 대신 가만히 그 손을 잡았다. 내게 무어라고 말하려던 아우가 움찔하며 입을 다물었다.

"네가 다시 오지 못하면 이게 바로 작별이 되겠구나."

"될 수 있으면…… 와 보도록 로력할게요."

"무리할 건 없다. 네 말마따나 통일이 곧 될 테니. 그때는 만나고 싶으면 언제든 만날 수 있겠지."

연합기업소 당위원회 조직부가 무얼 하는 곳인지는 모르지만 아우의 손은 뜻밖으로 거칠었다. 나는 그런 아우의 손등을 남은 손으로 쓸어 쥐며 작별 인사를 했다.

"어쨌든 만날 때까지 몸 성히 지내라. 넋이 있다면 아버님도 아마는 너희를 못 잊어 하실 게다. 매사를 신중히 하고 부디 자중자애해라."

그래 놓고 나니 정말로 오래 함께 지내던 아우를 기약 없이 보내는 기분이었다. 아우의 눈가에도 금세 눈물로 맺힐 것 같은 감동의 빛이 떠올랐다.

"형님도 건강하십시오."

"다른 동생들에게도 안부 전해라."

나는 그래 놓고 중대한 결심이라도 하듯 덧붙였다.

"어머님께도."

내가 아우를 만나기로 작정한 뒤 한동안 힘들여 짰던 만남의 시나리오에는 아우의 어머니를 어떻게 부를까 하는 고심도 있었다. 북(北)의 어머니, 새어머니, 작은어머니……. 그러나 종내 마땅한 호칭을 찾아내지 못하다가 아우를 만나서는 '너희'란 관형어를 얹어 그럭저럭 넘겨왔는데 이제 그 모든 관형어(冠形語)가 날아가 버린 것이었다.

특수한 경우이기는 하지만 옛 예법에도 유처취처(有妻取妻)는 있었고 현대의 합리적인 사고로도 아우의 어머니는 아무런 흠이 없는 내 어머니였다. 그러나 '어머님'이란 호칭이 그토록 자연스럽게 튀어나온 것에 나는 스스로도 놀라 움찔했다. 아우에게도 그 같은 변화의 의미는 바로 느껴진 듯했다. 자우룩한 술기운이 일시에 걷힌 듯한 얼굴로 나를 한동안 말없이 바라보다가 머리를 꾸벅하며 받았다.

"누님과 조카들에게도 저희 인사 전해 주십시오. 어머님께도."

남쪽의 내 어머님에 대한 아우의 호칭에도 아무런 관형어가 없었다.

로비에 들어서니 새로운 관광단이 도착했는지 안이 몹시 어수선했다. 꽤 큰 단체인 듯 스무 명이 넘어 뵈는 남녀가 부려지는 짐 가운데 자신의 트렁크를 확인하는 중이었다. 시끌벅적 주고받는 소리에 사투리가 많이 섞인 것으로 보아 지방에서 온 여행단 같았다.

내게도 해외여행 중에 한국인 관광단을 만나면 반갑던 시절이 있었다. 그때는 생판 모르는 사람들이라도 다가가 어디서 왔는가를 묻고 그 도시 관광에 내가 선배 격이라도 될라 치면 이것저것 친절한 조언까지 곁들이기도 했다. 그러나 언제부터인가 그들에게서 민망함을 느껴오던 나는 차츰 그들과 만나는 걸 곤혹스러워하다가 마침내는 외면하고 피하게까지 되고 말았다.

그날도 그랬다. 어떤 종류의 사람들인지는 몰라도 차림부터가 영 맘에 들지 않았다. 남자들은 백두산 호랑이 사냥이라도 떠나는지 저마다 수렵용 조끼들을 유니폼처럼 걸치고 턱에는 줄 달린 카메라를 하나씩 걸었는데 태반은 일제 비디오카메라였다. 바지는 늙고 젊고를 가리지 않고 청바지 아니면 반바지에, 신발은 대개가 혀를 한 발이나 빼문 유명 메이커의 운동화들이었다. 여행과 품위가 반대말이라도 되는 듯 색상부터 디자인까지 저질한 양풍(洋風)이 넘쳐흘렀다.

대개는 부부 동반인 듯하고 그래서 또한 대개는 가정주부들 같은 데도 여자들의 차림 역시 마찬가지였다. 늙고 젊고를 가리지 않고 바지를 입은 것은 여행 중의 편의를 위한 것이라고 봐준다 쳐도, 그놈의 바지가 어울리지 않게 육체의 곡선을 드러내는 형태거나 핫팬츠를 겨우 면한 치마바지 일색으로 되어 있는 것은 또 무슨 저질한 양풍인가. 여행에 불편하지 않을 정도의 단정하고 품위 있는 차림이면 출국을 금지시키는 법이라도 있단 말인가.

거기다가 안중에 사람이 없는 듯한 태도는 또 어디서 온 자신감인지. 남자들은 아무 데나 서너 명씩 둘러서서 남의 길을 막는지 기분을 잡치게 하는지 아랑곳 않고 떠들어 댔고 여자들은 모두 갑자기 무슨 서양 영화 속의 탕녀라도 된 듯 로비 소파에 왼다리를 꼬고 앉아 허연 허벅지 살을 드러내거나 가방 위에 두 다리를 쭉 뻗고 제 집 안방처럼 늘어졌다. 국력에 바탕한 자신감으로만 읽어주기에는 너무 지나친 무례요 방자함이었다.

하지만 그들에게 내심을 드러낼 것까지는 없어 애써 무표정한 얼굴로 로비를 가로질러 엘리베이터로 가는데 누군가 뒤따라오며 말을 걸었다.

"알령하십네까아?……"

말투가 연길에서 흔히 듣는 북한 사투리 같아 얼른 돌아보니 한 호텔에 묵으면서도 그 이틀 눈에 띄지 않던 통일꾼이 불쾌한 얼굴로 다가오고 있었다. 안녕하십니까, 를 너무 정중하게 말하느라 내게 그리 들린 모양인데, 차림은 거기 있는 사람들과 같은 여행객이라 믿기 어려울 만큼 정중했다. 회색 정장에 갈색 바탕의 넥타이, 검은 단화가 한결같이 위엄을 강조하는 듯한 색조였다.

"네에. 남으셨다는 말은 들었습니다만, 일은 잘돼 가십니까?"

내가 그렇게 인사를 받아 놓고 다가오는 그를 보니 뭔가가 이상했다. 양복과 와이셔츠며 얼굴 가장자리 같은 데가 그랬는데, 음식물을 뒤집어썼다가 황급히 닦아낸 듯 물기는 이미 말라도 종류가 다른 얼룩이 여기저기 남아 있었다. 그렇게 보아 그런지 그가 곁에 와 섰을 때는 정말로 음식 냄새가 나는 것도 같았다.

"아, 이거 말입니까? 점심 먹을 때 음식점 종업원이 부주의로 접시를 쏟아서……."

통일꾼도 그런 내 눈치를 알아차렸는지 묻지도 않았는데 그 얼룩들을 해명했다. 그러나 나는 아무래도 선뜻 받아들여지지 않았다. 그 종업원이 하필이면 이 사람 머리 꼭대기에서 실수를 했나, 싶게 어깨와 와이셔츠 깃에도 얼룩이 보였기 때문이었다. 그러나 나는 아무 내색 없이 말했다.

"정장 여벌이 없으시면 빨리 호텔에 맡기십시오. 지금이면 내일 출발 때까지는 세탁해 줄 겁니다. 북경에서도 하루 묵게 된다는데 혹시 점잖은 자리에 나갈 일이 생길지도 모르지 않습니까?"

"괜찮습니다. 거기서는 나도 남 따라 이화원(頤和苑)하고 명십삼릉(明十三陵)이나 돌아볼 거니까 간편하게 입고 다니지요."

그가 애써 별일 아니라는 표정으로 그렇게 대답하는데 엘리베이터 문이 열렸다. 엘리베이터로 함께 옮겨 탄 나는 별생각 없이 객실이 있는 8층을 눌렀다. 그도 자신의 객실이 있는 층 번호를 누르려다 문득 나를 보고 물었다.

"누구 찾아올 분이라도 있습니까?"

"당장은 없습니다."

나는 얼핏 김한조 씨를 떠올렸으나 약속이 저녁 식사 이후라 그렇게 대답했다. 그러자 그가 갑자기 은근해진 목소리로 제안했다.

　"그럼 빈방에 올라가 무엇 하시겠습니까? 백두산에 간 패들은 저물어야 돌아올 거니까 저하고 라운지에 올라가 얘기나 나누시지요. 보아하니 전주도 좀 있으신 듯하고…… 제가 맥주 한잔 사겠습니다. 박사님."

　박사님이란 말에 내가 놀라 쳐다보자 그가 빙긋이 웃으며 말했다.

　"진작부터 알아보았습니다. 저야 별 볼일 없는 인간이지만 관심이 그쪽이라. ― 새한대학교의 이 박사님 맞으시죠?"

　그 뜻밖의 말에 내가 아연해하는 사이 엘리베이터가 8층에 멈춰 섰다. 통일꾼이 내게 물어보지도 않고 엘리베이터 문을 닫은 뒤 라운지가 있는 층의 버튼을 눌렀다.

　호텔 라운지는 아래층 커피숍과는 달리 한적했다. 나는 꼼짝없는 포로가 된 기분으로 그와 함께 전망 좋은 창가에 자리를 잡았다. 하기야 그 통일꾼을 만나지 않았더라도 아우와의 작별에서 받은 찡한 느낌 때문에 결국은 빈방 안에 홀로 처박혀 있지 못하고 그리 올라와 한잔 더 했을는지도 모르는 일이기는 했다.

　동의를 구하는 둥 마는 둥 맥주 세 병과 마른안주를 시킨 통일꾼이 갑자기 입가에 심술궂은 웃음을 띠며 혼잣말처럼 중얼거렸다.

"지금쯤 그 호리꾼 한창 일을 벌이고 있을 거라. 방으로 돌아가 한바탕 훼방을 놓고 오는 건데."

"네?"

"이번에 우리하고 같이 여기 남은 장사꾼 말입니다. 어제 커피숍에서 만났다면서요?"

"아, 그 사업하시는 분. 네, 어제 잠시 얘기를 나눈 적이 있습니다만."

"사업은 무슨 썩어 빠진 놈의 사업. 그게 사업이면 도둑질도 사업이겠다. 박사님. 그 작자 여기 뭐 하러 왔는지 아십니까? 문화재 밀반출을 노려 온 거란 말입니다. 인사동에 있는 가게는 겉치레고 틀림없이 도굴로 한몫 잡은 호리꾼일 겝니다."

그런 통일꾼의 이죽거림에 나는 비로소 그가 진작부터 나를 알아보고도 시치미를 떼어온 일로 받은 충격에서 깨어났다. 내 그런 반응은 어찌 보면 전공(專攻)의 무서움이기도 했다.

"그래요? 하지만 여기서 몰래 문화재를 빼내 가기는 쉽지 않을 텐데. 그런 일에 하마 오래 시달려온 나라라 세관에서 골동품 같은 것에 꽤나 엄격한 모양입디다."

"저희 문화재가 아닌데 잘 알아보기나 하겠습니까? 지금 우리 호리꾼이 들고 나가려는 것은 중국의 문화재가 아니니까요."

"고구려나 발해의 것이라도 중국 문화재로 취급될 텐데요."

그 장사꾼이 노리는 게 당연히 고구려나 발해의 유물들이라 보고 한 말이었으나 전혀 아니었다.

"그게 아니고 이조 백자나 우리 고서화(古書畵)란 말입니다."

"연길에 그런 것들이 일부러 수집하러 올 만큼 있겠습니까? 잘 아시겠지만 여기 자리 잡은 사람들은 대개가 일제 때 먹을 게 없어 흘러든 사람들 아닙니까? 그런 사람들이 수천 리 걸식이나 다름없는 길을 오면서 값진 자기나 족자를 지니고 있었을 것 같지는 않은데요."

"연길에 있는 게 아니라 북한에 돌아다니는 것들을 빼내는 모양입니다. 실은 나도 놀랐습니다. 그게 한 번도 아니고 벌써 여러 번째 같던데요."

그제야 나도 어느 정도는 짐작이 갔다. 김한조 씨처럼 사람도 빼내 오는데 안 될 게 없다 싶긴 했지만 아무래도 그 방법이 궁금했다.

"그걸 어떻게……?"

"지난 이틀 한방 쓰며 감으로 때려잡은 바로는 대강 이런 방법 같습니다. 우선 북한에 친지가 있거나 무슨 일로 출입이 잦은 사람들을 골라 후한 선금을 주고 북한에 들여보냅니다. 그리고 오래됐다 싶으면 무엇이든 달라 몇 푼 쥐어 주고 거두어 가져오게 하는 거지요. 백자 항아리에 고추장을 담아 오고 청자 병에 참기름을 담고 하는 식으로. 꼭 이름 있는 청자 백자 아니라도 북한에는 흙이 좋은 데가 많아 괜찮은 도요가 꽤 있었던 것 같더군요. 개중에는 우리 계룡요(鷄龍窯)처럼 개성 강한 분청도 있고…… 어디라더라? 함경도 어디라고 듣긴 들었는데……. 또 북한 정부에서 문화

재로 지정해 관리하지는 않지만 남한으로 가져가면 큰돈이 되는 서화나 책자 같은 것들도 우리 생각보다는 많이 민간에 돌아다니는 모양입디다. 호리꾼 말로는 겸제(謙齊)라던가 단원(檀園)이라던가, 아무튼 많이 들은 낙관이 있는 그림을 큰 인심 쓰듯 천 달라에 얻어 와 서울에서 몇 억 원에 넘긴 경우도 있고, 무슨 경(經)인가 오래된 금속활자본을 전기밥솥하고 바꿔 와 서울에서 역시 억대에 넘긴 경우도 있다는 겁니다."

"그래도 고서화나 희귀본은 당장 눈에 띨 텐데……."

"중국과 북한 국경의 세관 검색은 대단치 않은 것 같더라구요. 국가에서 지정해 관리하지 않는 골동품에 대해서는 소홀한 점도 있고, 또 달라도 꽤나 힘을 쓰는 모양이고."

이제는 더 안 물어도 모든 게 환했다. 그저 감탄스러운 것은 벌써 거기까지 손을 뻗친 자본주의의 집요한 상혼(商魂)이었다. 그때 통일꾼이 비뚤어진 웃음을 풀풀 날리며 묻지도 않은 걸 말했다.

"늙은 말이 콩 마다하지 않는다더니 거기다가 계집질까지. 이건 완전히 말로만 듣던 현지처라니까."

정작 하고 싶은 얘기는 그것이었다는 듯한 그의 표정에 나는 점잖지 못한 짓이라는 것도 잊고 묻지 않을 수 없었다.

"그건 또 무슨 얘깁니까?"

"중간에서 심부름하는 교포 처녀 애가 하나 있는데 몇 천 달라나 쑤셔 박았는지 부끄러운 줄도 모르고 내게까지 그 호리꾼 마누라 행세를 하더라니까요. 뭐 처음 사업차 왔을 때 한 열흘 개인

통역 겸 비서로 쓰던 아가씨라나. 한족(漢族) 꾸냥이라면 또 모를까, 이거 그야말로 살이 살을 먹는 거지. 어젯밤도 함께 나가더니 돌아오지 않았는데 아까 점심때 나오다 보니 또 찾아와 둘이 들어앉았습디다."

그때도 나를 으스스하게 한 것은 다만 무엇이든 상품화하고 마는 자본주의의 집요한 상혼이었다. 그러나 상대가 나를 알아보는 판이라 더는 길게 붙들고 있을 화제는 못 되었다. 그때 우리는 이미 칭다오[靑島] 맥주를 세 병이나 비운 뒤였고 내게는 또 그 전에도 적잖은 낮술이 있었으나 아직 그만한 분별은 남아 있었다. 나는 그쯤에서 화제를 바꿀 양으로 아직 할 말이 남은 것 같은 그의 입을 막듯 물었다.

"그런데 통일 사업은 잘돼 가십니까?"

나는 무심코 그 장사꾼이 한 말을 되뇐 셈이었으나 통일꾼은 통일 사업이란 말에서 어떤 빈정거림을 느꼈는지 금세 후끈해 내가 꺼낸 화제로 끌려들어 왔다.

"그 호리꾼을 만나셨다더니 무슨 소릴 들으신 모양이군요. 제겐 그럴 능력도 없고 그럴 주제도 못 되는데 통일 사업이라니. ─ 도대체 그 친구 뭐라고 합디까?"

"들은 게 아니라……. 하시는 일, 말하자면 그런 셈 아닙니까? 하기 쉬워 통일 사업이라고 했는데 어폐가 있다면 사과드리겠습니다."

그러자 통일꾼은 더 따져 묻지 않았다. 느끼기에 그가 격해진 것은 내 말에 들어 있는 빈정거림의 뜻이 아니라 그 말이 상기시킨 딴 일 때문인 듯했다.

"그러실 거까지는 없고…… 혹시라도 거기 무슨 도움이라도 될까 해서 이 사람 저 사람 만나 보고는 있습니다만 신통치 않습니다. 백두산 천지나 보고 오는 게 나을 걸 그랬습니다."

"제가 보기에는 처음부터 백두산으로 갈 생각은 없으셨던 것 같던데."

이번에도 나는 별 뜻 없이 내 느낌을 말한 것이었으나 듣는 사람에게는 다시 적잖은 충격이 된 듯했다. 통일꾼이 애써 그 충격을 숨기고 해명하듯 말했다.

"학자시라 그냥 넘어갈 줄 알았는데 눈이 매서우시군요. 하긴 뭐, 숨길 것도 없지요. 실은 제가 여러 해 몸담아 온 단체가 이번에 발전적 해체를 하고 국내외를 망라한 통일 운동 단체를 하나 만들려고 추진 중에 있습니다. 우리는 이 연길의 지리적 정치적 위치에 주목하고 이곳 교포들의 역할에 많은 기대를 걸고 있는데, 말하자면 제가 그 특사로 온 셈이지요. 전부터 우리 단체와 연관을 맺어온 이곳 유지들을 만나보고 쓸 만한 사람을 찾아보는 게 제 일입니다. 이렇게 관광단에 끼어 온 것은 공연히 주목당해 귀찮은 의심받는 게 싫어서였습니다. 미국으로 간 사람은 다르지만 소련으로 간 사람은 역시 나와 비슷하지요. 모스크바와 타슈켄트 위주로 짜여진 여행단에 끼어. 그런데 지난 이틀 여러 사람 만나 얘기해 보았지만 생각만큼 우리 취지가 먹혀들지가 않는군요."

"혹시 접근이 잘못된 거 아닙니까? 통일을 오로지 정치적으로만 파악하려 한다던가······."

그때는 나도 술기운으로 어지간히 느슨해져 있었음에 틀림이 없다. 쉽게 할 수 없는 그런 종류의 문제 제기를 단순히 전날 들은 말을 옮긴다는 기분으로 불쑥 말해 버린 까닭이었다. 그런데 술기운이 효력을 내기는 통일꾼에게도 마찬가지였다. 그의 반응이 예상 밖으로 맹렬했다.

"통일에는 경제 문제가 우선되어 고려돼야 한다, 경제에 소홀한 통일 논리는 유치한 감상밖에 안 된다, 뭐 그런 논리 말입니까? 박 사님도 그쪽이십니까? 하지만 한 가지만 아십시오. 통일 얘기 하는 데 경제니 뭐니 딴 거 앞세우는 놈치고 사기꾼 아닌 놈 없다는 걸. 아니면 극우 반동의 흡수통일 논리거나."

그래 놓고 자기가 심했다 싶었던지 조금 진정해서 하는 소리가 이랬다.

"통일은 원래 하나였던 민족이 다시 하나가 되고 원래 한 나라였던 땅이 다시 한 나라로 돌아가는 것, 그래서 자연이고 당위(當爲)입니다. 그런데 그런 논리를 정치적이라고 몰아붙이고 경제적인 고려니 문화의 동질성 회복이니 하는 다른 조건들을 우선시키는 것은 위장된 반통일 논리에 지나지 않습니다. 합리적입네, 사려 깊네, 어쩌고 하지만 그자들의 속셈은 따로 있다구요. 특히 경제를 우선시키는 자들이 고약해서 그들의 내심에는 단순한 흡수통일 이상의 제국주의적 발상까지 들어 있지요. 통일을 북한만 한 크기의 식민지를 획득하는 것으로 보거나 시장이 두 배 넓어지고 이천 몇 백만의 신규 고객이 생기는 일로 보는 겁니다. 그렇지 않고서야 그들의 경제 상태나 우리의 여유가 무엇 때문에 그리 중요합니까? 북한 동포를 진정으로 한 핏줄 한 형제로 여긴다면 통일 비용 어쩌고 하는 개수작이 어디서 나옵니까? 있으면 있는 대로 없으면 없는 대로 나눠 먹고 입는 게 바로 형제고 핏줄 아닙니까?"

"글쎄요. 지금은 한 어머니 몸에서 난 형제라도 반드시 모든 걸 나눠 쓰는 세상이 아니라서. 그 방면으로 수십 년 면밀한 준비 끝에 통일한 독일도 몸살깨나 앓는 듯하고. ─ 우선 정치적으로 통일부터 하고 본 예멘은 끝내 남북 간에 피투성이 내전이 터진 모양이던데……."

나는 전날 장사꾼과 얘기할 때와는 반대로 이번에는 경제주의 통일론을 슬그머니 지지해 보았다. 내가 통일 문제에 진지하게 몰두해 본 적이 없어 그런 입장 바꿈이 쉬웠는지도 모르는 일이었다. 짐작대로 통일꾼이 다시 열을 냈다.

"그게 바로 그자들의 개수작이란 말입니다. 그럼 바꿔 생각해 봅시다. 경제적으로 서로 살 만해 손해 날 거 하나 없고, 문화도 수준이나 내용에서 완전히 하나가 되어 남북 칠천만이 희희낙락 만장일치로 동의하는 통일이란 게 도대체 얼마나 허황된 이상론입니까? 정말 그런 날이 온다고 믿어 그 같은 통일 논리를 내세운다고 봅니까? 그따위 수작하는 놈들일수록 계산은 빨해 그런 날이 결코 오지 않으리라는 건 우리보다 더 잘 알고 있다 이겁니다. 그보다는 통일 뒤에야 우리끼리 지지든지 볶든지 엎어지든지 자빠지든지 우선 통일부터 해두고 보자는 주장이 훨씬 윗길이지. 최소한 정직하지라도 않은가 이 말입니다. 안 그렇습니까? 이 박사님."

그렇더라도 해방 뒤처럼 지지고 볶고 하다가 6·25 같은 거 한 번 더 겪고 남북으로 다시 엎어지고 자빠지게 된다면. — 그렇게 반문할 수 없는 것은 아니었으나 나는 갑자기 피곤해졌다. 고백하면 내게는 통일 문제뿐만 아니라 일체의 이데올로기 논쟁에 끼어서는 안 된다는 자격지심 같은 게 있었다. 아버지의 월북으로 뒤틀린 자의식의 일종인지, 아니면 엄격한 반공 교육이 강요한 원죄의식 때문인지 알 수는 없지만 어쨌든 그런 논쟁에 끼어들게 되면 나는 피곤하기부터 했다. 그래서 다시 한쪽으로 비켜선다는 게 다시 일을 냈다.

"실은 뭐 내 생각이 꼭 정치 우선의 통일 논리를 반대한다는 건 아니고…… 남에게 들은 소리 한번 전해 본 것뿐입니다. 혹시 선생님께 참고가 될까 해서."

솔직히 나는 전날 호텔 커피숍에서 만난 그 사업가에게서 들은 얘기만을 염두에 두고 한 말은 아니었으나 통일꾼은 용케도 그 남이 누구인지 금세 알아차렸다. 반드시 술 탓만이라고 할 수 없게 얼굴이 시뻘개져 목청을 높였다.

"혹시 고 쥐새끼 같은 호리꾼 놈이 한 소리 아닙니까? 어제 내게도 고렇게 뱅장거리더니. 바로 그겁니다. 고런 놈들이 세상일 혼자 다 아는 체하면서 통일 얘기만 나오면 경제가 어떻느니, 신중하고 사려 깊게 살펴야 한다느니 갖은 요사를 떨어 멀쩡한 사람들까지 헷갈리게 만든다니까요. 신작로 닦아 놓으니 양갈보 먼저 지나간다고, 연길도 길 열리자 맨 고따위 못돼 빠진 사기꾼 놈들만 들락거려 순진한 동포들 다 버려 놨습디다. 벗겨 먹고 알겨 먹고 하면서 저희가 뿌린 푼돈에 맛을 들여 민족이고 이념이고 다 뒷전으로 미뤄 놓고 그저 돈, 돈, 하게 만들어 놨단 말입니다. 그것도 모자라고 호리꾼 놈은 벌써 북한 쪽에도 그 짓을 시작한 겁니다. 지금은 골동품이나 낱개로 빼내고 있지만 흡수통일이라도 하는 날엔 어찌 될지 아십니까? 소유 관념에 서툴러진 북한 사람들 부동산 석 달 안으로 고런 놈들에게 다 헐값으로 넘어갈 겁니다. 그들 경제적 약점 이용해 고리대금 인신매매 서슴지 않을 것이고 위세도 이만저만이 아니겠지요. 일본 놈들 이 땅에 와서 한 식민지 놀음보다 훨씬 지독한 짓들을 할 놈들입니다. 좋은 산 바위에다 김일성 부자 이름 새긴 거 자연 훼손이라고 나무라지만 고런 놈들 풀어놔 두면 그건 아주 약과일걸요. 금강산, 묘향산 좀 볼만하다 싶은 곳에는 그것들 별장이나 여관으로 엉망이 될 겁니다. 통일 전에 그것들부터 먼저 싹 쓸어 없애야 하는데……."

세상에는 맞지 않는 사람들이 있다. 그들은 이상하리만치 서로의 단점과 약점을 잘 알아보면서도 또한 이상하리만치 그걸 서로 참지 못하는데 그 통일꾼과 전날 만난 사업가가 바로 그런 사이 같았다. 내가 알기로 그들은 이번 여행 전에는 서로 몰랐고, 더구나 같이 방을 쓴 건 겨우 이틀인데도 통일꾼은 그 사업가를 일생에 걸친 불구대천의 원수처럼 말했다.

그 경위야 어찌 됐건 분위기가 그리되고 보면 나로서는 그 자리가 그만큼 거북해질 수밖에 없었다. 나는 그저 덮을 공사로 양쪽 모두를 편들어 한동안 성의 없는 대꾸를 해주다가 여섯 시가 다 되어서야 겨우 그 통일꾼에게서 빠져나올 수가 있었다.

어딘가 가서 내처 마시다가 취해 곯아떨어지고 싶은 생각이 전혀 없는 것은 아니었으나 나는 참고 내 방으로 돌아갔다. 김한조 씨에게 잔금도 치러야 하고 아우가 다시 찾아올 수도 있었다. 다음 날 북경으로 이동하는 데도 과음은 부담이 될 것임에 틀림없었다.

잘한 일이었다. 김한조 씨는 내가 방으로 돌아간 지 반시간도 안 돼 방문을 두드렸다. 우리 정산은 아주 순조롭게 이루어졌다. 자신의 말대로 그런 일은 처음이라 그런지 김한조 씨는 계산에 영악하지 않았다. 그동안의 실제 경비에다 사례로 미리 정한 중국 돈 이만 원을 얹어도 내가 예상한 금액보다는 적었다.

그 바람에 달러 여유가 늘자 나는 다시 아우를 생각하게 되었다. 어차피 마음먹고 가져온 돈이라 아우가 다시 찾아오기만 하면 어떻게든 쥐어 보내리라 마음먹고 구실까지 새로 짜내 보았다. 내가 모셨으면 응당 물었을 장례비를 네가 대신 문 셈이니 받아 둬라. 혹시 네가 나 만난 게 알려져 곤란하게 될 때 쓰일지 모르니 받아 둬라……. 그러나 김한조 씨의 말은 그런 나를 맥 빠지게 했다.

"동생분 다시 오기는 어려울 겝네다. 요즘 여기는 북조선에서 도망 나오는 사람들 때매 조교(朝僑)들이 부쩍 설쳐요. 몰래 들어온 북조선 특무(特務)들도 눈에 불을 켜고 돌아다니고. 아까 낮에 그만 시간 낸 것도 용하다 생각했시요. 이런 일은 재구재구(빨리빨리) 해치우고 며칠 그냥 외삼촌 집에 놀다가 물건이나 좀 가지고 돌아가는 게 좋을 거웨다."

그런데……. 아우가 다시 왔다. 여덟 시가 넘어서야 백두산에서 돌아온 일행과 늦은 저녁을 마치고 내 방으로 돌아온 지 한 시간쯤이나 되었을까. 내일의 남은 여정을 위해 샤워로 낮 동안에 여기저기서 마신 술기운을 씻어내고 있는데 누가 쿵쾅거리며 문을 두드렸다. 급히 몸의 물기를 닦고 나가 보니 알아보게 취한 아우가 건들거리며 문밖에 서 있었다.

"형님, 저야요. 내래 못다 한 말이 있어서리……."

나는 그런 아우를 얼른 방 안으로 맞아들이고 환기를 위해 열어 두었던 창문을 닫았다. 내가 다시 출입문이 제대로 닫겼나까지 확인하는 걸 보고 취한 중에도 내 뜻을 짐작한 아우가 큰소리를 쳤다.

"너무 걱정하지 마시라요. 내래 다 수를 써 놓고 왔디요. 특무가 와도 일없습네다. 술이나 있으면 한잔 주시라요."

나는 아우를 의자에 앉히고 냉장고를 열어 보았다. 재작년에 묵었던 호텔과는 달리 거기에는 제법 여러 종류의 술이 갖춰져 있었다. 아우가 독한 술을 원해 나는 양주 작은 병 하나와 쇠고기 육포를 꺼냈다.

"그래 다 못한 얘기가 뭐냐?"

따라준 술을 얼음도 넣지 않고 단숨에 마셔버리는 아우에게 내가 가만히 물어보았다.

"많디요. 원망도 많고 한도 많고 후회도 많고……."

아우는 넋두리같이 그래 놓고 코를 한번 훌쩍 들이켜더니 갑자기 막혀 있던 말문이라도 터진 사람처럼 한꺼번에 쏟아 놓았다.

"형님, 직접 만나 보기 전에 형님은 내게 어떤 사람이었는지 알기나 하십네까? 아버님은 돌아가실 무렵 해서야 겨우 직접으로 형님 얘기를 하셨지만 나는 벌써부터 형님을 알고 있었시요. 한없이 자애로운 아버님의 눈길을 느끼다가도 문득 이상한 기분이 들 때가 있었디요. 나를 보시는 것 같으면서도 내 뒤에 누군가 다른 사람을 보고 계시다는 느낌……. 내래 어렸을 적에는 그게 누군지 잘 몰랐디요만, 중학에 가니 하마 알겠드만요. 그게 바로 형님이라는걸. 또 있습네다. 항시 누군가와 비교당하는 느낌 말이야. 내 딴에는 잘했다고 받아온 시험지나 성적표를 보실 때의 그 마지못해 하시는 듯한 칭찬, 그리고 아주 짧은 순간이지만 잠시 넋을 놓는 듯한 때가 있는데 그때가 바로 내가 누군가와 비교당하고 있는 순간이디요. 아버님의 멍한 눈길에는 누군가의 시험지와 성적표가 떠올라 있었을 거야. 그게 누군가도 중학교 가기 전에 하마 알았습네다……."

나는 어렴풋한 기억 속에서 내 어린 날의 시험지와 성적표를 떠올려보았다. 그랬다. 아버지가 우리와 함께 은신해 계시느라 서울 근교의 시골에 머물렀을 때 국민학교에 입학한 내 1년의 성적은 화려했다. 언젠가 열 번을 내리 만점을 받아오자 아버지가 수염 꺼칠꺼칠한 턱을 내 볼에 비벼 대 비명을 지른 적도 있었다. 과제물을 해내기만 하면 거기에 어김없이 그려져 나오던 다섯 개의 붉은 동심원(同心圓)……. 그러나 그 1년 이후 내 성적은 한 번도 그때의 영광을 회복해 보지 못했다. 어린 삼 남매와 어렵게 떠돌며 사는 홀어머니의 맏아들로서는, 더구나 이태에 한 번꼴은 전학을 다니고 그나마 전학과 전학 사이에는 몇 달씩 학교에 나가지 못하게 되는 학생으로서는, 기를 써도 상위권 유지가 빠듯했다.

"또 다른 형님의 모습도 있지요. 우리 아버님만큼 평생에 걸쳐 그렇게 열심히 로력한 이도 드물 거야요. 내 기억에는 나중에 병들어 누우신 때 말고 이부자리 속에 있는 아버지의 모습이 없습네다. 어렸을 적부터 아침에 눈을 뜨면 아버님은 벌써 일터로 나가 안 계시고, 밤에 잠자리에 들 때 보면 아버님은 주무시지 않을 사람처럼 무언가 끝없이 읽고 계셨디요. 게다가 아버님만큼 많이 아시는 분도 나는 아직 보지 못했습네다. 대학 마칠 때까지 과학이든 수학이든 력사든 내가 물어 모르시는 게 없었으니까요. 그 덕에 우리는 먹는 것 어려운 줄은 모르고 살았지만 머리가 굵으니 슬며시 의문이 나드만요. 아버님이 그렇게 로력하시는데도 왜 우리는 이 정도로밖에 못 사는가고 말이야요. 대학까지 나온 우리 오마니, 머리 좋고 출신 좋은 우리 오마니가 체니(처녀)로 반해 시집갔을 만큼 잘나고 유식한 아버님이 왜 언제나 당 간부들의 눈치만 보고 살아야 하는가고 말이야요. 그렇지만 그것도 절로 알게 됩디다. 우리는 김일성대학을 가도 정치학부나 외교학부는 갈수가 없고, 군에 가도 군관(軍官)은 될 수 없다는 걸 알게 되면서, 당 간부나 국가보위부는 아예 쳐다보아도 안 되고 사회안전부조차 지원할 수 없다는 걸 알게 되면서, 성분 좋고 유능한 일꾼인 매형이 누님과 결혼한 탓으로 받게 된 온갖 불리익을 보면서…… 바로 남반부와 이어져 있는 아버님의 삶, 특히 다른 것은 다 끊을 수 있어도 그것만은 끊을 수 없는 혈연의 사슬 때문이었습네다. 남반부 출신의 지식인에게 일반적으로 품는 당과 인민의 의심은 아버님의 로력과 열성으로 충분히 씻길 수 있었으니까요. 따라서…… 그때 우리에게 형님으로 대표되는 남반부의 가족들은 사람이라기보다는 그대로 보이지 않는 재앙이고 저주였습네다……"

　거기서 나는 잠시 아연했다. 참으로 기묘한 전도(顚倒)였다. 아우가 말하는 나의 이미지는 바로 내가 괴로운 젊은 날을 보낼 때 품었던 아버지의 이미지 그대로였다. 그런데 이들에게는 또 내가 그러했단 말인가. 아버지에게는 주관적인 선택이 있었지만 나는 아무런 선택 없이 부여받은 대로 존재했을 뿐이지 않은가. 역사 속에서 개인의 선택이란 것이 하찮음을 이미 희미하게 실감하면서도 막상 아우로부터 그런 말을 듣자 나는 좀 어이가 없었다. 하지만 아우의 가슴에 맺힌 응어리만은 섬뜩할 만큼 절실하게 이해할 수 있었다.

"이번에 떠나올 때 제 심경이 어땠는지 아십네까? 솔직히 말해 아버님의 유언 따위는 뒷전이었시요. 그건 오히려 이상한 경쟁 심리를 자극했을 뿐이야요. 어째 아버지는 자기가 받은 가장 높은 훈장을 거기다 주라 하는가고. 우리는 뭐인가고…… . 내가 형님을 만나기로 한 건 오히려 그런 아버님의 유언보다는 궁금함 때문이었시요. 우리의 오랜 재앙과 저주가 실제로는 어떤 모양을 하고 있나가 못 견디게 궁금했시요. 아니, 그 이상으로 한평생의 원쑤를 찾아 떠나는 심경이었시요…… . 그런데 형님을 만나 보니 첫눈에 벌써 아니었습네다. 아직도 내래 잘 설명은 못 하갔지만 만나는 순간부터 형님은 그저 우리 형님일 뿐입네다. 함께 쓸어안고 울 사람이지 원망하고 미워할 사람은 아니더란 말이야요. 시간이 갈수록 내가 품고 온 적의가 당황스럽고 부끄러워지더란 말입네다. 되레 오래 그리워해 온 사람인 듯한 착각까지 들고…… . 글티만 그럼 이거 어드렇게 된 거야요? 형님의 한은 어디 가서 풀고 우리 한은 어디 가서 풀어야 하는 거야요? 뭐이가 잘못돼 일이 이렇게 된 거야요? 형님은 아십네까? 니거 덩말 어드렇게 된 겁네까…… ."

나도 모르겠구나, 아우야. 실은 두만강 가에서 흘린 내 눈물에도 지금 네가 느끼고 있는 그 황당함과 허망감이 들어 있었단다. 알 수 있는 것은 다만 이제 한 시대가 끝났다는 것, 내 인생도 어떤 식으로든 새로 추슬러야 할 때가 왔다는 것 정도이다. 삶은 어떤 경우에도 나 아닌 다른 것에 책임을 전가할 수 없는 가혹한 것일지 모른다는 어렴풋한 짐작뿐이란다.

"내래 형님한테 속인 거 많시요. 김책연합기업소 당위원회 조직부? 새빨간 거짓말이야요. 내가 들고 싶은 곳이지 실제 일하는 곳은 아니야요. 나는 고작 돌 부스러기나 주무르는 선광부(選鑛部) 기사일 뿐입네다. 경공업위원회 지도원한테 시집간 녀동생? 맞긴 하지만 매제는 나보다 나이 많은 홀애비였시요. 자식새끼 둘이나 딸린. 그런 홀애비기 때매 가래(그 아이가) 시집갈 수 있었디요. 체니때는 참하고 똑똑한 아이였는데……. 평양외국어대학에 간 막동이도 머리 하나는 똑소리 나는 아이야요. 김일성대학 정치학부에 들어가는 게 꿈이었는데 그리밖에 못 됐시요. 아버님도 일평생 고된 현장과 허울 좋은 연구직(硏究職) 사이의 오르막 내리막만 거듭하며 불안하게 사시다 가셨디요. 바친 것보다 받은 게 많은 삶 ─ 그건 북반부에서는 대중가요 가사처럼 흔한 아첨이야요. 임종도 고생스러우셨습네다. 처음에는 이것저것 모은 걸로 경호 아재를 통해 진통제를 구해 댔지만 막바지 사흘은 그마저 안 돼 몸을 뒤트시며 괴로워하시는 거 그저 지켜보기만 해야 했시요……."

아우야, 그런 소리는 더 듣고 싶지 않구나. 아직은 한동안을 그 체제 안에서 살아야 할 너를 위해. 구두가 발에 맞지 않으면 발을 구두에 맞추는 수도 있단다. 구두를 발에 맞추는 게 가장 좋지만 그 일은 누구나 할 수 있는 일이 못 되니. 역사의 구둣방은 언제나 엉터리 화공(靴工)들이 차고앉아 왔으니. 남쪽의 진보주의자들은 형의 이런 역사적 허무주의를 비난하지만 그래도 나는 네게 권하련다. 내 혈육이기에 더욱 간곡히 권하련다. 현재의 완전성을 믿어서도 안 되지만 미래에도 너무 성급하지 마라. 어떤 방향으로든 산술(算術) 없는 혁명에는 유혹되지 마라. 때가 오리니. 때가 오리니.

"누님 일도 속였시요. 낮에 말한 대외경제위원회 경제 2등 서기관, 사실은 친구가 아니라 매형이야요. 대학 시절 연애 끝에 누님과 어렵사리 결혼하게 됐지만 그 때매 출세에 지장 많았디요. 김일성대학 외교학부 출신이면서도 쉰이 다 돼가는 이제 겨우 2등 서기관입네다. 그것도 대외경제위원회 소속으로. 지금 누님과 북경에 나와 있시요. 그러나 떠나올 때 가족 회의 결정은 누님의 얘기를 형님에게 하지 말자는 거였습네다. 형님이 누님을 찾아가게 되면 누님과 매형 모두에게 이로울 게 없을 것 같아서. 하지만 일 없습네다. 이게 누님 전화번호야요. 북경에서 시간 나거든 한번 만나 보시라요. 남매간 만나는 게 해로워 봤자 얼마나 해롭겠습네까?"

아우는 그 말과 함께 전화번호가 적힌 쪽지 한 장을 꺼내 주고 마침내는 곯아떨어졌다. 다행히 내 방의 침대는 트윈이어서 나는 그런 아우를 여분의 침대에 끌어다 눕혔다. 겉옷을 벗기다 보니 첫물인 듯싶은 아우의 새 양복이 까닭 없이 안쓰럽게 느껴졌다.

이 생각 저 생각으로 늦도록 잠을 이루지 못했으나 이튿날 나는 웬지 새벽 일찍 눈을 떴다. 아우의 침대 쪽을 살피니 간밤 내가 꼼꼼히 여며준 담요를 걷어찬 아우가 새우처럼 몸을 꼬부린 채 자고 있었다. 나는 가만히 일어나 한 켠으로 밀려나 있는 담요를 다시 아우에게 덮어주었다. 그래 놓고 이어 베개를 바로 해주고 있는데 아우가 기척을 하며 깨어났다.

간밤 취해서 떠들 때와는 달리 아우는 몹시 수줍어하면서 서둘러 겉옷을 걸치고 방을 나갈 채비를 했다. 날이 완전히 밝기 전에 호텔을 나서는 게 좋을지도 모른다 싶어 나는 그런 아우를 잡는 대신 간밤에 준비한 봉투를 내밀었다.

"이거 가져가거라. 이천육백 달러다. 네게 쓰일 데가 있을지도 모르겠다."

더는 머리를 짜내 구실을 마련할 필요가 없을 것 같아 나는 그렇게만 말했다. 아우가 멈칫하고 나를 쳐다보았다. 그리고 뭔가를 말하려는 것 같더니 이내 생각을 바꾼 듯 손을 내밀어 공손하게 봉투를 받았다.

"고맙습니다, 형님. 그럼 안녕히 계십시오."

아우는 꼭 초등학생이 경례하듯 꾸벅 절을 하고 방을 나갔다.

그런데…… 자칫하면 아우를 만난 이야기에는 사족이 될지 모르지만 나는 아무래도 북경에서 있었던 나머지 일을 마저 얘기하지 않으면 안 되겠다. 전혀 생각 못 했던 여동생을 만나려 한 것도 아우와의 만남에서 비롯된 일이거니와 통일꾼과 장사꾼의 시비도 넓게 보면 아우와의 만남과 한 끝에 이어진 얘기일 수 있으므로. 어쩌면 통일이란 게 바로 한꺼번에, 대규모로 일어나는, 이런 낯모르는 아우와의 만남이 아닐는지.

우리 관광단이 다시 북경에 내린 것은 그날 오후 한 시경이었다. 나는 호텔 방이 정해지자마자 아우에게서 받은 전화번호대로 다이얼을 돌렸다. 전화를 받은 것은 어떤 젊은 여자였는데 내가 여동생의 이름을 대자 짤막하게 외출 중이라고 일러주었다. 그 목소리가 너무 차고 단호해 좀 망설여졌으나 나는 곧 호텔 객실 호수와 내 이름을 알려주고 돌아오는 대로 전화를 달라는 부탁을 남겼다.

하지만 오후 내내 전화기 곁에서 기다려도 끝내 여동생의 전화는 오지 않았다. 기다리다 지친 나는 저녁 무렵 다시 한 번 전화를 걸어보았다. 이번에도 그 젊은 여자가 받더니 같은 대답을 했다. 그리고 그 뒤로도 마찬가지였다. 나는 그날 밤과 그 이튿날 아침에 각기 한 번씩 전화를 걸었으나 그때마다 전화기 곁에서 기다리기나 한 사람처럼 그 여자가 나와 같은 대답을 했다.

그럭저럭 호텔에서 체크아웃 해야 할 시간이 왔다. 일행은 명십삼릉 관광을 떠나면서 체크아웃을 마치고 나만 남아 있었는데 이제는 열두 시가 다 돼 객실을 더 쓸 수가 없게 된 때문이었다. 나는 은근히 다급해져 다이얼을 돌리다가 갑자기 아, 하는 기분으로 그 젊은 여자의 목소리가 왠지 귀에 익은 듯함을 기억해 냈다. 앳되게 들리기는 해도 젊은 날의 누님 목소리……. 그때 수화기에서 다시 그 젊은 여자의 목소리가 흘러나왔다. 유심히 들으니 더욱 누님과 닮은 목소리였다. 너였구나. 네 나이가 마흔이라는 걸 계산해 안 게, 그래서 중년 부인의 목소리만을 예상한 게 그 닮은 점을 진작 느끼지 못하게 하였구나.

하지만 나는 그런 여동생에게서 명확한 거부 또는 회피의 의사도 동시에 확인할 수 없었다. 아우의 전화가 있었거나 해서 여동생은 아마도 진작에 내가 전화할 줄 알고 있었는지도 모른다. 그러나 무언가 말 못할 이유로 나를 만나줄 수 없었고, 그래서 줄곧 전화기 옆에 불안하게 대기하고 있으면서 나를 따돌리려 한 것인지 모른다. ─ 추측이 거기 이르자 나는 잠시 망설여졌다. 사정이 있어 나를 만나줄 수 없는 아이를 굳이 만나야 할 까닭이 있을까, 오라비되어 아무것도 해준 거 없으면서 어쩌면 이 아이에게 해로울지 모르는 이 만남을 고집할 필요가 있을까. 그렇지만 이대로 돌아서기도 못내 아쉽구나. ─ 그러다가 나는 어중간한 절충을 했다.

"이문희 씨가 돌아오시면 남쪽에서 온 오라비가 만나고 싶어 전화했더라고 전해 주십시오. 네 시 비행기로 서울에 돌아가는데 언제 북경엘 다시 올지 몰라 몹시 서운하군요. 다시 온다 해도 그때 문희가 여기 남아 있을지 모르고. 그렇지만 한 시까지는 이 호텔 로비에 그대로 있고, 두 시 이후부터는 공항에 있게 될 테니 혹시라도 그 전에 돌아오시면 그 말이라도 전해 주십시오."

나는 그 여자가 바로 문희일 것이라 단정하고 그렇게 간접화법과 직접화법을 섞어 내 뜻을 전했다. 짧은 침묵 뒤에 그 여자가 받았다.

"알겠습니다. 돌아오시면 꼭 그렇게 전해 드리지요. 그럼 안녕히…… 가십시오."

그렇게 들어서 그런지 인사 부분에서 말소리가 묘하게 떨리는 듯했다.

그 뒤 호텔 로비에서 두 시간, 그리고 공항에서의 한 시간 남짓을 나는 줄곧 기다렸으나 문희는 결국 오지 않았다. 그러고 보면 전화 때의 인사가 바로 그 아이의 작별 인사로 되고 만 셈이었다.

"선생님, 귀찮은 부탁 하나 드려도 되겠습니까?"

내가 이제는 거의 단념하고 눈길을 공항 출입구에서 우리 일행 쪽으로 돌릴 무렵 언제부터인가 내 주위를 맴돌던 골동품상이 조심스럽게 다가와 물었다.

"……?"

아직 제대로 마음을 가다듬지 못한 내가 눈길로 묻듯 말없이 쳐다보자 골동품상이 그림이 든 길쭉한 종이갑 둘을 내밀며 말했다.

"선생님은 별로 짐도 없으시니 이거 둘만 서울까지 맡아주십시오."

받아보니 관광지에서 흔히 파는 동양화 족자가 든 마분지 갑이었다. 중국 여행이 끝날 무렵이면 누구든지 한두 개쯤 사게 되는 물건이라 굳이 남에게 부탁하지 않아도 될 것 같은데 내게 맡기는 게 이상해 다시 그를 쳐다보니 골동품상이 멋쩍은 듯 웃으며 말했다.

"선생님께 속여 뭐하겠습니까? 통은 그래도 그 안에 든 그림은 요새 것이 아닙니다. 참, 혹시 요수제(樂水齊)란 낙관 들어 보신 적이 있으십니까?"

그는 아마도 통일꾼을 통해 내 직업과 전공을 들은 것 같았다.

"요수제? 글쎄요. 처음 들어보는 호(號) 같은데."

"조선 후기쯤의 실경산수(實景山水)인데 제법 맛이 있습디다. 실은 그 그림 두 통이 거기 들어 있습니다."

그 장사꾼은 다 알지 않느냐는 듯 눈까지 찡긋하며 그렇게 말했다. 나는 그리 탐탁지 않으면서도 마지못해 그 그림들을 받아 들었다. 그리고 무심코 공항 대합실을 돌아보는데 문득 내 주의를 끄는 게 하나 있었다. 다른 일행들은 공항을 전세라도 낸 것처럼 휘젓고 다니는데 한구석 의자에 조용히 앉아 있는 통일꾼의 모습이었다. 의기소침해 있는 것 같기도 하고 무언가에 상심해 넋을 놓고 있는 듯하기도 했다.

"맥 빠지게도 됐지. 저 냥반 쓸데없이 큰소리 펑펑 치고 책임지지도 못할 약속 마구 남발하다가 된통 당한 모양입니다. 전에 그 비슷한 사람에게 넘어가 며칠 술이야 밥이야 잘 대접해 보냈다가 서울 초청은커녕 편지 한 장 못 받자 속았다고 분해하던 연길 교포 하나가 한참 열을 올리는 그에게 술상을 덮어씌워 버렸다는군요. 엉뚱하고 억울한 날벼락 같지만 어찌 보면 그런 꼴 당해도 싸지. 소련 동구 넘어가는 거 두 눈 뜨고 뻔히 보았으면서도 그저 뭐든지 말로만…… 내 진작에 그런 험한 꼴 당할 줄 알았다니까."

아직도 주위를 맴돌던 장사꾼이 내 눈길이 머문 곳을 짐작하고 다가와 속삭이듯 그렇게 말해 주었다. 전날 연길에서 보았던 통일꾼의 양복에 남은 얼룩을 연상시키는 말이었다. 하지만 나는 왠지 그런 통일꾼의 낭패를 비웃어줄 기분이 아니었다. 오히려 그 장사꾼의 웃음이 역겨우리만치 간교하게만 느껴져 아무런 대꾸 없이 눈길을 다른 곳으로 돌려버렸다. 그때 여행사 직원이 손수건으로 이마의 땀을 씻으며 나타나 소리쳤다.

"오 분 후에 탑승이 시작됩니다. 출국장으로 들어가기 전에 모두 여권들 찾아가십시오."

(1994년)

이
강
漓江에
서

집을 떠날 때는 가을도 깊어 있었는데 향항(香港)을 거쳐 계림(桂林)에 이르렀을 때는 오히려 늦여름이었다. 계림이 내 사는 해동(海東) 땅보다 남쪽이라 그리된 것이나 내게는 왠지 그만한 세월이 걸려서인 듯 느껴졌다. 이젯사람들의 나는틀[飛行機]을 빌려 열 시간 남짓에 이르렀으되 흥으로는 옛적 조각배로 발해(渤海)를 건너고 말등에 얹혀 중원(中原)을 가로지르던 때와 크게 다르지 않았던 까닭이리라.

줄곧 나와 길을 함께한 그대는 계림에 이르러서야 나를 알아보았다. 양풍(洋風)으로 지은 커다란 객잔(客棧)에서 짐을 풀고 다루(茶樓)로 내려왔을 때 먼저 내려와 차를 마시며 아득한 기억을 되살리고 있던 그대가 나를 보고 말하였다.

"어째 처음 와보는 곳 같지가 않네요. 아무래도 기억에 있는 땅 같아요."

"아마 그럴 거요. 생명이란 풀씨같이 날리며 세상 이곳저곳에서 돋았다 지곤 하지만 한 번이라도 뿌리박았던 땅에 대한 기억은 영혼에 새겨지는 법이오."

"그럼 어느 생에선가 제가 이 땅에 뿌리박은 적이 있는 생명이었다는 뜻인가요? 이 한생에서는 전혀 본 적 없는 이 땅이 그렇게 그리웠던 것도 그 기억 때문이었을까요?"

해동 땅에서의 그대는 무슨 사숙(私塾)의 여사범(女師範)이었다 했던가. 번잡한 세사(世事)에 지워져 있던 기억의 한끝을 놓치지 않으려는 듯 눈을 가늘게 뜨고 창밖을 내다보다 다시 내게 그렇게 물어오는 그대의 단정한 모습이 아직 거기까지는 이르지 못한 내 기억의 또 다른 가닥을 강하게 일깨웠다. 그래, 내게는 이 땅뿐만이 아니라 그대도 기억이 있다. 이 땅에서의 그대를 나는 알 듯하다. 그 새로운 기억이 내 목소리를 떨리게 했다.

"아마 그럴 거요. 생명이 품는 모든 알지 못할 그리움은 여러 살이[生]에 걸쳐 새겨졌다 지워진 기억들일지도 모르오. 그래서 이 한살이의 기억에 매달리지 않을수록 더 많은 그리움을 품게 되는 것인지도."

그러자 그대는 더욱 골똘하여 그 땅과 그 땅에서의 삶을 기억 속에 되살리려고 애썼다. 나는 그대 곁에서 뜨거운 차를 식혀 마시며 그대가 두터운 세월의 지층 밑에 파묻힌 그대 생명의 유적들을 온전하게 발굴하고 복원해 내기를 기다렸다. 그 속의 나까지도.

"그런 것도 같네요. 그래요. 이 땅은 틀림없이 제가 언젠가 살았던 곳이에요. 그런데 알 수 없는 것은 그 삶의 형태예요. 어쩐지 그때의 저는 원초적 삶의 고통에 짓눌린 민초의 딸이었던 것 같지는 않네요. 아니, 더 밑에는 그런 것이 깔려 있을지 몰라도 우선 잡혀오는 것은 무언가 상당히 자유롭고 유쾌한 넋의 움직임들이에요."

이윽고 그대는 고개를 내게로 돌려 깊이 모르게 그윽해진 눈길로 나를 보며 말했다. 그대의 기억은 뜻밖으로 희미해 겨우 그 옛날의 아련한 분위기에나 미쳤을 뿐이었다. 나는 적이 실망하여 마시고 있던 꽃차[花茶]마저 쓰디쓰게 느껴졌다. 하지만 오래 실망해 있을 필요는 없었다.

"거기 나는 없소?"

내가 참지 못해 그렇게 묻자 그대가 무슨 날카로운 것에 찔린 사람처럼 화들짝 놀라더니 눈을 크게 뜨고 나를 바라보았다. 그 크고 맑은 눈에 처음 내비치던 것은 틀림없이 놀라움이었지만 이어 그것은 형언할 수 없는 반가움과 오랜 그리움의 끝에 오는 투명한 슬픔 같은 것으로 바뀌었다. 오오, 그대 이제 나를 알아보는가. 나도 그대와 같은 슬픔으로 갑작스레 가슴이 미어져 왔다.

"아, 있어요! 맞아요. 바로 상공(相公)이셨군요. 이 여름내 밤마다 저를 잠 못 들고 뒤척이게 한 것은, 휘붐하게 밝아오는 새벽 창을 바라보며 어딘가 내가 반드시 다녀와야 할 곳이 있으며, 이제는 그곳으로 떠나야 할 때라는 느낌에 빠져들게 한 것은. 그래서 복직이 의심스러운 휴직계를 주저 없이 내던지고 많지 않은 적금을 털어 이 길을 떠나게 한 것은. 피붙이와 이웃들의 걱정스러워하는 눈초리가 아무렇지 않고, 이 여행이 남은 삶에 끼칠 해로움도 두려워 않게 한 것은."

그대가 숨 한 번 쉬는 법 없이 단숨에 그렇게 말했다. 벅차 떨리는, 그러나 낮고 차분한 목소리였다. 나도 벅참과 떨림을 누르면서 가만히 받았다.

"실은 나도 그대가 바로 나를 부른 사람이라는 건 조금 전에야 알아보았소. 하지만 이제는 더 많은 것을 알 듯하오. 우리가 그때 여기서 누구였으며 어떤 사이였던지를. 어째서 이강(漓江) 삼백 리가 우리 모두에게 여러 생을 거듭하면서도 잊을 수 없는 곳이 되었는가를."

그때 나는 진실로 그대와의 즐거웠던 날들과 내게는 쓸쓸하기 그지없던 그 마지막을 한 끈에 꿴 듯 생생하게 떠올릴 수 있었다. 특히 마지막 그 이별의 의식은 바로 사흘 밤 사흘 낮 그곳에서 멀지 않은 이강을 따라 흐르며 이루어졌는데, 그 뒤 그대는 강물이 되어 남으로 흐르고 나는 구름이 되어 북쪽 하늘을 떠도느라 우리는 그 살이에서는 두 번 다시 만나지 못하였다.

하지만 그대의 기억은 거기까지 미치지 못했다. 다시 골똘히 생각에 잠기기도 하고 고개도 갸웃거려 가며 그때의 일을 떠올려보려고 애썼지만 더는 잘 안 되는 눈치였다.

"거기까지는 아무래도 떠오르지 않네요. 그때 우리는 누구였나요?"

"그대는 재예(才藝)로 형양(荊襄)을 떨쳐 울리던 가인(佳人)이었고, 나는 불우한 공자(公子)였소."

나는 나를 그렇게 말할 수도 있었으나 그대는 아니었다. 재예는 뛰어나도 그대는 한낱 유녀(遊女)에 지나지 않았다. 그대는 내 거짓을 눈치 채지 못하고 다음의 일만을 궁금해했다.

"그런데 왜 이강 삼백 리가 우리에게 여러 생이 지나도 잊지 못할 곳이 되었나요?"

"아주 즐거웠던 날들이 있었소. 내일 그리로 유람을 가면 그대에게도 떠오르는 일이 있을 거요. 그때 함께 떠올려봅시다."

나는 한층 심하게 거짓말을 했다. 그러나 그대는 다시 만난 기쁨에서였는지 조금도 나를 의심하지 않았다. 다만 기억에도 없는 이강을 그리워하며 다음 날에 대한 기대로 들떠 있을 뿐이었다.

그날 밤 우리는 가까운 주루(酒樓)에서 오랜 세월 만의 만남을 함께 기뻐했다. 그러다가 늦어서야 객잔으로 돌아가 한 침상에 들었는데, 놀랍게도 그대의 몸은 그때 헤어진 뒤 몇 번이고 거듭된 생(生)에도 불구하고 옛 그대로였다.

다음 날 일찍 객잔을 나선 우리는 기차(氣車, 자동차)를 타고 이름난 계림산수(桂林山水)에서도 으뜸가는 절경으로 꼽는 이강 삼백 리(漓江三百里)의 상류 선착장을 향했다. 가는 길에 보니 옛날의 웅장했던 장원이나 아무렇게나 몰려 있던 오두막들은 자취가 없고, 혁명 후에 지어진 붉은 벽돌의 농가들이 누가 보아도 일정하게 배치된 형국으로 무리 지어 여기저기 흩어져 있었다. 대지는 수백 년 그 옛날보다 오히려 더 젊어진 듯 온통 붉은 황토였다.

"이 길은 기억날 듯도 하네요. 그때는 마차로 흔들리면서 왔었지만요, 아마."

창밖을 내다보던 그대가 눈을 찡긋하며 내게 그렇게 소근거렸다. 우리와 기억을 함께하지 않는 다른 일행들을 꺼려해서이리라. 나는 고개를 끄덕이며 부실한 그녀의 기억을 채워주었다.

"그렇소, 마평(馬平, 형양의 옛 이름)에서 빌린 쌍두마차였소. 팽(彭)가 성을 가진 마부가 꽤나 익살맞았더랬지."

그대가 다시 길가에서 멀지 않은 작은 마을을 가리키며 말했다.

"저 마을도 기억에 있는 듯해요. 흙벽이 벽돌로 바뀌고 이엉 대신 날림 기와가 얹혀도 전 금방 알아볼 수 있어요. 가서 보면 그때 우리 말에 여물을 먹여주던 그 사람들도 있을지 몰라요."

"있을 거요. 그 숱한 혁명의 세월이 지나갔지만 그리 많은 것이 달라진 것 같지는 않구려. 그들은 감격에 차서 우리는 변했다, 우리는 발전했다고 수없이 외쳤었소. 특히 저 붉은 벽돌집들이 지어졌을 '대약진(大躍進) 운동'의 시기에는 진심으로 그렇게 믿었을지도 모르오. 그러나 아닌 듯싶소. 어쩐지 그들의 한, 충족받지 못하는 갈망은 의연히 옛 그대로인 듯만 싶소."

나는 까닭 없이 비감에 차서 그렇게 받았다. 그 찬연하던 아라

사(我羅沙)가 무너져 내리기 시작한 이래로 상념이 혁명의 언저리에 이르면 나는 언제나 영문 모를 비감에 빠져들고는 했다. 그러나 그대는 아랑곳하지 않았다.

"벽돌 굽는 법도 예나 다름없네요. 저기 저 둥그렇고 붉은 흙더미가 벽돌 굽는 가마겠지요."

그대는 또 한군데를 손가락질하며 회상의 달콤한 감회를 즐길 뿐 내 섣부른 비감 따위에는 눈길을 주지 않았다.

이윽고 그리워하던 계림의 산수가 그 특이한 자태를 드러냈다. 그렇게도 많은 시인과 묵객들이 아름다움의 한 이상태(理想態)로 그려내던 그 산수. 듣기로 계림의 산수는 저 유명한 미리견(美利堅)의 대협곡(大峽谷, 그랜드캐니언)과 같은 융기 지형(隆起地形)이 빚어낸 것이라 한다. 그러나 다 같이 이름나도 그 이름의 실질은 너무나도 달랐다. 대협곡이 웅장함, 신생, 힘 따위의 강렬한 인상으로 우리를 압도한다면 계림의 산수는 수려함, 노성미, 기품 같은 보다 성숙한 미의식으로 우리를 매혹시킨다.

우리가 선착장에 이른 것은 객잔을 떠난 지 한 시간 남짓, 멀리 신선도(神仙圖)의 배경 같은 연봉(連峰)들이 자태를 드러낸 지는 채 이십 분도 안 돼서였다.

그 선착장은 개방 뒤에 몰려든 이방의 유람객들을 위해 새로이 연 것이라 우리의 기억에는 이어지지 못했다. 배들도 사면 유리창을 대고 발동기를 단 이양선(異樣船)이었다. 그게 다시 그대의 기억을 건드린 탓일까.

"그때 우리가 빌렸던 그 작은 돛배들은 다 어딜 갔을까요? 우리가 떠났던 그 나루를 찾아내면 아직 거기 있을까요?"

배 안에 들어가 자리 잡고 앉기 무섭게 그대가 내게 물었다.

"아니, 없을 거요. 물굽이는 변하고 돛배들은 사라져갔소. 형상은 세월을 따라 변하는 법……. 그러나 실질은 아무것도 변하지 않은 것 같소. 저기 사공을 보시오. 기억에 없소?"

나는 그러면서 키를 잡고 있는 유람선의 늙은 선장을 가리켰다. 그대도 쉽게 옛 기억을 되살렸다. 무감동하게 출발 시간이 오기만을 기다리는 선장을 흘깃 보고는 두 눈까지 반짝이며 받았다.

"듣고 보니 그렇네요. 난데없는 선장복과 선원모에다 수염을 밀어 알아보지 못했나 봐요. 저 말 없음이며, 무심함, 맞아요. 바로 저 늙은이였어요. 그때도 양소(陽塑) 나루까지 우리에게 말 한마디 건네기는커녕 제대로 쳐다본 적조차 없었지요."

잠시 동안에 배 안은 여기저기서 도착한 사람들로 가득 찼다. 색목인(色目人)에 양인(洋人)도 여럿 있었고, 왜인(倭人)들도 많았다. 배가 떠날 무렵 하여 사공 쪽의 가벼운 음식 접대가 있었다. 밀랍 입힌 종이에 싼 이름 모를 말린 과일, 지난 어렵던 시절에는 '비가'란 이름으로 우리 해동에도 있었던 밀가루 냄새 나는 질 낮은 엿 과자, 그리고 껍질째 볶은 땅콩이 한꺼번에 담긴 접시였다.

"이건 정말로 변했군요. 도리어 사공이 우리를 대접하다니. 예전에는 끼니에서 술과 안주까지 우리가 모두 마련해서 배에 올랐지요. 물론 나루 가까운 객잔의 요리사가 만들고 그 일꾼이 배까지 날라다 준 것들이었지만."

"그것도 꼭 그렇지는 않소. 술과 안주라면 여기 있소."

나는 그러면서 손가방에서 술병과 잔이 함께 들어 있는 공부가주(孔俯家酒) 상자와 육포를 꺼냈다. 그리고 곱게 눈 흘기는 그대가 어여뻐 더욱 짓궂게 한마디 덧붙였다.

"변한 것은 오직 그대만인 듯싶구려. 그대는 비파를 안고 오지 않았소."

그사이 우릉우릉 기관이 울리는 소리가 들리더니 뱃머리가 천천히 움직이기 시작했다. 나는 선창 밖으로 눈길을 돌렸다. 배는 드디어 이강으로 들어서 그 흐름에다 몸을 맡기려 하고 있었다.

배는 강물을 따라 흐르고 우리들의 기억도 그 강물을 따라 흐른다. 백 년, 혹은 천 년의 세월 저 너머의 것이지만 그 때문에 오히려 더 선명한 기억이다.

우리의 기억조차 이르지 못하는 아득한 옛날에 대지가 주름져 솟아오르고, 원시의 물줄기가 그 대지를 씻어가 거친 협곡을 이루었다. 그 뒤 다시 숱한 세월의 비바람이 깎고 다듬어 마침내 이루어낸 걸작이 계림(桂林)의 연봉(連峰)과 이강(漓江)이다. 그런데 우리의 기억은 그 모든 게 이루어진 뒤에 시작되고 그 뒤로는 아무것도 변하지 않았다.

"그때 우리가 이 뱃전에서 지었던 노래들이 기억나오?"

나는 그대가 기억해 내지 못할 줄 뻔히 알면서도 그렇게 물었다. 그대가 내 눈을 통해 마음까지 읽으려는 듯 말끄러미 나를 쳐다보다가 가벼운 한숨과 함께 대답했다.

"그것까지는 떠오르지 않는군요. 어떤 노래였어요?"

"평측(平仄)까지는 떠올리지 못하지만 대강 이랬던 것 같소."

나는 그렇게 대답하고 내 기억을 감동 삼아 읊었다.

산과 물 바라보기 얼마나 여러 곳이었나[觀山望河幾何處]

이강 가에 이르니 말과 생각 어울려 끊기네[暫絶言思漓江頭]

그래 놓고 그대가 알아보기 좋게 옛말을 종이에 옮겨 그대에게 보여준 뒤 다시 짓궂게 물었다.

"하지만 나도 전(轉)과 결(結)은 기억하지 못하오. 혹 그대가 기억해 낼 수는 없겠소? 아마는 그때도 그대가 전과 결을 받은 것 같은데."

그대는 내 말을 알아들은 듯했다. 가만히 생각에 잠겼다가 문득 호소하듯 말했다.

"저는 옛말을 기억하지 못해요. 하지만 이젯말로라면 뜻은 겨우 이을 수도 있을 것 같네요."

그러고는 가만가만 읊어 나갔다.

무릉이 어떤지 내 보지 못했지만,

여기보다 낫다고는 말할 수 없으리……

그때 번다한 사람의 눈이 없었더라면 나는 틀림없이 옛날처럼 그대를 껴안고 입 맞추었을 것이다. 하지만 나는 독한 술 한 모금으로 갈증과도 흡사한 그런 감정을 다스릴 수밖에 없었다.

그사이 배는 십 리 길을 흐르고 나는 다시 자신 있게 솟는 기억 한 자락을 펼쳤다.

"저기 구마화산(九馬畫山)을 알아보겠소? 그때 말수 적은 늙은 사공이 일러주던 곳 말이오."

그대는 내가 가리킨 쪽을 정성 들여 살폈다. 그러나 어느 봉우리를 가리키는지는 얼른 알아내지 못하는 눈치였다. 나는 길 안내인이나 된 듯 그대에게 일러주었다.

"저기 저 바위산의 검은 얼룩을 자세히 살펴보시오. 아홉 마리의 말이 뛰노는 형상 같지 않소? 그래서 옛부터 저 봉우리를 구마화산이라 부른다 했소."

그때 그대가 갑자기 눈을 반짝하며 한곳을 가리켰다. 강가에 나와 조는 듯 앉아 있는 늙은이들이었다. 그들 주위로 몇 마리 검은 깃털의 몸집 큰 새가 날고 있었다.

"저 늙은이들은 알겠어요. 저 가마우지들도요. 정말 오랜만에 보는군요."

나도 그 늙은 고기잡이들이 기억났다. 물고기를 잘 잡는 새를 훈련시킨 뒤 목에 가락지를 끼워 풀어 놓으면 그 새는 큰 물고기를 잡아도 삼킬 수가 없어 부리 아래의 주머니에 담아 주인에게로 오게 된다. 그러면 주인은 그 물고기를 거두는 대신 그 새가 삼킬 수 있는 크기의 작은 모이를 주고 다시 날려 보내 물고기를 잡게 한다.

나는 그대의 기억이 기특했지만 슬며시 심술을 부려보았다.

"맞소. 그때도 저 늙은이들이 있었지. 하지만 저 새는 가마우지가 아니라 사다새요. 잡은 물고기를 저장해 둘 수 있는 주머니를 부리 밑에 가진 새는 사다새란 말이오."

그리고 잠시 우리가 몸 받아 살고 있는 땅의 현실이 떠올라 덧붙였다.

"세계가 우리를 솟아오르는 용에 비유한다지만, 어느 정도 우리의 실상을 알고 있는 사람들은 우리 경제를 바로 사다새 경제라 부른다더군. 왜(倭) 기술, 왜 기계, 왜 부품 가져다 죽어라고 만들어 팔아 봤자, 남는 건 겨우 허기진 배나 채울 정도의 모이에 지나지 않는다는 얘기겠지. 큰 물고기는 어부 격인 왜국이 챙기고 말이오."

거기서 기억의 여행은 잠시 중단됐다. 우리는 이 한살이를 마칠 때까지 의지해 살아야 할 바다 건너의 동강 난 땅을 얘기하며 한동안 우울해지기도 하고 쓸쓸해하기도 했다.

우리가 다시 유장한 기억으로 되돌아간 것은 내 술병이 반 넘어 비었을 때였다. 찔끔찔끔 마신 공부가주로 다시 타오르기 시작한 내 기억은 이내 한군데 눈에 익은 봉우리에 머물렀다.

"저기 필봉(筆峰)이 있군. 알아보겠소?"

나는 눈길만으로 필봉을 가리켰지만 이번에는 그대도 쉽게 알아보았다.

"알아요. 저기 꼭 붓같이 생긴 봉우리. 그런데 필봉이란 이름이 붙은 봉우리를 가진 땅에는 반드시 이름난 문사가 난댔는데, 저 봉우리의 정기를 받고 태어난 이곳의 문사로는 누가 있지요?"

그대는 그렇게 물어 은근히 나를 당황하게 만들었다. 나는 옛날의 문우들이며, 이 한살이에서 보고 들은 이름들까지를 더듬어 보았지만 계림 출신의 문사는 얼른 떠오르지 않았다. 그대가 그동안 내게 당한 수모를 앙갚음하려는 듯이나 빈정거렸다.

"상공(相公)의 기억도 못 믿을 데가 있군요. 옛 글벗의 이름 하나 기억해 내지 못하세요?"

그러나 제법 오른 술기운 탓일까. 내게는 그대의 그 같은 빈정거림이 오히려 고혹적일 뿐이었다.

지난 살이에서의 아련한 기억이 주는 감동과 취흥 속에 배는 쉼없이 흘러내리고 그사이 점심때가 되어 선내식(船內食)이 나왔다. 주로 이강에서 잡은 물고기를 재료로 한 요리였지만 그대는 제대로 먹지 못했다. 배 안이라는 제한 때문인지 부실한 요리에다 세제(洗劑)를 안 써서인지 불결한 느낌을 주는 접시가 식욕을 앗아가 버린 듯했다. 내게도 그 식단은 나머지 술을 비우는 데 안주의 구실밖에는 못 했다.

우리가 다시 갑판 위로 올라갔을 때 나는 어지간히 취해 있었다. 날은 맑고 강바람은 상쾌해 나는 "술 마신 뒤에는 찬바람 부는 곳에 가지 않는다."는 수주옹(樹州翁)의 충언도 잊고 갑판 위에서 나머지 여정을 보냈다.

우리는 그 오후에 다시 몇 번이나 우리의 기억 속에 있는 사람들을 아득한 세월을 건너뛰어 다시 만났다.

남쪽이라고는 해도 멱을 감기에는 이미 늦은 계절인데 유람객들이 던져주는 과자 부스러기나 푼돈을 얻기 위해 뱃전까지 헤엄쳐 오던 인근 마을의 아이들, 그들은 그 옛날에도 본 적이 있는 얼굴들이었다. 추위로 시퍼레진 입술, 까까머리 가운데 땜질을 한 듯 하얗게 드러난 쇠버짐 자리, 누렇게 흘러내린 코. ― 그래, 틀림없이 기억에 있었다.

왕대를 좁고 긴 뗏목처럼 엮은 쪽배를 타고 무언가 이름 모를 남방의 과일들을 팔려고 유람선 선창으로 저어 오던 소년과 아낙네들, 그들도 그 옛날에 본 듯하다. 해진 곳을 바탕 천과는 전혀 색깔이 다른 천을 대 기운 옷, 식물성 섬유로 삼은 신발, 때 먼지 위로 흘러내린 땀자국. ― 그들을 어찌 잊을 수 있겠는가.

그 소년과 아낙들 틈에 간간 보이던, 그림이나 글씨를 팔러 나온 늙은이들도 우리는 알 듯했다. 그 옛날에는 마을의 묵객(墨客)들로 설령 글씨와 그림을 팔아도 사랑방에 앉아서 고객을 기다리던 이들이었다. 그러나 시속이 각박해지니 늙은 몸을 이끌고 스스로 저잣거리를 찾아 나서지 않을 수 없었을 것이다.

그 여러 기억 속의 얼굴들과 겹칠수록 마비와도 흡사한 상태가 되는 감동을 주는 계림의 산수(山水) 사이를 흐르는 동안에 어느덧 배는 그 종착 나루가 되는 양소(陽塑)에 이르렀다. 양소도 본디 우리 옛 기억 속에 있는 땅이다. 나루 자체가 옛부터 알려진 절경인 데다, 그 석벽의 전각(篆刻)으로 유람객의 발길이 끊이지 않는 석굴이 있고, 이름난 정자와 정원이 있다.

그러나 그 나루에서 목마른 사람처럼 들이켜 댄 몇 깡통의 맥주 탓에 이 살이에서의 이강 삼백 리에 관한 내 기억은 그걸로 끝나고 말았다. 뱃전에서 강바람을 쐬었다 하나 이미 마신 한 병 술이 약한 술이 아니었으니 어찌 취하지 않을 수 있으랴.

그날 남은 여정을 이끌려 다니는 중에 내가 석굴의 어떤 전각 앞에서 그 옛날 내가 쓴 글씨를 찾았다며 떠들어 댔다는 말이 있다. 하지만 그것은 다른 동행의 기억일 뿐이다. 또 돌아가는 차 안에서 돌연 세월의 허망함을, 우리 살이의 속절없음을 과장하며 눈물까지 글썽이더란 말도 있으나 그 또한 다른 동행의 기억에 지나지 않는다. 양소 나루에 내린 뒤의 내 기억은 다만 오래 참아온 그대의 물음에 대답한 거짓말뿐이다.

"그때 우리는 어떻게 헤어졌나요? 그리고 그 뒤 우리는 어떻게 되었나요?"

그대가 그렇게 물었을 때 나는 진작부터 준비해 둔 대로 일러 주었다.

"실은 이 이강 삼백 리가 바로 길고 쓰라린 이별의 의식이었소. 그 뒤 그대는 아미산(蛾嵋山)으로 들어가 니승(尼僧)이 되었고, 장안(長安)으로 간 나는 영락을 거듭하다 『석두기(石頭記, 홍루몽의 다른 이름)』를 남겼소."

하지만 아니었다. 그때 그대는 형양의 유녀(遊女)로 돌아갔고, 나는 장안으로 올라가 봉미(俸米) 백 석도 안 되는 벼슬길에 머리 터럭이 희어졌다.

(1996년)

황

장군전

1. 조짐들, 심상찮은

황 장군의 본관에 대해서는 두 가지 설이 있다. 평해설(平海說)과 장수설(長水說)이 그렇다. 평해는 황 장군의 조부 때까지 써오던 본관이다. 하지만 해방 뒤 대동보(大同譜)를 만들 때 황 장군의 아버지가 평해 황 씨 종중을 찾아 사흘을 따져보아도 끝내 연고를 찾을 수가 없었다. 그 뒤 그들은 장수를 본관으로 쓰게 되었으나 장수 황 씨의 어느 집 몇 대인지는 밝혀진 바 없다.

황 장군의 이름은 봉관(鳳官)이다. 그런데 그 이름에 벌써 그의 심상찮은 일생을 예고하는 조짐이 드러난다. 황 장군이 아직 배 속에 있을 때 그 어머니는 기이한 태몽을 꾸었다. 마당으로 날아든 닭 한 마리를 삶아 맛있게 뜯어 먹고 있는데 웬 허연 노인이 나타나 남의 봉을 잡아먹었다고 크게 꾸짖고 사라지는 꿈이었다. 그러나 삶아 먹었건 구워 먹었건 꿈에 봉을 본 것은 사실이고 또 길몽이라 이름에 봉(鳳) 자를 쓰게 되었다. 태몽이 용꿈이면 이름에 용(龍) 자를 넣는 것과 같은 이치다.

이름 속의 다른 한 자, 관(官) 자를 쓴 것은 황 장군의 출신과 관련이 있다. 솔직히 털어놓자면 황 장군의 출신은 미천하다는 편이 옳다. 그의 증조 때가 되는 어느 해 흉년에 홀아비인 증조와 스물이 넘도록 댕기머리인 그 아들이 타처에서 흘러들어 문중 영감 댁의 문서 없는 종이 되었다. 그 뒤 우여곡절 끝에 그 아비 대에 이르러 영감 댁의 소작농으로 나앉게 되었다가 나중 자유당의 토지개혁이 있고서야 자작농의 신분을 얻게 된다. 따라서 그런 그들에게 벼슬아치란 하늘과 같았을 것이고 거기에 거는 염원도 컸을 것이다. 그 염원을 상서로운 꿈과 결합시키려고 식자(識者)에게 물어 찾아낸 글자가 관(官) 자였다.

그렇지만 심상찮은 조짐을 드러내 보이는 태몽은 그 밖에 더 있었다. 그 조부도 며느리와 비슷한 시기에 꿈을 꾸었는데 하늘에서 버얼건 불덩이 일곱 개가 머리 위에 떨어져 밤새도록 그걸 피하려고 용을 쓰다 아직 그럴 나이도 아닌데 실금(失禁)을 한 일이었다. 땀과 오줌에 흠뻑 젖어 깨난 뒤에도 한동안 그 조부는 흉한 꿈을 꾸었다고 생각했다. 하지만 다음 날 그런 일에 밝은 사람에게 물어보니 해몽은 전혀 달랐다. 머리통을 박살 낼 듯이 떨어졌건 말건 하늘에서 내려온 불덩이가 일곱 개였다면 그건 바로 북두칠성이고 길몽이라는 풀이다. 그래서 어릴 적 한동안 황 장군은 칠성(七星)이란 아명을 쓰기도 했다.

한 사람의 출생을 두고 하늘이 봉황과 칠원성군(七元星君)을 아울러 보내 그 조짐을 알렸으니 이사씨(異史氏)에게 물어보지 않아도 신이함을 알 수 있다.

2. 신화들

황 장군이 태어난 것은 중일전쟁이 한창 불붙기 시작하던 1938년이다. 그러나 그의 신화는 다섯 살 때인 1942년에야 처음으로 이웃을 떨쳐 울린다.

그해 초가을 들일을 하던 그의 어머니는 여느 때보다 일찍 집에 돌아와 저녁밥을 지었다. 여느 때보다 일찍 돌아온 까닭은 밥을 지을 곡식이 이제 두어 되 남은 묵은 좁쌀이라 알맞게 퍼지고 뜸이 들게 하려면 시간이 많이 걸리기 때문이었다. 그러나 너무 서둘러 돌아온 것인지 밥이 다 되었는데도 아직 해가 남아 있었다. 이에 어머니는 하는 수 없이 다시 들로 나가 추수 일을 거들다가 해 질 무렵 해서야 가족과 함께 돌아왔는데 부엌으로 들어가 보니 알 수 없는 일이 벌어져 있었다. 한 되가 넘는 묵은 좁쌀로 지은 밥 한 솥이 모두 없어진 것이었다.

처음 그녀는 무슨 짐승이 와서 건든 것이나 아닌가 짐작했다. 그러나 함께 부엌 잿불에 얹어 둔 된장 뚝배기까지 깨끗이 비워져 있는 것으로 보아 사람의 짓이었다. 집 안에는 다섯 살 난 황 장군밖에 없었던 걸 아는 터라 어머니는 곧 그 범인을 잡기 위해 네댓 되는 이웃을 돌았다. 햇좁쌀은 아직 나지 않은 때고 묵은 좁쌀은 이미 떨어졌을 때여서 이웃의 소행이라면 잡을 자신이 있었다.

한창 저녁때여서인지 어떤 집은 마침 상을 받고 있었고 어떤 집은 이른 설거지에 들어가 있었다. 그러나 상 위에서도 개숫물통에서도 좁쌀밥으로 저녁을 때운 흔적을 남기고 있는 집은 없었다. 따라서 범인은 못 잡고 그 희한한 도둑질만 동네방네 알려지고 말았다.

공연히 동네만 술렁거리게 만들고 집으로 돌아온 어머니는 그제야 보이지 않는 막내아들에 생각이 미쳤다. 들에 다시 나갈 때까지도 마당에서 놀고 있던 막내는 그새 안방에 들어가 자고 있었다. 막내라도 깨워 알아보려던 그녀는 자신도 모르게 놀란 소리를 냈다. 북채만 한 배를 드러낸 채 자고 있는 막내의 입가에 좁쌀알이 여기저기 붙어 있었기 때문이었다.

좁쌀 한 되로 밥을 지으면 그 양은 대여섯 그릇을 넘지 않는다. 그러나 씹기가 팍팍한 데다 맛까지 없어 쌀밥 열 그릇보다 먹기가 힘들다. 조밥이 일쑤 초군들의 먹기 내기 수단이 되는 것은 바로 그런 까닭으로, 비록 배고픈 그 시절이라 해도 좁쌀 한 됫밥을 다 먹어낸 기록은 흔치 않다. 그런데 겨우 다섯 살배기가 그걸 해낸 것이었다.

다 저문 저녁나절에, 더구나 범 같은 시아버지, 잔소리 많은 시

어머니의 곱지 않은 눈길을 받으며 새로 저녁밥을 지어야 하는 그 어머니로서는 짜증도 날 법하였다. 자는 막내를 한 귀퉁이 쥐어박으니 제 한 일을 벌써 잊고 아닌 밤에 홍두깨 맞은 격이 된 장군이 홰울음을 내질렀다. 하지만 그녀의 시아버지나 남편은 달랐다. 농군에게 세상 보기 좋은 일이 제 논 물꼬에 물 흘러드는 것과 자식 입에 밥 들어가는 것이란 말도 있거니와 아무리 무정한 할비 아빈들 어린것과 먹을 것을 다툴 마음은 없었다. 오히려 장군의 그 엄청난 식량(食量)은 은근한 기대로 바뀌었다.

"우리 집에 장수 났다이. 바로 깜둥 저고리 입은 셋째 놈이라. 어제 아래(그제) 젖 뗀 기 혼자서 좁쌀 한 됫밥을 다 먹었다카이. 글케 먹은 그 힘이 어디 가겠노?"

이튿날부터 그 할아버지는 그렇게 막내 손자 자랑을 하고 다녔는데 죽는 날까지도 그 믿음은 변하지 않았다.

실제로 장군의 힘이 그 먹는 양만큼이나 대단하다는 것 또한 일찍부터 알려졌다. 태평양전쟁이 막바지에 이르렀던 어느 해, 백 순사라고 불리던 악질 친일파 하나가 주재소 순사를 앞세우고 그 계곡 마을을 파 뒤집다시피 해 놋그릇을 거둬들인 적이 있었다. 겨우 대여섯 집에 살이들이 시원찮은 소작농들이었으나 놋쇠로 만든 것은 요강부터 숟가락까지 다 거두어 놓고 나니 어른 한 짐은 되고 남았다.

뺀들대는 친일파는 하늘같은 순사한테 그 짐을 지울 수도 없고 그렇다고 자기가 지기도 싫어 꾀를 내었다. 다시 집집을 돌며 무언가 트집을 잡아 짐꾼을 만들 생각이었다. 그래서 거둔 놋그릇들이 든 가마니와 순사를 동네 어귀에 두고 다시 마을을 돌았는데 겨우 짐꾼 하나를 만들어 돌아와 보니 뜻밖의 일이 벌어져 있었다. 순사가 잠시 어디 가서 오줌을 누고 온 사이에 놋그릇 담은 가마니가 자취도 없었다.

그런데 정말로 귀신이 곡할 일은 그다음에 있었다. 그 놋그릇 가마니가 그새 황 장군네 헛간 뒤로 옮겨져 있기 때문이었다. 순사나 친일파는 당연히 그 도둑질의 혐의를 황 장군네 남정네에게 걸었다.

거기다가 들일을 나가 집에 없던 황 장군의 아버지가 하필 때맞춰 집에 돌아왔기 때문에 일은 고약하게 꼬여 들었다. 순사가 따귀를 올려붙이고 친일파의 발길질이 시작되었다. 그대로 가면 황 장군의 아버지는 꼼짝없이 오라를 질 판이었다. 그때 어디 있었던지 황 장군이 빌빌 울며 달려 나왔다.

"순사님요, 순사님요. 울 아부지 때리지 마소. 그 가마이는 내가 여다(여기다가) 갔다 놨니더!"

처음에는 순사도 친일파도 그 말을 믿지 않았다. 뼈대가 좀 실해 보인다 싶기는 해도 소학교 1학년짜리가 그 무거운 놋그릇 가마니를 동네 어귀에서 그곳까지 끌고 갈 수는 없다고 보았기 때문이었다. 하지만 아이가 정말로 눈앞에서 그 놋그릇 가마니를 번쩍번쩍 들어 보이자 그들도 믿지 않을 수가 없었다.

"어메하고 할매가 하도 안 내놀라 카든 거라서……. 거다가 아

240

무도 안 비고 해서 집에 다부(도로) 갔다 놨니더."

그게 어린 장군의 해명이었다. 일도 다행히 장군의 아버지가 죄 없이 귀쌈과 발길질에 한동안 시달린 것에다 장군이 그 놋그릇 가마니를 지서까지 져주는 걸로 좋게 낙착을 보았다. 하지만 왜 순사 백 순사가 나서고 대동아 성전(聖戰)을 위한 놋그릇 공출과 관련된 일이라 그 일은 요란뺑적지근한 소문이 되어 인근을 돌았다. 그러다가 우리 일문의 원로요 식자인 양동 어른의 한마디가 더해져 그 일은 곧 장군의 신화로 정착되었다.

"허엇, 그놈이 바로 장수감이라. 요새 세상에 반상(班常)이 어딨 노? 못 돼도 신돌석(申乭石)이는 될 테이, 잘 키와라."

굳이 들자면 신화는 그 밖에도 더 있다. 장군이 한참 힘깨나 쓰던 나이 때의 어느 겨울 일로 동네 초군들이 두부를 놓고 먹기 내기를 한 적이 있었다. 과연 두부 한 판을 다 먹을 수 있느냐는 것인데 말없이 듣고 있던 장군이 슬그머니 나갔다 한참 만에 돌아와서 내기에 끼었다. 그런데 두부 한 판을 다 먹어 치운 장군이 하는 말이 걸작이었다.

"조끔 전에는 두부 한 판 먹기가 그리 힘이 안 들디, 이번에는 왜 이래 힘이 드노?"

결국 그는 그날 두부 두 판을 먹은 셈이 되는데 ─ 그러나 이 이야기는 자칫 장군의 미욱함을 드러내 보이는 게 될 수도 있어 정식의 신화에는 넣지 않기로 한다.

3. 출관(出關)

장군이 그의 힘으로 이름을 떨치기 시작한 것은 열여덟 이후
가 된다. 이 땅 삼천리를 휘몰아치던 피바람이 가라앉은 뒤로 네
댓 해가 되자 작게는 동네별로, 크게는 군(郡) 단위의 씨름판이 되
살아나기 시작했다. 처음에는 단옷날에 쌀가마니나 걸고 하던 씨
름판이 점차 커져 나중에는 제법 송아지 마리가 걸린 대회로 발
전했는데 그 씨름판이 바로 장군의 무대였다.

장군의 첫 출전은 1955년 단오에 열린 면(面) 주최 동(洞) 대항
씨름 대회에서였다. 우승의 상품은 그 안에 다섯 개의 양은 냄비
가 크기대로 포개져 들어 있는 한 말지기 함석 솥에 지나지 않았
으나 모든 게 넉넉잖은 당시로 보아서는 좋은 시절의 황소 한 마
리에 갈음할 만했다.

첫 출전의 성과는 그리 화려하지 못했다. 그때 이미 장군의 허
우대는 어지간한 장골보다 훤칠했지만 나이 겨우 열여덟이라 아
직 근골이 제대로 자리를 잡지 못한 데다 씨름이 꼭 힘만으로 되
는 것도 아니어서 그 판에서는 삼석(三席)에 그쳤다. 머리에 덮어
쓰면 맞을 양은 냄비 하나가 그 부상(副賞)이었는데, 그러나 그게
출발이었다.

이듬해 군 대회에서 우승해 쌀가마니를 타 들인 것을 시작으로
장군의 전권(戰圈)은 넓어져 갔다. 처음에는 군(郡)을 가리지 않고
씨름판이 벌어지면 어디든 찾아다니던 그는 차츰 도(道)도 묻지

않게 되었다. 그리하여 북으로는 강릉으로부터 남으로는 진주 통영까지 씨름판을 휩쓸고 다녔는데 그에게 장군이란 호칭이 정식으로 붙게 된 것은 그 무렵이었다. 성과도 놀라웠다. 단 삼 년 동안에 그가 끌어온 송아지가 다섯 마리요, 쌀이며 양은 기물은 그 집 곳간을 가득 채울 정도였다.

하지만 그 같은 성과가 순전히 타고난 힘에만 의지한 것은 아니었다. 부급구사(負笈求師)랄 것까지는 없어도 그 또한 좋은 씨름 기술을 배울 수 있으면 백 리 길을 멀다 않고 달려갈 열성은 있었다. 그중에서도 그가 가장 많이 배운 것은 영해 땅 번호동(番戶洞)에 사는 천(千) 장군에게서였다. 천 장군은 그곳에서 도축업(屠畜業)으로 밥술깨나 먹던 사람인데 그 역시 젊을 때는 씨름으로 한가락 날린 적이 있었다.

이따금씩 먼 길을 마다 않고 찾아오는 장군을 아낀 천 장군은 씨름 기술을 가르쳐주었을 뿐만 아니라 나중에는 외동딸까지 주었다. 장군이 스물한 살 때의 일로, 그래서 장군은 이제 봉관이란 본명 외에 번호(番戶)라는 택호(宅號)까지 가지게 되었다. 그때가 그 생애의 작은 절정이었다.

4. 수난(受難), 이룩하기 위한

모든 범상찮은 삶에서 수난은 한 필연의 과정이다. 소크라테스의 독배나 예수 그리스도의 십자가를 들먹일 것도 없이 시원찮은 서부극이나 홍콩 무협 영화만 보아도 그것은 명백해진다. 정의의 총잡이는 악당들에게, 무적의 검객은 흑도(黑道)의 무리에게 한 번쯤은 깨강정이 나고서야 최후의 승리에 이르지 않는가.

그러나 장군의 수난은 처음부터 그리 험악한 모습으로 다가든 것은 아니었다. 늦은 호적 탓에 나이 스물셋이 되어서야 영장이 나왔을 때만 해도 사람들은 아무도 그게 장군을 수난의 길로 불러들이는 호출장이란 것을 깨닫지 못했다. 전쟁은 벌써 7년 전에 끝나 전방이든 후방이든 죽음의 위험은 없어진 까닭이었다. 오히려 무식한 그의 이웃들은 그 입대에 나름대로의 기대까지 얹었다.

"참말로 힘이 필요한 거는 군대라. 그러이 니는 출세할 게다. 진짜 장군이 될 게라꼬. 별을 주렁주렁 단 장군 말이라."

지난 전쟁 동안 직사포, 곡사포, 박격포에 기관총, 장총, 단총의 뜨거운 맛을 볼 만큼 본 그들이면서 그 무슨 엉뚱한 기대였을까. 그런데 더 고약한 일은 장군조차 은근히 그런 믿음을 가지고 있었다는 것이었다. 군대가 씨름판 같지야 않겠지만 그래도 힘이 제일인 곳에서 싸그리 내 힘을 무시하지는 않겠지, 하는.

첫 번째 수난은 장정 집결지인 군 소재지 국민학교 운동장에서 있었다. 공연히 위세를 부리며 장정들을 개 몰듯 몰아대는 군(郡) 병사계(兵事係)가 아니꼬워 땅바닥에 메꽂은 게 화근이었다. 그러잖아도 적당한 기회를 보아 아직 사회 물을 벗지 못해 뻣뻣한 장정들을 '호랑이 잡으려고' 벼르던 기간 사병들과 임석했던 순경이

한 덩이가 되어 장군을 여럿 앞에서 넙치가 되도록 두들겼다. 이른바 '시범 케이스'였다. 하지만 그런 조직적이고도 혹독한 폭력을 처음 겪어보는 장군은 거기서 벌써 반나마 얼이 빠졌다.

첫 단추가 잘못 끼워지자 그다음도 꼬이기 시작했다. 장군이 번호동(番戶洞)이란 곳으로 장가를 들어 택호가 '번호'가 되었다는 얘기는 이미 했다. 원래 그 안사람은 '번호댁'이 되고 그는 '번호 양반'이 되거나 '번호 어른'이 되어야 하지만 출신이 한미한 데다 나이까지 젊고 보니 고향에서는 그저 '번호'로만 통했다. 다시 말해 그가 결혼한 뒤에는 어른도 아이도 그를 '번호'라고만 불러왔는데 이번에는 그게 말썽이 되었다.

"번호(番號)!"

어릿거리는 장정들을 겨우 몇 무더기로 임시 편제를 짠 기간 사병이 머릿수를 맞춰보기 위해 그렇게 장정들에게 소리쳤을 때였다. 이미 반나마 얼이 빠진 장군은 그게 자기를 부르는 소리인 줄 알고 절뚝거리며 뛰쳐나갔다.

"니옛!"

다시 꼬투리가 잡히면 또 어떤 일을 당할지 몰라 목청껏 대답하고 달려 나간 것은 좋았으나 기다리는 것은 기간 사병들의 무자비한 몽둥이질이었다. 장정들이 키득거리는 것에 화가 난 기간 사병들이 장군의 그런 반응을 고의적인 반항으로 오인한 까닭이었다. 듣기로 훈련소에 입소한 뒤에도 장군은 그 일로 종종 근골이 상했다고 하는데 높은 사람들이 와서 보고 있는 데서 그런 실수를 할 때가 특히 심했다고 한다.

거기다가 훈련소에는 그 비슷한 실수의 항목이 하나 더 늘어 장군의 수난을 더했다고 한다. 바로 봉관(鳳官)이란 이름이었다. 그때만 해도 군대 용어에는 일제의 잔재가 많이 남아 있어 소위 중위까지도 자신을 지칭할 때 '본관(本官)'이라고 하는 사람이 많았다. 그래서 사병들을 모아 놓고 한마디 장중한 훈시라도 하려고, "에또, 오늘 본관은……." 하고 허두를 떼면 열에 아홉 그걸 봉관으로 알아들은 황 장군이 화들짝 놀라 대오 밖으로 달려 나가는 것이었다.

"니옛!"

그리되면 나머지 사병들의 웃음이 터지는 것은 어쩔 수 없는 일이고, 거칠던 50년대 말의 훈련소를 생각하면 그때 황 장군이 어떤 대접을 받게 되었을지도 절로 짐작이 갈 것이다.

5. 칠성(七星) 장군, 그리고 계엄사령관

그렇지만 하늘이 보여준 상서로운 조짐이란 좀체 어겨지는 법이 없고 우리 황 장군에게도 그러했다. 1년 뒤 장군이 정기 휴가를 나왔을 때 고향에는 놀라운 소문이 퍼졌다. 해 질 무렵 좀 지치고 우울해져 돌아온 장군은 그길로 자기 집 안방에 자리를 깔고 누워버렸지만 이튿날부터 떠도는 소문에는 정말로 그가 군대에서 별을 달고 나왔다는 엄청난 내용이 들어 있었다.

아무리 황 장군의 일이라지만 고향 사람들은 한결같이 그 소문을 믿지 않았다. 그러나 소문의 진원지인 그 아버지는 낯성까지 내며 우겼다.

"글쎄, 깜둥 저고리 입은 셋째놈이 별을 달고 왔는데, 달아도 여러 개를 달았더라카이. 참말이라꼬. 아이믄 내 이 손바닥에 장을 찌지꾸마!"

그래서 궁금함을 못 이긴 여럿이 달려가 보니 정말로 황 장군의 군복 어깨 어름에는 별이 여러 개 달려 있었다. 헤어 보니 모두 일곱 개나 되었다. 그 유명한 매카아사(맥아더) 원수보다 두 개나 더 많은 별이었다. 그 바람에 한바탕 소동이 벌어졌는데, 그 소동은 마침 그 무렵 장군과 같이 휴가를 나온 다른 동네 청년의 설명이 있고서야 가라앉았다.

"에이, 그거는 계급이 아이씨더, 사단 마크라꼬요. 7사단 마크."

그러나 어쨌든 그걸로 장군은 이제 칠성 장군이란 또 다른 별호를 얻었는데 보기에 따라서는 그 조부의 상서로운 태몽이 이루어진 것일 수도 있다.

전방에서 어떤 나날을 보냈던 것인지 밤낮없이 방 안에 틀어박혀 잠만 자던 장군이 다시 집 밖 나들이를 한 것은 휴가 나온 날로부터 사흘 뒤였다. 그런데 그런 장군에 대해 마을 사람들의 의견은 둘로 나뉘었다. 하나는 사람이 진중해지고 과묵해졌다는, 그래서 훨씬 철이 들었다는 긍정적인 평가였다. 거기 비해 다른 하나는 무언가 잔뜩 겁에 질리고 생각이 가지런하지 못해졌다는, 그래서 좀 심하게 말하면 '맛이 갔다'는 부정적인 견해였다.

그렇지만 군대에 가서 1년이나 고생하고 돌아온 사람이라 어느편이 맞는지를 곧장 시험해 볼 생각까지는 못 하고들 있는데 놀라운 일이 터졌다. 그곳보다 더한 산골의 무지렁이라 할지라도 라디오에 귀를 기울이지 않을 수 없게 만드는 큰 사건이 서울에서 벌어진 것이었다. 바로 5·16이었다.

그날 아침부터 골짝 사람들은 당시만 해도 마을에 한두 대밖에 없는 라디오 앞에 몰려들어 귀를 기울였지만 정확히 서울에서 무슨 일이 일어나고 있는지는 알 길이 없었다. "입법, 사법, 행정의 모든 기능이 잠정적으로 정지"된다는 것이 무슨 뜻이며 "모든 권한은 계엄사령부가 관장한다."는 것은 또 무슨 말인가. ― 사람들은 그렇게 서로 묻다가 언덕 위 마을의 식자에게 알아보기로 했다. 하지만 그 식자의 대답도 시원찮았다.

"여러 소리 할 거 없고오 ― 그저 인제부터는 군인들 세상이 됐다꼬 그래 알믄 될 께라."

그런데 그런 식자의 말을 전해들은 사람들이 아직도 긴가민가 하고 있을 때였다. 그 자리에 함께 있던 장군이 슬그머니 일어나더니 집으로 가서 군복으로 갈아입었다. 휴가 온 날부터 그의 갑작스러운 과묵함 때문에 걱정에 차 있던 그의 아내가 까닭을 물었으나 이번에도 대답이 없었다.

장군이 그길로 찾아간 곳은 지서(支署)였다. 마침 지서에서도 지서 주임과 순경 하나가 라디오에 붙어 앉아 하룻밤 새에 엎어져도 이상하게 엎어진 세상을 너나없이 불안한 지식으로 걱정하고 있었다. 그런 지서 주임 앞으로 군화 발자국 소리도 무겁게 다가간 장군이 위엄 가득한 목소리로 말했다.

"일어나!"

그러잖아도 일어서려던 주임이었다. 그도 그럴 것이 주임은 그 전해 4·19에 치여 적지 않은 곤욕을 치른 적이 있는 데다가 그날 새벽부터 되풀이되는 혁명 공약 중의 '구악일소(舊惡一掃)'란 말에 적잖이 뒤가 켕기던 참이었다.

그 무렵은 특히 도벌꾼 등치고 제재소 사장 털어 재미깨나 보던 때라 더욱 그랬다.

때맞추어 나타난 황 장군의 모습도 그를 잘 모르는 주임으로서는 위압을 느낄 만했다. 비록 계급장은 일등병이었으나 그 어떤 장군보다 더 위엄 있는 거구에다 어깨에는 별이 일곱 개나 새겨진 마크가 달려 있었기 때문이었다. 새벽부터 라디오에서 들은 것은 세상이 군인들의 손에 넘어갔다는 방송이었고 본서(本署)에서는 아직도 확실한 진상을 알려주는 전통(電通) 한 장 없었다. 게다가 6·25 때 전투경찰로 출발한 그에게는 국군에 대한 본능적인 두려움도 있었다.

"무, 무슨 일로 오셨습니까?"

주임이 얼른 자리에서 일어나며 공손하게 물었다. 장군이 한층 서릿발 같은 위엄을 드러내며 말했다.

"오늘부터 본관이 이 지역 계엄사령관이다. 그리 알도록."

"네에? 그렇지만 근거는?"

"임명장은 계엄군과 함께 추후 도착할 것이다. 저리 비켜."

그리되자 주임은 하는 수 없이 차석의 자리로 물러나며 다시 물었다.

"그럼 여기까지 계엄군이 옵니까? 병력은 얼마나 됩니까?"

"일 개 사단."

그러면서 장군은 지서 주임이 비워준 회전의자에 털썩 앉았다. 만약 장군이 사단보다 더 큰 규모의 군 단위를 알았더라면 틀림없이 그걸 댔을 것이다. 일 개 군단이라든가 제1군이라든가.

작은 시골 면에 계엄군이 일 개 사단이나 온다는 게 좀 이상하기는 했지만 아직도 지서 주임에게는 그 의심을 드러낼 경황이 없었다. 그 바람에 그 기이한 희비극은 한 시간 가까이나 연장되다가 출장 나갔던 차석(次席)이 돌아와서야 끝장이 났다. 차석은 주임과는 달리 그래도 중학교를 나온 데다가 무엇보다도 그곳 토박이였다. 주임의 의자에 난데없이 장군이 앉은 걸 보자 서슴없이 물었다.

"이 사람, 자네 번호, 아이 봉관이 아이라? 자네가 어예 거다 앉았노?"

그러나 장군은 어디서 배운 건지 위엄 지긋한 침묵으로 대답이 없었고 차석의 결례를 걱정한 주임이 나서서 그간의 일을 대신 말했다. 차석은 대뜸 일의 진상을 알아차린 듯했다. 갑자기 날카로워진 목소리로 캐물었다.

"어이, 번호. 그라믄 니가 여기 계엄사령관 된 거 어예 알았노? 신문에 났드나? 방송에 나오드나?"

"전통 받았니더."

그제야 장군도 방어 태세가 되어 대답했다. 하지만 차석의 기세는 조금도 수그러들지 않았다.

"뭐시라? 전통? 아니, 전통이 어디로 왔단 말고? 면 전체에 비상전화라꼬는 여다하고 면사무소밖에 없는데 니한테 전통이 어디로 날아왔노? 어이, 김 순경. 저기 황 봉관이 여다 계엄사령관 씨게(시켜) 준다는 전통 왔드나?"

물론 그런 전통이 지서에 날아왔을 리 만무였다. 그러자 차석은 대뜸 비상 전화를 돌려 본서를 불렀다. 짧게 그곳 상황을 말하고 확인을 요청했는데 미처 그의 말이 끝나기도 전에 그쪽에서 누가 버럭 소리라도 지르는지 움찔하며 전화기를 놓았다. 차석의 눈길은 그때부터 심상치가 않았다.

"야! 번호!"

갑자기 장군에게로 다가간 차석이 매섭게 따귀를 올려붙이며 소리쳤다.

"니 이누묵 새끼. 얼릉 절로 못 가나? 군대 가서 킹캉해졌다(정신이 이상해졌다) 카디 돌아도 괴상케 돌아 가주고⋯⋯."

그다음부터 장군이 카빈 소총 개머리판으로 등짝을 얻어맞아가며 개 몰리듯 지서에서 쫓겨 나오게 될 때까지의 나머지 과정에 대해서는 더 길게 얘기하지 않아도 짐작 가는 바가 있을 것이다. 하지만 등짝의 타박상 외에도 그 일로 장군에게 남은 것은 더 있다. 바로 계엄사령관이란 호칭이었다. 드디어 장군은 칠성 장군에 계엄사령관이 되었다.

6. 모독(冒瀆)

장군은 그해 연말에 의무연한을 다 채우지 못하고 군에서 제대했다. 그리고 이듬해 봄 가까운 사람들에 의해 장군의 옛 영광을 찾아주려는 시도가 있었으나 실패했다. 다시 씨름판으로 돌려보내려는 시도였는데 장군이 한사코 거부하는 바람에 그들은 끝내 단념하지 않을 수가 없었다.

다시 그 이듬해 봄에는 그의 아내가 달아났다. 이웃에 밥을 붙여 먹던 산판 인부와 눈이 맞아 야반도주했다는 말도 있고 애꾸눈 건어물 장수를 따라갔다는 말도 있으나 그 뒤 행적은 더 알려진 바 없다. 그해 늦가을 장군의 아버지가 죽고 그 어머니는 눈이 멀었다. 너무 울어 눈이 짓무른 끝에 그리됐다는 말이 있지만 공의(公醫)의 소견은 아니다.

그 이듬해부터 장군이 부쩍 술을 심하게 마시기 시작했다. 그러나 자주 취하기는 했어도 주정을 부린 적은 없고 특히 남을 공격한 주정은 누구의 기억에도 남아 있지 않다. 하지만 그 한 해로 조금 있던 전답은 다 날아가고 위로 삼 대가 살았다는 오두막만 남았다.

때아니게 이른 제대로부터 가족은 눈먼 홀어미만 남고 한때 따스분하던 살림까지 남의 농막터에 세운 오두막 한 칸으로 줄자 사람들은 그 같은 급전(急轉)의 원인에 대해 여러 가지로 추측했다. 아내의 출분(出奔)에서 성 기능의 이상이 추정되기도 하고 갈수록 줄어가는 말수에서 성격 변화 이상의 언어장애까지 거론되었다. 그러나 그 어느 쪽도 뚜렷하게 확인되지는 않았다.

그보다 더 근본적인 원인 — 왜 장군이 그렇게 변하게 되었느냐에 대해서는 어느 정도 일치된 견해가 있다. 몇 가지 그 조직이 장군에게 가한 육체적 정신적 타격의 증거를 근거로 군대에 주된 혐의를 거는 게 그러하다. 하지만 그런 견해에 대해 무턱대고 동의하는 것도 그리 온당해 보이지는 않는다. 아무리 지난 시대의 일이라지만 대한민국 육군이 멀쩡한 사람 병신 만드는 곳이 되어서는 안 되기 때문이다. 세월이라고 말해 두자. 무언가 장군 같은 유형에게는 맞지 않는 세월. 군대는 다만 그걸 구체적으로 확인한 곳에 지나지 않았다.

그 뒤 눈먼 홀어미마저 죽자 한동안 장군은 걸식과도 비슷한 방식으로 살아갔으나 그래도 알아주는 사람은 있었다. 장터거리 술도가 사장이 그랬다. 먹여주고 입혀주고 하루 한 말까지 막걸리를 마셔도 좋다는 조건으로 술 배달 일을 맡겼다. 그 지우에 감격했던지 이후 장군은 죽을 때까지 그곳에서 열심히 일했다. 합쳐 열다섯 해.

그동안 장군의 내면에서 진행된 세계가 어떠한 것인지에 대해서는 아무도 들은 바가 없다. 겉으로 드러나는 그의 삶도 고향의 변치 않는 풍경 중의 하나를 구성했을 뿐이었다. 다만 그곳 출신 어떤 어쭙잖은 문사의 감상 섞인 회고에 따른다면, 장군의 그 같은 삶의 유전(流轉)은 한 범상치 않은 영혼에 가해진 시대의 모독으로 해석될 수도 있을 것이라 한다.

7. 최후의 승리

그렇지만 그 어떤 시기에도 장군으로서의 그를 특징짓는 힘이 빛을 잃은 적은 한 번도 없었다. 그가 살아 있을 때를 기억하는 사람은 그가 술 배달용으로 쓰던 손수레를 잘 알 것이다. 참나무로 뼈대를 짜 맞추고 쇠 축에 자동차 타이어를 단 우마용(牛馬用)의 수레를 그는 리어카보다 가볍게 끌었다. 거기에다 술을 몇 섬씩 싣고 산판 차들도 헐떡이는 고갯길을 느릿느릿 끌며 넘어가던 그를 누가 잊을 수 있겠는가.

그 힘의 원천이었던 엄청난 식량(食量)도 변한 적이 없었다. 지금도 고향의 많은 사람들은 술도가 부엌 바닥에 퍼지곤 하던 그의 밥상 위에 얹힌 큰 놋양푼이와 양푼이 안쪽보다 위로 더 수북하던 밥을 쉽게 떠올릴 수 있고, 배달에서 돌아올 때마다 한 되들이 국자에 철철 넘치게 뜬 막걸리를 숨결 한번 흩뜨리는 법 없이 단숨에 들이켜던 그 모습을 잊지 못한다.

그러나 황 장군이 가장 그다운 모습을 보인 것은 아마도 그 죽음이 알려진 아침일 것이다. 그날, 음울한 70년대 후반의 어느 눈 내린 겨울날 아침 그는 몸의 일부처럼 끌고 다니던 그의 수레와 함께 면소(面所) 가까운 야산 꼭대기의 눈 속에서 꽁꽁 얼어붙은 시체로 발견되었다. 경사가 30도가 넘고 차도는커녕 나무꾼들조차 군데군데 들어선 잡목 때문에 짐 지고는 오르내리기 쉽지 않은 꼬부랑길밖에 없는 가파른 산꼭대기였다. 비록 빈 수레였다고 하지만 원래는 소나 말이 끌게 되어 있는 그 무거운 수레를 그가 그곳까지 어떻게 끌고 올라갔는지는 아무도 알 수가 없었다.

거기다가 더욱 알 수 없는 것은 그를 그 같은 형태의 죽음으로 이끈 동기였다. 죽음 바로 전날까지 그와 한 끈에 이어진 듯 살았던 술도가의 박 서기나 발효실(醱酵室) 인부 곽 서방이며 그에게 은근한 연모까지 느끼던 반편 식모조차도 그에게서 어떤 특별한 조짐은 느끼지 못했다고 한다. 뒤에 알려진 여러 가지 사실 중에서도 그의 그 같은 죽음을 예감케 하는 것은 전혀 없었다.

그렇지만 적어도 한 가지는 확실하다. 만약 그의 철저하게 웅크린 삶에 자신과 맞지 않는 세월에 대한 저항의 뜻이 숨어 있었고 그의 침묵이 그런 세월에 오히려 번성하는 사람들과 싸우는 무기였다면 그는 마지막으로 이긴 사람이었다. 장군은 누구도 알 수 없는 이유, 누구도 흉내 낼 수 없는 방법으로 죽어감으로써 이러나저러나 빤한 이유와 이미 수없이 되풀이된 방식으로 죽어갈 수밖에 없는 그의 적들을 여지없이 패배시킬 수 있었다.

(1997년)

하늘
길

― 아버지와 아들이 함께 읽는 동화

옛날 옛적 어느 마을에 한 가난한 집안이 있었습니다. 어찌나 가난했던지 사는 움막은 이엉조차 제대로 올린 게 못 돼 눈비가 오면 식구대로 습기 찬 동굴이나 속 빈 고목 등걸을 찾아들어야 했습니다. 입성도 사는 집만큼이나 변변치 못해 그들이 걸친 해진 베는 겨울의 찬바람을 막아주기는커녕 여름의 따가운 햇살조차 가려주지 못했습니다. 먹는 것이라고 더 나을 리 있겠습니까. 때로는 개똥에 남아 있는 삭이지 못한 낟알을 씻고 일어[淘] 곱삶아 먹고, 부잣집 쇠여물 솥을 행궈 그 물을 국 삼아 마셔야 할 정도였습니다.

원래 가난이란 까닭이 있기 마련입니다. 세상 사람들이 흔히 그 까닭으로 드는 것은 게으름이고 그다음은 헤픔이지요. 그런데 이 집안의 누구도 그토록 가난해야 할 만큼 게으르지 않았고, 이미 가진 것을 쓰는 데도 남보다 헤프지는 않았습니다. 또 어떤 사람들은 가난이 지난 잘못에 대한 벌로 온다고 말하기도 합니다. 하지만 아무리 그 집안 식구들의 지난날을 돌이켜봐도 그런 혹독한 가난을 벌로 받을 만큼 몹쓸 짓을 한 사람은 없었습니다. 실로 영문 모를 일이었습니다.

그런데도 그 가난이 끼치는 해는 누구에게나 비슷하고 또 뚜렷합니다. 특히 그 마지막의 끔찍한 결말은 언제나 똑같습니다. 가난은 먼저 몸을 통해 영혼을 짓이기고 비틀다가, 끝내는 그 영혼이 깃들 몸마저 갈고 부수어 없애버린다는 것이 그렇습니다. 이 집도 그러해서, 원래 아홉이나 남아 되던 식구들은 그 가난으로 걱정하고, 슬퍼하고, 앓고, 떨고, 굶주리다가 하나둘 맥없이 스러져 갔습니다. 그리고 드디어는 늙은 아버지와 어린 막내아들만 남게 되고 말았습니다.

그러다가 그 아버지마저 여러 날을 굶고 떨던 끝에 숨이 넘어가려 하자 어린 아들이 슬픔과 성냄과 한스러워함을 섞어 아버지에게 물었습니다.

"아버지, 우리 식구들은 왜 모두가 이렇게 비참하게 죽어가야 하나요?"

"가난 때문이다."

아버지는 당연한 일을 말하듯 대답하였습니다. 그러나 아들은 그렇지가 못했습니다. 이제는 캐묻는 투가 되어 물었습니다.

"그럼 우리는 왜 이렇게 가난한가요?"

"받은 복이 적어서 그러하니라."

아버지는 마지막 숨을 헐떡이면서도 여전히 원망 없는 표정으로 대답했습니다. 아들이 다시 따지듯 물었습니다.

"그렇다면 그 복은 누가 나눠 주나요?"

"옥황상제(玉皇上帝)께서 나눠 주신다."

"어떻게 나눠 주나요?"

"착한 사람에게 많이 준다는 말도 있고, 부지런한 사람에게 많이 준다는 말도 들었다만, 실은 잘 모르겠다. 내가 평생 본 바로는 꼭 그렇지도 않았으니."

아버지는 그러면서 숨을 모으기 시작했습니다. 아들은 더욱 마음이 급해져 물었습니다.

"그 옥황상제님은 어디 있나요?"

"하늘에 계신다고 들었다."

"저기, 저 하늘요? 저긴 아무것도 없잖아요?"

"그래도 저 아득한 곳 어딘가에 하늘나라가 있고 거기에 옥황상제님이 계신다고 하더구나. 하지만 가보았다는 사람은 아무도 보지 못했다. 어쩌면…… 사람이 갈 수 없는 곳을 그렇게 이름한 지도 모르지."

아버지는 그 말을 마지막으로 속절없이 숨을 거두고 말았습니다. 어린 아들이 그런 아버지의 주검을 부여안고 대들듯 소리쳤습니다.

"아무도 가보지 못했다면 옥황상제가 그 하늘에 계신 것을 어떻게 알아요? 저는 이제 하늘로 가서 그분을 만나 뵈려고 해요. 만나서 왜 우리가 이렇게 가난한지 따져볼 거예요. 저 또한 헐벗고 굶주려 죽게 되더라도 왜 그렇게 죽어야 하는지 까닭은 알아야 하지 않겠어요?"

그리고 아버지의 주검을 양지바른 곳에 묻은 뒤 아들은 하늘을, 옥황상제를 찾아서 떠났습니다.

참으로 멀고 막막한 길이었습니다. 땅은 땅으로 이어지고, 그 위에 길은 또 길로 이어져 끝이 없었습니다. 거기다가 어느 길이 하늘로 가는 길인지 아무도 가르쳐주지 않으니 오직 지쳐 떠돎만이 운명인 듯도 싶었습니다. 아이는 그래도 한번 먹은 마음을 버리지 않고 쉼 없이 걸었습니다.

어디가 어딘지도 모를 길을 끝없이 헤매는 사이에 아이는 자라 어느새 젊은이가 되었습니다. 하지만 그 오래고 힘든 헤맴이 온전히 헛된 것은 아니었습니다. 먼 길을 걸으면서 보고 들은 것은 그를 슬기롭게 했고, 겪은 외로움은 그 가슴에 넓이와 깊이를 더했습니다. 이겨낸 어려움과 견뎌낸 괴로움도 그를 또래의 누구보다 굳건하고 참을성 있게 만들었습니다.

거기다가 길이란 언젠가는 끝이 있기 마련입니다. 여남은 해 길 위를 떠돌다 보니 어느덧 저잣거리는 멀어지고 젊은이는 사람들이 흔히 그 아득한 저편 어딘가에 땅끝이 있다고 믿는 넓은 벌판에 이르게 되었습니다. 아니, 어쩌면 그 젊은이가 하늘에 닿아 있는 지평선에 이끌려 스스로 그리로 갔는지도 모르지요. 아무도 가르쳐주지 않고 어디에도 그런 표지는 없었지만, 사람들이 모여 사는 세상에서 멀어진다는 것은 그만큼 하늘에 가까워졌다는 뜻이 아니겠습니까? 또 한없이 펼쳐진 지평선을 보고 있으면 그 끝 어딘가에 하늘이 내려앉아 있는 것처럼 보이기도 하지 않습니까?

그 바람에 힘을 내어 씩씩하게 발걸음을 떼어 놓던 어느 날이었습니다. 하룻길이 다하고 해가 저물어 젊은이는 그 밤을 묵을 곳을 찾게 되었습니다. 이미 세상에서 멀어져 그런지 아무리 둘러봐도 마을이 보이지 않아 은근히 마음을 졸이며 걷는데 저만치 야트막한 언덕의 숲 그늘에 기와집 추녀가 언뜻언뜻 비쳤습니다.

젊은이가 반가움으로 달려가 보니 놀랍게도 그곳에는 커다란 집이 한 채 있었습니다. 외지기는 해도 좋은 한때가 있었음을 알려주는, 이른바 고래등 같은 기와집이었습니다. 그런데 참으로 알 수 없는 것은 그 집이 풍기는 예사롭지 않은 분위기였습니다. 썩은 곳도 허물어진 곳도 없는데 공연히 머리끝이 쭈뼛해질 만큼 어둡고 스산한 느낌을 주었습니다.

세상을 떠돌며 궂은일, 험한 일을 겪을 대로 겪은 터라 젊은이는 되도록 그 집을 피하고 싶었습니다. 느낌이 좋지 않은 곳을 굳이 찾아들어 좋은 일이 생기는 법은 드물다는 걸 알고 있었기 때문입니다. 하지만 이미 날이 저물어 오고 몸도 지쳐 어쩔 수 없이 그 대문을 두드리게 되었습니다.

"주인 계십니까?"

젊은이가 몇 번이고 그렇게 되풀이 소리치고서야 안에서 들릴 듯 말 듯 가느다란 대답 소리가 들려왔습니다.

"어인 일로 주인을 찾으시는지요?"

젊은 여자의 목소리였는데 마디마디 어딘가 슬프고 한 서린 느낌이 실려 있었습니다.

"저는 지나가는 나그네이온데 날은 저물고 가까운 곳에는 찾아들 만한 집이 없어 이 집 문을 두드리게 되었습니다. 처마 끝에서라도 하룻밤 묵어가게 해주신다면 그보다 더 고마운 일이 없겠습니다."

젊은이가 목청을 가다듬어 점잖게 인정을 빌어보았습니다. 그러나 집 안에서 들려오는 목소리는 조금 기다려주는 법도 없이 잘라 말했습니다.

"이곳은 나그네가 묵어갈 곳이 못 되옵니다. 이 등성이 너머 커다란 호랑이 굴이 하나 있는데, 이곳보다는 그곳에서 잠자리를 빌어보는 게 차라리 나을 것입니다."

처음 젊은이는 흔히 들어온 대로 외딴집에 여인네가 홀로 있어 외간 남자를 꺼리는 줄 알았습니다. 그런데 말을 다 듣고 보니 보다 별난 까닭이 있는 것 같았습니다.

"호랑이 굴보다 못한 사람의 집이 어디 있겠습니까? 듣자 하니 무슨 곡절이 있는 듯한데 물러가더라도 그것이나마 알고 갔으면 합니다만……."

젊은이가 그렇게 말하자 집 안에서는 한동안 대꾸가 없었습니다. 한층 궁금해진 젊은이가 이번에는 달래듯 말했습니다.

"호랑이보다 더 모진 짐승에게 잠자리를 비는 일이 있더라도 사람의 집을 두고 그리로 가야 하는 연유는 알아야 하지 않겠습니까? 굳이 이 몸에게 들려주어서는 안 될 일이라면 모르되, 그게 아니라면 그 연유라도 한번 들려주십시오."

그러자 삐그덕, 대문이 열리며 한 젊은 아가씨가 너무 희어 절로 슬픔이 느껴지는 소복 차림으로 나타났습니다. 아름답기 그지 없는 얼굴이었지만 젖어 있는 두 눈에는 두려움과 슬픔이 가득해 보였습니다. 그윽하게 젊은이를 바라보던 아가씨가 가벼운 한숨과 함께 말했습니다.

"소녀는 여기서 저승길을 기다리고 있습니다만, 이는 집안의 재액이라 아무 상관없는 바깥사람을 차마 끌어들일 수가 없습니다. 손님께서는 부디 가던 길을 내처 가시옵소서."

그런 아가씨를 본 젊은이의 가슴이 갑자기 두근거리기 시작했습니다. 저승길을 기다리고 있다는 말이 섬뜩하지 않은 것은 아니었으나, 한편으로는 그때껏 찾아 헤맨 하늘 한 모퉁이를 그녀에게서 본 듯한 느낌이 든 까닭이었습니다. 그만큼 그녀는 곱고 아리따웠습니다.

갑자기 그녀를 위해서라면 어떤 어려움에도 맞서볼 용기를 품게 된 젊은이는 오히려 대문 안으로 한 걸음 발을 내디뎠습니다.

"주인에게는 주인의 도리가 있다면 손님에게는 손님의 도리가

있는 법입니다. 아씨께서는 집안의 재액이라 하나 사내 대장부가
되어 어려움을 만난 여인네를 홀로 버려두고 어찌 못 본 척 지나
갈 수 있겠습니까? 바라건대 그 재액이 어떤 것이며, 아씨께서는
어찌하여 혼자 죽음으로 그걸 맞아야 하는지나 들려주십시오."

젊은이가 흔들림 없는 목소리로 그렇게 말하자 아가씨도 더는
말리지 않고 그를 방 안으로 맞아들였습니다.

"저희 조상 중에는 일찍이 세상의 저잣거리에서 만금(萬金)을
모으신 분이 계셨습니다. 그분은 부지런히 일하면서도 또한 참고
아껴 뭉친 것을 밑천으로 재물을 불려가기 시작하셨습니다. 하지
만 만금으로 키워 나가는 동안 부러움이 변한 사람들의 시새움과
해코지에 얼마나 시달렸겠으며, 그들과의 아귀다툼인들 오죽했겠
습니까. 거기다가 만금을 이룬 뒤에는 아침이면 대문께에 거지들
이 줄을 서고 저물면 담장 밖에 크고 작은 도둑들이 어슬렁거리
니 도무지 편할 날이 없었습니다. 견디다 못한 그분은 어지러운 사
람들의 세상에서 멀리 벗어난 곳을 찾으시다 아마득한 땅끝 가까
운 이곳에 자리 잡으셨습니다. 그리고 그 뒤 백 년, 그 자손 된 우
리는 그분이 이곳으로 옮겨온 재물에 기대어 대대로 복되게 살았
지요. 우리가 얼마나 모자라는 것 없고 마음 편하게 살았던지 어
쩌다 이곳을 찾게 되는 사람들은 여기가 바로 하늘과 닿아 있는
그 땅끝이라고 여기기까지 했습니다……."

아가씨는 아련한 그리움까지 내비치며 그렇게 말해 놓고 살며
시 일어나 장롱에서 작은 상자 하나를 꺼냈습니다. 상자 안에는

열 개씩 단을 지어 묶은 숟가락과 젓가락이 여남은 벌이나 되었습니다. 아가씨가 새삼 슬픔이 복받치는 표정으로 그 수저들을 손으로 쓰다듬으며 얘기를 이어갔습니다.

"여기 이 수저들은 모두 저희 식구들이 쓰던 것입니다. 그만큼 집안이 번창했다는 뜻이지요. 그러나 이 몇 해 사이 무서운 요괴가 드나들면서 그 많던 식구들을 다 잡아가고 이제 저 혼자만 달랑 남게 되었습니다. 그것도 오늘 밤이 바로 그 요괴가 마지막으로 나를 잡으러 오겠다고 받아 둔 날이지요. 그런데 손님께서 찾아와 이 집에 묵기를 청하신 것입니다. 요괴에게 잡혀간 식구들 중에는 호랑이를 만나도 눈 한번 깜짝 않던 오라버니들도 있고 힘이 황소 같다던 머슴들도 있습니다. 그들마저 손 한번 써보지 못하고 숨져 갔는데 하물며 먼 길에 지친 나그네이겠습니까. 손님께서도 오늘 밤 이 집에 묵으시다가 나를 잡으러 오는 그 요괴의 눈에 띄게 된다면 화를 면할 길이 없을 터이니, 주인 된 도리로 차마 그 일을 그냥 두고 볼 수 없어 집 안에 들이기를 마다한 것입니다."

여느 젊은이였다면 아마도 그쯤에서 겁을 먹고 그 집을 떠났을 것입니다. 하지만 슬기롭고 굳센 이 젊은이는 그러지 않았습니다. 한동안 말을 멈추고 깊은 생각에 잠겼다가 차분한 목소리로 물었습니다.

"그 요괴는 도대체 어떻게 생겼습니까? 그리고 사람들은 그 요괴에게서 무엇을 가장 두려워했습니까?"

"그 요괴를 만나고도 미처 숨이 끊어지지 않았던 식구들의 말에 따르면, 머리가 둘이나 되었다고 합니다. 사람들이 가장 무서워한 것은 바로 그게 아니었을는지요?"

아가씨가 기억을 더듬어 조심스럽게 대답했습니다. 그 말을 들은 젊은이는 좀 전보다 한층 골똘하게 생각에 잠겼다가 이윽고 믿음에 찬 표정이 되어 말했습니다.

"어쩌면 그 요괴를 물리칠 방도가 있을 듯도 합니다. 혹시 어디서 갓 세 개만 구해 주실 수 있겠습니까?"

"갓이라면 아버님이며 오라버님들이 쓰던 것들이 있기는 합니다만……"

"그럼 됐습니다. 그 갓 중에서 양태가 넓고 칠이 잘된 것 세 개와 사람의 머리통만 한 바가지 둘만 구해 주십시오."

자신에 찬 젊은이의 말에 아가씨도 기운을 차렸는지 원하는 것을 찾아내 주었습니다. 하기는 어차피 마지막이라고 생각했던 밤이니, 물에 빠진 사람이 지푸라기에라도 매달리는 것과 같은 심사였는지도 모르지요.

원하는 것을 얻은 젊은이는 먼저 아가씨를 병풍 뒤로 숨기고 대여섯이나 되는 촛불로 방 안을 환히 밝혔습니다. 그런 다음 바가지 둘에 각기 갓을 씌운 뒤 곧추세운 자신의 무릎 위에 얹었습니다. 그리고 나머지 갓 하나는 자신이 쓰니 방 안에는 마치 머리가 셋인 사람이 앉아 있는 듯 보였습니다.

젊은이는 누구도 범할 수 없는 위엄이 서린 표정에 태산같이 흔들림 없는 자세로 앉아 요괴가 나타나기로 되어 있는 삼경(三更)

을 기다렸습니다. 병풍 뒤에서 숨어 있던 아가씨도 병풍 너머로 한 번 흘깃 그런 젊은이를 훔쳐보고는 조금씩 믿음이 일어 그때까지도 품고 있던 가슴속의 두려움과 걱정을 가만히 털어냈습니다.

이윽고 삼경이 되었습니다. 하마 멀리서부터 쿵쿵거리는 발걸음 소리가 나더니 장지문이 스윽 열리며 말로만 들었던 요괴가 고개를 들이밀었습니다. 과연 머리가 둘인 기괴한 요물이었습니다. 머리 하나는 한없이 넉넉하고 편안한 얼굴을 가졌는데 비해 다른 하나는 세상의 온갖 불평과 원한을 다 담고 있는 듯 일그러지고 뒤틀린 표정을 하고 있었습니다. 그 둘이 하나의 목 위에 나란히 붙어 낯섦이나 싫음만으로는 형언할 수 없는 괴이한 느낌을 자아냈습니다. 어쩌면 세상 사람들이 말하는 무서움 중에는 그렇게 어울릴 수 없는 것이 함께 어울려 만들어낸 괴이한 느낌도 들어갈지 모르겠습니다.

처음 그 요괴가 방 안으로 고개를 디밀었을 때는 젊은이도 가슴이 섬뜩했습니다. 하지만 그 젊은이가 누구입니까. 어려 고아가 되어 그 나이에 이르도록 세상 곳곳을 떠돌며 슬기와 담력을 길러온 그가 아닙니까.

"네 이놈!"

젊은이는 틈을 주지 않고 요괴에게 냅다 호통부터 쳤습니다.

"너는 어떤 놈이관대, 머리가 겨우 둘뿐인 주제에 내 앞에서 이렇게 방자하게 구느냐? 이미 내가 여기 있거늘 어서 무릎을 꿇지 못할까!"

그러고는 두 무릎과 머리를 흔들었습니다. 얼른 보기에는 세 개의 머리가 분노로 부르르 떨고 있는 것 같았습니다. 그걸 본 요괴는 그대로 장지문 밖 대청 마룻바닥에 머리를 조아렸습니다.

"어이쿠 잘못했습니다. 저보다 더한 분이 여기 와 계신 줄은 몰랐습니다."

"이제 알았으면 됐다. 그럼 썩 물러나고 두 번 다시 나타나지 마라. 일후 네가 다시 이곳에 나타나 행패를 부릴 양이면 네 머리 둘을 모두 몸통에서 뜯어 놓으리라!"

젊은이는 그렇게 엄히 요괴를 꾸짖었습니다. 요괴가 연신 머리를 조아리면서도 억울한 듯 웅얼거렸습니다.

"저는 행패를 부리려고 이곳에 온 것이 아니옵니다. 하도 답답한 일이 있어……."

요괴에게도 무언가 사정이 있어 보였지만 젊은이에게는 그것까지 들어줄 여유가 없었습니다. 밤이 길면 사나운 꿈도 긴 법이라, 공연히 요괴의 수작을 길게 듣다가 자신의 가장(假裝)이 탄로 나는 게 두려웠기 때문이었습니다.

"시끄럽다. 어디서 요망한 혀를 함부로 놀리려 드느냐? 어서 썩 물러나지 못할까!"

젊은이가 더욱 소리를 높여 요괴를 내몰았습니다. 그러자 요괴는 못내 억울해하면서도 방을 나가더니 홀연히 사라져버렸습니다. 젊은이는 곧 병풍을 젖히고 그 뒤에서 오들오들 떨고 있는 아가씨를 데리고 나왔습니다. 그리고 부드러우면서도 믿음에 찬 어조로 그녀를 안심시켰습니다.

"사람이든 마물(魔物)이든 자신이 믿고 자랑하던 것을 잃게 되면 약해지는 법입니다. 이제 머리가 셋이나 되는 나를 본 저 요괴는 두 번 다시 여기를 오지 않을 터이니 마음 놓고 지내십시오."

그날 밤이 이승에서의 마지막 밤이 될 줄 알았던 아가씨에게는 그런 젊은이가 고맙기 짝이 없었을 것입니다. 마음을 가다듬기 바쁘게 이마가 방바닥에 닿도록 절을 하며 수줍게 말했습니다.

"소녀, 이 은혜를 어떻게 갚아야 할지 실로 알 길이 없사옵니다. 엎드려 빌건대 무엇이든 제게 바라는 것이 있으면 말씀해 주옵소서. 제가 할 수 있는 일이라면 결코 마다하지 않겠습니다."

혼인해 함께 살자고 해도 어김없이 들어줄 것 같은 다소곳함이었습니다. 그녀의 아리따운 모습에 반해 있던 젊은이에게도 그러고 싶은 유혹이 얼핏 들지 않은 것은 아니었습니다. 하지만 젊은이는 모질게 마음을 다잡으며 자신이 가야 할 길을 앞세웠습니다.

"여기가 바로 땅끝은 아니라 해도 사람들의 세상에서 멀리 떨어진 곳이니 그만큼 하늘에는 가까운 곳일 듯합니다. 저는 일찍부터 바로 그 하늘에 이르려고 길을 떠난 사람입니다. 혹 아씨께서는 하늘로 가는 길에 대해 들으신 바가 없으신지요?"

그 말에 아가씨는 적이 실망한 눈빛으로 젊은이를 한동안이나 바라보았습니다. 그러다가 그의 얼굴에서 어떤 것에도 흔들리지 않을 마음을 읽었는지 가벼운 한숨과 함께 말해 주었습니다.

"여기가 땅끝이라고 잘못 알려져 그런지, 제 어린 날에도 이따금씩 하늘에 이르려는 길손들이 이 집에 묵은 적이 있었사옵니다. 그들이 하늘로 가는 길을 물을 때마다 아버님께서는 할아버님께서 들으신 대로 전해 주시곤 했사옵니다. 이 집 뒤로 펼쳐진 백 리 바람막이 숲을 지나면 다시 구만리(九萬里) 들이 나오는데, 그 들을 가로지르면 바로 땅끝이 나오고 거기에 한 선비가 살고 있다고 합니다. 열 수레 가득 책을 싣고 그 책에서 이르는 대로 하늘 길을 찾아 나선 이로, 제 할아버지가 아직 어리실 때 이 집 앞을 지나쳐 갔다고 하더군요. 그 뒤 들리는 풍문으로는 땅끝에 이른 그 선비가 거기에 자리 잡고 다시 50년 더 책을 읽었다고 하니 지금쯤은 하늘로 가는 길을 찾았을는지도 모르겠다는 말씀이셨습니다. 하지만 나그네들은 구만리 들을 다시 지나야 한다는 말에 질려 대개 여기서 발길을 돌렸고, 간혹 고집스레 떠난 사람이 있어도 만 리 길을 못 가 이리로 되돌아오고는 했지요. 길섶에서 햇볕을 쬐고 있는 백골들이 갈수록 늘어나는 것에 겁을 먹은 듯합니다."

아가씨는 그러면서 다시 한번 그 젊은이를 올려다보았는데 그 눈길에는, 그러니 여기서 저와 함께 머무시는 게 어떨는지요, 하는 뜻이 담겨 있었습니다. 오래 세상을 떠돌면서 이 일 저 일 다 겪은 젊은이가 어찌 그 눈치를 알아보지 못했겠습니까마는, 그는 더욱 매섭게 마음을 다져 먹고 말했습니다.

"저는 하늘에 이르러 옥황상제를 만나 뵙는 것을 평생의 소원으로 삼은 사람입니다. 이 몸 또한 하늘 길을 찾다가 이름 모를 길섶에서 흰 뼈를 햇볕에 쬐게 되더라도 반드시 떠나야 합니다. 아가씨를 이렇게 외진 곳에 홀로 두고 떠나야 하는 게 정말로 가슴 아프지만 저는 내일 아침 날이 밝는 대로 땅끝에 사는 그 선비를 찾아 나서겠습니다. 길을 일러주셔서 정말 고맙습니다."

그러자 아가씨는 더 잡지 않고 젊은이에게 맛난 음식과 좋은 이부자리를 내주어 하룻밤을 편히 쉬게 해주었습니다.

이튿날 날이 밝자 잠에서 깨난 젊은이는 봇짐을 꾸리기 시작했습니다. 아가씨는 그런 젊은이를 위해 정성 들여 아침상을 차려냈습니다. 그런데 속을 든든히 채운 젊은이가 막 길을 떠나려 할 즈음이었습니다. 다소곳이 젊은이가 하는 양을 살피고만 있던 아가씨가 다시 한번 쓸쓸한 한숨과 함께 말했습니다.

"이제 소녀는 의지가지없는 몸이 되었습니다. 하오나 만일 손님께서 옥황상제를 만나 뵈온 뒤에 이리로 되돌아오시겠다 약속해주신다면 기다리는 보람으로 외롭지 않을 듯하옵니다. 약속해 주실 수 있겠습니까?"

"제가 감히 청하지는 못했지만 참으로 바라던 바였습니다. 아씨께서 기다려주시겠다면 뜻을 이룬 뒤에는 반드시 이곳으로 돌아오겠습니다."

젊은이는 기꺼이 그렇게 약속했습니다. 그러자 아가씨가 덧붙였습니다.

"다행히 하늘에 이르시어 옥황상제를 만나 뵙게 되거든 제 것도 함께 물어주옵소서. 먼저 그 요괴가 어디서 왔으며 왜 우리 식구들을 해쳤는지를 물어주시고, 다음에는 소녀가 앞으로 누구와 혼인해 살아야 할지를 물어주옵소서."

"그러지요. 제 궁금함을 푼 뒤에는 반드시 그것도 알아드리겠습니다."

젊은이는 그렇게 대답하고 마음속에 괴어오는 아쉬움을 떨쳐 버리려는 듯 힘찬 걸음으로 땅끝을 향해 떠났습니다.

그 집 뒤 언덕에서 시작되는 백 리 바람막이 숲을 지나니 과연 아가씨가 말한 대로 한 넓은 들판이 나왔습니다. 이름 그대로 구만 리가 될 듯 아득하게 펼쳐진 들판인데 그 저편에는 정말로 하늘이 내려앉아 있는 것 같았습니다.

그제야 젊은이는 간밤 묵은 집을 세운 이가 왜 그곳에다 터를 잡았는지 알 만했습니다. 땅끝이라고 믿고 찾아온 곳에서 다시 구만리 벌이 시작되는 것을 보고 낙담해서 더 나아가기를 포기한 것이겠지요. 그리고 차라리 백 리 바람막이 숲 이쪽에다 집을 얽고 주저앉은 것임에 틀림없었습니다.

젊은이도 처음 한동안은 그 아득하게 펼쳐진 들판을 보고 망설였습니다. 자신에게 아직 그 들판을 가로지를 만한 힘과 세월이 남은 것인지, 그리고 요행 그 들판을 가로지른다 해도 그 선비가 정말로 하늘로 가는 길을 알고 있을지가 새삼 못 미더워진 까닭이었습니다. 나중에는 이제라도 돌아가 그 아가씨에게 청혼을 하고 그녀의 조상처럼 그곳에 적당히 주저앉아 버릴까 하는 마음까지 일었습니다.

하지만 오래 세상을 떠돌면서 길러진 그의 슬기는 또한 알고 있었습니다. 사람들이 붙인 이름과 사물의 실질이 반드시 함께하지는 않음을, 이름은 종종 비유나 상징이며, 그것은 또 과장되기 십상(十常)임을. 그리하여 세상이 이름한 구만 리도 실은 흔치 않게 넓다는 뜻에 지나지 않을 수도 있음을.

거기다가 오래 걷기에 단련된 두 다리와 외로움을 두려워하지 않는 가슴도 나아가는 쪽을 편들어 마침내 젊은이는 구만 리 벌로 들어서고 말았습니다. 새로운 여정이 시작되었습니다. 하루가 가고, 이틀이 가고, 다시 여러 번 달과 해가 흘러갔습니다. 하지만 그의 젊음이 다 가버릴 만큼 긴 세월은 아니었습니다. 그가 진작에 알아본 것처럼 그 들을 가로지르는 거리가 정말로 구만 리는 아니었던 것입니다.

어느새 가슴속의 님처럼 된 그 아가씨가 일러준 선비의 오두막은 젊은이가 그 들판을 다 가로질러 갈 무렵부터 희미하게 모습을 드러냈습니다. 그러나 젊은이가 막상 그 집 부근에 이른 것은 그다음 날 해 질 무렵이었습니다. 지평선 저 끝에 오두막 한 채가 노을에 비껴 서 있는 모습은 그 자체가 이미 땅보다는 하늘에 속한 듯 보였습니다.

젊은이는 지친 발길을 재촉해 오두막으로 달려갔습니다. 땅거미가 질 무렵 해서야 겨우 이르러 보니 돌담이 둘러쳐진 오두막 안에서는 전혀 사람의 기척이 느껴지지 않았습니다. 다만 집 안에서 나는 야릇한 냄새가 젊은이의 코를 찔러올 뿐이었습니다. 나중에 알게 된 일이지만 그것은 오래된 책에 핀 곰팡이와 더께 앉은 먼지, 그리고 책장에 밴 사람의 손때가 어우러져 풍기는 냄새였습니다.

"주인 계십니까?"

집 안으로 들기 전에 젊은이는 먼저 예절을 갖춰 주인을 찾았습니다. 그러나 두 번 세 번 불러도 안에서는 전혀 대답이 없었습니다. 젊은이는 집주인이 어디 나들이라도 간 것으로 알고 문 앞에서 주인이 돌아오기를 기다렸습니다.

오래잖아 날은 저물고 밖이 어두워졌습니다. 그런데 이게 어찌된 일입니까. 바깥이 어두워지자 창문이 점점 훤해지는 것이 아니겠습니까. 누군가 집 안에 불을 밝히고 있었던 것입니다. 그것도 모르고 몇 시간이나 밖에서 기다린 게 짜증이 났지만 젊은이는 다시 공손하게 목소리를 가다듬어 소리쳐보았습니다.

"주인 계십니까?'

그러나 집 안에서는 여전히 대답이 없었습니다. 몇 번이고 되풀이 소리쳐도 대답이 없기는 마찬가지였습니다. 무언가 예사 아닌 일이 집 안에서 벌어지고 있다고 생각한 젊은이는 마침내 주인의 허락을 기다리지 않고 집 안으로 들어가 보았습니다.

오두막 안은 바닥이고 벽이고 온통 책으로 가득 차 있었습니다. 그 책들 사이로 간신히 사람 하나가 드나들 수 있는 길이 나 있는데 불빛은 바로 그 안쪽에서 흘러나오는 것이었습니다. 젊은이는 그 불빛을 따라 더욱 안으로 들어갔습니다.

이윽고 좀 트인 곳이 나오고 천장에 매달린 등불이 보였습니다. 그 등불 아래 머리가 하얗게 센 늙은이 하나가 앉아 무릎 앞에 놓인 서안(書案) 위의 책을 읽고 있었습니다. 어찌나 몰두해 읽고 있는지 책 이외에는 아무것도 보이지도 않고 들리지도 않는 것 같았습니다. 아가씨가 일러준 그 선비임에 틀림없었습니다.

"어리석고 배운 것 없는 것이 감히 문안드리옵니다."

젊은이는 그런 선비의 코앞에 넙죽 엎드려 절을 올리며 짐짓 목소리를 높였습니다. 그제야 선비도 읽던 책에서 눈길을 떼어 젊은이를 바라보며 성가신 듯 물었습니다.

"그대는 누구인가?"

"저는 세상 저편에서 하찮게 살던 자로서 먼 길을 걷고 걸어……."

"말이란 뜻을 담는 연장이니, 감정을 꾸미는 데 너무 허비하지 않도록 하게. 그대는 무엇 때문에 나를 찾아왔는가?"

그렇게 되고 보니 젊은이도 말이 간결해질 수밖에 없었습니다.

"하늘 길을 여쭤보러 왔습니다."

"하늘 길?"

"하늘로 가는 길 말입니다. 말이 뜻을 담는 그릇이라면 뜻 안 담긴 말은 없을 것입니다. 하늘 길이란 말이 있다면 그게 뜻하는 실질도 있겠지요."

"그렇겠지. 그런데 그 하늘 길을 어째서 내게 물으러 왔는가?"

"어르신께서는 열 수레의 책을 싣고 이곳 땅끝에 이르시어 다시 오십 년이나 그 책을 읽으셨다고 들었습니다. 그 많은 책들 중에는 하늘로 가는 길을 일러주는 책도 있을 법해서…….”

그제야 그 늙은 선비는 무슨 깨우침이나 받은 듯 황급히 대답했습니다.

“암. 있지. 있고말고. 책을 읽으면 모든 걸 알 수 있지.”

그렇게 대답하는 그의 눈길에는 그때까지 보이지 않던 빛과 열기가 실리기 시작했습니다. 젊은이도 새삼 희망이 솟아 성급히 물었습니다.

“그럼 제게 그 하늘 길을 좀 가르쳐주십시오.”

그러자 늙은 선비는 갑자기 성난 표정으로 소리쳐 꾸짖었습니다.

“이 염치없는 젊은것아. 나는 책을 읽는 법과 여기 이 책들을 모으는 데만 30년이 걸렸다. 그다음에 이 책들을 수레에 싣고 땅끝이라는 소문이 난 이곳에 이르는 데 다시 20년이 걸렸다. 거기다가 오십 년을 더 써서 이 모든 책들을 읽고 겨우 찾아낸 하늘 길을 하룻저녁에 모두 일러 달란 말이냐?”

그 말에 젊은이도 부끄러워졌습니다. 그 자리에 넙죽 엎드리며 간절하고 구슬프게 빌었습니다.

“한을 쌓아 딛고 하늘에 오를 수 있다면 이 한 몸이 지고 있는 한만으로도 넉넉히 하늘에 오를 수 있을 만큼 서럽고 고단하게 살아온 몸입니다. 어려서 홀몸이 되어 길을 떠난 뒤 세상을 떠돈 지 하마 10년이 훨씬 넘었습니다. 그 모두가 제 크나큰 한을 풀어

줄 하늘에 이르기 위함이었습니다. 제가 할 수 있는 일이라면 무엇이든 해서 은혜를 갚을 터이니 부디 하늘 길을 좀 일러주십시오.”

그래도 늙은 선비는 차갑게 굳은 얼굴을 풀지 않았습니다. 그 바람에 젊은이는 한동안이나 더 그 앞에 엎드려 빌기를 거듭해야 했습니다. 젊은이의 간곡한 바람과 정성이 헛되지 않아 이윽고 늙은 선비가 말했습니다.

“네 정성이 갸륵해 차마 내치지 못하겠구나. 그럼 거기 앉거라.”

그러고는 집 안 구석구석을 뒤지듯 해 한 아름의 책을 안고 다시 젊은이 앞에 앉았습니다.

“땅의 한가운데를 찾아가면 끝이 보이지 않는 기둥 하나가 서 있을 것이다. 그 기둥 곁에 하늘칡[天葛] 뿌리를 구해 심으면, 칡은 기둥을 따라 자라 올라가 그 순(筍)이 하늘에 닿게 된다. 그때 그 칡넝쿨을 타고 오르면 마침내 하늘에 이르리라…….”

늙은 선비가 먼저 책 한 권을 펴서 읽었습니다. 젊은이가 조심스레 물었습니다.

“땅의 한가운데는 어딥니까? 하늘칡 뿌리는 어디서 구하지요?”

그러자 늙은 선비가 왠지 성난 눈길이 되어 젊은이를 쏘아보다가 아무런 대꾸 없이 다른 책을 펼쳤습니다.

“멀리 북쪽 바닷가에 가면 한 마리 큰 붕새[大鵬]가 산다. 날개 길이가 수천 리, 한 번 솟으면 구만 리를 난다. 그 새를 만나 등을 빌리면 며칠 안 걸려 하늘에 이를 것이다.”

“그 바닷가는 북쪽으로 얼마를 가야 있으며, 그 새는 또 정말로 거기 살고 있습니까?"

젊은이가 다시 그렇게 묻자 늙은 선비는 버럭 화를 냈습니다.

"책이란 참된 지식이 적힌 것이다. 책에 그렇게 쓰여 있는데 왜 그리 의심이 많으냐?"

그러면서 이어 비슷한 책들을 뒤적였습니다. 늙은 선비의 기세에 눌린 젊은이는 한동안 더 그가 읽는 구절들에 귀를 기울여야 했습니다.

"서쪽 사막으로 가면 삼천 년마다 한 번씩 이는 큰 회오리가 있는데, 그때 서는 모래 기둥을 타면 하늘에 이를 수 있으리라……."

"모든 산들의 어버이 되는 산 가장 높은 봉우리에 이르면 때로 하늘에서 동아줄이 드리워지니……."

늙은 선비가 읽어가는 구절들은 매양 그런 것들이었습니다. 그대로 두면 밤이라도 새울 기세였습니다. 젊은이가 참다못해 다시 조심스레 입을 열었습니다.

"어르신, 죄스럽지만 그건 제가 찾고 있는 하늘 길이 아닌 듯합니다. 어디가 그 서쪽 사막이며 어떻게 모든 산들의 어버이 되는 산을 찾을 수 있을지도 막막하거니와, 설령 찾아간다 해도 이 짧은 목숨으로는 그 회오리와 동아줄을 만날 수 있을 것 같지 않습니다. 제가 찾는 것은 제 발로 걸어 이 목숨이 다하기 전에 하늘에 이를 수 있는 길입니다."

그러자 늙은 선비는 못마땅한 눈길로 젊은이를 흘긴 뒤에 책을 덮고 몸을 일으켰습니다.

"네놈도 손에 쥐여주듯 뚜렷한 형상과 헤아리고 잴 수 있는 숫자만을 높이고 섬기는 부류로구나. 하지만 그것도 있지. 책에는 없는 것이 없다."

그리고 그때껏 읽던 책들을 한곳으로 밀쳐놓은 뒤 다시 집 안을 뒤져 또 한 아름의 책을 안고 왔습니다. 이번 것들은 전과 달리, 있는지 없는지도 모르는 장소와 만날 수 있을지 없을지조차 모르는 우연이 끼어들지 않은 길 안내였습니다.

"추분(秋分) 날 샛별이 정동(正東)으로 보이는 점에서 서쪽으로 3955리(里)를 간 뒤에 몸을 한 바퀴 반 돌려서 다시 7242리를 더 가라. 거기서 무게 일곱 근(斤) 반 되는 쇠 신[鐵履]을 신고 남남서(南南西)로 구 년 아홉 달 아홉 시간을 간 뒤에 북쪽과 동쪽 사이를 여덟 조각으로 내어 그 세 번째 금을 따라 6425리를 가 다시 왼편으로 돌아서면……" 하는 식이었는데, 어떤 책은 아예 그림과 숫자로 하늘 길을 표시하고 있기도 했습니다.

그런데 듣는 젊은이를 어렵게 하는 일은 그렇게 해서 하늘에 이르는 길이 하나둘이 아니라는 데 있었습니다. 늙은 선비가 한 아름 뽑아 온 책이 저마다 다른 길을 말하고 있었기 때문입니다. 거기다가 더욱 알 수 없는 것은 저마다 자신이 말한 길이 하늘로 가는 가장 바르고 가까운 길이라고 우기는 일이었습니다.

그사이 밤은 깊어 자정이 지나고 어느덧 새벽이 가까워 왔습니다. 자신이 그토록 많은 길을 알려줄 수 있다는 것에 취했는지 늙은 선비는 벌써 수십 가지의 길을 들려주고도 거듭거듭 새 책을 펼쳤습니다. 하지만 젊은이는 갈수록 마음이 어둡고 무거워졌습니다.

늙은 선비가 백 가지도 넘는 하늘 길을 모두 읽어준 것은 날이 휘붐하게 밝아올 무렵이었습니다. 젊은이는 그토록 많은 지식을 익힐 동안에 그 늙은 선비가 바쳐야 했을 노고와 그것을 전하면서 보여준 열정에 눌려 끝까지 들을 수밖에 없었습니다. 그러다가 늙은 선비가 마지막 책장을 덮는 걸 보고서야 힘없이 물었습니다.

"너무 많은 것은 없는 것과 같고, 지나치게 아는 것은 모르는 것과 같다는 생각이 듭니다. 어르신께서는 밤새워 제게 하늘로 가는 길을 숱하게 일러주셨지만 제게는 아무것도 듣지 못한 바와 다름이 없습니다. 결국 하늘은 어느 길로 가야 이를 수 있습니까? 제가 한없이 오래 살 수 있다면 그 여러 갈래의 길을 하나하나 걸어 보아 옳고 그름을 따져볼 수도 있겠지만, 길어야 백 년도 안 되는 이 목숨으로는 그 여럿 중에 하나도 끝을 보기 어려울 듯합니다. 그 중에서 어떤 게 참으로 하늘에 이를 수 있는 길인지요?"

그러자 그 늙은 선비가 버럭 화를 내며 소리 높여 꾸짖었습니다.

"야, 이 한심하고 무지한 것아. 내가 그걸 안다면 여기서 이렇게 너를 기다리고 있었을 성싶으냐? 내가 먼저 그 하늘로 떠났을 것이다."

"그렇다면 어르신도 하늘 길은 전혀 모르시는 것이나 다름이 없습니다. 제가 세상 온갖 길을 떠돌며 하늘 길을 찾는 동안 어르신은 책 속에서 헤매고 계셨을 뿐입니다."

이번에는 젊은이도 물러나지 않고 그렇게 맞받다가 늙은 선비의 눈을 쳐다보고 흠칫했습니다. 거기서 쏟아지는 예사 아닌 빛과 열 때문이었습니다. 그게 무시무시한 창날이 되어 금세라도 젊은이의 가슴에 와 박힐 듯했습니다. 하지만 그것도 잠시였습니다. 갑자기 늙은 선비의 눈길에서 빛과 열기가 스러지고 대신 쓸쓸하고 처량한 느낌이 떠돌기 시작했습니다.

"그래, 그랬을는지도 모르지. 제멋과 흥에 겨워 전해 오는 말만 믿고⋯⋯."

이윽고 쓰라린 탄식처럼 그렇게 중얼거린 늙은 선비는 다시 긴 한숨과 함께 덧붙였습니다.

"그렇지만 이토록 오래 읽고 외고 궁리한 것이 한낱 헛된 헤맴에 지나지 않았단 말이냐⋯⋯."

금세라도 흐느낌이 이어질 것 같은 목소리였습니다. 그리고 훤히 밝아오는 창문을 망연히 바라보는 그의 얼굴은 그새 몇 십 년이나 더 늙어버린 듯 보였습니다. 그 모습에 너무도 가슴 아파 젊은이가 황급히 위로했습니다.

"그렇지는 않을 것입니다. 어르신께서는 이미 저잣거리에서 부대끼며 생각 없이 사는 사람들보다는 훨씬 더 하늘 가까이 계십니다. 아마도 곧 길을 찾아 하늘에 이르시겠지요."

하지만 늙은 선비에게는 전혀 위로가 되지 못한 듯했습니다. 젊은이의 말이 들리지조차 않는 듯 넋을 놓고 밝아오는 창틀만 올려 볼 뿐이었습니다.

　오래잖아 날이 환히 밝아왔습니다. 더는 무어라 위로할 말을 찾지 못해 망연히 앉아 있던 젊은이가 가만히 몸을 추스리고 일어났습니다. 그러나 젊은이가 벗어 두었던 괴나리봇짐을 다시 맬 때까지도 늙은 선비는 깎은 듯 꼼짝 않고 앉아 있었습니다.

　"어르신, 이제 날이 밝았으니 저는 이만 떠나보았으면 합니다."

　젊은이가 깊숙이 머리를 조아리며 그렇게 작별 인사를 올리고 나서야 늙은 선비가 힘없는 눈길을 그에게로 돌리며 물었습니다.

　"어디로 가려는가?"

　"여기까지 왔으니 내처 앞으로 더 나아가 볼 생각입니다."

　"이 문을 나가면 '얼마나 먼지 알지 못할[不知何遠]' 벌판이 가로막을 텐데⋯⋯. '알지 못할'이란 그 넓이를 알 수 없다는 뜻이고⋯⋯."

　"그렇지만 어쩌겠습니까? 어르신처럼 지식을 키우지 못했다면 믿음이라도 가져야겠지요. 그 벌판의 끝이 어딘지 모른다 해도 떠나온 저잣거리에서 본다면 내가 온 만큼은 그 끝에 더 가까워지지 않았겠습니까? 그렇게 믿고 떠나보겠습니다."

　젊은이는 그 말과 함께 결연히 돌아섰습니다. 늙은 선비의 한숨 섞인 한마디가 배웅을 대신했습니다.

　"나도 함께 떠나고 싶구나. 하지만 이렇게 몸은 늙고 마음은 시들어버렸으니⋯⋯. 잘 가게."

　그런데 젊은이가 미처 오두막을 벗어나기도 전이었습니다. 갑자기 방 안에서 늙은 선비의 다급한 목소리가 그를 불러 세웠습니다.

"젊은이, 잠깐만⋯⋯. 일러줄 말이 있네."

"무슨 말씀이신지요?"

젊은이가 걸음을 멈추고 어두운 방 안을 돌아보며 물었습니다.

"옛날에 들을 때는 비웃기만 했지만⋯⋯ 어쩌면 젊은이에게는 도움이 될지도 모르는 일이 하나 있다네."

"그게 무슨 일인지요?"

"이 오두막은 실은 내가 얽은 게 아니네. 50년 전 내가 이곳을 땅끝이라 믿고 열 수레의 책과 함께 이르러 보니 벌써 이 집이 지어져 있고, 살고 있는 사람들이 있었지. 악사(樂士)와 환쟁이와 광대에 시인이니 뭐니 하는 시끄러운 사람들이었는데, 내가 이르렀을 무렵 그들은 짐을 싸고 있었네. 그들도 자네나 나처럼 하늘을 찾아 떠돌다가 여기가 땅끝이란 말을 듣고 구만리 들을 건너왔다고 했네. 그리고 여기까지 오는데 너무 지쳐 잠시 이 오두막을 얽고 머물렀지만 이제 넉넉히 쉬어 다시 이 앞 '알지 못할' 벌을 건너볼 작정이라는 거야. 뭐, 가슴에 바로 닿아오는 신령스러운 느낌[靈感]이 그 벌만 건너면 땅이 끝나고 하늘이 열린다고 말해 주었다나. 그리고 하늘을 향한 뜨거운 정[熱情]이 자신들을 그곳으로 이끌어 갈 것이라나, 어쨌다나⋯⋯."

"⋯⋯."

"그때만 해도 나는 이 책들 속에 하늘 길이 있다고 굳게 믿고 있던 때라 그들이 하는 말이 같잖고 허황하게만 들렸네. 거기다가 그들은 무엇인가에 취해 있었어. 그들은 신령스러운 느낌이니 뜨거운 정이니, 하고 거창하게 말했지만 내가 보기에 그들을 내몰고 있는 것은 바로 그 취해 있음 같았네. 생각해 보게. 스스로를 다그치고 다그쳐 깨어 있어도 찾기 어려운 것이 하늘 길 아닌가. 그런데 그렇게 취해 비틀거리면서 하늘 길을 찾겠다고 큰소리치니……. 그래도 오두막을 비워주는 것이 고마워 나는 건성으로 웃으며 그들을 보냈네. 뿐만 아니라 그 뒤 그들이 되돌아오지 않은 걸 보고는 당연하다고 여겼지. 헛된 꿈을 쫓다가 저 아득한 들판 어딘가에서 괴롭게 죽어갔거니 하고. 그런데 이제 자네를 만나고 보니 문득 다른 생각이 드네. 혹시 아는가, 하늘 길을 찾는 데는 그들처럼 취해 있는 게 더 나을지. 책에서 얻은 지식보다 그들이 말한 직관과 영감이 더 쓸모 있을지, 그래서 그들이 정말로 그 길을 찾았을는지……."

"내가 가려는 곳에 아무도 없는 것보다 누군가 앞서간 사람들이 있다는 건 반가운 일입니다. 반드시 그들의 자취를 살피며 걷도록 하겠습니다."

젊은이는 그 말과 함께 고마움을 나타내는 뜻으로 머리를 숙였습니다. 그리고 오두막을 벗어나려는데 늙은 선비의 말이 다시 뒤따라 왔습니다.

"그리고 ― 또 하나 부탁이 있네. 그들을 만나서건 아니건…… 만약 자네가 하늘 길을 찾아 하늘에 오르거든 옥황상제께 물어주게. 나는 왜 이토록 오래 힘들여 읽었건만 하늘에는 닿을 수 없는 것인지. 어떻게 하면 나도 하늘 길을 찾을 수 있는지.”

젊은이가 오두막을 벗어나자 늙은 선비의 말처럼 새로운 벌판이 앞을 가로막았습니다. 전날 이미 땅거미가 질 때에 이르러 미처 살펴보지 못한 벌판인데, 한눈에 보기에도 구만 리 들보다 훨씬 더 아득한 게 왜 ‘알지 못할’이란 이름이 붙었는지 짐작할 만했습니다.

그렇지만 헤맴도 갈수록 익숙해지는 걸까요, 젊은이는 씩씩하게 길을 떠났습니다. 전처럼 마음에 둔 아가씨가 없어 더욱 떠나기 쉬웠는지도 모르지요. 그들이 뜻을 이루었는지는 모르지만 앞서 그 길을 간 사람이 있다는 것도 적지 아니 마음에 북돋움이 되었습니다.

‘알지 못할’ 벌은 이름 그대로 알지 못할 벌판이었습니다. 넓이가 얼마인지뿐만 아니라 생김이며 성질도 그때까지의 경험으로는 전혀 가늠이 서지 않았습니다. 한없이 풀밭이 펼쳐지는가 하면 문득 우거진 숲이 다가들기도 하고 질퍽한 늪이 기다리기도 했습니다. 거친 모래와 돌밭이 있는가 하면 민둥산이 이어지고 다시 바위벽이 가로막기도 하는 게 세상 모든 길에서 만난 것들을 모두 이어 둔 듯했습니다.

그런 길을 몇 날 몇 달 몇 년이나 더 갔을까요, 갑자기 젊은이 앞에 전혀 예상하지 못한 광경이 떠올랐습니다. 벌판 저쪽으로 땅끝이 아니라 거대한 산이 멀리 희미하게 자태를 드러낸 것입니다.

처음 젊은이는 헛것을 본 게 아닌가 의심했습니다. 하지만 다가갈수록 산은 뚜렷해졌습니다. 흰 눈을 이고 있는 그 봉우리는 이 세상에서 가장 높다는 곤륜산(崑崙山)의 그 어떤 봉우리보다 더 높이 솟아 있었는데 그나마 맨 꼭대기는 구름에 싸여 보이지 않았습니다.

땅끝만 바라고 길을 떠난 젊은이는 갑자기 높디높은 산이 가로막자 적이 실망했습니다. 사람이란 얼마나 쉽게 근거 없는 단정에 빠져드는 것인지요. 어느새 땅끝이라는 말에 얽매이게 된 그에게 산봉우리는 땅끝이 아닌 것으로 여겨진 까닭이었습니다.

하지만 오랜 헤맴으로 자란 슬기는 곧 젊은이를 쓸데없는 얽매임에서 풀어주었습니다. 자신이 이르려 하는 것은 하늘이고, 그 하늘에 이르는 데는 산도 땅끝이 될 수 있음을 깨달았기 때문입니다. 돌이켜보면 지난날에도 그는 몇 번인가 하늘에 닿아 있는 듯 보이는 높은 봉우리를 올랐던 적이 있었습니다. 거기다가 이제 바라보고 있는 봉우리는 그 끝이 구름에 싸여 있어 정말로 하늘에 닿아 있는지도 모를 일이었습니다.

힘을 얻은 젊은이는 이제는 그 산을 목표로 더욱 열심히 발걸음을 옮겼습니다. 다시 몇 날 몇 달이 흘렀습니다. 가까워질수록 산봉우리는 하늘 높은 곳으로 사라지고 폭과 높이를 알 수 없는 산맥의 자락만 아득하게 앞을 가로막았습니다. 원래가 너무 높고 큰 것은 가까이서 볼 수 없는 법이지요.

젊은이가 앞서 그리로 떠났다는 사람들을 떠올리게 된 것은 그 산맥 자락마저 사라지고 수많은 작은 골짜기와 산줄기만 눈앞에 가로놓이게 된 때였습니다. 오는 동안 내내 자취를 찾을 수 없었던 그들이 그 골짜기나 산비탈 어디에 자리 잡았을 것 같은 느낌이 문득 들었기 때문이었습니다. 하지만 그들이 어디로 들었는지는 전혀 짐작이 가지 않았습니다.

거기서 한동안의 망설임과 두리번거림이 있었습니다. 무턱대고 산을 오르느니보다는 누군가 먼저 온 사람에게서 듣고 길을 알아 오르는 게 나을 것 같아서였습니다. 그래서 이 골짜기 저 산비탈을 천천히 살피며 사람이 든 흔적을 찾고 있는데 갑자기 젊은이의 귓속으로 흘러드는 가락이 있었습니다.

젊은이는 이끌리듯 그 가락을 따라 걸음을 옮겼습니다. 작은 산자락을 도니 한군데 아늑한 골짜기가 열리고 대여섯 채 오두막이 나타났습니다. 가락은 그 오두막 중 한곳에서 흘러나오는 것이었습니다.

그 오두막을 찾은 젊은이는 늘 그래 왔듯 주인을 부르려고 목청을 가다듬다가 갑자기 마음을 바꾸었습니다. 집 안에서 흘러나오는 그 가락 때문이었습니다. 결 바르고 울림 좋은 나무와 팽팽하게 당겨 묶은 줄이 어울려 빚어낸 듯한데 기쁨과 성냄, 슬픔과 즐거움이 고루 어우러져 있으면서도 사람의 마음을 상하게 하지 않는 게 도무지 이 세상의 가락 같지가 않았습니다.

자기 때문에 그 가락이 끝날까 두려워 집 앞에 멈춰 선 젊은이는 차츰 그 가락에 빠져들었습니다. 나중에는 자신이 무엇 때문에 거기 와 서 있는지조차 잊을 정도였습니다.

그렇게 취한 듯 어린 듯 서 있기 얼마 만이었을까요. 이윽고 가락이 끝나며 집 안에서 조용히 물어오는 목소리가 있었습니다.

"거기 누구요? 누가 오셨소?"

그제야 깊은 잠에서 깨나듯 퍼뜩 정신을 차린 젊은이가 황급히 대답했습니다.

"지나가던 나그네이옵니다. 주인어른께 여쭤볼 게 있어서……."

"나그네…… 이 멀고 외진 곳에 나그네라."

그러더니 방문이 열리며 한 늙은이가 나타났습니다. 걸친 것은 낡고 해진 저잣거리 악사들의 옷이었지만 풍기는 기품은 조금 전의 가락만큼이나 이 세상 사람들의 그것과는 멀어 보였습니다.

"들어오시오. 내게 물어볼 게 무엇인지는 모르지만 어쨌든 내집에 찾아온 손님이니……."

집주인이 그렇게 권해 와 젊은이는 방 안으로 들어갔습니다. 바깥에서 상상하기와는 달리 방 안은 검소하기 짝이 없었습니다. 살아가는 데 꼭 필요한 몇 가지 물건들이 없는 듯 윗목 구석으로 밀려나 있고 방 한가운데는 방금 켰던 악기만이 덩그렇게 자리 잡고 있을 뿐이었습니다. 휘어지고 뒤틀린 나무에 홈을 파 공명통(共鳴桶)을 만들고, 짐승의 질긴 힘줄이거나 누에고치에서 뽑은 실을 꼬아 만든 줄을 드리운 악기였는데, 나무로 된 부분은 주인의 손때로 검게 번들거리고 있었습니다.

"워낙 외진 곳에 가진 것 없이 사는 몸이라 손님이 와도 변변히 대접할 게 없구려. 그래, 이 늙은이에게 물으시려는 게 무엇이오?"

"하늘 길을 묻고 싶어서 왔습니다."

젊은이가 바로 알고 싶은 것을 밝혔습니다.

"하늘 길이라……."

그렇게 중얼거리며 젊은이를 바라보는 늙은 집주인의 눈길에는 왠지 빈정거리는 듯한 기색이 비쳤습니다. 젊은이가 얼른 덧붙였습니다.

"혹시 어르신께서는 50년 전 하늘 길을 찾아 저기 알지 못할 벌판을 건너신 분들 중에 한 분이 아니신지요?"

"그랬지. 그런 일이 있소. 하지만 아직도 그때 우리들처럼 하늘 길을 찾아 떠도는 이가 있단 말이오?"

늙은이가 힘없이 웃으며 그렇게 받았습니다. 하지만 젊은이는 그 웃음이 무엇인가를 찾아낸 사람의 여유 같아서 조바심치며 물었습니다.

"그럼 어르신께서는 하늘 길을 찾으셨습니까? 벌써 하늘을 다녀오신 것입니까?"

그러자 늙은이의 눈길이 더욱 심술궂게 변하더니 자르듯 말했습니다.

"하늘 길 같은 것은 없소. 우리가 인간으로 태어났을 때 이미 하늘 길은 막혀버린 거요."

"그럼 하늘 길이란 말은 왜 있고, 옥황상제라든가 하늘에 관한 이야기는 왜 사람들 사이를 떠도는 겁니까? 아무도 가보지 않았다면 어째서 그런 일이 있을 수 있습니까?"

"다 지어낸 이야기요. 없기 때문에 더 찾고 싶어 하고, 모르기 때문에 더 얘기하고 싶어지는 인간의 습성이 꾸며낸……."

"그럼 어르신은 하늘에 이를 꿈을 그예 버리신 겁니까?"

"그렇지는 않소. 다만 우리가 이르는 대신 하늘을 이 땅 위로 불러 내리기로 했을 뿐이오."

"네? 무어라구요? 하늘을 땅 위로 불러 내리다니요?"

젊은이가 놀란 얼굴로 그렇게 묻자 늙은 집주인은 언뜻 회상에 젖는 낯빛이더니 이내 무엇이든 다 털어놓겠다는 투가 되어 대답했습니다.

"젊은 손님이 여기까지 온 걸 보니 알지 못할 들판 저쪽 우리가 버리고 온 오두막과 거기 자리 잡은 서생(書生)을 거친 듯하오. 돌이켜보면 그때가 그립기도 하구려. 그때 우리는 이번에는 문제없이 하늘 길을 찾으리라는 믿음으로 길을 떠났소. 알지 못할 벌판을 가로지르다가 처음 이 산을 보았을 때도 실망하지 않았지. 구름에 싸여 있기는 해도 그 봉우리를 가늠할 수는 있었기 때문이오.

하지만 가까워지면서 우리는 점점 혼란스러워졌고, 여기 이르고 나서는 그저 막막한 느낌뿐이었소. 젊은 손님은 이 산 이름이 무엇인지 아시오? 산새도 구름도 그 꼭대기를 보지 못해 이름조차 높이 모를[不知何高] 산이라 불린다 하오. 우리도 이름이 종종 과장된 실질임은 알고 있었고, 또 거기에 홀리지 않았기에 여기까지 이르렀을 것이오. 그런데 이 높이 모를 산에 이르고부터는 어찌 된 셈인지 더 나아갈 엄두가 나지 않았소. 여기까지는 용케 왔지만 그동안 거리와 싸우느라 너무 많은 것을 써버려 다시 높이와 싸울 힘이 남지 않은 탓인지도 모르겠소.

거기다가 더욱 고약한 일은 우리에게 돌아갈 힘도 남아 있지 않다는 거였소. 젊은 손님도 여기까지 온 걸로 미루어 아시리라 믿지만, 우리가 떠나온 사람들의 저잣거리 또한 얼마나 먼 곳이오? 그래서 우리는 이 골짜기에 자리 잡고 우리가 하늘로 오르는 대신 하늘을 이곳으로 불러 내리기로 했소. 처음에는 좀 억지스럽다 싶었는데 우리 모두 각자가 평생 닦은 재주에 정성을 더하니 아니 되는 일도 아니었소. 신기하게도 우리가 온 힘을 들여 애타게 하늘을 부르면 어김없이 그 끄트머리 한 자락쯤은 이 골짜기에 드리워지는 거요. 요즘은 우리가 하늘로 오르겠다는 어림없는 꿈을 꾸던 시절을 돌아보며 스스로를 비웃을 때도 있다오."

"그럼 정말로 하늘을 이리로 불러 내릴 수 있단 말입니까? 그 하늘은 어떻던가요?"

젊은이가 화들짝 놀라며 다급히 물었습니다. 늙은 집주인은 오히려 느긋해져 대답했습니다.

"젊은 손님께서는 이미 그 하늘을 들었소."

"하늘을 듣는다구요? 그럼, 조금 전 제가 들은 그 가락……?"

"그렇소. 그게 바로 내가 가진 연장으로 불러 내릴 수 있는 하늘 한 끄트머리오."

그 말에 젊은이의 가슴에도 빠르고 세찬 빛처럼 스쳐가는 깨달음이 있었습니다. 그러나 늙은 집주인의 말을 그대로 기꺼이 받아들일 만한 깨달음은 아니었습니다.

"조금 전 어르신께서 켜신 가락에서 이 세상의 것이 아닌 그 무엇을 느꼈습니다. 하지만 아무래도 그게 바로 하늘인 것 같지는 않았습니다."

"그건 내가 아직 인간의 다섯 가지 욕심과 일곱 가지 정(情)이 닿아 있는 야트막한 하늘 자락을 불러 내렸기 때문이었을 것이오. 손님이 원한다면 보다 더 높이 있는 하늘을 들려줄 수도 있소."

그러면서 늙은이가 자신의 악기를 끌어당겼습니다. 두어 번 줄을 고르는 소리가 들리더니 곧 새 가락이 흘러나오기 시작했습니다. 젊은이에게는 처음 들어보는 가락이었습니다. 아름답다는 점에서는 좀 전의 가락이나 다름없었지만 마음을 움직이는 것들은 전혀 내용을 달리했습니다. 굳이 말로 드러내자면, 이 세상의 것이 아니어서 더욱 그립고, 닿을 수 없어 거룩하며, 잡을 수 없어 더욱 참되고, 맞선 것이 없어 더욱 착한 그 무엇들이었지요. 그것들이 소리의 높낮이와 길고 짧음, 그리고 울림의 빛깔이 어울려 자아내는 가락에 실려 낯설고 황홀한 세계를 펼쳐 보이는 것이었습니다.

눈감은 채 듣고 있는 젊은이는 그게 바로 하늘이라고 여겼습니다. 하늘 한 자락이 음악에 실려 이 땅으로 내려앉았다고 믿었습니다. 머지않아 옥황상제도 그곳에 이르고 시중드는 하늘의 관리들도 뒤따를 것 같았습니다.

하지만 끝내 그렇지는 못했습니다. 오래잖아 가락은 끝나고 깨난 젊은이의 눈에 들어온 것은 좀 전과 다름없는 이 세상이었습니다. 여전히 초라한 오두막 방이 있었고, 늙음과 죽음의 어두움이 드리운 집주인의 헐벗은 삶이 있었습니다.

그 한 곡에 있는 힘을 다 쏟은 탓인지 땀에 젖은 집주인의 얼굴에는 탈진의 기색이 역력했습니다. 그렇지만 숨을 헐떡이면서도 그는 자랑스레 묻기를 잊지 않았습니다.

"어땠소? 방금 이 방 안으로 내려온 것은 하늘이 아니었소?"

젊은이는 그 물음에 얼른 대답을 할 수 없었습니다. 좀 전의 감동이 되살아나 무턱대고 고개를 저을 수만은 없었던 것입니다. 하지만 젊은이는 곧 숨결을 골라 대답했습니다.

"아닙니다. 그것은 메아리나 그림자였을지는 몰라도 하늘은 아니었습니다. 그나마 잠시 귓전에 머물다가 사라진……"

"그게 우리의 하늘이오. 시간에 묶여 있는 목숨과 거리에 갇혀 있는 몸을 가진 사람이 이를 수 있는 하늘 말이오."

그 말이 너무나 절실해서인지 젊은이의 가슴에서 까닭 모를 슬픔이 일었습니다. 그러나 연약한 감상에 젖어 고개를 끄덕일 수는 없었습니다.

"그렇다면 그 하늘은 제가 이르고자 하는 하늘이 아닙니다. 저는 실질이 있는 하늘, 그래서 저와 더불어 무엇인가를 주고받을 수 있는 하늘을 찾아 나선 것입니다. 특히 이 세상을 다스리는 옥황상제와 그를 따르는 관리들이 있는 그 하늘 말입니다."

젊은이는 미안해하면서도 또렷하게 자신이 찾는 하늘을 밝혔습니다. 그러나 늙은 집주인은 젊은이의 말을 온전히 알아듣지는 못한 것 같았습니다.

"실질이 있는 하늘이라면 볼 수 있는 하늘, 만지고 살로 느낄 수 있는 하늘을 말하는 것이오? 듣는 하늘로는 성에 차지 않는다는 뜻인데⋯⋯. 그렇다면 다음 오두막으로 가보시오. 우리가 불러 내린 하늘 중에는 보고 만질 수 있는 하늘도 있소."

영문 모르게 자신을 되찾아 그렇게 말하고 앞장서 방을 나갔습니다. 그리고 마당에서 골짜기 한 곳을 가리키며 말했습니다.

"저리로 가보시오. 어쩌면 저 집주인이 불러 내린 하늘은 젊은 길손을 실망시키지 않을지도 모르겠소."

젊은이는 집주인이 자신의 말을 제대로 알아듣지 못했음을 알면서도 행여나 하는 마음으로 다음 오두막을 찾아가 보았습니다.

그 오두막의 주인은 지나온 오두막의 주인만큼이나 늙은 화가였는데, 종이 위에 붓과 물감을 써서 하늘을 불러 내리고 있었습니다. 하지만 그렇게 색(色)과 선(線)으로 된 하늘에 대한 믿음과 자부(自負)는 저번 오두막 주인에 못지않았습니다. 젊은이도 처음 한동안은 그 하늘이 볼 수 있고, 이내 사라져버리는 것이 아니라는 데 빠져들었습니다.

하지만 오래 머물 수 없기는 늙은 악사의 하늘이나 다름없었습니다. 그저 느끼고 빠져 있을 뿐 자신은 한 발짝도 다가갈 수 없

고, 하늘도 그저 거기 있을 뿐 자신에게 물 한 방울 바람 한 점 보
내주지 못하기 때문이었습니다. 그래서 실망으로 돌아서려는데 집
주인이 다시 딴 오두막을 권했습니다.

그 바람에 젊은이는 두어 곳 오두막을 더 들렀지만 결과는 마
찬가지였습니다. 돌이나 나무를 깎고 다듬어 하늘을 불러 내렸다
고 하는 사람도 있고, 표정과 몸짓으로 하늘을 불러 내린다는 사
람도 있었습니다. 그러나 어느 하늘도 젊은이를 만족시키지는 못
했습니다. 그들은 의심 없이 자신들이 하늘 한 자락을 이 세상에
불러 내렸다고 믿고 있는 듯했으나, 젊은이가 보기에 그 하늘은
부질없는 메아리 또는 그림자일 뿐이었습니다.

그런데도 오직 하늘에 이르고자 하는 간절함으로 그 골짜기의
오두막들을 남김없이 하나하나 돌던 젊은이가 마지막으로 들른
곳은 시인의 오두막이었습니다. 시인의 오두막은 그 터부터가 남
달랐습니다. 골짜기 상류, 훨씬 깊고 그윽한 곳에 자리 잡고 있어
한결 하늘에 가까운 느낌을 주었습니다.

젊은이가 그 오두막에 이르렀을 때 시인은 집 밖 나무 그늘에
앉아 있었습니다. 작은 표주박에 담긴 술로 목을 축이며 산마루
에 걸린 흰 구름을 바라보고 있었는데, 그 모습도 앞서 들러 본 오
두막 주인들과는 달랐습니다. 그들도 무언가에 취해 있는 것 같
기는 했지만 한결같이 어두운 방 안에 홀로 앉아 있었기 때문입
니다.

시인이 불러 내리는 하늘은 다른 오두막의 주인들과는 달랐습

니다. 시인의 깨달음과 느낌이 말과 가락에 어우러져 빚어내는 하늘은 앞서 본 하늘들보다 훨씬 더 다양하고 생생했습니다. 어떤 때는 있는 하늘을 불러 내리는 것이 아니라 새로 지어내는 것 같기도 해서, 그런 일에 어지간히 익숙해 있는 젊은이도 정말로 하늘 한 자락을 보고 있는 듯했습니다.

하지만 시인의 하늘도 끝내 젊은이를 잡고 있지는 못했습니다. 마음 깊은 곳에서 우러난 것이고 쉬이 깰 수 없는 것이라 해도 감동은 감동일 뿐이었습니다. 시인이 읊기를 마치고 원래의 거칠고 헐벗은 삶으로 돌아오자, 젊은이에게도 진정한 하늘에 대한 갈망이 되살아났습니다.

"어르신의 하늘은 한결 하늘답습니다. 하지만 다른 오두막에서 본 메아리나 그림자는 아니라 하더라도 끌려와 갇힌 하늘, 굳고 식어 있는 하늘이란 느낌을 버릴 수 없군요."

젊은이가 솔직히 자신의 속마음을 털어놓았습니다. 읊조리는 동안에는 한편으로 밀어 두었던 호리병을 잡아 마개를 빼고 목마른 듯 술을 비우고 있던 시인이 별로 흔들리는 기색 없이 물었습니다.

"어째서 그런가?"

"사람의 정의(情意)라는 못 미더운 외길을 끊어버리면 우리와는 아무것도 주지도 받지도 못하는 하늘이기 때문입니다."

"속되구나. 그렇다면 네가 찾는 하늘은 이 골짜기에는 없다. 너는 길을 잘못 들었다."

늙은 시인은 그 한마디와 함께 눈길을 돌려 산마루에 높이 걸린 흰 구름을 바라보았습니다. 조금 전 그가 불러 내렸을 때는 골짜기에 자욱한 안개로 내려앉았던 그 구름이었습니다.

"저도 그리 생각합니다. 하지만 그래도 제가 찾고 있는 하늘에 한 걸음 더 가까워진 듯해 헛되지는 않았습니다."

젊은이는 이제 실망보다는 왠지 쓸쓸하고 슬픈 기분이 들어 그렇게 대답하고 가만히 몸을 일으켰습니다. 시인이 그런 젊은이에게로 눈길을 돌리며 물었습니다.

"이제 어디로 가려는가?"

"이 산을 오르려 합니다."

"이 산을? 이 높이 모를 산을……."

"모른다고 없는 것은 아니겠지요. 오르다 보면 마침내는 꼭대기에 이를 것입니다."

"그렇지만 자네는 이미 먼 길을 오지 않았나? 거기다가 높다고 해서 반드시 하늘에 닿아 있다는 법도 없으니……."

"실은 지금까지도 수많은 산들에 속아왔습니다. 봉우리마다 그 꼭대기가 하늘에 닿아 있는 듯해 하늘 길을 찾아 올라갔다가 얼마나 자주 실망하며 내려와야 했는지요. 그렇지만 이번에는 다를 듯싶습니다. 어르신들이 찾아오신 땅끝이 바로 전 산꼭대기일 수도 있지 않겠습니까? 거기다가 먼 길을 왔다 해도 아직은 견딜 만합니다. 아니, 몸이 견디지 못한다 해도 저는 떠나야 됩니다. 가다가 산자락을 베고 영영 눈감게 되는 한이 있더라도 여기서 멈출

수는 없습니다."

그러자 시인의 얼굴에는 갖가지 표정이 스쳐 갔습니다. 놀라움과 부러움과 부끄러움과 한스러움이 뒤얽힌 것이었습니다. 다시 목마른 듯 한동안을 호리병만 찔끔찔끔 비워 대던 시인이 무슨 격려라도 받은 듯 새로운 걸 일러주었습니다.

"자네에게 알려줄 일이 하나 있네. 여기까지 오는 동안에 너무 지쳐 이 골짜기에 이렇게 주저앉고 말았지만, 실은 나도 누군가 먼저 이 산꼭대기에 이르러 하늘 길을 찾고 있는 사람이 있다는 것은 알고 있네. 내 영감(靈感)의 눈은 때로는 회오리를 타고 치솟기도 하고 때로는 흰 구름에 올라 하늘을 기웃거리기도 하는 그를 진작부터 알아보았지. 그러나 그가 진정한 하늘 길을 찾은 것인지는 알 수가 없네."

"그래도 어쩔 수 없습니다. 여기보다 한 뼘이라도 높으면 올라가 봐야 하고, 한 발짝이라도 하늘에 가까이 이른 사람이 있다면 만나 봐야 하지요. 하여튼 고맙습니다. 어르신의 말을 듣고 나니 좀 전보다는 한결 막막함이 가시는 듯합니다. 산꼭대기에 이르면 꼭 그 사람을 찾아보도록 하겠습니다. 그럼 안녕히 계십시오."

젊은이가 그렇게 작별을 올리자 시인이 천천히 몸을 일으키며 말했습니다.

"어쩌면 자네는 끝내 자네가 찾는 하늘에 오를지도 모른다는 생각이 드네. 실은 내가 찾던 것도 그런 하늘이었지…… 어쨌든 자네가 하늘에 이를 것을 믿고 한 가지 당부하네. 만일 옥황상제를 뵙게 되거든 물어주게. 정녕 하늘을 이 땅으로 불러 내릴 수는 없는 것인지. 있다면 어떻게 해야 참된 하늘을 한 자락이라도 불러 내릴 수 있는 것인지를."

"약속드리지요. 만일 제가 하늘에 오른다면 반드시 물어드리겠습니다."

"그렇다면 나는 이 산을 오르는 가깝고 편한 길을 내가 아는 데까지는 일러줌세."

시인이 그 말과 함께 앞장서 휘적휘적 걷기 시작했습니다.

시인이 앞장서 걸은 거리는 얼마 되지 않았지만, 가르쳐준 길은 젊은이를 구름 덮인 산 중턱까지 빠르고 편안히 오르게 해주었습니다. 그러나 구름에 가리워 위도 아래도 보이지 않는 그 산 중턱에 이르자 젊은이는 다시 혼란과 망설임에 빠졌습니다. 가늠할 수 없는 높이 때문이 아니라, 지난날에 맛본 쓰라린 실망의 기억들 때문이었습니다. 이미 말했듯 지난날에도 얼마나 많은 산봉우리를 그 높이만 우러러 올랐다가 하늘 길은 찾지 못하고 낙담과 슬픔 속에 내려와야 했던 것인지요.

이미 사람들의 세상에서 너무 멀리 떠나와 그대로는 돌아가려 해도 돌아갈 수 없으리라는 헤아림과 아직 남은 젊은이다운 오기가 아니었더라면 그 혼란과 망설임은 한층 오래갔을 것입니다. 거기다가 그곳까지 오는 동안에 입은 많은 사람들의 호의와 그들에게 한 약속도 젊은이의 발길을 앞으로 나아가게 했습니다. 특히 구만 리 들 저편의 외진 고가(古家)에서 자신을 기다리고 있을 아가씨의 애처롭고도 아리따운 모습은 그 발길에 없던 힘까지 실어 주었습니다.

한차례 더 마음을 굳게 다진 젊은이는 그 뒤 두 번 다시 뒤돌아보는 법 없이 산을 올랐습니다. 위로 올라갈수록 길은 험해지고, 구름은 비바람과 눈보라가 되어 젊은이를 후려쳤습니다. 하지만 산등성이에 언 시체가 되어 버려지는 한이 있더라도 멈추지 않으리라는 결심으로 올라 못 오를 산은 없을 것입니다. 다시 몇 달인지 몇 년인지 모르게 오르다 보니 드디어 더는 오를 곳이 없는 산꼭대기에 이르렀습니다.

그런데 이게 어찌 된 일입니까? 젊은이의 굳건한 믿음과 뜨거운 기대에도 불구하고 그 산꼭대기의 사정은 세상 여러 곳에서 이미 겪은 것과 크게 다르지 않았습니다. 그렇게 높이, 힘들여 올라왔건만 하늘은 여전히 그 위로 아득히 펼쳐져 있고 그리로 이어지는 길은 없었습니다. 낙담한 젊은이는 그 자리에 풀썩 주저앉아 길게 한숨만 내쉬었습니다. 그때 근처 뒤틀린 나무 등걸 아래서 누군가가 빈정거리듯 말했습니다.

"두 다리만 믿고 하늘 길을 떠난 미련둥이가 기어이 예까지 왔군."

젊은이가 풀린 눈길을 모아 그쪽을 보니 소나무 아래 작은 바위에 한 도사가 앉아 있었습니다. 하얗게 센 머리칼과 눈썹이나 허리까지 드리운 긴 수염은 한눈에 보아도 세상 사람들의 그것과는 다른 풍모였습니다. 진작에 그를 알아보지 못한 것은 너무도 그곳에 오래 앉아 있어 주위의 경물(景物)에 녹아든 듯 어울려 버린 때문이었습니다.

그 도사를 알아본 젊은이는 놀랍고도 반가웠습니다. 쓰러지듯 그 앞에 넙죽 절을 올리며 물었습니다.

"제가 하늘 길을 찾아온 걸 어떻게 아셨습니까?"

"나는 진작부터 너를 내려다보고 있었느니라. 그래도 두 다리에만 의지해 예까지 오른 게 장하다. 골짜기의 그 같잖은 것들보다는 윗길이구나."

"그렇다면 그분들도 알고 계십니까?"

"모두 알고 있지. 그것들이 하는 우스운 짓거리도."

"하지만 그분들은 저마다 하늘 한 자락씩을 불러 내릴 줄 아시던데요."

젊은이가 짐짓 그렇게 말해 보았습니다. 도사가 비웃음을 감추지 않고 받았습니다.

"미친것들. 하늘이 무슨 노리개라서 제깟 놈들의 광대놀음에 불려 내려간단 말이냐? 취하고 홀린 것들의 속임수일 뿐이다. 저를 속이고 남을 속이는……."

"그래도 듣고 있거나 보고 있으면 영락없이 하늘 한 자락 같았습니다."

"그럼, 거기 머물지 이 높고 험한 곳은 왜 기어올라 왔느냐?"

그제야 젊은이는 그 아래 골짜기에서 느꼈던 것을 솔직히 털어

놓았습니다. 듣고 난 도사가 비웃음을 거두며 말했습니다.

"그래서 미욱하게 두 다리만 믿고 예까지 왔지만, 네가 저 아래 주저앉은 것들보다는 윗길이라고 말했느니라."

"세상을 몇 바퀴나 돌아도 찾지 못하자 저도 한때 하늘로 오르는 길은 두 다리만으로는 갈 수 없는 길이 아닌가 의심한 적이 있었습니다. 하지만 선비의 오두막과 예인(藝人)들의 골짜기를 지난 뒤로는 다시 생각이 달라졌습니다. 책으로도 갈 수 없고 느낌을 갈고닦아도 이를 수 없다면 결국 믿을 것은 두 다리뿐이지 않겠습니까? 그런데 이제 도사님의 말씀을 들으니 또 다른 길이 있는 듯도 합니다. 하늘로 가기 위해 달리 의지할 수 있는 것은 무엇입니까?"

"하늘 길은 마음 길이니라. 마음의 조화를 얻어 몸을 마음대로 부릴 수 있어야 하늘 길에 오를 수가 있느니."

도사가 엄숙한 표정을 지으며 그렇게 답했습니다. 젊은이는 들으니 처음이라 공손하게 물었습니다.

"마음의 조화는 어떻게 얻습니까?"

"도(道)를 통하여 얻는다. 지성으로 도를 닦으면 마음의 조화가 이뤄지는 법."

"그 도는 무엇이며 어떻게 닦을 수 있습니까?"

"하늘과 땅 사이를 메우고 있는 것은 흐린 기운과 맑은 기운이다. 흐린 기운은 뭉치어 천한 짐승과 미물이 되고 맑은 기운은 따로 어리어 온갖 신령한 것들이 되었다. 사람은 아홉 푼의 흐린 기운에 한 푼의 맑은 기운이 섞이어 빚어진 바, 도란 그 맑은 기운이 우리와 신령한 것들을 이어주는 끈이며, 도를 닦는다 함은 우리 마음이 그 끈을 놓지 않고 쉼 없이 신령한 것들로 다가감을 이른다."

"저는 어리석고 배운 것 없어 무슨 말씀인지 통 알아들을 수가 없습니다. 제가 알아들을 수 있게 해주십시오."

젊은이가 그렇게 말하자 도사가 자못 으스대는 듯한 표정으로 받았습니다.

"그럴 테지. 원래 그런 것은 때 묻고 헐어 빠진 사람의 말로는 전할 수가 없느니. 도는 그저 도이고, 닦는 것은 그저 닦는 것일 뿐이니라."

더욱 알쏭달쏭한 소리여서 젊은이는 잠시 말문이 막혔습니다. 하지만 그게 하늘 길을 찾아가는 데 도움이 된다면, 도사가 말하는 도(道)라는 것 또한 그때껏 그가 지나온 수많은 산과 들처럼 넘어서고 건너야 할 그 무엇이 아니겠습니까. 그래서 이번에는 물음을 바꾸어 다가가 보았습니다.

"도사님께서는 그 도를 닦으신 지 얼마나 되시는지요?"

"나도 너처럼 여기까지는 내 두 다리로 왔다. 그러나 그것만으로는 안 돼 이 마음에 깃든 맑은 기운에 의지하기 시작했는데, 그게 하마 백 년이 넘는다. 그러니 적어도 백 년은 도를 닦은 셈이지."

"그럼 도사님께서는 벌써 하늘 길을 찾으셨겠군요."

백 년이란 세월의 무게에 눌려 젊은이가 도사를 우러르면서 그렇게 물어보았을 때였습니다. 갑자기 도사의 얼굴에 무안한 기색이 드러났습니다.

　"실은…… 나도 아직 온전히는 찾지 못했다."

　"예에? 백 년이나 도를 닦고도 아직 하늘 길을 제대로 찾지 못했다구요? 그럼 도대체 얼마나 도를 닦아야 된다는 것입니까?"

　"나도 그걸 알 수 없다. 여기서 백 년의 도를 닦아 온갖 마음의 조화를 얻었으나 아직 하늘 문턱도 밟아 보지 못했다. 그래서 신선이 되지 못하고 이렇게 마냥 도사로 남아 있다."

　도사는 한숨까지 섞어 그렇게 대답했습니다. 드디어 하늘 길을 찾았다고 믿었던 젊은이는 도사의 그 같은 말에 적이 실망했습니다. 그럼 이 도사는 무어란 말입니까. 세상에 쌔고 쌘 그 '모든 것을 다 아는 바보' 중의 하나에 지나지 않잖겠습니까. 하지만 젊은이는 그 같은 마음속의 물음을 내색하지 않고 더욱 공손하게 물었습니다.

　"그렇다면 혹시 하늘 길은 달리 찾아보아야 하지 않겠습니까? 역시 두 다리로 걸어 올라갈 하늘 길이 따로 있지나 않을까요?"

　그러자 도사는 벌컥 화를 냈습니다.

　"말귀를 영 못 알아듣는 놈이로구나. 하늘 길을 찾는다는 게 그저 길을 알기만 한다는 뜻이라면 나는 이미 하늘 길을 찾았다. 나도 봄날 회오리에 내 마음을 실으면 멀리 하늘 문을 바라볼 수 있는 곳까지는 이른다. 다만 몸이 하늘에 들지 못하기 때문에 하늘 길을 찾지 못했다고 했을 뿐이다. 그런데 또 무슨 다른 길이 있단 말이냐?"

도사는 그렇게 젊은이를 꾸짖었습니다. 움찔하면서도 젊은이의 날카로운 눈길은 도사가 무언가 자신 없어 하는 것이 있음을 눈치챘습니다. 젊은이는 도사의 거친 숨결이 가라앉기를 기다려 다시 공손하게 물었습니다.

"하늘 길은 그렇다 치고 오르는 방법은 다를 수도 있지 않겠습니까? 봄날 회오리에 마음을 실어 멀리 하늘 문을 바라볼 수 있는 곳에 이르셨을 때 혹시 하늘 문을 드는 다른 이는 보지 못하셨습니까?"

그 말에 아픈 곳을 찔린 듯한 표정이던 도사가 한참이나 입을 다물고 생각에 잠겼다가 이윽고 털어놓았습니다.

"실은 언젠가 하늘 문 언저리까지 치솟은 이무기를 본 적이 있다. 그때 여름 태풍을 빌어 탄 나보다는 분명 높이 치솟은 듯 보였지만 ─ 그도 하늘 문 안으로 들지 못하기는 나와 마찬가지였다."

그 말을 들은 젊은이는 반갑기 짝이 없었습니다. 비록 사람이 아닌 이무기지만 보다 하늘 문 가까이 이른 무엇이 있다는 것은 하늘에 이를 희망이 아직 남았다는 뜻 아니겠습니까. 젊은이는 경망스러워 보이지 않기 위해 한동안이나 두근거리는 가슴을 억누른 뒤에야 슬며시 물었습니다.

"혹시 도사님께서는 그 이무기가 어디에 사는지 아십니까?"

무엇 때문에 마음이 상했는지 도사가 낯성을 내며 소리쳤습니다.

　"모른다. 내가 무엇 때문에 그따위 천한 미물(微物)이 사는 곳을 알아야 하느냐?"

　젊은이가 움찔해 입을 다물었다가 다시 마음을 가다듬고 물었습니다.

　"천한 미물이기에 더욱 그 사는 곳을 알고 싶습니다. 용도 못 된 몸으로 하늘 문까지 치솟았다면 그 뒤에는 피눈물 어린 노력과 정성이 있었을 것입니다. 백 년이나 도를 닦으신 분에게야 하찮게 보이겠지만, 저같이 어리석고 모자라는 놈에게는 배울 바가 적지 않을 것이라 여겨집니다. 그래서 묻사오니 부디 그 이무기가 사는 곳을 일러주십시오. 이미 마음의 조화를 얻으신 도사님께서 그곳을 모르실 리가 없습니다."

　젊은이는 한편으로는 간곡하게 빌고 다른 한편으로는 은근히 도사를 치켜세워 가며 그 이무기가 사는 곳을 물었습니다. 그래도 한동안이나 모른다고 우기던 도사가 마침내 젊은이의 열성을 못 이겨 가르쳐주었습니다.

　"'즈믄 해' 내[千年川]가 흐르고 흘러 이른다는 곳, 사람들이 '돌아 못 올(不歸)' 바다라고 이름하는 곳이다."

　"그곳은 어떻게 찾아갑니까?"

　"그 '즈믄 해' 내를 따라가면 되겠지. 하지만 두 다리로 걸어가야 하는 사람에게는 그곳이 하늘보다 더 멀지도 모르겠다."

　대답은 해도 도사의 목소리는 사뭇 차갑기 그지없었습니다. 그 바람에 젊은이는 한참을 망설이다가 이제까지의 그 어느 때보다 공손하게 제안해 보았습니다.

"도사님, 차라리 저와 함께 그리로 가보는 것이 어떻겠습니까? 도사님의 신통한 힘으로는 '즈믄 해' 내건 '돌아 못 올' 바다건 한 나절이면 이를 수 있을 것입니다. 그런 다음 도사님과 그 이무기가 다시 힘을 합치면 넉넉히 하늘 문 안으로 들 수도 있지 않겠습니까?"

"닥쳐라! 너는 내가 그 천한 미물과 어깨를 나란히 하란 말이냐?"

도사가 다시 얼굴이 시뻘겋게 성을 내며 목청을 높였습니다. 그래도 젊은이는 움츠러들지 않고 권했습니다.

"도사님을 낮추거나 그 이무기를 높이고자 해서가 아닙니다. 하늘에 오르는 일이 너무도 크고 무거워서 그렇습니다. 그래서 하늘에 들 수만 있다면 이무기가 아니라 그보다 더 미천한 벌레인들 손잡지 못할 까닭이 어디 있습니까?"

그래도 도사는 매몰차게 고개를 저었습니다.

"그럴 수 없다. 나는 이곳을 떠나지 않겠다. 다시 백 년이 더 걸리더라도 여기서 도를 닦아 내 힘으로 신선이 되겠다."

도사는 그렇게 잘라 말하고 자신이 앉은 바위를 덮고 있는 도포 자락을 더욱 넓게 펼쳤습니다. 그게 젊은이의 밝은 눈에는 무언가 소중한 것을 감추는 것처럼 비쳤습니다. 그러고 보니 젊은이와 그렇게 길게 얘기하는 동안에도 처음 앉아 있던 그 바위에서 한 치 움직임이 없는 것 또한 예사롭지 않았습니다. 하지만 벌써 부터 이무기를 찾아 떠나려고 속으로 조바심치는 젊은이에게는 그걸 이상하게 여겨 물어볼 겨를이 없었습니다.

"어쩔 수 없군요. 비록 그게 이무기일지라도 저는 보다 하늘 가까이 이른 이를 찾아가야겠습니다. 어쩌면 그가 그만큼 높이 솟을 수 있었던 것은 그곳이 하늘에 더 가까워서일지도 모르니까요. 좋은 가르침 많이 받았습니다."

이윽고 다시 길 떠날 채비를 마친 젊은이는 그렇게 도사와 작별했습니다. 언뜻 도사의 표정에 부러움이 스쳤으나 이내 지워졌습니다. 그러다가 거침없이 돌아서는 젊은이에게서 무엇을 보았는지 옷깃을 잡듯 물었습니다.

"젊은이의 씩씩함과 참을성을 보니 어쩌면 나보다 먼저 하늘에 이를지도 모르겠네. 그 천한 미물을 믿지는 않지만, 자네가 단 한 발짝이라도 하늘에 가까워지는 데는 도움이 될지도 모르지. 그렇게 되면 그 미물이 사는 것을 일러준 나도 자네를 도운 셈이 되니 내 청도 하나 들어주겠나?"

"무엇인지 모르지만 제가 들어드릴 수 있는 것이라면 들어드리지요."

되돌아선 젊은이가 그렇게 선선히 대답했습니다. 도사가 상하고 비틀어진 마음을 감추려는 듯 억지스럽게 미소를 지으며 당부했습니다.

"행여라도 하늘에 이르게 되거든 하나만 알아주게. 왜 나는 여기서 백 년이나 도를 닦아도 하늘에 이르지 못하는지, 어째서 그곳에 이르러 신선이 되지 못하는지 말일세."

"알겠습니다. 꼭 그렇게 하지요."

젊은이가 그렇게 다짐하자 도사의 미소가 진심 어린 것으로 변했습니다.

"고맙네. 대신 먼 길을 가는데 도움이 될 만한 것을 하나 더 가르쳐주지. 몸이 가벼워지고 쉬이 지치지 않게 하는 마음 법[心法]이네. 내가 깨치는 데는 수십 년이 걸렸지만 자네가 배우는 데는 오래 걸리지 않을 것일세."

그 말에 이어 자신이 힘들여 깨우친 마음 법을 많지 않은 말로 줄여서 일러주었습니다. 하지만 젊은이가 거의 반나절이나 걸려 그 마음 법을 익히는 동안도 도사는 깔고 앉은 바위에서 몸 한 번 삐끗함이 없었습니다.

다행히도 '즈믄 해' 내[千年川]는 '높이 모를' 산에서 흐름이 시작되고 있어 찾기가 어렵지는 않았습니다. 젊은이는 그 내를 따라 '돌아 못 올[不歸]' 바다를 향해 걸었습니다.

이번에도 아주 먼 길이기는 했지만, 따라 내려가기에 그 이름처럼 오래 걸리는 내는 아니었습니다. 천년은커녕 '높이 모를' 산을 오를 때보다 오히려 더 적은 세월을 들여 젊은이는 '돌아 못 올' 바다에 이를 수 있었습니다. 내의 흐름이 빠른 구비에서는 내의 흐름을 타고, 느린 곳에서는 도사에게서 배운 마음 법을 써서 지치지 않고 달린 덕분이었습니다.

　막상 '돌아 못 올' 바닷가에 서게 되어서야 젊은이는 잠시 걱정
에 빠졌습니다. 아득한 수평선을 보자 지난날 세상의 여러 바닷가
에서 겪은 실망이 다시 떠올랐기 때문입니다. 수평선이 하늘에 닿
아 있으니 하늘 길이 바다 끝에 있으리란 믿음으로 또 얼마나 많
은 사람들이 헛되이 바닷가를 헤맸던 것입니까.

　그렇지만 오래 걱정할 필요는 없었습니다. 갑자기 바다 한가운
데가 갈라지더니 한 마리 커다란 이무기가 몸을 드러낸 것이었습
니다. 뿔과 비늘은 돋았지만 아직 다리가 나지 않아 흉측하게만
보이는 괴물이었습니다.

　"너는 무엇하는 놈인데 여기까지 와서 얼찐거리느냐?"

　젊은이를 본 이무기가 금세라도 삼켜버릴 듯 거칠게 물었습니
다. 그러나 이미 도사에게서 들어 그를 알고 있는 젊은이는 별로
겁먹은 기색 없이 대답했습니다.

　"저는 하늘로 오르는 길을 찾아 헤매는 나그네입니다. 여기 오
면 하늘 길이 열릴까 해서……."

　"잘못 알았다. 세상의 어리석은 것들이 자칫 그렇게 속아 넘어
가지. 수평선이 하늘과 닿아 있다고 해서 하늘이 바다 위로 내려
앉은 것은 아니다."

　"오래 세상을 돌아다니다 보니 저도 그만한 일은 알게 되었습
니다. 실은 제가 이곳을 찾아온 것은 그런 수평선에 속아서가 아
니라 바로 당신 때문입니다."

"나 때문이라고?"

"그렇습니다. 당신은 하늘 문 언저리까지 날아오르실 수 있다고 하니 어쩌면 여기 하늘 길이 있을지 모른다 싶어……."

"그 덜떨어진 도사 놈한테 듣고 왔구나. 제 앞가림도 못하는 주제에 입은 가벼워서……."

"그분은 그곳에서 백 년이나 도를 닦았고, 마음의 조화를 얻으셨다 했습니다."

"너희의 말과 뜻으로 비틀어 놓은 우주의 섭리와 너희 나름의 틀로 짠 깨달음을 말하는 것이냐? 그런 도와 그런 틀을 통해 얻은 깨달음이 무슨 쓸모가 있겠느냐?"

이무기가 드러내 놓고 비웃음 치며 말했습니다. 그래도 적지 아니 자신을 도와준 도사를 너무 심하게 깎아내리는 것이 못마땅해 젊은이가 우겨보았습니다.

"하지만 그분께서는 이미 하늘 길을 알고 계셨습니다. 다만 몸이 이르지 못할 뿐입니다."

"그럴 수밖에. 몸은 그놈의 바윗덩이에 붙박힌 듯 앉아 마음만 가지고 잔재주를 피우니 백 년이 걸린들 제가 어떻게 하늘에 들어? 마음만이라도 그만 거리에서 하늘 문을 바라볼 수 있게 된 게 용한 일이지."

그래 놓고는 다시 심술궂은 목소리가 되어 젊은이에게 물었습니다.

"그러고 보니 네놈도 용하다. 그 짧고 약한 두 다리로 '즈믄 해'

내를 따라 내려올 엄두는 어찌 내었느냐?"

"이름이란 실질을 드러내는 것이지만, 흔히 과장되게 드러낸다는 것을 알고 있었기 때문입니다. 거기다가 제게는 이미 돌아갈 일이 나아가기보다 더 막막해져, 설령 이 길이 정말로 천 년이 걸린다 해도 떠나볼 수밖에 없었습니다."

"그렇다면 이 바다 이름도 들었으렷다?"

"'돌아 못 올' 바다라 들었습니다만……."

"그것은 이곳에서 아무도 돌아간 사람이 없었다는 뜻인데, 그 이름에는 과장이 없다. 내가 모두 잡아먹었기 때문이지. 그래도 너는 두렵지 않느냐?"

그 말과 함께 이무기가 겁을 주듯 시커먼 콧김을 뿜으며 날카로운 이빨을 드러내 보였습니다.

"다시 말씀드리지만 저는 하늘 길을 찾아 나선 나그네입니다. 하늘에 이르는 게 제 평생의 소원이니, 설령 당신의 배 속에 든다 할지라도 하늘 가까이 이를 수 있다면 무엇이 두렵겠습니까?"

젊은이는 그렇게 대꾸하면서 조금도 겁내지 않고 그 이무기를 쳐다보았습니다. 그런 젊은이에게서 무엇을 느꼈는지 이무기가 위협하는 기색을 슬며시 거두었습니다. 그리고 잠시 깊은 생각에 잠기는 듯하더니 문득 부드러운 눈길이 되어 젊은이를 바라보며 물었습니다.

"하늘에 오르고자 하는 네 정성과 각오가 나를 감동시키는구나. 그래, 너는 무엇 때문에 그토록 간절하게 하늘로 가려는 것이냐?"

그 물음에 젊은이는 자신의 기구한 이력을 남김없이 털어놓았습니다. 슬프게 하면 한없이 슬프게 들릴 이야기였습니다. 다 듣고 난 이무기가 속 깊은 곳에서 우러나는 한숨과 함께 말했습니다.

"너를 보니 처음 하늘에 이르고자 하는 염원을 세우던 때의 내가 떠오르는구나. 나도 그랬다. 세상에는 하고많은 좋은 인연이 있는데, 우리는 어찌 천한 뱀으로 태어나 대대로 땅을 기며 온갖 업신여김을 받다가 끔찍하게 죽어야 했는지. 내 할아버지는 솔개의 밥이 되었고, 내 아버지는 등을 밟는 사람의 발뒤축을 얼결에 물었다가 돌에 치여 죽었다. 들짐승이건 날짐승이건 힘만 있으면 모두 우리를 먹이로 삼았고, 사람들은 하나같이 우리를 원수로 여겨 돌로 내려쳤다. 스물이 넘던 내 형제자매들이 하나하나 짐승의 밥이 되거나 사람들의 돌팔매질에 죽어가는 걸 보며 나는 하늘에 올라 용이 되는 것을 내 일생의 염원으로 세웠다. 비록 한 마리 흉측한 뱀에 지나지 않았지만 그때 나도 지금의 너처럼 용(龍)이 되어 하늘에 오를 수 있다면 무엇이든 하겠다는 열정과 각오가 있었다. 하지만 이게 무슨 꼴이냐……."

이무기는 거기서 한차례 더욱 깊고 긴 한숨을 내쉰 뒤에 이었습니다.

"나는 용이 되어 하늘로 오르기 위해 천 년을 공들였다. 너희 인간들과는 달리 나는 떠도는 말의 도움을 받을 수도 없었고, 그걸 글로 갈무리해 놓은 책도 없었다. 하늘 그림자라도 불러 내릴 가락과 선과 색도 없었으며, 무리한 대로 앞뒤를 짜 둔 도(道)라는 것에 기댈 수도 없었다. 그렇지만 나는 여느 뱀들로서는 꿈도 못 꿀 참을성으로 긴 세월을 바쳐 나의 길을 더듬어 나아갔다. 이 세상 모든 목숨붙이들이 겪어야 할 괴로움과 외로움에 지지 않고 몸과 마음을 다그쳐 바로 하늘과 땅이 얽힌 이치로 다가갔다. 정성과 노력이 그치지 않으면 길은 열리기 마련. 천 년이 차기 훨씬 전에 나는 이미 하늘과 땅을 잇는 감추어진 길을 찾아냈다. 우리 같은 미물들도 몸을 뜻대로 부릴 수 있게 해주는 여의주(如意珠)도 얻었다. 자랑 같지만, 지금 하늘을 날고 있는 어떤 용도 나만 한 여의주는 가지고 있지 못할 것이다. 그리하여 모든 걸 갖춘 나는 하늘 길을 더듬기 시작했고, 마침내는 하늘 문 몇 길 아래까지 치솟을 수 있게 되었다. 하지만…… 그뿐이다. 잡으면 닿을 듯한 곳까지 이르렀건만 그 문 안으로 들어 용이 되지는 못하고, 다시 떨어지면 여전히 배와 꼬리로 땅바닥을 기어야 하는 천한 이무기일 뿐이다."

"아득히 하늘 문조차 바라보지 못한 저도 하늘에 이르는 꿈을 버리지 못하고 있습니다. 하물며 천 년을 공들여 이미 하늘 문턱에 이르신 분이 아니십니까. 이제 머지않아 오랜 염원을 이루시게 될 것입니다."

젊은이가 그렇게 이무기를 위로했습니다. 그런 젊은이를 그윽하게 바라보던 이무기가 갑자기 두 눈을 번쩍이며 말했습니다.

"너는 정성과 각오가 남다를 뿐만 아니라 왠지 믿을 만하다는 생각이 든다. 그래서 너와 한 가지 거래를 하고 싶은데 들어보겠느냐?"

"그게 무엇인지요?"

"요즘 들어 문득 깨닫게 된 것이 있다. 내가 천 년을 공들여도 하늘에 올라 용이 되지 못한 데에는 정녕 내가 알지 못하는 까닭이 있을 것이다. 내 너를 하늘에 이르게 해줄 터이니 너는 나를 위해 그 까닭을 알아줄 수 있겠느냐?"

그 말에 젊은이의 가슴은 세차게 뛰기 시작했습니다. 그걸 억누르느라 자신도 모르게 떨려오는 목소리로 대답했습니다.

"저를 하늘에 오르게만 해주신다면 반드시 그 까닭을 알아드리겠습니다. 하오나 어떻게 그리하실 수 있을는지요?"

"여름 먹구름이 두터워 하늘 밑까지 이르기를 기다렸다가 그 위로 날아오른 뒤 거기서 오르락내리락하는 번들개 중에서도 가장 세차고 눈부신 놈의 꼬리를 잡고 솟구치면, 이미 말했듯 나는 하늘 문 몇 길 아래까지 이를 수 있다. 너는 내 머리에 올라타 뿔을 잡고 있다가 내가 세차게 도리질을 칠 때 그 뿔을 놓으면 하늘 문 앞에 떨어질 수 있을 것이다. 그 뒤에 하늘 문에 들고 말고는 네 재주에 달려 있거니와, 만약 그 안으로 들게 되거든 먼저 네가 궁금해하는 것을 알아낸 뒤에 반드시 내 것도 알아 오너라."

"그렇게 하지요. 반드시 옥황상제께 여쭤보겠습니다."

"좋다. 그럼 됐다. 마침 여름이니 먹구름을 만나기는 어렵지 않을 것이다."

이무기는 그래 놓고 기다림의 눈길로 하늘을 올려다보았습니다. 오래 기다릴 것도 없이 먹구름이 사방에서 몰려들더니 그 위에서 우릉우릉 천둥이 울기 시작했습니다.

"자, 올라타라."

먹구름이 두텁게 하늘을 뒤덮은 걸 보고 이무기가 젊은이에게 고개를 내밀며 말했습니다. 젊은이는 그 이무기의 집채만 한 머리에 올라 여러 갈래로 솟은 뿔을 단단히 잡았습니다.

이무기는 먹구름이 장맛비로 변해 쏟아질 무렵 젊은이를 머리에 태운 채 힘차게 솟아올랐습니다. 두터운 먹구름을 뚫고 치솟아 보니 여러 갈래의 번들개가 귀청이 찢어질 듯한 우레를 내지르며 하늘을 오르락내리락하고 있었습니다. 이무기는 그중에서도 가장 세차고 눈부신 번들개를 골라 다시 억센 턱으로 그 꼬리를 물었습니다. 꼬리를 물린 번들개가 놀라 솟구치는 바람에 젊은이를 태운 이무기는 순식간에 하늘 문이 저만치 올려 보이는 곳까지 이르렀습니다.

"이제 뿔을 놓아라."

이무기가 그 말과 함께 세차게 도리질을 쳤고 젊은이의 몸은 그대로 몇 길을 더 치솟아 마침내 하늘 문 앞에 떨어졌습니다.

젊은이가 다시 정신을 차린 것은 하늘 문지기의 엄한 꾸지람을 듣고 나서였습니다.

"이놈, 너는 누구냐? 어떤 놈이기에 그 천한 몸을 끌고 감히 여기까지 이르렀느냐?"

"저는 옥황상제님을 뵈올 일이 있어 먼 길을 돈 끝에 간신히 이 곳에 이르렀습니다."

젊은이가 한껏 목소리를 공손하게 하여 대답했습니다.

"그렇다면 돌아가라. 운 좋게 여기까지는 왔다만 옥황상제님은 너같이 천한 몸을 이끌고는 만날 수 없는 분이시다."

세상에서와 마찬가지로 힘이 있는 관청일수록 아랫자리 사람들이 더 딱딱거리는 법입니다. 하늘 문지기도 그렇게 턱없는 위세로 젊은이를 가로막기만 했습니다. 하지만 우리 젊은이 또한 그리 만만치는 않았습니다. 도대체 얼마나 힘들여 이른 하늘입니까. 그렇다 보니 둘은 절로 옥신각신하게 되었습니다.

"부디 옥황상제님을 한 번만 뵙게 해주십시오. 설령 이 몸이 천 길 유황불 속에 내던져진다 해도 여기서 이대로 되돌아갈 수는 없습니다."

젊은이가 흔들림 없는 목소리로 하늘 문지기의 호령에 그렇게 맞서고 있을 때였습니다. 한 온화한 목소리가 하늘 문 안에서 들려왔습니다.

"무슨 일로 문밖이 그리 소란한고?"

그러자 문지기가 소리 나는 쪽으로 공손하게 허리를 굽히며 말했습니다.

"아직 더러운 세상 때가 낀 살에 깃들인 목숨 하나가 감히 여기까지 와서 상제(上帝)님을 뵈옵겠다고 떼를 쓰기에 내쫓고 있는 중입니다."

그 말에 한동안 대답이 없던 그 목소리가 다시 부드러운 웃음기를 띠고 돌아왔습니다.

"허엇, 그 참. 괴이한 일이다. 사람 세상과 우리 하늘이 각기 길이 다른데, 어떻게 저 몸을 이끌고 여기까지 올 수 있었단 말이냐?"

"저는 하늘에 이르고자 하는 세상의 뭇 염원들을 하나로 아울러 그 힘으로 이곳까지 올라왔습니다. 저를 티끌 같은 목숨 하나로 보지 마시고, 이 세상 뭇 생명붙이들의 염원으로 받아들여 주시옵소서."

이번에는 젊은이가 문지기를 대신해 그렇게 대답했습니다. 한참 뒤에 그 목소리가 뜻 모를 너털웃음과 함께 말했습니다.

"그 말이 너무도 간절하구나. 안으로 들게 하여라."

이에 젊은이는 하늘 문 안으로 들어 옥황상제 앞으로 나아가게 되었습니다.

하늘 문을 들어선 젊은이가 궁궐 뜰을 가로질러 옥황상제가 계신 대전으로 나아갈 때까지 그가 보고 들은 것을 어떻게 사람의 말로 다 형용해 내겠습니까. 아름답고 눈부신 빛이 있었지만 사람의 말로는 다 그려 낼 수 없고, 곱고 그윽한 소리가 있었지만 마찬가지로 세상의 소리로는 흉내 낼 수가 없었습니다. 젊은이는 그제야 지난날 '높이 모를' 산자락의 오두막들에서 본 하늘이 모두 참이 아니었음을 알 수 있었습니다. 하늘 뜰 안에 뒹구는 작은 돌멩이 하난들 사람이 무슨 재주로 불러 내릴 수 있겠습니까.

"그래, 너는 그리 많지 않은 나이에 무슨 일로 이 멀고 힘든 길을 찾아왔느냐?"

"제가 이 길을 떠난 것은 옥황상제님께 꼭 알아볼 일이 있어서였습니다. 저의 집은 대대로 가난하여 할아버지도 굶어 죽고 아버지도 굶어 죽고 형제자매들도 모두 굶어 죽었습니다. 들으니 우리가 가난한 까닭은 하늘로부터 받은 복이 적어서라고 하는데, 왜 우리가 받은 복은 그리 적은지요?"

"네가 말하는 복은 복 중에서도 가장 하찮은 복이로구나. 길어야 한 백 년 갈 몸을 기르는 데 쓰는 재물을 두고 하는 말 같은데. 그 하찮은 것 때문에 이렇게 멀고 힘든 길을 찾아왔단 말이냐?"

옥황상제가 약간은 어이없다는 듯 되물었습니다. 그 말에 젊은 이가 저도 몰래 결기가 올라 대답했습니다.

"상제님께서 조금이라도 피와 살을 가진 목숨붙이의 괴로움과 고단함을 아신다면 차마 그리 말씀하시지는 못할 것입니다. 비록 백 년도 못 견뎌 스러질 몸이라 하나, 그 한 몸에 실린 한이 어떤 것인지 아시는지요? 길이 스러지지 않는다는 영혼이 그 깃들일 집을 지켜내기 위해 얼마나 괴롭고 수고로워야 하는지를 잊으셨는지요? 그리하여 때로는 백 년도 못 가는 몸을 위해 길이 산다는 그 영혼이 뒤틀리고 부스러져 먼저 스러질 수도 있음을 말입니다. 그런데 그 몸을 기르고 지켜나가는 데 없어서는 안 될 것이 바로 재물입니다. 어찌 그런 재물이 있고 없음을 가르는 복을 하찮다

이를 수 있겠습니까?"

"그러한가? 어허, 내가 너무 오래 너희 몸을 잊고 있었던가."

옥황상제는 그렇게 말해 놓고 무언가 잊고 있던 것을 잠시 되살려 보는 듯하다가 다시 이었습니다.

"세상 모든 일이 한결같고 가지런하다면 어떻게 서로 미치고 어우러지는 조화(造化)가 생겨날 수 있겠는가? 많고 적고, 길고 짧고, 밝고 어두운 것이 서로 분간되어야 오히려 그것들이 서로 미치고 어우러져 조화가 생기느니라. 너희 복도 그러하니, 너희가 똑같이 한세상을 살아야 한다면 너희 여러 목숨을 따로따로 지어낼까닭이 없지 않겠느냐? 하지만 그래도 대강은 비슷하게 복을 나누어주었는데, 어째서 너희 집에만 그렇게 적게 돌아가게 된지는 알 수가 없구나. 복을 나눠 주는 관리를 불러 물어보아야겠다."

그러고는 복을 나눠 주는 일을 맡아보는 관리를 불러 까닭을 알아보게 하였습니다. 옥황상제의 명을 받은 관리가 어디론가 황급히 갔다가 돌아와 무안한 듯 말했습니다.

"제가 가서 복을 나눠 주는[分福] 창고를 둘러보았더니 어인 까닭인지 저 집 복 단지는 복이 전혀 들지 않은 채 봉해져 있었습니다. 복을 나누어 담을 때 누군가 잘못해서 그리된 것 같습니다."

"일이 그렇게 되었구나. 참으로 안쓰러운 일이로다. 지금이라도 저 아이의 복 단지에 복을 좀 채워 주도록 하라."

"하오나 저들 세상에 나눠 줄 복은 이미 다 나눠 준 뒤라 따로 남은 것이 없사옵니다."

"그럼 이미 나눠 준 것에서 조금씩 덜어 저 아이의 복 단지를 채워 주도록 하라."

이에 복을 나눠 주는 관리는 다시 창고로 가서 이미 다른 이들에게 나눠 준 복을 조금씩 덜어 젊은이의 복 단지를 채워갔습니다. 관리들이 부주의하기는 하늘도 마찬가지인지, 조금씩 덜어 내도 여러 단지에서 덜어 내다 보니 이번에는 젊은이의 복 단지가 터무니없이 넘쳐흐르게 되었습니다.

"그냥 두어라. 없어 괴로운 시절이 있었으니 넘쳐 즐거운 날도 있어야 하지 않겠느냐?"

복을 나눠 주는 관리가 죄스러운 듯 그 일을 알리고 다시 복을 덜어 내려 하자 옥황상제가 느긋한 목소리로 말렸습니다. 그리고 오히려 흐뭇해하는 미소로 젊은이를 내려다보며 물었습니다.

"그래. 이제 만족하였느냐?"

"가엾은 저의 소망을 저버리지 않으시니 그저 황송하올 따름입니다. 하오나 부끄럽게도 저는 제 힘으로 이곳에 이르지 못했습니다. 고비마다 이곳저곳에서 도움을 받았는데 이제는 그 갚음을 하고 싶사오니 그것도 들어주시겠습니까?"

젊은이는 옥황상제의 너그러움에 감격하면서도 자신이 한 약속들을 어길 수가 없어 조심스레 물었습니다.

"그게 무엇이냐?"

"저를 마지막으로 하늘 문 앞까지 태워준 것은 저 아래 '돌아 못 올' 바다에 사는 이무기였습니다. 그는 하늘에 올라 용이 되기 위해 천 년 동안 공을 들였다는데 아직도 그 자신은 하늘에 들지 못하고 있습니다. 그 까닭이 무엇인지요?”

“허영이다. 그놈은 하늘 길을 터무니없이 대단하게 꾸며 대고 믿어, 하나면 될 여의주(如意珠)를 두 개나 가지고 있다. 하늘을 실제보다 훨씬 높고 먼 곳으로 만들어, 이곳에 이르려는 자신을 벌써 땅에서부터 높이고 뽐내왔다. 저를 위해 슬프고 안타까운 일이다. 진작에 여기 와서 용이 될 수 있었으나 그 허영으로 하나 더 가진 여의주의 무게 때문에 마지막 몇 길을 솟아오르지 못해 마냥 이무기로 남아 있다.”

그 대답을 듣자 내친김이라 여긴 젊은이는 이어서 물음을 쏟아놓았습니다.

“더 있습니다. 그 이무기를 찾아가기 전에 들렀던 ‘높이 모를’ 산에서는 한 도사를 만났습니다. 그 도사는 백 년이나 인간 세상을 떠나 하늘 가까운 곳에서 도를 닦았다는데 어찌해서 이곳에 이르러 신선이 되지 못하는 것입니까?”

“욕심 때문이다. 너는 그 도사 놈이 앉은 바위를 살펴보았느냐? 그 도사 놈이 도포 자락으로 덮고 있어 그렇지 그 아래 방석으로 깔고 앉은 것이 실은 커다란 황금 덩이다. 황금에 대한 욕심으로 그 앉은자리조차 뜨지 못하는데 무슨 수로 저 아득한 허공을 솟구쳐 여기까지 올 수 있겠느냐? 평생 그 마음만 하늘 문 언저리를 맴돌 수 있을 뿐이니라.”

“그 산 발치에 있는 골짜기에서 몇 개의 오두막을 들른 적이 있사온데, 거기 사는 사람들은 저마다 하늘 한 자락을 불러 내려 스스로 하늘에 오르기에 갈음하고 있었습니다. 하지만 제가 보기에는 참된 하늘 같지 않았습니다. 도대체 하늘을 땅 위로 불러 내리는 일이 되기는 되는 일입니까? 또 그렇다면 그들이 불러 내린 하늘이 그 모양인 것은 무엇 때문입니까?"

"몸과 마음을 다 내던져 부른다면 하늘 한 자락쯤은 불러 내릴 수도 있겠지. 그렇지만 그들은 아니다. 취해서 헛것을 보고, 그것으로 자신과 남을 아울러 속이고 있을 뿐이다."

"'알지 못할' 벌 저편에서는 그들이 50년 전에 지나갔음을 제게 일러준 선비가 있었습니다. 그는 하늘 길을 찾기 위해 사람들 사이에서 50년 동안이나 열심히 공부하였고, 그 뒤 열 수레의 책과 함께 세상에서 멀리 떨어진 그곳으로 물러나 다시 50년을 더 읽었다고 합니다. 그런데도 하늘 길을 찾지 못한 것은 무슨 까닭입니까?"

"바로 그 책 때문이다. 책이란 사람과 사람 사이에 요긴한 것이지 하늘과의 일에는 아무 쓸모가 없다. 그가 참으로 하늘 길을 찾고자 한다면 먼저 책을 버려야 한다."

"제게 구만 리 들과 그 선비를 일러준 아가씨가 있었습니다. 의지가지없게 된 그녀는 이제 누구와 혼인해 살아야 하겠습니까?"

"그야 홀로 남게 되어 처음 만나게 된 남자지. 이제 다 되었느냐?"

"한 가지만 더 묻겠습니다. 그 아가씨의 집에는 머리가 둘 달린 요괴가 나타났는데 그건 무엇입니까?"

"재물에 사(邪)가 인 것이다. 그 아가씨의 먼 할애비는 자손이 다시 헐벗고 굶주리게 될 때를 걱정해 뒤뜰에다 적잖은 재물을 따로 묻어 두었더니라. 그러나 세월이 지나도 캐내 써주지 않자 재물이 그런 모습으로 자신을 알리려 나온 것이다. 두 개의 머리는 쓰임에 따라 다르게 보이는 재물의 두 형상인데, 전혀 다른 것이 나란히 붙어 사람의 눈에는 괴이쩍고 흉측하게 비쳤을 것이다. 그 집 식구들은 다만 그러한 형상만 보고 그것의 하소연도 듣기 전에 제 풀에 놀라 죽었을 뿐이다."

얻을 걸 다 얻고 들을 걸 다 들은 젊은이는 옥황상제에게 수없이 머리를 조아려 감사를 드린 뒤에 하늘 문을 나섰습니다. 무엇 때문인가 그 젊은이를 기특하게 여긴 옥황상제는 그가 힘들이지 않고 세상으로 되돌아갈 수 있게 해주었습니다.

다시 이 세상으로 돌아와 가장 먼저 이무기를 만난 그 젊은이는 하늘에서 들은 대로 그가 왜 용이 되지 못하는가를 알려주었습니다. 다 듣고 난 이무기는 부끄러운 듯 가슴에서 여의주 하나를 토해 놓았습니다.

"그게 하늘을 높이는 일이 아니고 나를 높이는 허영이었단 말이지. 고맙다. 이건 네가 가져라. 하늘만이 할 수 있는 것을 빌지만 않는다면 무엇이든지 네가 원하는 것을 들어줄 것이다."

이무기는 남는 여의주를 젊은이에게 주고 자신은 용이 되어 하늘로 솟구쳤습니다.

젊은이는 그 여의주의 힘을 빌어 순식간에 '높이 모를' 산에 이르렀습니다. 다시 도사를 만나 하늘에서 들은 대로 일러주자 도사는 크게 부끄러워하며 도포 자락을 거두고 자리에서 일어났습니다. 과연 그가 앉아 있던 자리에는 번쩍이는 황금 방석이 놓여 있었습니다. 힘센 어른 몇이 붙어도 들지 못할 만큼 커다란 황금 덩이였습니다.

"내가 욕심에 눈이 어두워 그걸 깨닫지 못했구나. 젊은이, 정말 고맙네. 그리고 나는 이제 이걸 버리고 하늘로 가겠지만 세상에 내려가 살 자네는 필요할지 모르니 이 황금 방석은 자네가 가지고 가게."

도사는 그 말과 함께 자리를 떨치고 떠나 보다 높은 곳으로 옮겨 앉았습니다. 오래잖아 흰 구름 한 자락이 불려온 듯 도사의 발앞에 펼쳐졌습니다. 도사는 미련 없이 그 구름에 올라 신선이 되어 하늘로 날아올랐습니다.

젊은이는 다시 여의주의 힘을 빌어 그 커다란 황금 방석을 몸에 지닌 채 한달음에 산을 내려갔습니다. 그리고 시인의 오두막을 찾아 하늘에서 들은 대로 일러주었습니다. 젊은이로부터 자신들이 불러 내린 것이 참된 하늘이 아니며, 어떻게 해야 작은 모퉁이라도 참된 하늘을 불러 내릴 수 있는가를 들은 시인은 한참이나 깊은 생각에 잠겨 있었습니다. 그러다가 어렵게 마음을 굳힌 듯 천천히 몸을 일으켰습니다.

"듣기에 괴롭지만 어김없이 하늘이 내린 말씀 같네. 한 모퉁이 하늘이라도 불러 내리려면 먼저 깨어나고 속이지 말고…… 그러고도 이 몸과 마음을 다 던져야 한다는 말이 아닌가. 그리되면 더는 취할 몸도 마음도 없어질 것이니 이건 자네가 가지게. 내 젊어 얻은 그때부터 한 번도 마른 법이 없는 술병이네. 내 시가 이제껏 의지해 왔고, 바로 이것에 취해서 헛것을 참인 양 여기고 나와 남을 아울러 속이게 되었지만, 그래도 인간 세상에서는 때로 쓸모가 있을 것이네."

쓸쓸하기 그지없는 표정으로 허리에 차고 있던 호리병을 풀어 주며 시인이 그렇게 말했습니다.

시인과 헤어진 젊은이가 '알지 못할' 벌을 가로질러 선비의 오두막에 이르러 보니 늙은 선비는 전과 다름없이 책을 읽고 있었습니다. 젊은이는 자신의 부탁마저 잊은 듯한 그 선비를 일깨워가며 하늘에서 들은 말을 전했습니다. 그 말을 들은 선비는 아무래도 믿지 못하겠다는 듯 두 번 세 번 되풀이 물었습니다. 그러다가 겨우 믿게 되고 나서는 한나절이 넘도록 안절부절 어찌할 줄 몰라 하며 서성이었습니다.

그 늙은 선비가 겨우 하늘의 가르침을 받아들인 것은 하룻밤이 지나서였습니다.

"참으로 두렵고 막막하지만 하늘의 깨우침을 받아들일 수밖에. 이제 나도 자네처럼 책 없이 하늘 길을 찾아보려네. 여기 이 책들은 자네가 모두 가져가게. 그래도 세상으로 나가 사람들과 어울려 사는 데는 필요할지 모르겠네."

늙은 선비는 그 말을 남긴 뒤 작은 봇짐 하나만을 맨 채 오두막을 떠나 '알지 못할' 벌판으로 사라져 갔습니다. 젊은이는 다시 여의주의 힘을 빌어 불러낸 수레에 그 모든 책을 싣고 어느새 마음속의 님처럼 된 아가씨가 기다리는 곳으로 길을 재촉했습니다.

짧지 않은 세월이었건만 아가씨는 아직도 홀로 젊은이를 기다리고 있었습니다. 두 사람이 다시 만난 순간의 감격과 기쁨을 어찌 이루 다 말할 수 있겠습니까. 거기다가 더욱 기막힌 것은 두 사람을 얽어주는 하늘의 뜻이었습니다. 젊은이가 아가씨의 신랑감에 관해 하늘에서 들은 말을 전하자 아가씨가 살짝 얼굴을 붉히며 말했습니다.

"제가 홀로 남게 된 뒤로 처음 뵈온 분은…… 바로 낭군이십니다."

외롭고 힘든 길 위에서 그렇게도 자주 아가씨를 꿈꾸며 안았던 젊은이도 그 말에 얼굴이 붉어졌습니다. 그는 기꺼이 하늘의 뜻을 받들어 그 아가씨와 결혼하고, 다시 뒤뜰에 묻혀 있는 엄청난 금은보화까지 찾아내 행복한 가정을 꾸몄습니다.

그런데 ― 이 이야기가 별나게 남다른 것은 실로 알 수 없는 그 결말 때문입니다. 그 뒤로 젊은이는 큰 부자가 되어 아들딸 많이 낳고 행복하게 잘 살았다면 그런대로 무난한 옛이야기 한바탕이 되겠지만, 그게 그렇지 못합니다. 갖가지 진기한 보물과 책에다 엄청난 재산까지 얻게 된 그가 마음으로 그리던 아가씨를 아내로 맞아 아들딸 낳고 행복하게 산 것까지는 옛이야기들과 비슷해도 그 다음이 전혀 뜻밖이기 때문입니다.

젊은이가 그렇게 산 지 여섯 해 만이라던가요. 어느 날 밤 아내와 아이들 몰래 그가 갑자기 집을 나가버렸습니다. 아무것도 지니지 않은 채 홀로 홀홀 떠나 — 그리고 다시는 돌아오지 않았다는 것인데, 그 같은 결말로 이야기를 끌고 간 의도가 통 짐작이 안 됩니다.

그 젊은이는 다시 무언가를 묻기 위해 하늘 길을 찾아 떠난 듯싶지만, 그가 알고 싶은 게 무엇이었는지, 그리고 이번에도 끝내는 하늘에 이르렀는지, 아니면 헛되이 세상을 헤매다가 낯선 길섶에 뼈를 묻게 되고 말았는지에 대해서는 알려진 바 없습니다. 그가 다시 하늘에 이른 뒤 돌아오지 않은 것이라면 결국 살과 피와 뼈를 둘러싸고 이루어지는 이 세상의 삶은 덧없다는 가르침이 될 것이고, 그렇지 못해 외롭고 고단하게 땅 위를 떠돌다가 죽었다면 하늘 길 같은 부질없는 꿈은 함부로 꾸지 말라는 가르침이 되겠습니다. 하지만 그 어느 쪽이든 모든 일이 다 잘 풀리어 더 남은 문제가 없는 형태로 닫히기 마련인 옛이야기의 결말로는 영 엉뚱하지 않습니까.

(1997년)

나무 그늘 아래로

그는 마지막 순간까지 어지러운 꿈속을 헤매다 가까스로 눈을 떴다. 악몽이라 할 수는 없지만 왠지 사람을 맥 빠지고 우울하게 만드는 꿈들이었다. 마치 죽음을 앞둔 자가 일생의 어리석음을 한꺼번에 더듬어 보는 듯 그때껏 있어 왔던 온갖 부끄럽고 한스럽게 기억되는 모든 일이 뒤죽박죽으로 밤새껏 꿈속을 오락가락했기 때문이었다.

아주 어렸을 적 그는 아무런 생각 없이 병아리를 잡아 물독 속에 집어넣고 뚜껑을 닫아버린 적이 있었다. 그래 놓고는 어린애답게 잊어버려 집 안에 작은 소동이 벌어졌는데, 그는 너무 어려 혐의를 벗고 애매한 형이 누명을 쓰고 매를 맞게 되었다. 성난 어머니의 매서운 회초리 앞에 종아리를 걷고 서서 눈물을 뚝뚝 흘리던 형을 구경만 해야 했던 그 속수무책의 심경. — 꿈의 시작은 아마도 그것이었을 것이다.

이 한살이에서 그 같은 속수무책의 상황을 얼마나 자주 겪어야 했던가. 겁 많음, 게으름, 숫됨 혹은 어리석음으로 자복과 참회의 기회조차 놓쳐버리고 기억 속에 묻혀버린 부끄럽고 참담한 일들. 그중에서 어떤 것은 교활이나 영악함의 혐의조차 걸 수 있는 일도 있다. 명분에 비해 실리의 균형이 현저하게 기울 때 어리석음 혹은 게으름의 핑계 뒤로 슬그머니 숨어든 것은 또 몇 번이나 되던가.

그는 어지럽게 뒤섞여 있는 꿈의 갈피를 뒤지며 새삼스러운 자책과 한탄에 젖었다. 그러나 자리에서 털고 일어나 담배를 붙여 물 때까지도 그 새벽의 어지러운 꿈이나 그 아침의 그 같은 정조(情調)가 어디서 연유된 것인지를 짐작하지 못했다.

담배를 붙여 물고 시계를 보니 여섯 시가 조금 지나 있었다. 특별히 과음이라도 하지 않은 날이면 어김없이 눈을 뜨게 되는 시간이었다. 재떨이를 찾아 책상 위를 더듬는데 펼쳐져 있던 편지 한 장이 눈에 들어왔다. 간밤 외출에서 늦게 돌아와 살피던 우편물 더미 곁이었다. 그는 자신도 모르게 움찔하면서 그 편지를 다시 집어 들었다. 간밤의 긴장이 다시 팽팽하게 살아났다.

제번하옵고.

20년째 선생님의 글을 아끼며 읽어온 독자입니다. 그리고 이제는 그 20년에 의지해 감히 이런 외람된 글을 올리게 되었습니다.

제가 선생님의 글을 처음 읽은 것은 아직도 그때 짊어지게 된 불구에서 놓여나지 못한 병상에서였습니다. 그때 저는 막 30대에 접어들었으나 대학도 군대도 가지 않은 탓에 직장 생활을 벌써 여러 해째 한 생활이었는데 뜻 아니한 교통사고로 사경을 헤매게 되었습니다. 그러다가 겨우 고비를 넘기고 회복기로 접어들 무렵, 누군가가 선생님의 처녀작을 제게 가져다준 것입니다.

처음 선생님의 작품을 대했을 때 저는 솔직히 새롭고 눈부신 세계를 대하고 있는 느낌이었습니다. 그리고 그 뒤 20년 신간 출간의 소식을 들을 때마다 저는 어린애처럼 두근거리는 마음으로 선생님의 책을 읽어왔습니다. 선생님은 스스로 설교자도 해결사도 예언자도 거부하셨지만 제가 선생님의 작품에서 보아온 것은 바로 그들이었습니다. 선생님께서는 언제나 우리 함께 얘기해 보자, 혹은 나는 이렇게 생각해 보았는데 당신은 어떤가, 하는 식이었지만 그 책 갈피갈피에서 느껴지는 그 성실하고 깊은 사고와 겸허한 제안은 암울한 나날을 보내고 있는 제게는 그 어떤 설교나 예언 이상의 힘으로 세계와 인생을 이해할 수 있게 해주었습니다.

그런데 근년 들어 저는 조금씩 선생님의 글에서 어떤 회의를 느낍니다. 말투는 예전보다 더 주저없고 유창해지셨지만 제게 남겨지는 메아리는 왠지 공허한 느낌이 들며 문체도 틀림없이 안정되고 미끈해지셨지만 사색의 무게는 전 같지가 못합니다. 특히 이번에 펴내신 역사물은 왜 이런 작품을 지금 와서 발표해야 하는지 이해하기 힘든 정도였습니다. 좀 심하게 말한다면 턱없이 짙은 지분 냄새와 엉덩이 짓만 남은 늙은 작부를 대할 때의 처참한 느낌마저 들었습니다…….

바로 그것이었다. 간밤 그의 꿈자리를 그토록 어지럽힌 것은. 그는 새삼스러운 섬뜩함으로 그 편지의 나머지를 읽어갔다.

연보를 보니 생년월일이 저와 비슷해 아마도 쉰을 한두 해 앞두고 계신 걸로 알고 있습니다. 세월의 무게라는 게 있다면 지금쯤은 선생님의 글에서도 그걸 느낄 수 있어야 하지 않겠습니까. 그런데 요즘의 선생님 글에서는 억지로 지은 노성(老成)한 목소리는 있어도 성숙한 사유는 읽히지 않습니다. 그렇다고 영원한 젊음을 운위할 열정과 패기가 느껴지는 것도 아닙니다. 그저 범용하게 늙고 사위어가는 지성을 대하는 느낌에 더욱 쓸쓸해지는 것입니다.

물론 작가도 나름의 일생을 가지는 것으로 알고 있습니다. 태어나고 자라고 성숙하고 늙어가는 존재이며 때로는 피로에 빠지고 고갈에 직면하기도 하겠지요. 그러나 그 자연스러운 과정이 아니라 시대에 휘몰리어 생각보다 빨리 시들고 몰락해 가는 작가의 모습은 참으로 보기에 딱합니다. 차라리 몇 년이고 기다리더라도 한때 빛났던 정신에 어울리는 장엄한 작가의 황혼을 우리는 보고 싶은 것입니다.

준비도 충분하지 못하고 성의와 열정을 다할 각오가 되어 있지 않으면서도 떼밀리어 하는 연재는 이제 그만두십시오. 젊은이들과 시류(時流)를 곁눈질하며 졸속으로 늘려가는 창작 목록도 경계하십시오. 이런저런 고려로 절실하지도 않은 시대의 현안을 규격화하여 의무적으로 띄워 올리는 중단편도 재고하셔야 합니다. 더욱 묵히고 익히시어 숙성된 지성의 향내를 피워 올리셔야 합니다. 우리에게 젊어서는 사랑했고 늙어서는 존경할 수 있는 작가를 가질 수 있도록 해 주십시오…….

거기까지 읽어가자 갑자기 눈앞이 흐려와 더 읽을 수가 없었다. 간밤 처음 그 편지를 읽을 때는 시건방진 딜레탕트도 있구나, 싶은 기분이 있었는데 그 아침에는 왠지 아득한 슬픔의 정조가 앞섰다. 아아, 나는 무엇을 하고 있었던가. 이렇게 민망히 여기는 눈들이 쓸쓸함까지 담아 나를 살피고 있는 동안에도 무슨 미망에 사로잡혀 이렇게 허덕이며 달려온 것일까.

그는 이제 정중한 사죄와 함께 인사말로 넘어가는 그 편지를 그대로 내려놓고 다시 담배에 불을 붙였다. 그때 아내가 찻잔을 받쳐 들고 서재로 들어왔다.

"아유, 이 연기. 식전 담배가 제일 나쁘다는데 벌써 몇 대째예요?"

찻잔을 내려놓은 아내는 습관처럼 그렇게 핀잔을 주며 창문부터 열어젖혔다. 차단되어 있던 창밖의 소음들이 일시에 방 안으로 쏟아져 들어왔다. 행상들의 마이크 소리, 이른 출근길의 수런거림, 자동차의 경적……. 그날따라 못 견디게 그의 신경을 건드리는 소리들이었다.

"이건 약속이 다르잖아요? 접때 병원에서 돌아올 때 무어라고 하셨어요? 그래 놓구선 뭐 하나 달라진 게 있어야지. 약을 구해 오니 제대로 챙기나, 등산 간답시고 나서더니 난데없이 고주망태가 되어 돌아오지 않나……. 당신 요새 무슨 고민 있어요?"

온몸에 기운이 싹 빠져버린 듯한 느낌에 말없이 앉아 있는 그를 보고 아내가 물었다.

"아니."

"그렇잖은 것 같은데, 말해 봐요. 무슨 일이에요?"

20년을 넘게 함께 살아온 사람답게 아내가 무언가 심상찮은 낌새를 느끼고 다시 물어왔다. 그는 들키기 싫은 치부를 가리는 심정으로 책상 위에 펼쳐져 있는 편지를 집어 서류철 사이에 끼워 넣었다. 그러나 결과적으로는 그것이 아내에게 뚜렷한 암시를 준 듯했다.

"아, 그 편지. 그 때문에 새벽부터 이러시는 거예요?"

"그럼 당신도 봤어?"

그는 그 편지가 처음부터 열려 있었다는 것도 잊고 화들짝 놀라며 물었다.

"하두 두툼하길래, 뭔가 싶어서……."

아내가 조금 기죽은 목소리로 말끝을 흐렸다. 실은 아내가 그 앞으로 온 편지를 뜯어보는 경우는 그리 흔치 않았다. 그러나 그는 숨길 수 없는 역정을 드러내며 버럭 소리를 질렀다.

"뭐야? 당신 언제부터 내 검열관이 됐어? 왜 남의 편지를 뜯어

보고 난리야?"

"뭘 그렇게 화를 내고 그러세요? 무슨 급한 일인가 싶어 뜯어볼 수도 있는 일 아녜요?"

"이 여자 정말 보자보자 하니 형편없네. 사신(私信)은 헌법도 보호한다는 거 몰라? 당신 뭔데 남의 편지를 함부로 뜯어봐?"

그가 더욱 목청을 높이자 아내도 발끈하는 눈치였다. 그러나 이내 그가 화를 내고 있는 것이 단순히 그 편지를 먼저 뜯어본 까닭만은 아니라는 데 생각이 미쳤는지 목소리를 가라앉혔다.

"편지를 뜯어본 건 미안해요. 그렇지만 뭘 그리 마음 상해하세요? 잘난 척하는 독자가 글솜씨 한번 부려본 것 같던데……."

"그렇게 쉽게 말할 문제가 아니야."

아내가 숙어 들자 그도 더는 화를 내지 못하고 목소리를 낮췄다. 아내가 완연히 위로조가 되어 받았다.

"당신이 내 남편이어서 하는 소리가 아니라, 말이야 바른말이지, 당신보다 더 성실하게 쓰는 이가 얼마나 있다구 그래요. 맘 편하게 구경하며 하는 소리 일일이 다 들을 거 없어요. 아무리 20년 독자라지만 그거 너무 무례하지 않아요? 그렇게 잘 알면 자기가 써보지……. 너무 깊이 생각하지 마세요. 들으니까 그런 사람들이 있대요. 예전의 문학 지망생이었으나 결국 등단은 못하고 문학에 한만 기른 사람들 중에는 잘나가는 작가나 시인들에게 그 잘난 글솜씨로 아픈 소리만 골라 편지를 내는 사람들이 있다는 거예요. 그리고 사석에서 한마디 슬몃 으스댄다더군요. 아무개가 요즘 너무 헤매는 거 같아 내 따끔하게 한마디 해줬지, 하는 식으로. 그걸로 수십 년 자신의 문학적인 불우함을 한꺼번에 앙갚음하는 거죠."

"잘도 아는군. 그렇지만 그 위로는 사양하겠소. 나는 오히려 이 편지를 신선한 충격으로 받아들이겠소."

그가 그렇게 무뚝뚝하게 말하자 아내의 얼굴에는 완연히 근심의 빛이 어렸다. 그녀는 그의 일탈에 대해 본능적인 공포를 품고 있었다. 젊었을 때에는 그가 며칠만 사라져도 영원히 떠나버린 게 아닌가 안절부절못하다 맥없이 드러눕곤 했다. 어쩌면 그가 오히려 남보다 더 충실하게 가정과 아내 곁을 지켜온 데는 그런 아내에 대한 애처로운 감정이 작용해서인지도 모를 일이었다. 그만큼 아내는 그의 안주(安住)를 믿지 않았다.

그렇지만 그날은 좀 달랐다. 아내의 근심 어린 표정을 보자 그는 느닷없는 짜증을 느꼈다. 바로 저것에 사로잡혀 안주를 배우고 타협을 배우고 하찮은 탐닉에 젖어들었다. 20년 독자가 보다 못해 따가운 질책을 던져올 정도로. ─ 그런 생각이 들자 슬며시 역정까지 일었다. 그리고 그 역정은 이내 심술궂은 물음으로 나타났다. 그 무렵에는 그 자신조차 까맣게 잊고 지냈던 아내와의 옛일이었다.

"그런데 말이오, 당신 그 약속 기억하오?"

"무슨 약속 말예요?"

그렇게 느껴선지 아내의 얼굴에 갑자기 긴장이 떠올랐다. 되묻고는 있어도 그가 말하는 약속이 무엇인지 짐작하고 있음에 틀림 없었다. 20년이 넘는 결혼 생활에서 생겨난 미묘한 심리의 공명(共鳴) 탓일 터였다.

"우리가 결혼 전에 했던 약속 말이오."

"약속이 어디 한두 개였어요?"

아내는 그래도 어떻게든 피해 보려고 딴청을 부렸다. 그런 아내를 뒤쫓아 잡아채듯 그가 말했다.

"우리 큰아이가 법률적 성년이 되는 해면 나는 숲으로 가도 되게 되어 있었지. 나무 그늘 아래로."

못 들을 말을 들은 사람처럼 몸을 가볍게 떨던 아내가 악에 받친 목소리로 받았다.

"나무 그늘 아래로 가서 뭐 하시게요?"

"잊었소? 생육과 봉사의 의무를 마친 나는 그제야 참다운 나를 찾아 나서는 것이오. 일상의 번잡함 속에 가려져 있던 삶의 본질을 알아보는 것이오."

"덜떨어진 문학청년의 발상 같기는 한데 나는 영 그런 약속을 한 기억이 없네요."

아내는 이제 무언가를 억지로 참는다는 듯 숨결까지 쌔근거리며 그렇게 시치미를 뗐다. 그러나 그는 여전히 아내의 심사를 못 알아본 척 할 말을 다했다.

"아마 결혼을 한 달쯤 앞둔 날인데 그때 틀림없이 당신은 동의했소. 그런데 정말로 기억하지 못하는 거요? 기억하기 싫은 거요?”

“정말 알고 싶으세요?”

갑자기 아내가 거의 표독스러운 눈빛까지 내뿜으며 그를 노려보았다. 어찌 보면 한 마리 연약한 짐승이 막다른 골목에 몰렸을 때와도 같은 느낌을 주었다. 그는 그제야 아차, 싶었으나 이미 내친김이었다.

“아무래도 당신이 억지를 쓰고 있는 것 같아서.”

“그럼 바로 말할게요. 실은 결혼 후 입때껏 한 번도 그 약속을 잊은 적이 없어요. 무엇 때문인지 아세요? 당신의 그 지독한 이기심 때문이에요.”

아내가 드디어 그렇게 앙칼지게 받았다. 이기심이란, 자신의 의도와는 얼른 연결이 잘 안 되는 낱말에 그가 조금 어리둥절해하며 받았다.

“이유가 좀 뜻밖이군.”

“당신 그때 뭐라고 한지 아세요? ‘큰아이가 법률적인 성년이 되면 아비로서 최소한의 양육 의무는 다한 게 되겠지. 나머지는 당신에게 맡기고 나는 나의 길을 가겠소. 나도 내가 무엇인지, 어디서 왔고 어디로 가는지, 지금 여기는 어떤 시간이며 공간인지에 대해서 알아봐야 하지 않겠소······.’ 아무리 철이 덜 나고 거룩함의 환상을 털어버리지 못한 문청(文靑)이라지만 내일 같이 결혼을 앞둔 자기 여자에게 그런 소리를 멀쩡하게 할 수 있어요? 그것도 다짐까지 받아 가며.”

"그래도 그때 당신은 선선히 응낙한 것 같은데."

"당신의 그 지독한 이기심에 하도 기가 막혀 그랬어요. 그럼 나는 뭐죠? 당신의 어질러 놓은 속세의 꿈자리를 맡아 뒤치다꺼리나 해달라는 거 아녜요? 당신은 거룩하게 나무 밑으로 들어가 구도의 길을 가고…… 참 기가 막혀서. 기분 같아서는 파혼을 하는 쪽이 더 옳았겠지만 그래도 참은 것은 그게 당신이 그저 제멋에 겨워 한번 해본 소리 정도로 받아들였기 때문이었어요. 그것도 그때로 봐서는 까마득한 세월 뒤의 일이고."

"하지만 나는 진심으로 말했고 그 뒤로도 몇 번인가 당신에게도 주지시켰소."

듣던 중 새로운 소리여서 그는 아내의 다음 말을 끌어내려고 다시 그렇게 상기시켜 보았다.

"결혼 초기의 일이긴 하지만 몇 번 들었고, 나도 되풀이 다짐을 주었죠. 하지만 그때는 당신이 설령 진심으로 하는 소리더라도 내게는 이미 나대로의 대책이 서 있었기 때문이에요."

이번에는 아내가 평소와 달리 야무진 표정까지 지어 보이며 말했다. 실은 나중에 그 약속을 입 밖에 내지 않게 된 그도 그게 궁금했었다.

"대책?"

"그래요. 당신이 떠날 때는 나도 같이 떠나리라구요. 생명을 이세상에 불러낸 책임이라면 당신이나 나나 같지 않겠어요? 법률적인 성년이 되는 걸로 당신의 책임이 끝난다면 내 책임도 마찬가지로 끝나겠죠. 그렇다면 나라고 언제까지나 자식 일로 속 썩고 속세의 근심 걱정에 아등바등하며 살아야 한다는 법은 없겠죠. 그때는 나도 같이 떠난다. — 이렇게 마음먹고 나니 약 올라 할 것도 없더군요. 그런데 이 중간에 들어와서는 그런 소리를 전혀 안 하시길래 이제 제대로 나이를 먹어가나 보다 했죠. 그래, 어쩌시겠어요? 한두 해 늦어지기는 했지만 이제라도 나무 그늘 아래로 돌아가시겠어요? 그런 생각이시라면 나도 준비를 시작하고……."

아내의 말투는 어느새 공세로 전환되어 있었다. 원래 그가 그 약속을 꺼낸 것은 이제 와서 정말 그대로 실행하겠다는 뜻에서가 아니었다. 그걸 상기함으로써 나날이 속화되어가는 삶과 그 질편한 일상의 진창에 안주해 버린 스스로를 되돌아보고 다잡기 위함이었다. 그 과정에서 일종의 투정으로 아내와의 옛 약속을 건드려 본 것인데 뜻밖의 반격을 당한 셈이었다.

그런데 사람의 심리란 게 묘해서 몰린다 싶으면 더 억지를 써 보고 싶어진다. 그도 얘기가 거기쯤 왔을 때는 바로 그런 심사에 빠져 있었다. 그는 다시 은근한 부아까지 올라 마음에도 없는 소리를 해댔다.

"떠나는 건 난데 당신이 준비는 무슨 준비야? 그건 우리 약속에 없는 거잖아?"

"계약 요건에서 중요한 것이 빠지면 그 계약은 원천적으로 무효예요. 그 약속은 애초에 성립될 수 없는 말장난이었고, 이제는 시효도 지났어요. 남은 것은 당신의 출가 결심인데, 그러면 나도 함께 출가하겠다는 게 뭐 틀렸어요? 그리고 집을 훌고 떠나는 마당에 왜 준비가 없겠어요? 더구나 둘째는 아직 미성년이니 특별한 고려도 필요하고…….”

아내는 눈도 깜짝 않고 그렇게 받더니 제법 사무적인 말투까지 흉내 냈다.

“아이들 둘이 지내기에는 이 집이 너무 크고 관리도 힘들 테니 집부터 부동산에 내놓아야 하지 않겠어요? 조금 있는 땅도 그대로 넘겨주려면 증여세를 물어야 할 테니 처분해야 될 게고……. 당분간은 아이들 재산 관리를 맡아줄 후견인도 정해야 할 게고, 믿음직한 신탁 기관도 알아봐야 하고. 갈 때 가더라도 이대로 아이들을 팽개치고 갈 수는 없으니까.”

“어, 저 여자 봐. 나보다 한 수 더 뜨네. 당신 정말 그래 막 나오기야?”

화가 나지만 마땅한 논리를 찾지 못한 그가 자신도 모르게 시비조가 되어 소리쳤다.

“소리 지르지 마세요. 막 보고 나온 건 당신이에요. 나는 그런 당신의 결정에 대응하는 조치를 생각하고 있을 뿐이라구요.”

아내의 말은 그때까지만 해도 차분했다. 그러나 그게 한계였다. 막상 자신의 입으로 집을 훌어버린다고 해놓고 보니 견딜 수 없는 비감이 이는 모양이었다. 이내 아내의 눈에 물기가 어리고 목소리가 떨리기 시작했다.

“정말 이제 와서 이런 소리를 듣게 될 줄은 몰랐네요. 도대체 무슨 일이에요? 뭣 때문에 이래요? 이게 이십 몇 년이나 함께 살던 여편네에게 할 수 있는 소리예요?"

그러더니 제 감정을 이기지 못하고 소리 나게 방문을 닫으며 나가버렸다.

그가 그 어느 때보다 강하게 속세와 일상의 견고함을 느낀 것은 바로 그 순간이었다. 홀로 남은 방 안에서 그는 갑자기 그 어떤 수로도 빠져나갈 길이 없는 감옥을 느꼈다.

그러자 막연했던 일탈의 감정이 갑자기 강렬한 의지로 모습을 바꾸었다. 부정되기에, 거부당하기에 더 치열해지는 일탈의 유혹이었다.

그날 그의 드물게 이른 출타는 아마도 그런 일탈을 위한 탐색의 의미가 있었다. 이제는 내외 모두 시빗거리가 생겨도 그것을 그 자리에서 결판을 내야만 직성이 풀리는 나이가 아니어서 아침의 일은 잠시 덮어 두고 아침 식사를 끝낸 그는 아홉 시가 되기도 전에 집을 나왔다.

예정에 없는 발길이기는 하지만 첫 번째로 그의 저서 목록 절반가량을 가지고 있는 출판사를 찾은 것은 그런대로 집을 나설 때의 막연한 목적에 맞아떨어진 셈이었다. 책의 절반가량은 다른 출판사에 흩어져 있고 꼭 대표작만 모아 가지고 있지도 않았지만 일반적으로는 그의 주거래 출판사로 알려진 곳인데, 실은 그에게도 그곳에 갈 때는 왠지 친정을 찾는 듯한 푸근함이 있었다.

늦은 출근 인파에 끼게 된 탓인지 터질 듯한 지하철에서 한 이십분을 시달린 뒤 출판사에 이르렀을 때는 아홉 시를 좀 넘긴 시각이었다. 그는 출판사가 세 들어 있는 건물 앞에서 새삼스레 그 출판사의 간판을 찾아보았다. 많은 것이 20년 전 첫 책을 낼 때와 아주 달라져 있었다. 그때는 나무판에 조각된 상호 외에도 출판사의 유리창에 크게 상호들이 쓰여 있었는데 이제는 외장을 새로 한 건물 외부 어디에서도 상호를 찾아볼 수가 없었다. 겉으로 요란스레 자신의 상호를 드러내지 않아도 될 만큼 내면적으로 충실해졌다는 뜻일까.

　출판사가 있는 3층으로 걸어 올라가면서 한 무명작가로 처음 그 계단을 오를 때를 회상해 보았다. 그때 그는 그야말로 새롭고 빛나는 세계로 솟아오르는 기분이었다. 이미 상당한 권위를 확보한 그 출판사가 등단한 지 1년도 안 되는 자신의 장편을 내 주기로 결정한 까닭이었는데 그 기분은 인쇄된 자신의 첫 책을 받아 쥐었을 때까지 이어졌다.

　"선생님 오늘은 웬일이십니까? 이렇게 일찍 뵙기는 처음인 것 같습니다."

　출판사가 들어 있는 층 복도로 들어서는데 누군가가 그렇게 인사 삼아 말을 건네 왔다. 공연히 회상조가 되어 좌우를 분간 못하고 걷던 그가 퍼뜩 정신을 차려 돌아보니 자판기에서 커피를 뽑고 있던 편집장이었다. 30대 중반으로 먹을 만큼 나이를 먹은 셈이었으나 그에게는 언제나 어리게만 느껴지는 친구였다.

"오다 보니, 어쩌다……."

그렇게 공연히 어물거리며 대답해 놓고 보니 다시 젊은 편집장
의 얼굴에 옛 편집장의 얼굴이 겹쳐졌다. 그의 첫 책을 낼 때 그곳
의 편집장은 여자였다. 결혼을 앞두고 치아 교정을 하느라 이상하
게 보이는 교정 테를 끼고 있었던 걸로 미루어 생각하면 노처녀이
긴 해도 결코 지금의 편집장보다 나이가 많았을 리 없는데도 그의
기억에는 묘하게도 관록 있는 중년 부인의 인상으로 남아 있다. 보
자. ─ 그로부터 몇 사람의 편집장이 바뀌었나…….

그렇게 보아선지 사장도 그날은 새롭게 비쳤다. 먼저 그의 눈
에 띈 것은 그때껏 적어도 일주일에 한 번씩은 드나들면서도 전
혀 느끼지 못한 그의 늙음이었다. 처음 만났을 때 사장은 한창 패
기에 찬 40대 초반이었다. 그리고 같이 세월을 보내면서 거의 변
화를 알아보지 못했는데 그날에야 문득 60대 초반이라는 사장
의 나이가 느껴졌다. 무엇보다도 그사이 허옇게 세어버린 머리칼
때문이었다.

그를 본 사장의 첫마디도 편집장과 비슷했다. 그러고 보니 그렇
게 이른 시각은커녕 오전에 들른 경우조차 별로 없었던 듯하기도
했다. 초기 몇 년은 그가 지방에서 살아 첫차로 올라와도 출판사
에 도착했을 때는 언제나 오후였다. 서울로 옮겨 앉은 뒤에는 근
년까지도 유명했던 그의 늦잠으로 오전에 들른 경우가 드물었다.

"글도 안 되고…… 답답해서."

그는 그렇게 얼버무리고 접객용 소파에 앉았다. 사장은 그래도

긴한 일로 찾아온 것이 아닌가 하는 눈길을 버리지 못했다.

"왜 무슨 일이 있어요?"

"특별한 일이 있는 건 아니고 그냥…… 이제는 쓴다는 일이 자꾸 지루해지네요."

"허, 벌써 갱년기 현상인가. 하긴 그럴 나이도 됐지. 아니 오히려 늦게까지 버틴 셈이오. 한 번쯤 쉬고 싶기도 할 거라."

사장이 비로소 그렇게 그의 말을 곧이곧대로 받아주었다. 원래 집을 나올 때는 훨씬 진솔하게 얘기할 기분이었는데 역시 작가와 출판사 사장의 대화가 되어선지 직업적인 감정의 과장이 일어났다.

"쉬고 싶다기보다는 동어반복과 매너리즘이 지겹다는 뜻입니다. 벌써 몇 년째 같은 얘기만 하고 있는 기분이에요. 다른 작가들도 이렇게 시들어갑디까?"

"글쎄요. 다른 이들과 좀 다른 것도 같고, 아닌 것도 같고……. 혹시 동어반복이라든가 매너리즘이란 것, 소재의 빈곤과 언어의 고갈을 뜻하는 건 아닙니까?"

"그건 아닌데요. 나는 작가의 고갈이나 재충전 어쩌고 하는 말을 인정할 수 없어요. 그건 작가의 죽음입니다. 그게 아니라…… 아직 할 얘기도 많고 준비되어 있는 메시지도 여럿 남았지만 갑자기 그게 그거 같은 기분이 들며 지겨워지는 겁니다. 어쩔 수 없는 어휘와 문체의 반복이 곧 소재와 주제의 반복으로 느껴지며 오는 어떤 못 견딜 중압감 같은 것……."

그는 그렇게 말을 돌리면서도 속으로는 섬뜩한 기분으로 되뇌었다. 그래 이게 소위 고갈이라는 것인지도 모르지, 이제 내게도 재충전이 필요한 시기가 온지도 모르지, 나는 평생 이해할 수 없을 것 같던 선배들의 그 푸념…….

"다른 말로 바꾸면 피로나 혼란이 될지도 모르지요. 어쨌거나 쉬고 싶은 기분일 거라 짐작했는데, 말을 들어보니 아닌 것도 같고, 그런데 왜 갑자기 그런 생각을 하게 됐어요? 지난 십여 년간 한 번도 이런 말은 못 들었는데."

"그러니까 이제 하게 되는 거 아닙니까?"

그때 경리과 아가씨가 차를 내왔다. 그 바람에 그 화제는 잠시 미뤄졌다. 그러자 과장적인 감정은 가라앉고 처음 출판사로 들어설 때의 회고조가 되살아났다.

"오늘 여기로 들어오면서 새삼 참 많이 변했구나 하는 기분이 듭디다. 사장님이 늙으신 것도 오늘 갑자기 알아보게 되었구요."

"환갑 진갑 다 지났으니 나야 당연히 늙어야지. 하지만 다른 거야 뭐……."

사장은 자신의 나이 이외의 늙음은 인정하고 싶지 않은 모양이었다. 그도 처음 출판사의 변화를 얘기할 때는 늙음의 뜻은 들어 있지 않았다. 그러나 사장의 은근히 강경한 부인을 대하자 갑자기 그쪽으로도 생각이 미쳤다.

"아니죠. 활자 조판에서 컴퓨터 편집으로 변했고 활판 인쇄가 컴퓨터 식자의 옵셋 인쇄로 되었고, 매스컴을 통한 대형 광고 시대에 출판도 동참하게 되었고……. 조금씩 바뀌어 와서 그렇지 어떻게 보면 제작에서 판매까지 혁명적인 변화를 겪은 셈이죠."

말은 그렇게 해도 어느새 그는 사장의 변함없는 출판 의식을 건드려 보고 있는 셈이었다. 사장이 그런 그의 속마음을 읽기라도 하듯 실토 비슷하게 말했다.

"하긴 늘어놓고 보니 하나하나가 모두 예전으로 보아서는 놀랄 만한 것일 수도 있군요. 그렇지만 함께 흘러와서 그런지 그 속에 있는 내게는 그게 그거 같기만 하단 말이야. 컴퓨터 인쇄만도 그래요. 처음에는 활자 인쇄의 둥 떠 있는 듯한 또렷함에 비해 컴퓨터 인쇄의 흐릿한 평면성이 눈에 낯설기만 하더니 이제 아무렇지도 않아요. 어디 그뿐인가. 책도 상품이란 개념, 그것도 처음에는 정말 받아들이기 힘들더구면. 우리가 출판사 시작하던 60년대만 해도 출판은 문화 사업이고 책은 상품으로서의 성격보다는 일종의 문화적 강요에 가까운 것이었어요."

사장은 그러면서도 시대와 함께 변해 온 자신의 의식을 말했으나 그가 보기에는 아니었다. 20년 전 그때만 해도 그 출판사는 젊고 진취적인 성향으로 알려져 있었다. 그러나 이제는 아무도 그런 면으로는 그 출판사를 알아주지 않았다. 오히려 관록 있는 노포(老鋪)로서의 인상이 더 강했다.

사장의 출판 의식이란 것도 자신이 믿는 것처럼 충분하게 시대를 따라온 것은 못 되었다. 책의 상품성만 해도 그랬다. 말로는 책이 상품임을 인정하면서도 사장이 아직도 출판에서 우선해서 고려하는 것은 구식의 고급문화였다. 말하자면 대학 강단과 문단에서도 가치를 인정해 주는 상품을 만들고 싶어 했는데 정히 그가 원하는 문화적 수준과 상품성이 조화되지 않으면 결국 포기하게 되는 것은 상품성 쪽이었다. 옳고 그르고의 문제를 떠나 출판에서도 대량 광고로 수요를 창출할 수 있다고 믿는, 곧 독자도 광고로 만들어낼 수 있다고 믿고 당장은 눈부신 성공을 하고 있는 젊은 출판사들에 비해서는 여전히 낡은 의식이라고 할 수밖에 없었다. 생각이 거기에 미치자 그의 말투는 절로 조심스러워졌다.

"그래도 사장님의 고집은 객관적인 여건과의 문제 아닙니까? 주관적이고 내면적인 혼란과는 다르지요. 변화의 필요성을 감지하면서도 변할 용기도 의지도 없는 것처럼 막막하지는 않을 테니까요."

혹시라도 그가 모르고 있는 상처를 들쑤시는 꼴이 될까 봐 그렇게 한 발짝 옆으로 피해 보았다. 하지만 대화의 시작이 그의 고백 같은 말투여서인지 사장의 실토는 한층 진지해졌다.

"객관적인 상황이라도 어차피 주관의 수용을 거쳐야 하는 것 아닙니까? 실은 우리 기성 출판인들의 혼란과 피로도 내면화된 지 오랩니다. 말이 좋아 책의 상품화를 받아들였다는 거지 그 내용은 사실 뒤죽박죽 구구 각색이에요. 우선 상품화의 대상부터 생각해 봅시다. 우리가 출판을 시작할 때만 해도 상품화의 대상은 거의 문학뿐이었지요. 철학이나 역사도 상품화가 이루어지고는 있었으나 성과는 미미했고 정치학과 사회학 역시 조심스레 상품화를 모색하고는 있어도 그리 가망 있어 보이지는 않더군요. 그런데 70년대 후반 들어 그 가망 없어 보이던 일이 조금씩 현실화되어가더니 요란뻑적지근한 80년대가 왔어요. 더러는 고집스레 옛 상품에만 매달렸지만 우리 대부분은 너도나도 정치학과 사회학의 상품화에 뛰어들었지요. 이른바 제품의 다양화인 셈인데 그리 쉬운 일은 아니더군요. 그래서 어렵사리 체질을 바꾸어 놓으니 느닷없는 90년대가 시작됩디다. 출판업계가 90년대를 느닷없다고 하는 것은 예측력의 부족과는 좀 다른 뜻으로 이해해야 할 겁니다. 뻔하게 예측되는 일이라도 막상 벌어지게 되면 느닷없게 느껴지는 법이니까. 어쨌든 이제는 출판도 모든 것이 상품화가 가능한 대중 시대에 이르렀고, 우리는 후기 산업사회의 다른 제품 생산업자들과 마찬가지로 가늠하기 어려운 대중의 암호를 해독하고 거기에 맞는 상품을 생산해야 하는 지경에 이르렀어요. 고급문화 또는 교양이란 말 속에 갇혀 있는 자명한 세계 해석은 더 이상 유효하지 않으며, 어느새 출판도 모든 것을 모든 방법으로 상품화해야만 살아남는 시대에 이른 겁니다. 거기다가 인접 분야의 강력한 도전은 우리를 더욱 혼란시킵니다. 흔히 테이프나 콤팩트디스크로 대표되는 이 시대의 특징적인 문화 전달 형식은 그것들을 출판의 새로운 형태로 보고 우리 안에 받아들여야 할 것인가, 아니면 경쟁자로 맞아 자체의 경쟁력 강화로 맞서야 할 것인가조차 판단이 서지 않습니다. 그리고 그 모든 것은 일견 객관적인 상황의 변화로 보이지만 결국은 내면의 혼란과 고민으로 귀착되지요……"

거기까지 듣자 그는 집을 나설 때 은연중에 사장에게 걸었던 기대가 반감됨을 느꼈다. 언제나 냉철하고 합리적인 판단으로 조언해 온 사장이지만 본질적인 부분에서는 그도 어쩔 수 없으리라는 느낌이 갑자기 든 까닭이었다. 내용과 형식이 달라도 사장이 빠져 있는 혼란과 피로 역시 그와 크게 다를 바가 없었다. 아니, 나날이 가속도를 더하고 있는 변화의 시대에 살고 있는 현대인은 그가 어떤 분야에서 일하든 본질적으로는 모두가 비슷한 혼란과 피로 속에 살고 있다는 편이 맞는지도 모른다…….

　그날 그는 그 뒤 거의 한 시간이나 자신이 근래에 겪고 있는 갈등을 털어놓고 사장도 언제나 그래 왔듯 나름대로 조언을 아끼지 않았으나 짐작대로 본질적인 부분에서는 이렇다 할 도움을 받지 못했다. 다만 자리를 뜰 무렵 사장이 지나가는 말처럼 한마디 던진 것만이 집에 돌아온 뒤에까지도 유효한 조언으로 남았다.

　"어디 여행이라도 떠나보시지요. 그런 때는 그게 도움이 될 수도 있을 겁니다."

　그가 백운령(白雲嶺)과 도원평(桃園坪)을 떠올린 것은 출판사를 나와 갑자기 횅댕그렁해진 듯한 거리를 걸은 지 오래잖아서였다. 어떤 감정과 감성이 상승작용을 일으킨 것인지 30년 가까이 되는 옛날의 막막함과 피로가 한 기억으로서가 아니라 생생한 현실감으로 그를 사로잡으며 오랜 무의식의 수면 아래 잠겨 있던 그 태백산맥 속의 오지를 의식의 표면으로 솟구치게 했다.

그렇지만 그는 이미 옛날의 그 앞뒤 모르는 철부지가 아니었다. 그날은 옛 친구를 불러내 기원에서 한나절을 보내고 저녁에는 술잔으로 마음속에 이는 불같은 일탈의 충동을 달래 보려 애썼다. 집으로 돌아가서는 제법 아내와의 화해까지 시도하기도 했다.

　그러나 이튿날 새벽 눈을 뜨면서 그는 낭패감과도 같은 심경으로 본질적으로는 이십여 년 전과 조금도 변하지 못한 자신을 발견했다. 그대로는 아무래도 전과 같은 일상을 반복해 나갈 수 없을 것 같다는 느낌이 바로 그랬다.

　"며칠 어딜 좀 다녀와야겠소."

　입맛 없는 아침상을 물리며 그가 불쑥 말했을 때 아내는 행선지조차 묻지 않았다. 그는 한편으로는 궁색한 구실을 만들지 않으면 설명할 수 없는 그 행선지를 추궁받지 않게 된 것에 안도하면서도 한편으로는 그런 아내의 불문이 묘하게 마음에 걸렸다. 그러다가 마치 미리 준비라도 해둔 듯 아내가 이내 여행 가방을 내오자 이번에는 섬뜩하기까지 했다.

　"다녀오세요."

　아내는 애써 표정을 짓지 않은 얼굴로 대문께에서 그를 전송했다. 차를 빼면서 흘긋 쳐다보니 아내가 그날따라 유난히 작고 쓸쓸해 보였다. 느닷없이 저려오는 가슴에 그는 하마터면 차를 세우고 내릴 뻔했다. 그러나 그보다 더 절실하고 힘 있는 다른 감정이 그를 휘몰아 그는 짐짓 세게 액셀러레이터를 밟았다. 그게 바로 지난 20년 나를 이 끈적한 안주(安住)에 묶어 둔 사슬인지도 모른다…….

그가 구체적인 길을 잡기 위해 지도를 펴든 것은 영동고속도로로 접어든 뒤의 첫 휴게소에서였다. 지도상으로는 죽령을 넘는 길이 가장 빨라 보였다. 한 번 길을 정한 그는 그로부터 네 시간, 한 번 쉬는 법도 없이 도원평이 있는 Y읍으로 달렸다. 참으로 오랜만에 느껴보는 몽롱하면서도 세찬 열정이었다.

Y읍은 그사이 몰라보게 변해 있었다. 그때는 일본식 목조 건물의 군청과 중학교를 빼고는 고만고만한 민가들만 백여 호 모여 있던 좀 큰 동네에 지나지 않았는데 이제는 제법 구획 정리까지 된 현대식의 도시티를 냈다. 지도와 도로 표지판이 아니라면 그곳이 정말로 그 옛날의 그 작은 군청 소재지였던가조차 의심스러웠을 것이다.

그는 낯설어진 그 소읍과 친화(親和) 의식이라도 치르는 기분으로 중심가의 한 식당에서 늦은 점심을 먹었다. 그러나 식사가 나오기를 기다리면서 주위를 살피면 살필수록 낯설어질 뿐이었다.

읍 거리를 벗어나면서 길은 더욱 낯설어졌다. 옛날에는 비포장에 1차선밖에 안 되던 길이 2차선으로 산뜻하게 포장된 것은 그랬지만 끼고 달리는 개울이나 마주 보는 산들도 모두가 기억 속의 그것과는 달랐다.

처음 그는 혹시 길을 잘못 잡은 것이나 아닌가 싶어 두 번이나 차를 멈추고 지나가는 사람에게 방향을 확인했다. 그 사람들뿐만 아니라 얼마 안 돼 다시 만난 도로 표지판도 자신이 바로 가고 있음을 확인시켜주었다. 하긴 이미 30년이 다 돼가는 기억을 고집하는 그가 애초부터 잘못되어 있었는지도 모르는 일이었다.

이윽고 마을과 경작지는 끝나고 길은 본격적으로 백운령(白雲嶺)에 접어들었다. 읍 거리가 상당한 고도의 분지(盆地)에 자리 잡은 것이라 경사는 심하지 않았으나 사방이 점점 산으로 막혀오는 게 오지의 큰 재로 들어서고 있다는 느낌을 강하게 주었다. 그런데 좁아진 골짜기 사이를 달린 지 십 분도 안 돼 그는 다시 기억에 없는 경우를 만났다. 갑자기 길이 두 갈래로 나뉘어져 있는 게 그랬다. 그것도 90도 이상으로 거의 상반된 방향이었다.

그는 잠시 차를 멈추고 다시 한번 옛날의 기억을 짜내 보았다. 출발 무렵 해서 여러 번 되새기고, 근처에 이르러 확인하는 동안에 꽤나 세밀하게 되살아난 것 같던 기억도 거기서는 무력하였다. 도대체 경물 자체가 낯선데 어떤 길이 백운령으로 가는지를 무슨 수로 판단할 수 있겠는가.

그러다가 자신 없는 대로 그가 기억해 낸 게 옛날 고갯길에서 쬐었던 겨울 햇살이었다. 그때 그는 백운령 초입의 어떤 길섶에서 담배를 피우며 지친 다리를 쉬게 한 적이 있는데 쌓인 눈에 반사된 햇살이 두 눈을 찔러왔던 기억이 났다. 그것으로 산을 왼편으로 낀 길이 영마루로 오르는 길이라고 가늠한 그는 곧 그리로 차를 몰았다.

길은 실망스럽게도 오 분을 못 가 포장이 끝나고 황톳길이 나왔다. 그러나 다음 공사가 멀지 않은 듯 흙과 자갈로라도 잘 다져 놓아 그만이라도 다행스레 여겨졌다. 짐작으로 원래 1차선이었던 그 길의 확장 공사는 재 너머까지 되어 있을 성싶었다. 역대로 길 하나는 확실히 닦는 정부를 가진 덕에 백운령을 넘는 길까지도 확장 포장되고 있는 것 같았다.

그가 흔해 빠진 포장 공사까지 의외로 생각하는 까닭은 백운령 너머에 있는 단절된 세계, 도원리와 은수동 때문이었다. 이십여 년 전 그가 그리로 찾아든 것은 그곳이 국도가 다하는 곳이며 사방이 해발 팔백이 넘는 산맥들로 막힌 땅이어서였다. 때 이른 피로와 허무에 지쳐 숨어들듯 찾은 곳인데 이제 그리로 2차선의 포장도로가 찾아들고 있었다.

하지만 확장 공사는 영마루에 이르기 전에 끝나고 예전의 1차선 국도가 나타났다. 차체 바닥에 닿을 듯 바윗돌이 울퉁불퉁하고 두 대의 차가 교차하기 위해서는 이따금씩 나타나는 넓은 구간을 이용해야 하는 길을 앞으로 얼마나 더 가야 할지 모른다는 생각에 잠시 아득해졌다. 그러나 한편으로는 그 변화 없음이 옛 기억을 되살려, 맞게 길을 찾아왔다는 안도를 주었다.

그 참나무 등성이는 어디쯤일까. 그는 30년 가까이 지난 옛날의 눈 개인 오후를 머릿속에서 떠올리며 주위를 두리번거려 보았다. 잎 진 가지에 내린 눈이 햇볕에 녹으면서 새까매진 참나무붙이들이 순백의 눈 천지를 배경으로 해서 연출하던 그 현란한 아름다움이 새삼 선명하게 머릿속에 되살아났다. 그러나 이제 눈에 보이는 것은 유월의 한창 푸르른 잡목 숲뿐이었다.

거기다가 험한 산비탈을 따라 난 비포장 1차선 도로를 운전하는 부담도 주위 경물을 눈여겨볼 수 있게 해주지 않았다. 8부 능선쯤의 굽이 길 맞은편에서 느닷없이 나타난 지프차에 한바탕 진땀을 뺀 뒤부터는 운전에만 전념하게 되었다. 시야가 트인 잿마루에 올라간 뒤에 차를 세우고 주위를 둘러볼 생각이었다.

출발한 읍 거리가 이미 상당한 고지의 분지라 그런지 길은 계속 경사가 완만했다. 그러다가 갑자기 좀 훤해지는 것 같더니 어느새 차는 잿마루에 이르러 있었다. 다행히 잿마루에는 두 대의 차가 교행할 수 있게 길을 넓혀 둔 곳이 있어 그는 거기에 차를 멈추고 밖으로 나왔다.

그곳에도 변화는 다가오고 있었지만 짐작으로 잿마루는 20여 년 전 그때와 별로 달라진 곳이 없는 듯했다. 젊은 그가 사진에서 본 알프스의 연봉(連峰)들을 연상했던 태백의 우뚝한 봉우리들이 눈앞에 펼쳐지면서 옛 기억들이 놀랄 만큼 선명하게 되살아났다.

스무 살 그때 나를 이곳으로 이끈 절망의 정체는 무엇이었을까. 그가 이 백운령과 도원평에 대해 듣게 된 것은 그해 있었던 원인 모를 일탈의 막바지에서였다. 일껏 들어간 대학을 느닷없이 뛰쳐나와 어디가 어딘지도 모를 곳을 서너 달이나 헤매다 그 작은 읍 거리에 들어서게 되었는데 거기서 그 험한 재와 그 너머의 고립된 세상에 대해 듣게 되었다.

어떤 해 질 무렵 그가 지친 몸으로 쇠전거리 밥집에 들어 저녁을 먹으면서 이제껏 따라온 길로 계속 가면 어디에 이르는가를 묻자 중년의 주인 아낙네가 농 섞어 받았다.

"이 양반이 도원평에서 왔나? 요새같이 편한 세상에 뻐스 타른 어디든동 가고 싶은 곳에 가는데 옛날 과객맨쿠로 길은 왜 물어 쌓노?"

그런데 도원평이란 말을 듣는 순간 그는 묘한 흥미를 느꼈다.

"도원평요? 도원평이 어딘데요?"

"그래고 보이 도원평에서 오지는 않았는갑네. 도원평이사 구름재 너머 있제."

"구름재는 어딘데요?"

"이 길루 쭉 따라 내리가다 보믄 남쪽으로 빠지는 길이 있다꼬. 그게 바로 구름재 입새라. 들으이 지도에는 그 재가 백운령으로 나와 있다 카든강."

"그럼 도원평이란 곳도 그리 멀지 않겠네요. 그런데 왜 딴 세상 얘기하듯 하세요?"

그러자 주인 아낙네가 입심 좋게 도원평 얘기를 들려주었다.

"하마 재 이름 들어 보믄 모르나. 하도 높아 늘 구름이 걸리 있다꼬 이름도 구름재라. 그 재를 넘을라 카믄 한 육십 리는 좋게 될 거라. 거다서 다시 한 이십 리 들어가믄 도원평이라꼬 평평한 들이 나오제. 옛날 난리가 나면 숨으러 가던 곳인데 지금도 여남은 집은 남아 있다 카지 아매. 글치만 완전히 별천지라. 길이라꼬는 일제 때 닦은 산판 길이 있지마는 버스도 못 댕겨. 딴 쪽은 사방 깨끄라운(가파른) 산으로 막히 있고. 1년에 두어 번 거다 사람들의 길을 곤치고 육발이(타이어가 여섯 달린 미 군용 트럭)를 불러 농산물을 실어 내고 생필품을 사들여 갈 때만 바깥세상과 이어질 뿐이라. 특히 초겨울 들어 한 번 눈이 왔다 카믄 그 이듬해 눈이 녹을 때까지는 저끼리 딴 세상으로 살아야 한다 카이."

국밥집 주인 아낙네에게 그런 말을 들었을 때 대뜸 그곳이 자신이 가야 할 곳이라는 생각이 들었다. 그래서 길을 자세하게 묻자 이번에는 그녀 쪽이 호기심을 내비치며 물었다.

"옛날에는 더러 아편 농사 같은 거로 한몫 잡을라꼬 외지 사람들이 찾아드는 수가 있었지마는 요새는 통 길 묻는 사람이 없는 갑던데. 더구나 울진에 공비가 든 뒤부터는 거다 사람들도 소개시켜야 한다는 말까지 있던데, 젊은 사람이 거다는 왜?"

"아뇨, 찾아가겠다는 얘기는 아니고 그냥 궁금해서……."

"찾아갈라 캐도 이제는 파이라. 벌써 눈이 쌓이도 몇 자는 쌓있을 긴데. 까닥하믄 재 넘다가 얼어 죽기 십상이라 카이."

그때 그가 도원평으로 갈 결심을 굳힌 것은 오히려 그 눈 때문이었을 것이다. 이미 문학청년의 길을 디뎌 본 그는 자연스레 크눌프를 떠올렸고, 눈 속에서 죽어가는 달콤한 상상에 이끌렸다. 죽음조차도 어떤 경우에는 달콤하게 상상할 수 있었던 그 나이……

그는 다시 주위를 휘돌아 보다 악전고투와도 같던 그날의 여정을 떠올렸다.

그날 밤을 가까운 여인숙에서 묵은 그는 이튿날 아침 미지의 신세계를 찾아 떠나는 탐험가나 되는 기분으로 백운령을 찾아 떠났다. 과연 재로 접어든 지 십 리도 안 돼 길은 두터운 눈으로 뒤덮여 있었다.

그러나 눈은 그의 사그라져 가던 여행의 흥취를 돋우었을 뿐이었다. 그는 준비해 간 소주를 질끔거리며 세상 편한 나그네처럼 재를 올랐다. 아무리 험한 재라 해도 일찍 길을 떠난 터라 육십 리쯤은 해 지기 전에 걸어 낼 자신이 있었다. 재만 넘으면 그다음에야 저문들 어때…….

그로부터 서너 시간의 감동은 그가 뒷날 쓴 글에서 과장되게 펼쳐보인 바 있다. 아름다움의 이데아 그 자체로까지 추켜세워져. 그런데 문제는 그 뒤였다. 눈은 갈수록 두터워져 영마루 근처에서는 거의 허벅지까지 빠질 지경이었다. 그런 눈을 헤치고 가노라니 자연 시간과 체력의 소모가 심해 영마루에 이르렀을 때는 벌써 해가 서쪽 산마루로 내려앉기 시작하는 데다 몸은 또 물에 젖은 솜 더미처럼 무거웠다. 자동차로 겨우 한 시간 남짓 온 거리를 그때는 여섯 시간이나 걸려 온몸의 기력을 소모하고 오른 셈이었다.

그는 산굽이와 한창 짙은 나무 잎사귀로 가려져 아직은 옛 모습을 찾아내기 힘든 도원평 쪽을 바라보았다. 그때의 그 현란하던 설경은 없으나 아련한 감회는 되살아났다. 저녁 이내 같은 것이 끼면서 갑자기 아득해 보이던 도원평. 그때 잿마루에서 잠시 쉰 그는 외로운 산길에서 맞게 되는 겨울밤이 두려워 내리막길을 재촉했다. 아아, 방황하지 말라, 때가 온다. ─ 그런 감미로운 시구는 이제 더 이상 감동을 주지 못했다. 어떻게든 저물더라도 너무 늦기 전에 가장 가까운 민가에 이르러 눈에 젖고 지친 몸을 따뜻하게 지키는 일이 급했다.

그 바람에 구르듯 재를 내려간 그가 다시 십 리 눈길을 허둥지둥 헤집어 가다 갑자기 향군 초소를 만나게 되었을 때의 감격이란. 상대는 전혀 예상 밖인 그의 출현에 잔뜩 긴장해 수하를 하고 있던 향토예비군들이었고, 그들을 지휘하는 전투경찰의 총에는 실탄까지 장전되어 있었지만, 그는 그들을 만난 게 그저 반갑기만 했다……

그는 다시 차에 올라 아득한 옛일을 떠올리며 내리막길을 내려갔다. 옛날에는 느끼지 못했지만 차로 내려가 보니 정말로 높고 험한 재였다. 그런 기억 속의 향군 초소까지의 거리와 위치를 가늠하며 천천히 차를 몰았다.

그런데 재가 다 끝나가는 곳에서 그는 뜻밖으로 실망스러운 변화와 부딪쳤다. 그곳까지 이른 2차선의 잘 포장된 도로였다. 어디서 온 길일까 싶어 그는 차를 멈추고 최근에 산 지도를 펼쳐 보았다. 그 길은 지도에까지 나와 있었다. 동해안의 고속화 도로에서 한 갈래 포장도로가 곁가지처럼 벗어나 재 너머의 읍 거리와 연결되어 있는데 백운령 구간만 비포장으로 표기되어 있었다.

옛날 도원평이 그에게 감동을 준 것은 그곳이 불완전하나마 세상으로부터 격리되어 있다는 점이었다. 그때 너무 일찍 세상과 삶에 지친 그는 아마도 그것들로부터 도망치고 싶다는 열망에 빠져 있었음에 틀림이 없다. 30년 가까이 지난 지금 돌아가 묻혀 살 숲 또는 나무 그늘을 생각하게 되었을 때 문득 그곳을 떠올린 것도 바로 그런 세상으로부터의 고립 때문이었을 것이다.

그런데 이제는 아니었다. 어찌 보면 당연한 변화였지만 그 변화가 그에게 준 실망은 컸다. 이제 더는 별날 것도 신기할 것도 없는 세상에 흔한 길과 마을 중의 하나를 되돌아보러 왔을 뿐이었다.

무엇이 어울리지 않게 잘 정비된 2차선 포장도로를 이곳까지 끌어들였을까. 그는 까닭 모르게 불평스럽고 억울한 기분이 되어 그렇게 중얼거리며 차에 올랐다. 오 분도 안 돼 기억 속의 향군 초소에 이르렀으나 난데없이 그곳에는 잘 도색된 가드레일이 몇 십 미터에 걸쳐 이어져 있을 뿐 옛날의 통나무 차단 시설도, 흙벽돌로 쌓은 향군 초소도 흔적이 없었다.

그러자 기억은 다시 옛날의 주막집을 떠올렸다. 향군 초소에서의 간단한 심문을 전혀 심문받는다는 기분 없이 넘긴 그가 마침 교대를 하게 된 향토 예비군 하나와 밤길을 걸어 찾아들었던 곳이었다. 적당한 이름이 없어 주막이지 실은 늙은 과부 할멈 혼자 살아 만만한 까닭에 겨울철에는 마을 청년들이 거기 모여 술추렴도 하고 내기 화투도 치는 구멍가게 안방일 뿐이었다.

다시 차에 올라 아직은 내리막이 계속되는 길을 달리는데 두 번째의 변화가 눈에 띄었다. 길 오른편으로 들어선 대여섯 채의 농가였다. 옛날 도원평의 마을은 길 왼편으로 띄엄띄엄 늘어선 여남은 채가 전부였다. 편리해진 교통이 더 많은 이주민들을 불러들인 듯했다.

길 왼편 기억 속의 집들도 변해 있었다. 그때는 대부분이 볏짚으로 이은 초가였고 더러는 억새 지붕도 있었으나 이제는 모두가 기와 아니면 슬레이트로 바뀌어 있었고, 보릿짚 섞어 이겨 바른 흙벽도 깨끗한 회벽이 아니면 시멘트로 달라져 있었다.

주막은 두 번째 집이었던가, 아니면 세 번째 집? 그는 달라진 겉모습 때문에 얼른 옛날의 주막을 찾아내지 못해 망설이다가 세 번째 집 앞에서 차를 멈추었다. 한일자(一) 집 가운데 마루방을 가진 구조가 아무래도 눈에 익은 까닭이었다. 30대 중반쯤으로 보이는 부부가 국민학교 상급반으로 보이는 소년 하나와 마당에서 농기구를 살피다가 의아로운 눈길로 그를 맞았다.

"저어……."

말을 걸다가 그는 문득 낭패한 기분이 들었다. 그들에게 어떻게 자신이 찾아온 목적을 밝힐 수 있을까 막막한 탓이었다. 남자 쪽이 경계하는 눈빛으로 물어왔다.

"무슨 일로 왔심니꺼?"

"여기, 혹시 이 집이 한 이십육칠 년 전에 주막이 아니었던가요? 아니, 주막이라기보다는 겨울철에 동네 청년들이 모여 놀고 술추렴도 벌이던 방……. 저쪽 마루 구석에는 소주 궤짝도 놓여 있었고……."

"그거사(그거야) 우리 어릴 때이께는 잘 모르지만 여다서 동네 형님들이 자주 모이 논 거는 사실이래요. 그 사람들이 찾으이 어메가 술 궤짝도 띠(떼어) 놓고 묵이나 두부도 맹글어 팔고, 그랬을

께래요. 그런데 왜 그래십니꺼?"

"아, 맞군요. 그럼 실례지만 댁은 이 집 아드님 되십니까?"

"그렇심더."

그렇다면 그 사내는 그때 불만 많던 까까머리 소년이었을 것이고 나이는 아직 마흔이 차지 않았을 것이었다. 그러나 30년 가까운 세월이 지나서야 되찾아온 곳에서 그때 그 자리에 머물러 있는 사람을 만난 것은 어쨌든 감격이 아닐 수 없었다.

"그럼, 그때부터 주욱 여기 사셨습니까?"

"아이래요. 군대 마치고 한 10년 객지 생활하다가 여기도 길이 닦이(닦여서) 살 만하다는 소리 듣고 되돌아온 게 이제 한 3년 되니더. 그런데 어디서 왔십니꺼? 보이(보니) 도원평 사람 같지는 않지마는 여기를 쪼매 아시는 모양이네요."

이제는 경계의 기색이 사라진 눈길로 사내가 그렇게 받는데 등 뒤로 발자국 소리가 나며 누군가가 들어왔다.

"일꾼 구하기는 고마 파이따(틀렸다). 내일 배추 모종은 우리끼리 내야 될따."

그 목소리가 귀에 익어 돌아보니 놀랍게도 옛날의 주막 할머니가 사립을 들어서고 있었다.

주막 할머니도 그가 전혀 낯선 사람 같지는 않은 듯했다. 돌아본 그를 힐끔힐끔 보다가 먼저 말을 걸었다.

"보자, 이게 누구로? 어예 생판 낯선 사람 같지가 않네."

"아직 살아 계셨군요. 절 알아보지 못하시겠어요?"

"누구더라……."

"거 왜 한 30년 전 눈 많이 오던 해, 울진으로 공비가 들어와 시끄러웠던 해 겨울에……."

그러자 할머니뿐만 아니라 사내까지도 가만히 기억을 더듬는 눈길이 되었다. 그가 그들의 기억을 도와주었다.

"밤에 눈 덮인 구름재를 넘어…… 저 방에 들어가 한참 앉아 있으니 얼었던 옷이 녹아 온몸이 물에 빠졌다 나온 사람처럼 젖더군요."

"아, 그 대학생."

뜻밖에도 그를 먼저 기억해 낸 것은 사내 쪽이었다. 할머니도 그런 아들의 말을 알아들었다.

"그러이, 바로 그 사람이란 말이제? 저녁 먹고도 한참 지나 건넌방에서 눈이라도 붙일라 카는데 웬 물허제비(물허깨비) 같은 청년이 김 순경하고 같이 왔제. 호야 아부지하고 막국시 삶아준 거 달게도 먹디……. 맞지러, 그때 어데 대학생이라 그랬제."

그러면서 막무가내로 집 안으로 끌어들였다. 아들 부부도 별로 싫어하는 기색이 아니어서 그도 이제는 바닥이 합판으로 바뀐 마루방으로 올라갔다.

"그래 어디 가서 어예 살다 인자 이래 찾아왔노?"

할머니가 마치 오래 기다려온 사람처럼 그렇게 묻는 말에 건성으로 대답하며 그는 다시 옛날의 기억을 더듬었다. 그날 밤을 그곳에서 묵은 그는 다음 날 진심으로 그 동네에 남을 수 있는 길을 찾아보았다. 그 완전한 고립감과 정적과 평온이 나이보다 일찍 지쳐버린 그에게는 더없이 소중하게 느껴지며 가능하다면 그곳에 그대로 묻혀 살고 싶은 기분이었다.

그렇지만 삶은 예나 지금이나 냉혹한 현실이었다. 그곳은 결국 이름 같은 무릉도원은 아니었고, 사람들도 젊은 그의 추측처럼 환상적으로 살아가는 것은 아니었다. 고립과 격리가 불편임에도 그렇게밖에는 달리 생계를 구할 수 없는 떠돌이 화전민 몇 집이 험한 산맥에 갇힌 그 분지의 손바닥만 한 들에 기대 살아가고 있을 뿐이었다. 그가 머슴 일을 하겠다고 해도 받아줄 만한 집이 없었고, 그렇다고 막연한 기식(寄食)이 가능한 곳도 아니었다. 아니, 그의 정주 의사부터 아예 믿어주려 하지 않았다.

그래도 그는 얼마 남지 않은 여비를 털어 그 주막에 밥을 부치고 한 일주일을 더 머물렀다. 그러면서 그곳 사람들과 친화를 이루어 어떻게든 그곳에 남아보려 했으나 끝내는 뜻을 이루지 못했다. 그 마을에 든 지 여드레쨌가 아흐레째 되는 날 눈길을 뚫고 전투경찰의 보급품을 싣고 온 군용 트럭 편으로 그는 다시 백운령을 넘어 되돌아 나오지 않을 수가 없었다.

"그래 요새는 뭘 하고 사노? 그때는 참 걱정스럽디. 뭔 일에 실망을 했는동 나이 스물밖에 안 된 사람이 이 골짜기에 처박히 살겠다 카이. 대학까지 댕기든 사람이 머슴살이라도 하겠다미…… 학생 도라꾸(트럭) 타고 가고 난 뒤 김 순경이 카드라꼬. 저 사람 저 거 어디 죽으러 가는 거 아인지 몰라, 라꼬."

할머니의 기억은 생각보다 또렷했다. 그때도 이미 할머니였는데 지금은 도대체 나이가 얼마나 되는 것일까, 그런 생각에 그는 동문서답과도 같은 물음으로 받았다.

"할머니, 올해 연세가 어떻게 되십니까?"

"나도 이제는 다 돼가는 판이라. 일흔다섯이제."

그렇다면 그때는 아직 쉰도 되기 전이었는데 왜 할머니로 기억되는지 알 수가 없었다. 스무 살의 눈이라 그랬는지도 모를 일이었다. 할머니가 다시 자신의 물음을 반복했다.

"요새 뭐 하노, 카이. 여다는 무신 일로 왔고오?"

대답을 해야 되자 그는 일순 난처함을 느꼈다. 무슨 수로 이 할머니에게 글 쓰고 사는 직업을 설명해야 할까. 그러나 거짓말을 할 수도 없는 노릇이라 그대로 말했다.

"그럼 작가 선생이 되신 모양이네. 그래고 보이 그때도 뭔가 이상하더라꼬."

그 직업이라면 내가 잘 안다는 듯이 아들이 대신 받고 나섰다. 마루에 놓인 19인치 칼라텔레비전이 그런 아들의 상식을 뒷받침하듯 기우는 햇살에 번들거렸다. 할머니도 알은체를 했다.

"아, 언젠가 연속극에 나왔던 그러매이 사람. 재떨이에 담배꽁초 수북히 쌓아 놓고 글이 안 되이 종이를 꾸기꾸기해 아무 데나 내떤지고 하던 그 사람 같은 직업 말이제. 그래도 어예튼 성공했는가베. 요새는 그런 글쟁이도 사람들이 꽤 알아주는갑던데."

도회지 서민층이나 다름없이 획일화된 그들 모자의 상식을 대하자 그는 비로소 그곳이 더는 세상으로부터 고립된 땅이 아님을 느꼈다. 무슨 상징처럼 잘 닦여져 있던 2차선 포장도로가 문득 머릿속을 스쳐갔다.

"이곳도 참 많이 달라졌네요. 그때는 딴 세상 같았는데."

"그럴께라. 10년 전하고도 천지 차인데 그때하고야."

아들이 다시 그렇게 받아 한동안 말 상대가 되어주었다.

"동네 집도 배는 늘어난 것 같은데요."

"배가 뭡니까? 이 아래로 내려가다 보믄 알겠지만 그때보다 다섯 배는 늘었을 거라. 그것도 요새 몇 집 줄어 글타 카이."

"이 깊은 골짜기에 무얼 해 이 많은 사람들이 삽니까? 살이들도 많이 나아진 것 같은데."

"길 들어오고부터 고랭지 채소로 재미 봤심더. 땅은 원래가 걸었(기름졌)으이께. 좋을 때는 한여름 감자, 배추로 대구에 집 한 채 산 사람도 있다꼬요. 요새사 우루과이라운드로 이것도 저것도 다 파이지마는."

그때 다시 할머니가 끼어들었다.

"여기 오기도 쉽잖은 일인데, 오늘은 고마 고향 찾아온 셈 잡고 여다서 자고 가소. 그때는 영감 일찍 죽고 어린 아아(아이)들 데리고 사니라꼬 정신이 없어 한 그릇 두 그릇 히알리(헤아려) 가미 밥값 다 쳐 받았지마는 인제는 밥값 달라 소리 안 할 테이. 야야, 뭐 하노? 저녁 준비해라. 귀한 손이따."

사실 도원평을 찾아올 때만 해도 그는 될 수 있으면 며칠 묵어갈 생각이었다. 그러나 이제는 아니었다. 그의 기억 속에 있는 도원평은 이미 사라지고 대신 어디서나 흔한 농촌이 있을 뿐이었다. 그리고 이미 호텔 방에 익숙해진 그에게는 산골 농가에서의 민박은 불편을 뜻할 뿐이었다.

"아뇨, 됐습니다. 이렇게 와 본 것으로 넉넉합니다. 저는 오늘 밤 안으로 강릉까지 나가야 합니다."

그는 메말라지는 자신의 목소리를 느끼며 예정에도 없는 거짓말로 그들의 호의를 거절했다. 이번에는 아들이 나섰다.

"옛날에사 강릉 카믄 아마득한 곳이었지마는 요새는 여다서 두 시간 거리밖에 안 되더. 이왕 오셨으이 소찬이라도 저녁이나 뜨고 가이소. 이쪽으로 넘어가 바닷가로 빠지는 길은 모두 아스팔트가 돼 있으이 밤길이라꼬 어리울 것도 없고."

그러나 무엇엔가 실망한 그는 왠지 그곳에 더 머물고 싶지 않았다. 그새 내온 커피를 낯선 기분으로 서둘러 마신 뒤에 자리에서 일어났다.

무엇일까. 무엇이 이렇게 실망스럽고 싫은 기분으로 나를 내모는 것일까. 그들 모자의 호의를 뿌리치듯 차에 올라 도원평을 빠져나오면서 그는 스스로에게 물었다. 그러나 어떤 생각 못 한 변화가 그것에 대해 품고 있는 그의 환상을 여지없이 깨뜨려 놓았다는 허전함뿐 당장은 그 구체적인 내용이 떠오르지 않았다.

생각보다는 도원평에 오래 머물렀던 탓인지 날은 동해안 고속화 도로에 들기도 전에 저물어 왔다. 해안 도로에 이르렀을 때는 벌써 바다가 시커먼 어둠 속에 숨고 이따금 바닷가 바위에 부서지는 파도만이 허옇게 비칠 뿐이었다.

그가 그 도로를 마지막으로 달려본 뒤로 채 1년도 안 되었는데도 그 도로 또한 눈에 띄게 변해 있었다. 조금이라도 바다가 빤하게 드러난다 싶으면 실속 없는 양풍(洋風)이 들어 무슨 가든이요 레스토랑에 호텔 모텔이었고, 길을 한 굽이 돌았다 싶으면 주유소, 휴게소였다. 전국 어디서나 비슷한 모습, 비슷한 영업 방식의.

그가 자신을 실망스럽고 쓸쓸하게 만드는 것이 무엇인가를 알아차린 것은 그렇게 해안가를 달리다가 들게 된 모텔에서였다. 새로 지은 그 모텔에 붙은 횟집에서 저녁 겸 술 한잔을 걸치고 방으로 들어서면서 그는 문득 "잃어버린 숲, 사라져버린 나무 그늘."이란 말을 중얼거렸다. 바로 그랬다. 그가 달려온 것은 자신이 기억하는 숲과 나무 그늘을 찾아서였는데 그게 사라져버리고 없었다. 그 숲과 나무 그늘이 세상에서 유일한 것은 분명 아닐 테지만 이상한 감정의 파장은 다시 그를 한탄처럼 중얼거리게 했다.

"이제는 돌아가 숨을 숲도, 쉴 수 있는 나무 그늘 아래도 없다."

이튿날 그는 새벽 일찍 눈을 떴다. 간밤 반주 삼아 마신 술 탓에 속이 쓰려서이기도 했지만 그보다는 부실한 방음 공사 때문에 유난히 크게 들리는 파도 소리 때문이었다. 커튼을 치지 않아 밝아오는 창가도 그의 잠을 방해했을 것이다.

냉장고에서 찬물을 한 병 꺼내 마신 그는 창문을 여미고 커튼을 둘러친 뒤 다시 잠을 청해 보았다. 그러나 한 번 깬 의식은 맑아지기만 했다. 그러다가 생각이 내가 왜 여기 와 있나, 하는 것에 미치자 이제 더는 누워 있을 수 없게 되었다. 어제 도원평에서 분명하게 가닥 잡히지 않았던 감정들이 그제야 정연하게 정리되어 왔다.

마침내 더 견디지 못하고 침대에서 일어난 그는 여행 가방에서 필기구와 편지지를 꺼내 쓰기 시작했다.

아내에게.

이곳은 동해안의 어떤 모텔이고 지금은 아직 일출 전의 새벽이오. 마지막으로 써본 지가 언제인지조차 기억에 없는 이런 고색창연한 통신 방법을 고른 것만으로도 이미 짐작하겠지만 나는 실로 오랜만에 당신에게 진지하게 얘기하고 싶어졌소.

어제 집을 나설 때 사실 내 기분은 자못 비장한 것이었소. 왕궁을 떠나는 싯다르타까지는 몰라도 집을 나서는 팔순의 톨스토이 정도는 되었을 거요. 당신도 무언가 심상치 않은 분위기를 감지한 듯했소. 꼼꼼히 준비된 속옷과 세면 기구를 내놓으면서도 그런 경우 늘 그랬듯 행선지며 할 일을 꼬치꼬치 캐묻는 일은 않더구려.

이 무슨 철없는 문학소년 같은 소리냐고 비웃을지 모르지만 이 며칠 끊임없이 내 머릿속을 차지하고 있는 것은 숲과 나무 그늘이었소. 임서기(林捿期)의 숲과 수하기(樹下期)의 나무 그늘 말이오. 거 왜 당신하고도 며칠 전 그 일로 다투지 않았소?

　이 또한 늙음으로 다가감의 징표인지 모르나 언제부터인가 나는 질척한 일상과 가망 없는 성취에 조금씩 절망해 오고 있었소. 20년이 넘도록 참고 힘들여 가꾸어 왔으나 일상의 족쇄와 사슬은 늘어만 가고, 많은 말을 허비해 몇 권의 책을 만들었으나 다시 돌아볼수록 공허할 뿐이오. 일찍이 명료했던 것들은 갈수록 애매해지고, 특히 삶의 이런저런 시비에 이르면 캄캄한 절망을 느낄 때조차 있었소. 역시 당신이 감지하고 있었는지 모르지만 방심한 듯, 허탈한 듯 보낸 최근의 몇 달은 그와 같은 내 내면의 반영일 것이오.

　돌이켜보면 그런 기분은 내게 새삼스러운 것이 아니오. 20여 년 전에도 나는 이러한 삶을 반은 짐작으로 미리 살아본 적이 있고, 그래서 못 견뎌 하다 학교와 집을 떠나 여러 달을 헤맨 적이 있었소. 또래와 세상으로부터 떠나 스스로를 쥐어짜다 나름으로는 어떤 해결을 얻어 와 다시 이 오늘로 출발할 수 있었던 것인데, 이제 와서 보니 그것은 해결이 아니라 유예였을 뿐이었던 듯하오. 그나마 이제는 기한이 다 된……. 젊은 시절 한때 나는 허풍스럽게도 스스로를 쏘아야 할 화살을 너무 많이 가진 자, 존재하지 않는 것에 대한 그리움으로 머무를 수 없는 영혼이라 규정한 적이 있소. 그러나 철이 들며 이내 그런 존재는 감상적인 문학 안에서만 있을 수 있으며, 엄혹한 현실에서 소외된 자들의 자기 미화 내지 정신적인 수음일 뿐이라는 견해 쪽으로 기울었소. 실제로 당신을 만난 뒤의 20년은 그 견해에 충실하게 살아온 세월이었소.

그런데 요즘 들어 내가 시달려온 것은 바로 그런 20년의 안주와 집착에 대한 회의였소. 원인은 아마도 가혹하게 내몰려온 성년의 누적된 피로였겠지만 피로란 게 정말 이상한 폭과 깊이를 가진 의식이더구려. 언제든 불안이나 회의로 전환될 수 있고 때로는 그리움으로까지 변용되는 근원적인 감정 같단 말이오.

어쨌든 언제부터인가 나는 돌아가 숨을 숲과 나무 그늘 아래를 꿈꾸게 되었는데 어제 내가 들른 곳은 내 기억 속에 남아 있는 그 숲과 나무 그늘 가운데 하나였소. 그러나 지금 내가 느끼는 것은 이제 더 이상 그런 숲과 나무 그늘은 없다는 것이오. 인간이 가진 낙원 상실의 신화에는 이제 그 숲과 나무 그늘도 추가되어야 할 것 같소. 타잔의 모험조차도 아직은 전원 문화에 바탕하고 있던 시절에나 가능한 신화였던 것이오.

존재의 근원이나 종말 같은 거창하고 심원한 사색을 위해서가 아니라 단순한 휴식과 자기 성찰을 위한 것일지라도 숲과 나무 그늘이 필요하다면 이제 우리는 그것을 자신의 내면에서 기르고 가꾸는 수밖에 없을 듯하오. 후기 산업사회라고 부르건 과학과 기술의 시대라고 말하건 세상은 어느새 한 끈에 연결된 방울처럼 되어 격리되고 고립된 공간이나 시간은 현실에서는 존재할 수 없게 되었기 때문이오.

오랜만에 사용해 보는 통신 방식인 데다 잃어버린 시간을 찾아 나선 여정에서의 과장된 감정이라 내 말이 턱없이 심각하게 들릴지 모르지만 너무 걱정은 마시오. 그리워하던 숲과 나무 그늘은 이 세상 어디에도 없고 다만 마음속에서 길러가야 할 뿐이라면 돌아가야 할 곳은 당신과 아이들이 있는 곳밖에 더 있겠소. 며칠 더 헤매기는 하겠지만 그리 늦지 않게 돌아가게 될 것이오. 돌아가 당신과 함께 남은 햇살을 쬐며 다가오는 늙음과 죽음을 응시할 것이오. 그런데…… 이 성년의 오후가 왜 이리 피로하오? 많이 남지도 않은 이 햇살이 왜 이리 쓸쓸한 것이오…….

거기까지 쓰고 나니 까닭 모르게 눈앞이 흐려 와 더 쓸 수가 없었다. 그는 의자에서 일어나 창가로 갔다. 그새 수평선 위로 아침 해가 떠오르고 있었다. 이상스레 붉고 큰 해였다. 한 번도 눈여겨본 적이 없는 동해 일출의 장관이었으나 그에게는 왠지 속절없는 낙일같이만 느껴져왔다. 그게 다시 까닭 모를 비감을 자아내 그는 얼른 돌아섰다. 그리고 테이블로 돌아가 급하게 인사말을 맺은 뒤 편지를 봉했다.

(1998년)

제의(祭儀)와 역사(歷史)

– 소설집 『아우와의 만남』에 관한 몇 가지의 주석

김동식(문학평론가)

1. 『아우와의 만남』이 놓인 자리 : 영웅(英雄)과 시인(詩人)의 사이에서

소설집 『아우와의 만남』에 수록된 9편의 중단편은 작가 이문열이 1990년 이후에 발표한 작품들이다. 1990년대에 접어들어 발표된 이문열의 중단편이 갖는 의미와 맥락에 대해 이해하고자 한다면, '아버지'의 문제를 비켜가기는 어려운 일이 될 것이다. 여러 방법과 경로가 있겠지만, 1982년 9월부터 1984년 4월까지 《세계의 문학》에 연재되었던 장편 『영웅시대』와의 간략한 대비는, 1990년대 중단편의 의미와 맥락을 살피는 데 적지 않은 도움이 될 것이라 생각된다. 장편 『영웅시대』가 한국전쟁 이후 국가 이데올로

기로 자리 잡은 반공주의의 억압과 4·19 이후 지속적으로 전개된 민주화 및 해방의 이념 사이의 역사적 긴장 관계를 반영하고 있는 작품이라는 점은 널리 알려진 사실이다. 작가 이문열은, 자신의 실존적 고민과 전기(傳記)적 경험을 역사적 층위로 확장하여, 식민지 시기부터 한국전쟁에 이르기까지 사회주의 또는 공산주의 사상의 역사성을 소설의 육체를 통해서 드러내 보였다. 그런 의미에서 『영웅시대』는 반공주의를 성찰할 수 있는 계기를 제공한 동시에 반공주의 아래에서 억압되었던 사회적 기억과 실존적 목소리를 되살려 내었다고 할 수 있다. 반면에 『영웅시대』는 1980년대 이후 본격화되는 해방의 이념에 대한 성찰과 경고의 목소리를 뚜렷하게 제시하고 있는 작품이기도 하다. 작품의 끝부분의 '이동영의 노트'에서는 사회주의자로 살아온 이동녕의 사회주의 비판이 주어지며, 또한 편지인 '아들에게'에서는 윤리성과 자주성이 결여되었던 아버지의 시대 즉 영웅시대를 넘어서 아들의 시대에는 민족주의와 휴머니즘을 추구할 것을 마지막으로 충고하고 있다.

마르크스가 살아난다 해도 그가 살아갈 수 있는 곳은 여전히 자본주의 국가의 빈민굴일 뿐이다. 진정으로 그의 가르침에 감동하는 것도 사회주의 국가의 권력 엘리트가 아니라 자본주의 국가의 소외된 지식층이거나 야심적인 몽상가들 쪽일 것이다. 만약 그가 사회주의 국가에 다시 태어난다면 틀림없이 자기 주장의 많은 부분을 철회하거나 수정해야 할 것이며, 끝내 그것을 거부한다면 그를 기다리는 것은 어이없게도 처형대뿐일 것이다. 죄목은 반혁명 또는 반마르크시즘.

　　　　　　　　　—『영웅시대(하)』(민음사, 1985), 702쪽

　그렇다면 1990년대에 발표된 이문열의 중단편은 어떠한 맥락에 놓여 있는 것일까. 널리 알려진 바와 같이, 한국 사회는 1987년 이래로 형식적 차원에서의 민주주의 체제가 들어섰고 88올림픽 이후에는 세계화를 위한 움직임이 본격화되었고 1990년대에 접어들면서 후기산업사회적인 면모가 나타나기 시작했다. 또한 대외적으로도 소연방 해체, 독일통일, 한중수교 등 탈(脫)냉전시대로 접어드는 세계사적인 변화의 흐름 속에 있었다. 이 시기에 발표된 이문열의 소설들 또한 이와 같은 사회역사적 변화와 무관하지 않은데, 그 가운데 중편 「아우와의 만남」은 이문열 문학의 1980년대와 1990년대를 구분하면서도 연결하는 일종의 문턱에 해당한다. 한중수교를 전후해서 중국을 여행할 수 있게 되었고, 중개인을 통해서 아버지의 사망 소식을 접하게 되고, 북한에서 태어난 이복 남동생을 만나 아버지의 행적을 듣게 된다. 공화국의 휘황한 이념을 위해 온몸을 다 바친 영웅일 수 없었다는 것, 보다 냉정하게 말하자면 공산주의적 관료주의 아래에서 힘겹게 삶을 영위한 인물에 지나지 않는다는 것. 이 지점에서 이문열의 소설은 영웅으로 대변되었던 아버지의 표상을 지속적으로 고쳐 쓰는 쪽으로 나아가게 되며, 그와 함께 아버지의 표상을 고쳐 쓸 수 있는 서사적 가능성을 탐색하는 과정이 모색된다. 영웅이라는 상상적 표상에서 시인이라는 또 다른 상상적 표상으로. 아버지에 관한 서사는 역사의 시공간에서 제의(祭儀)의 시공간으로 움직여 가며, 환상(幻想)·기담(奇談)·약전(略傳)·우화(寓話) 등 근대소설과는 구별되는 서사의 가능성들이 소환된다. 역사를 만드는 영웅의 표상으로 제시되었던 아버지는, 제의적 시공간을 방랑하는 시인의 모습으로 재구성된다. 아버지 표상을 둘러싼 변화는 이문열 문학의 변모를 살피는 일인 동시에 이문열 소설의 정치적 무의식을 엿보는 일이기도 하다.

2. 환멸의 유토피아 또는 역사에의 환멸

중편 「아우와의 만남」에서 주인공 이 교수는 중국의 중개인을 통해서 월북한 아버지와의 만남을 시도한다. 하지만 아버지는 이미 사망했고 이복동생을 만나는 것은 가능하다는 연락을 받는다. 무엇을 확인하고 싶었던 것일까. "어렸을 적 휴전선의 긴장이 과장된 소문으로 떠돌 때마다 나는 백마에 높이 오른 장군으로 남하하는 인민군을 선두에서 지휘하는 아버지를 상상했다." 아버지가 자신의 이념을 성취한 영웅적인 삶을 살았다고 한다면, 가족을 버리고 이념을 좇은 아버지의 삶을 인정할 근거를 찾을 수 있을 것이다. 더 나아가서 자식으로서 겪어야 했던 비참과 고통에 대한 그 어떤 상상적 보상이 주어질 수도 있었을 터이다. 하지만 이복동생과의 대화가 이루어지면서 아버지의 불우한 행적이 밝혀진다.

> 그런데 임종의 순간에 돌아본 북쪽에서의 40여 년은 어떠했을까. 물론 아버지는 찬연한 이념의 광휘로 스스로를 훈도(燻陶)했고, 실제로 어머니께도 말한 적도 있다고 한다. 마음속의 공화국이 오면 그때 나는 소학교 소사(掃使)라도 좋고, 이름 없는 노동자로 살아도 괜찮소…… 하지만 과연 그러했을까. (……) 경제학 교수에서 노무자나 다름없는 현장 기사, 기사장, 그리고 엉뚱한 관개(灌漑)전문가. 설령 당신께서는 만족하며 눈감으셨다 하더라도 내게는 당신의 삶을 실패로 규정하고 슬퍼할 권리가 있다. (176쪽)

아들은 아버지의 삶을 실패로 규정하고 슬퍼할 권리가 있다. 그렇다면 아버지의 삶을 실패로 이끈 것은 무엇일까. 아버지가 선택한 이념을 둘러싸고 진행된 역사가 그것. 아버지는 역사 안에서 스스로를 만들어가는 역사적 인간이고자 했고, 이념에 의해서 아버지와 역사적 현실은 분리 불가능한 수준에서 연결되어 있었던 셈이다. 이념을 둘러싼 역사가 이념을 배반하며 진행되었고 아버지는 그 역사 아래에 놓여 있었던 것. 공화국과 유토피아를 약속하며 개인의 헌신과 희생을 요구하며 진행된 이념의 역사는, 기만적인 권력에 지나지 않는다. 아버지의 삶을 실패로 바라보는 아들의 시선에는, 이념과 역사에 대한 환멸이라는 무의식이 자리를 잡는다.

이념을 둘러싼 역사의 문제는, 20세기 후반의 현재에서도 여전히 반복되고 있다. 「구로 아리랑」은 공안기관에 의해 취조를 받는 여공의 목소리를 담아내고 있는데, 취조는 노동운동이 아니라 혼인빙자간음과 관련해서 이루어진다. 품격 있는 태도로 여공들을 존중했고 사회적 문제를 스스로 자각할 수 있게 도와준 현식. 여공들은 그가 대학에서 제적당하고 산업현장에 위장 취업한 운동가라고 여겼다. 여러 여공들이, 마치 유행가 가사처럼, 몸 주고 마음 주고 돈을 주고 사랑도 주었다. 여공 한 사람이 임신을 했고 현식은 자취를 감추었다. 하지만 여전히 취조실에서 여공은 현식에 대한 믿음을 거두지 않는다. 공안기관이 사건의 진실을 알려주는 역설적인 풍경이 펼쳐진다.

또 뭔 소리 할라꼬예? 뭔 소리든동 해 보이소. 뭐라예? 현식이 오빠가 대학 문전에도 못 가 본 사람이라꼬예? (……) 그런데 모양이 해 말끔하고, 재수, 삼수도 공부라꼬 몸에 배인 틀이 있어 그 사람을 대학생 위장 취업한 거로 잘못 보고 자꾸 쑤석거려 싸이, 거기서 힌트를 얻어 그 길로 나서게 됐다꼬예? 그쪽 책 몇 권 수박 겉핥기로 훑고 그쪽 사람들 말 몇 마디 주워들어 참말로 위장 취업한 대학생 행세해 가미, 벌써 두 군데 공장 돌아 우리 같은 가시나들 여나믄은 회 쳐 먹고 이쪽으로 온 거라꼬예? 노동운동이다 의식화다가 다 꼬임수라꼬예? 참말로 너무 합니더. 사람을 잡아도 정도껏 잡으이소.(29~30쪽)

현식이란 무엇이었던가. 해방의 담론을 늘어놓는 기만적인 페니스(penis)에 지나지 않았다는 것. 하지만 그는 해방의 초월적 기호를 말함으로써 스스로를 팔루스(phallus)의 차원에 올려놓았다. 물론 현식의 사기극은 1980년대의 노동운동을 평가할 일반적인 근거가 되지는 않을 것이다. 작품에 의하면, 현식은 해방의 이념 주변에는 기만적인 역사의 가능성이 잠재되어 있다는 사실을 보여주는 일종의 알레고리인 것만큼은 분명하다.

작가가 보았던 것은 무엇인가. 아버지의 실패한 삶이나 사기당한 여공의 경험의 배후에는 역사의 기만적 구조가 가로놓여 있다는 것. 유토피아와 인간해방의 이념을 한 손에 틀어쥔 집단과, 이념에 대한 공감과 헌신의 윤리에 근거하여 자신을 역사적 인간으로 만들어 가고자 하는 개인, 이 사이에는 기만의 구조가 은폐되어 있다. 이문열의 여러 소설들에 의하면, 역사는 기만의 구조가 반복되는 양상에 지나지 않는다. 이를 두고 역사에 대한 환멸이라고 불러도 좋을 것이다.

3. 제의적인 것 : 역사의 바깥과 시간의 갱신

"있을 거요. 그 숱한 혁명의 세월이 지나갔지만 그리 많은 것이 달라진 것 같지는 않구려. 그들은 감격에 차서 우리는 변했다, 우리는 발전했다고 수없이 외쳤었소. 특히 저 붉은 벽돌집들이 지어졌을 '대약진(大躍進) 운동'의 시기에는 진심으로 그렇게 믿었을지도 모르오. 그러나 아닌 듯싶소. 어쩐지 그들의 한, 충족받지 못하는 갈망은 의연히 옛 그대로인 듯만 싶소."

나는 까닭 없이 비감에 차서 그렇게 받았다. 그 찬연하던 아라사(我羅沙)가 무너져 내리기 시작한 이래로 상념이 혁명의 언저리에 이르면 나는 언제나 영문 모를 비감에 빠져들고는 했다.

　　　　　　　　　　　　　　— 「이강에서」, 222~223쪽

이문열의 작품들에 의하면, 유토피아에 대한 말들은 해방의 환상 속에 기만의 구조를 은폐하고 있다. 그렇다면 어떻게 할 것인가. 단편 「이강에서」는 의식(儀式) 또는 제의(祭儀)적인 것이 이념-역사에 대한 환상과 마주하고 있어서 주목의 대상이 된다. 이 작품에는 중국의 계림을 여행하는 한국인 남녀가 등장한다. 두 사람은 수백 년 전 중국의 공자(公子)와 가인(佳人)이었고 서로 사랑하는 사이였는데 이강(漓江) 삼백 리에서 사흘 밤낮으로 이별의 의식을 치르고는 헤어졌다고 한다. 현대의 한국인으로 환생하여 그 옛날 이별의 장소였던 이강을 다시 여행한다는 것이다.

실제로 그들이 환생하여 다시 만난 것인지, 술을 너무 많이 마신 탓에 생겨난 일종의 공동환상인지는, 어느 누구도 알 수 없다. 하지만 그들의 환생을 뒷받침하고 있는 것이, 이강 삼백 리에서 이루어진 이별의 의식이라는 점만큼은 분명하다. "실은 이 이강 삼백 리가 바로 길고 쓰라린 이별의 의식이었소." 여행을 의식 즉 제의와 등치시키고 있다는 점에 주목할 필요가 있다. 역사의 관점에서 보자면 이강에서의 이별은 과거와 현재라는 시간적 간격을 두고 벌어진 개별적인 사건들에 불과하다. 하지만 의식 또는 제의의 관점에서 보자면 사정이 달라진다. 의식 또는 제의는 시간을 '시초'의 신화적인 시간과 일치시킨다.[1] 수백 년 만에 만난 두 남녀가 이강에서 이별하던 그 순간으로 돌아가 그때의 열정을 고스란히 유지할 수 있었던 것은, 의식 또는 제의의 힘 때문이다. 새로운 사건에 의미를 부여하고 유토피아를 최종 단계로 제시하는 이념-역사와는 달리, 의식 또는 제의는 세속적인 역사적 시간을 차단하면서 근원적인 시간과 공간으로 두 사람을 데려간다. 그 어떤 사건도 비가역적이지 않고 어떤 변화도 최종적이지 않다. 과거는 미래의 예시이며, 미래는 근원적 사건의 반복에 불과하다. 제의에서는 시간 자체가 끊임없이 갱신된다.[2] 이문열 소설에 등장하는 환상성의 저변에는 제의적인 것이 가로놓여 있다고 보아도 크게 틀리지는 않을 것이다.

　중편 「아우와의 만남」에서의 핵심적인 지점도 제의 또는 의식에 있다. 역사는 아버지와 아들을 갈라놓았고 생면부지의 사람을 아우라고 만나게 한다. 이 교수가 아우를 받아들일 수 있었던 근거는, 다름 아닌 항렬이었다. 이념을 좇아 가족을 버리기는 했지만

---

1) 미르치아 엘리아데, 심재중 옮김, 『영원회귀의 신화』(이학사, 2003), 32쪽.
2) 의식과 제의에 관해서는 위의 책, 81~98쪽 참조.

아버지는 북한에서 낳은 자식들에게 항렬에 따라 이름을 붙였다. "불구덩이 속에 어린 삼 남매와 젊은 아내를 팽개치고 갈 수 있었던 이념가도 가문과 항렬만은 용케 잊지 못했구나……" 항렬은 한 가족 또는 같은 가문임을 확인하는 입사(入社)제의의 통로에 해당한다. 이념을 삶의 원리로 체현하고자 했던 아버지였지만, 그는 삶의 후미진 모퉁이에 제의적인 가능성을 남겨 놓았던 셈이다. 항렬을 확인했으니 함께 제사를 지내는 일도 가능할 것이다. 이 교수는 아우와 함께 혜산으로 자리를 옮겨 망제를 지낸다.

> (……) 나는 그때 단순한 추모의 정을 넘어 어떤 맹목의 종교적 열정 같은 것에 내몰리고 있었던 것이 아니었는지 모르겠다. 아우도 그런 내 열정에 휘말린 듯 생소할 것임에 틀림없는 제례 용어 한번 물어보는 법 없이 집사와 제관의 역을 잘 해냈다.
>
> —「아우와의 만남」, 175쪽

아버지와 관련된 상처, 원망, 환상 등이 제사의 과정 속에서 정화된다. 늦기는 했지만 자식으로서의 도리를 다했다는 안도감만은 아닐 것이다. 그 저변에는 단지 역사의 도정에 있었다는 이유 때문에, 자유의지에 따른 선택과 결과일 뿐이라는 이유 때문에, 역사의 과정에서 아버지가 그리고 자식들이 받은 고통과 상처를 허용하거나 정당화할 수는 없다는 생각이 가로놓여 있다. 제사로 대변되는 제의적인 것은, 아버지가 경험했고 자식이 감지하고 있는 역사의 폭압과 마주보고 있다. 이 지점에서 눈여겨봐 두어야 할 것은 제사의 과정에서 아버지의 위상이 변화하고 있다는 점이다. 이념을 좇아 가족을 버린 비정한 아버지도 아니고, 권력화된 이념의 희생양으로 전락한 불우한 아버지도 아니다. 제사에 의해서 아버지는 한 가문이 만들어진 최초의 근원적 시간으로 돌아간다. 제사를 통해서 아버지는 역사의 층위에서 제의적 시간과 공간으로 이전하게 된다. 제의를 통한 아버지의 재탄생. 제의는 역사에 의해 버림받은 아버지가 아닌, 다시 순수한 삶을 시작할 수 있는 가능성을 가진 아버지를 만든다. 제의는 역사의 바깥으로 아버지를 불러내어 아버지의 시간을 갱신한다.

4. 시인 또는 역사로부터의 자유

역사와 현실 속의 아버지의 표상을 바꾸는 일은, 단순히 개인적 차원의 가족 로맨스는 아닐 것이다. 어떻게 하면 아버지의 표상을 바꿀 수 있을 것인가. 역사의 희생양으로 귀결되지 않으면서, 역사의 주박으로부터 자유로우면서도, 역사의 기만적 구조를 드러내는 동시에 스스로 권력이 되지 않을 수 있는 가능성. 이러한 문제틀 속에서 작가가 주목한 것은, 조선시대의 김삿갓과 유사하다고 생각되는, 방랑 시인의 이미지이다. 소설집 『아우와의 만남』에는 시인과 관련된 3편의 작품이 수록되어 있다. 「시인과 도둑」,

「시인의 아들」, 「하늘 길」이 그것이다. 「시인과 도둑」에 역사와 이념 속에서 방황하는 아버지가 그려졌다면, 「시인의 아들」은 제의적 시간과 세속적 시간의 경계에 서 있는 아버지의 모습이 제시된다. 「하늘 길」에서는 신화적인 통과제의를 거쳐 한 소년이 아버지가 되었다가 시인으로 탄생하는 과정이 제시된다. 수록된 순서에 주목한다면 시인-아버지는 역사의 시간을 거쳐 세속의 시간에서 빠져나와 제의적 시간 속에서 스스로를 시인으로 탄생시키는 양상이다.

그는 긴 세월을 허비해 두 개의 상반된 세계와 인식을 거쳐 왔다. (……) 먼저 그가 건너야 했던 것은 긍정과 시인(是認)과 보수(保守)의 세계였고 그 인식이었다. 그 세계에서의 삶은 이겨 살아남고 이룩하고 누리는 것이 본모습으로 상정(想定)되어 있었으며, 인식의 주류는 '지금' 이루어지는 것이 모두 옳으며 '여기' 있는 것은 모두 존중되고 유지되어야 한다는 것이었다.

그러나 그의 일생을 인도한 일탈(逸脫)의 별은 그를 그 같은 세계와 인식 속에 안주할 수 있도록 놓아두지는 않았다. (……) 억눌리고 빼앗기고 괴로움 속에 던져진 시간을 때워야 하는 목숨들의 세계와 '지금' 이루어지는 일은 모두가 틀렸으며 그르고 '여기' 있는 것은 모두가 부서져 거듭나야 한다는 인식이 바로 그것이었다.

— 「시인과 도둑」, 55~56쪽, 밑줄은 인용자의 것.

아버지의 시간은 지금-여기로 표상되는 역사의 시공간이다. 그렇다면 시인의 시공간 달리 말하면 제의적 시공간은 어떠한 양상일까. 지금-여기를 벗어난 시간일 것이다. 시인으로서의 아버지는 지금-여기에 있지 않다. 시인은 그 언젠가 그 어딘가를 방랑한다. 그는 유토피아적 미래를 약속하는 말로써 스스로를 권력화하지 않고, 끊임없이 떠돌아다니며 특정한 공간에 머물지 않음으로써 권력의 관계망에 포획되지 않는다. 심지어 시인은 소설의 화자에 의해서 직접적으로 관찰되지도 않는다. 시인에 대한 이야기가 소설이 아니라 전기, 우화, 설화 등 전근대적인 서사를 통해 전달되는 이유도 거기에 있다. 시인은 역사적 시간이 아니라 제의적 시간을 방랑하기 때문이다. 역사적 시공간에서 비(非)역사적인 시공간으로 옮겨가는 시인의 통과제의적 움직임을 간략하게나마 살펴보도록 하자.

　단편 「시인과 도둑」에는 시인이 역사적 시간의 매혹에 잠시 몸을 담았다가 그로부터 놓여나는 과정이 제시되어 있다. 조선사회의 봉건적 모순에 저항하는 제세(齊世) 선생과 그 무리들을 만나 혁명의식을 고취하는 노래를 짓는다. 혁명은 실패하고 시인은 목숨을 부지한다. 그렇게 시인은 역사의 유혹과 실패라는 통과제의적 단계를 지나간다. 또 다른 단편 「시인의 아들」에서 시인은 식솔들을 내팽개치고 산천을 떠돌아다니며 시를 짓고 자연을 벗하며 지낸다. 아들은 노년에 접어든 시인-아버지를 모셔 집에서 운명할 수 있도록 하는 것이 자식된 도리라고 생각한다. 어렵게 아버지를 찾아 모시고 오는 동안 아들은 자연에 동화된 아버지의 삶과 시를 집이라는 세속적 시공간의 틀 속으로 옮겨오는 것이 불가능하다는 것을 깨닫는다. 아들은 야밤에 몰래 떠나는 아버지를 붙잡지 못한다. 시인은 세속적 시간이라는 또 다른 통과제의적 단계를 지나간다.

'아버지와 아들이 함께 읽는 동화'라는 부제가 붙은 「하늘 길」은 전형적인 통과제의적 플롯에 근거한 작품이다. "우리는 왜 이렇게 가난한가요?"라는 물음을 풀 길이 없었던 한 소년은 아버지의 장례를 치르고 옥황상제를 만나기 위해 길을 나선다. 그 과정에서 어여쁜 처자, 머리 셋 달린 요물, 도사, 이무기, 늙은 학자, 화가, 늙은 시인 등을 거쳐 옥황상제를 만난다. 다시 현세로 돌아온 소년은 처음 만났던 어여쁜 처자와 결혼해서 행복한 삶을 누린다.

> 젊은이가 그렇게 산 지 여섯 해만이라던가요. 어느 날 밤 아내와 아이들 몰래 그가 갑자기 집을 나가 버렸습니다. 아무것도 지니지 않은 채 홀로 훌훌 떠나 — 그리고 다시는 돌아오지 않았다는 것인데, 그 같은 결말로 이야기를 끌고 간 의도가 통 짐작이 안 됩니다.
>
> — 「하늘 길」, 330쪽

전쟁 중에 처자식을 버리고 공화국의 이념을 좇아 떠나간 아버지, 공화국에서 경제학 교수가 아니라 공사 현장의 기사가 되어 불우한 삶을 살았던 아버지, 자신이 선택한 이념과 역사에 의해 배신과 기만을 되돌려 받았던 아버지. 이제 역사적 시간의 아버지는 제의적 시간으로 옮겨져 왔다. 아버지는 역사의 기록 바깥에, 소설의 문법 바깥에 있다. 아마도 그의 죽음은 단편 「황 장군전」에 나오는 황봉관의 죽음처럼 이야기될 수밖에 없을지도 모른다.

> 그렇지만 적어도 한 가지는 확실하다. 만약 그의 철저하게 웅크린 삶에 자신과 맞지 않는 세월에 대한 저항의 뜻이 숨어 있었고 그의 침묵이 그런 세월에 오히려 번성하는 사람들과 싸우는 무기였다면 그는 마지막으로 이긴 사람이었다. 장군은 누구도 알 수 없는 이유, 누구도 흉내 낼 수 없는 방법으로 죽어감으로써 이러나저러나 빤한 이유와 이미 수없이 되풀이된 방식으로 죽어갈 수밖에 없는 그의 적들을 여지없이 패배시킬 수 있었다.
>
> ─「황 장군전」, 255~256쪽

제의적 시간도 언젠가 끝이 난다. 다시 역사 속으로 돌아올 수밖에 없다. 「나무 그늘 아래로」에서 30년 젊은 시절에 머문 적이 있던 도원평(桃園坪)을 찾아 나섰다가 시간의 흐름 속에 변하지 않는 공간은 존재하지 않음을 발견하고 돌아오는 소설가의 발걸음처럼. 역사적 시간 앞에서 모든 것은 허망한 것일지도 모른다. 제의적 시공간에 대한 이문열의 사고가 어떠한 정치적 맥락을 구성하게 되었는지는 이 글에서 점검할 몫은 아닐 것이다. 다만 역사적 시간의 억압으로부터 결정적인 탈출을 시도하는 자유, 역사적 시간의 간섭과 개입 속에서도 역사적 시간과 무관하게 살고자 하는 자유의 가능성을 모색했다는 사실만큼은 충분히 확인할 수 있다. 종교학자 엘리아데의 말을 빌려 "역사로부터의 자유" 또는 "역사적 사건들의 권한을 정치시키려는 절망적 시도[3]"를 그의 소설들에게서 보았다면 지나친 과장이 될까. 아마도, 그렇지만은 않을 것이다.

---

3) 위의 글, 154쪽

작가 연보

1948년(1세)	5월 18일 서울 청운동에서 영남 남인(南人) 재령(載寧) 이씨(李氏) 집안에서 아버지 이원철(李元喆)과 어머니 조남현(趙南鉉)의 셋째 아들로 태어나다. 본명은 이열(李烈).
1950년(3세)	한국전쟁이 일어나자 부친 이원철이 월북하다. 어머니를 따라 고향인 경상북도 영양군 석보면 원리동으로 이사하다.
1953년(6세)	경상북도 안동읍으로 이사하고, 중앙국민학교에 입학하다.
1957년(10세)	서울로 이사하여 종암국민학교로 전학하다.
1958년(11세)	경상남도 밀양읍으로 이사하여 밀양국민학교로 전학하다.
1961년(14세)	밀양국민학교를 졸업하고, 밀양중학교에 입학하다. 6개월 만에 그만두고 고향으로 돌아가다.

1962년(15세)	이후 3년 동안 큰형님이 황무지 2만여 평을 일구는 것을 지켜보다.
1964년(17세)	고입 검정고시에 합격하고, 안동고등학교에 입학하다.
1965년(18세)	별 다른 이유 없이 안동고등학교를 중퇴하다. 부산으로 이사하여 이후 3년 동안 일없이 지내다.
1968년(21세)	대입 검정고시에 합격하고, 서울대학교 사범대학 국어교육과에 입학하다.
1969년(22세)	사대문학회에 가입하여 활동하다. 이 시기에 작가가 되기로 마음을 굳히는 한편, 사법고시를 준비하다.
1970년(23세)	사법고시를 준비하려고 학교를 중퇴하였으나 이후 세 번 연속 실패하다.
1973년(26세)	박필순(朴畢順)과 결혼한 후 군에 입대하여 통신병으로 근무하다.
1976년(29세)	군에서 제대한 후 고향으로 돌아가다. 곧바로 대구로 이사하여 여러 학원을 전전하면서 학원 강사를 하다.
1977년(30세)	《대구매일신문》 신춘문예에 단편 「나자레를 아십니까」가 입선하다. 이때부터 이문열이라는 필명을 사용하다.
1978년(31세)	대구매일신문사에 입사하다.
1979년(32세)	《동아일보》 신춘문예에 중편 「새하곡(塞下曲)」이 당선되다. 『사람의 아들』로 민음사에서 주관하는 제2회 〈오늘의 작가상〉에 당선되다. 단행본 출간 후 공전의 히트를 기록하다. 「들소」, 「그해 겨울」 등을 잇달아 발표하면서 작품의 배경에 깔려 있는 풍부한 교양과 참신하고 세련된 문장, 새로운 감수성으로 한국 문학에 돌풍을 일으키다.
1980년(33세)	대구매일신문사를 퇴직하고 전업 작가로 나서다. 김원우,

김채원, 유익서, 윤후명 등과 〈작가〉 동인으로 활동하다. 『그대 다시는 고향에 가지 못하리』, 『그해 겨울』 출간. 「필론의 돼지」, 「이 황량한 역에서」 발표하다.

1981년(34세) 「그해 겨울」, 「하구(河口)」, 「우리 기쁜 젊은 날」 연작으로 이루어진 자전적 장편 『젊은 날의 초상』을 출간하다. 소설집 『어둠의 그늘』을 출간하다.

1982년(35세) 「금시조(金翅鳥)」로 〈동인문학상〉을 받다. 장편소설 『황제를 위하여』, 『그 찬란한 여명』을 출간하다. 「칼레파 타 칼라」, 「익명의 섬」 등을 발표하다.

1983년(36세) 『황제를 위하여』로 〈대한민국문학상〉을 받다. 장편 『레테의 연가』를 출간하다. 《경향신문》에 연재할 『평역 삼국지』의 자료 수집을 위하여 대만에 다녀오다.

1984년(37세) 장편 『영웅시대』를 출간하고, 이 작품으로 〈중앙문화대상〉을 받다. 장편 『미로일지』를 출간하다. 11월 서울로 이사하다.

1985년(38세) 소설집 『칼레파 타 칼라』를 출간하다.

1986년(39세) 대하 장편 『변경』을 《한국일보》에 연재하기 시작하다. 장편 역사소설 『요서지(遼西志)』를 출간하다. 경기도 이천군 마장면에 작업실을 마련하고, 그곳에서 집필 활동을 시작하다.

1987년(40세) 「우리들의 일그러진 영웅」으로 〈이상문학상〉을 받다. 소설집 『금시조』를 출간하다.

1988년(41세) 나관중의 『삼국지연의』에 작가 자신의 비평을 달아 현대어로 옮긴 『이문열 평역 삼국지』를 출간하다. 소설집 『구로 아리랑』, 장편소설 『추락하는 것은 날개가 있다』를 출간하다.

1989년(42세)	대하장편소설『변경』제1부 세 권을 출간하다.
1990년(43세)	「금시조」, 「그해 겨울」이 프랑스에서 출간되다.
1991년(44세)	첫 산문집『사색』을 출간하다. 장편『시인』을 출간하고, 번역으로『수호지』를 출간하다. 「새하곡」이 프랑스에서, 「금시조」와 「그해 겨울」이 이탈리아에서 출간되다.
1992년(45세)	산문집『시대와의 불화』를 출간하다. 단편「시인과 도둑」으로 〈현대문학상〉을 수상하다. 〈대한민국문화예술상〉(문학 부문)을 수상하다. 「금시조」가 일본에서,『우리들의 일그러진 영웅』과『시인』이 프랑스에서 출간되다.
1993년(46세)	장편소설『오디세이아 서울』을 출간하다. 이탈리아와 네덜란드에서『시인』이 출간되다.
1994년(47세)	그동안 발표했던 모든 중단편을 모아서『이문열 중단편전집』을 출간하다. 세종대학교 국어국문학과 정교수로 부임하다. 일본에서『우리들의 일그러진 영웅』이 출간되다.
1995년(48세)	뮤지컬「명성황후」의 원작인 장막 희곡『여우 사냥』을 출간하다. 콜롬비아에서 「금시조」, 「우리들의 일그러진 영웅」,『시인』이, 러시아에서 「금시조」가, 중국에서 「우리들의 일그러진 영웅」이 출간되다.
1996년(49세)	프랑스에서『사람의 아들』이, 영국에서『시인』이 출간되다.
1997년(50세)	장편소설『선택』을 출간하다. 이 작품을 놓고 여성주의 진영과 격렬한 논쟁을 벌이다. 세종대학교 교수를 사임하다. 일본과 중국에서『사람의 아들』이 출간되다.
1998년(51세)	대하장편소설『변경』이 전 12권으로 완간되다. 「전야, 혹은 시대의 마지막 밤」으로 〈21세기문학상〉을 받다. 사숙(私塾)인 부악문원을 열어서 후진 양성에 힘쓰기 시작하

다. 미국 뉴욕의 와일리 에이전시에 해외 출판권을 위임하다. 이는 이후 한국 작가들이 해외에 진출하는 하나의 모델이 되다. 프랑스에서 『황제를 위하여』가 출간되다.

1999년(52세) 『변경』으로 〈호암예술상〉을 받다. 일본에서 『황제를 위하여』가 출간되다.

2000년(53세) 장편소설 『아가(雅歌)』를 출간하다.

2001년(54세) 소설집 『술 단지와 잔을 끌어당기며』를 출간하다. 한 칼럼을 통하여 시민단체를 '정권의 홍위병'에 비유했다가 격렬한 논쟁에 휘말렸으며, 결국 일부 세력에 의하여 작품이 불태워지는 이른바 '책 장례식'을 당하다. 이 사건 이후 잇따른 보수 성향의 발언을 통하여 정치적 견해를 달리하는 세력과 정면으로 충돌하다. 그리스와 스페인에서 『시인』이, 미국에서 『우리들의 일그러진 영웅』이 출간되다.

2003년(56세) 노무현 대통령 탄핵 사태로 위기에 빠진 보수 세력의 정치적 재기를 돕기 위하여 한나라당 공천 심사 위원으로 활동하다.

2004년(57세) 산문집 『신들메를 고쳐 매며』를 출간하다.

2005년(58세) 스웨덴에서 『젊은 날의 초상』에 이어 『시인』이 출간되다. 이탈리아에서 『사람의 아들』이 출간되다.

2006년(59세) 장편소설 『호모 엑세쿠탄스』를 출간하다. 이 해부터 5년 동안 이탈리아에서 『우리들의 일그러진 영웅』, 『시인』, 「금시조」, 「그해 겨울」이 재출간되다.

2007년(60세) 독일에서 「새하곡」에 이어 『시인』이 출간되다.

2008년(61세) 대하 역사 장편 『초한지(楚漢志)』를 출간하다. 독일에서 『황제를 위하여』가 출간되다.

2009년(62세)	〈대한민국예술원상〉을 받다. 러시아와 우크라이나에서 『사람의 아들』이 출간되다.
2010년(63세)	장편소설 『불멸』을 출간하다.
2011년(64세)	장편소설 『리투아니아 여인』을 출간하다. 중국에서 『황제를 위하여』가, 터키에서 『시인』이 출간되다.
2012년(65세)	『리투아니아 여인』으로 〈동리문학상〉을 받다. 페루에서 「새하곡」과 「금시조」, 태국에서 『황제를 위하여』가 출간되다.
2014년(67세)	『변경』 개정판을 내다. 러시아에서 『우리들의 일그러진 영웅』이 출간되다. 리투아니아에서 『리투아니아 여인』이, 체코에서 『시인』이 출간되다.
2015년(68세)	폴란드에서 『우리들의 일그러진 영웅』이, 미국에서 『사람의 아들』이 출간되다. 은관문화훈장을 받다.
2016년(69세)	『이문열 중단편전집』(전 6권) 출간, 『이문열 중단편전집 출간 기념 수상작 모음집』이 출간되다.
2020년(73세)	『삼국지』, 『수호지』가 개정 신판으로 출간되다. 『사람의 아들』, 『젊은 날의 초상』, 『우리들의 일그러진 영웅』이 새롭게 출간되다.

아우와의 만남

신판 1쇄 인쇄 2021년 4월 25일
신판 1쇄 발행 2021년 5월 7일

지은이 이문열

발행인 양원석
편집장 최두은 **디자인** 이은혜 **영업마케팅** 양정길 강효경

펴낸 곳 ㈜알에이치코리아
주소 서울시 금천구 가산디지털2로 53, 20층 (가산동, 한라시그마밸리)
편집문의 02-6443-8844 **도서문의** 02-6443-8800
홈페이지 http://rhk.co.kr
등록 2004년 1월 15일 제2-3726호

ISBN 978-89-255-8884-1   04810
       978-89-255-8889-6   (세트)